Patricia Kitchin

Auf Wolken tanzen

Patricia Kitchin

Auf Wolken tanzen

Roman

Aus dem Englischen
von Ingrid Klein

Knaur

Die englische Originalausgabe dieses Buchs erschien 2005 unter dem Titel »Tuesday Night at the Kasbah« bei Transita, Oxford.

Besuchen Sie uns im Internet:
www.knaur.de

Ihnen hat dieser Wohlfühlroman von Patricia Kitchin gefallen?
Gerne empfehlen wir Ihnen weiteren Lesestoff für schöne Stunden.
Schreiben Sie – mit dem Stichwort »Patricia Kitchin« – an:
guteunterhaltung@droemer-knaur.de

Deutsche Erstausgabe August 2007

Ein Unternehmen der Droemerschen Verlagsanstalt
Th. Knaur Nachf. GmbH & Co. KG, München
Published by arrangement with Patricia Kitchin

Redaktion: Regine Weisbrod
Umschlaggestaltung: ZERO Werbeagentur, München
Umschlagabbildung: FinePic, München
Satz: Adobe InDesign im Verlag
Druck und Bindung: C. H. Beck, Nördlingen
Printed in Germany
ISBN 978-3-426-66285-4

2 4 5 3 1

Für Albert, der lebende Beweis dafür,
dass man im Leben zweimal Glück haben kann
in der Liebe.

1

»Oh, Mum, nicht im Ernst!«
»Das ist echt krass.«
Judy Blackwells Söhne starrten sie mit identischen Augen an. Den Augen ihres Vaters. Judy fragte sich, ob dieser genauso entsetzt dreinblicken würde, wenn er es erfuhr.
Zu hoffen, dass er interessiert oder gar erfreut wäre, wäre zu viel verlangt. Sogar entsetzt wäre noch in Ordnung. Damit könnte sie leben. Immer noch besser als gleichgültig.
»Und was genau ist daran krass?«, fragte sie nach.
Obgleich sie es natürlich wusste. Eltern, die tanzen gingen, waren eben einfach ätzend.
Oliver und Toby sahen einander an, ihre Gesichter spiegelten schiere Verzweiflung. Sogar jetzt noch, mit siebzehn, sahen sie sich unglaublich ähnlich. Sie hatten unterschiedliche Haarschnitte, Oliver trug sein Haar kurz, Toby seins eher zottelig, und außerdem war sein rechtes Ohr gespickt mit Ringen. Aber es konnte kein Zweifel daran bestehen, dass sie Zwillinge waren, was noch unterstrichen wurde, da sie beide die Uniform der Jugend anhatten, Toby eine Armeehose, Oliver Jeans. Beide trugen dunkle T-Shirts mit aufgedruckten Slogans. Ihre Söhne zu sein lastete ganz offensichtlich schwer auf

ihnen. Judy spürte, wie sich ihre Mundwinkel zu einem Lächeln verzogen.
»Das ist doch was, also das ist für …«
»Ich meine, du bist echt zu …«
»Alt?«, schlug Judy vor. »Fett?«
Die Jungs hatten immerhin den Anstand, beschämt auszusehen.
»Also …«
»Im Orient werden dicke Frauen bewundert«, klärte Judy sie auf.
»Echt?«, sagte Toby skeptisch.
»Aber dies ist nicht der Orient, dies ist Mellingford«, betonte Oliver.
»Es ist ein orientalischer Tanz«, sagte Judy.
Die Jungs tauschten wieder Blicke aus.
»Aber Mum, ich meine, es ist echt …«, begann Oliver.
»Krass!«, beendete Toby den Satz für ihn.
Judy wusste genau, was sie meinten. Zu wissen, dass die eigene Mutter Bauchtanz macht, ist ungefähr vergleichbar mit der Entdeckung, dass die Eltern immer noch Sex haben. Nicht, dass die beiden auch noch diese Entdeckung befürchten müssten, dafür war Alan dieser Tage immer »zu müde«. Sie versuchte, nicht weiter darüber nachzudenken, was das bedeutete.
»Pech«, sagte Judy. »Ich mache es und Schluss aus. Keine Angst, eure Freunde müssen es nicht erfahren. Ich habe nicht vor, öffentlich aufzutreten. Es ist nur ein Abendkurs.«
»Warum kannst du nicht töpfern oder Blumen binden oder so was?«, murrte Oliver.
Tja, das fragte sie sich mittlerweile auch. Sie hatte vorge-

habt, sich aufzuraffen und abends irgendetwas zu unternehmen, etwas, was sie beschäftigen würde, jetzt, da der Sommer beinahe vorüber war. All die üblichen Möglichkeiten waren ihr durch den Kopf gegangen. Ihr holpriges Französisch aufzupolieren. Herauszufinden, ob sie Talent zum Malen hatte. Endlich zu lernen, mit dem Computer umzugehen. Aber nichts davon hatte sie wirklich gereizt. Dann hatte sie ein Plakat in einem Schaufenster entdeckt. Auf hellrosa Untergrund war eine langhaarige Tänzerin in Haremshosen und knapper Weste abgebildet, die Arme über dem Kopf erhoben. *Lernen Sie Bauchtanzen. Versuchen Sie es mit der alten Kunst des orientalischen Tanzes. Jede ist willkommen, unabhängig von Alter und Können.*

Und etwas in ihr hatte darauf reagiert. Etwas oder jemand. Jemand anders als die Ehefrau mittleren Alters und Mutter von vier Kindern. Jemand, der der täglichen Routine von Hausarbeit-Einkaufen-Fernsehen entkommen wollte. Zu dem Zeitpunkt hatte es weitaus interessanter geklungen als Töpfern oder Blumenbinden. Es war Jahre her, dass sie sich etwas Waghalsiges getraut hatte.

»Weil ich keine Lust dazu habe, in Ordnung?«, teilte sie den Jungs mit. »Und jetzt ab mit euch. Seht euch *Neighbours* oder was auch immer an, ich möchte mit dem Abendessen früh fertig sein.«

Sie wollte sichergehen, dass sie es verdaut hatte, bevor sie ihren Bauch durch die Gegend schwenkte. Es gab weiß Gott viel zu schwenken. Sie sah hinunter auf die Wölbung unter ihrer weiten, praktischen Tunika. Was, wenn alle Teilnehmerinnen dieses Kurses junge, schlanke Mäd-

chen waren? Auf dem Plakat hatte gestanden »unabhängig vom Alter«, aber angenommen, sie war zwanzig Jahre älter als alle Übrigen? Nicht auszudenken.
»Wann kommt Dad?«, fragte Toby. »Er hat versprochen, diese Woche mit uns Autofahren zu üben.«
»Er muss Überstunden machen«, sagte Judy und musste sich beherrschen, nicht in das Stöhnen ihrer Söhne einzustimmen.
Sie sah ihnen hinterher, wie sie aus der Küche schlurften und jeweils auf ein Ende des Sofas im Wohnzimmer sackten, die langen Arme und Beine in alle Richtungen ausgestreckt. Ihre Babys. Was um alles in der Welt würde sie nächstes Jahr tun, wenn sie auf die Universität gingen? Der Gedanke daran nahm ihr den Atem. Sie hielt sich am Küchentisch fest und wartete darauf, dass die Panik sich legte. Ihre Beine zitterten, und ihr war leicht schwindelig. Verdammte Wechseljahre. Wenn sie daran dachte, blutete ihr das Herz, wobei sonst nichts mehr blutete. Die Titelmelodie von *Neighbours* erklang. Judy holte einige Male tief Luft, um sich wieder zu beruhigen.
Es war schlimm genug gewesen, als ihre beiden Ältesten das Haus verließen, aber da hatte sie immer noch die Zwillinge gehabt, um die sie sich kümmern musste. Wenn die nun auch gingen, würden nur noch sie und Alan in diesem auf eine große Familie zugeschnittenen Haus herumgeistern. Nichts würde sie künftig von all den Entschuldigungen ablenken, von den Überstunden im Büro, den Wochenendkonferenzen, den geheimnisvollen Entschuldigung-ich-habe-mich-verwählt-Anrufen. Dem Zu-müde-Sein.
Sie machte sich in der geräumigen Landhausküche an

die Arbeit, pellte Kartoffeln, schnitt Kohl. Ihr Messer hackte geradezu bösartig in das Gemüse. Wer war es dieses Mal? Eine neue Sekretärin? Irgendein junges Computerass? Wer auch immer sie war, warum konnte sie sich nicht an Freunde ihrer Altersgruppe halten, an Männer, die nicht verheiratet waren?

Judy betrachte ihre Handrücken. Praktische Hände mit kurzen, unlackierten Nägeln. Ihre Finger bildeten einen Wulst um die Ringe herum. Ihre Haut sah aus wie der Grund eines Wasserreservoirs bei Trockenheit. Alternde Hände. Sie legte das Messer beiseite und betastete ihr Gesicht. Das weiche Fleisch um das Kinn herum, das bedrohliche Doppelkinn, das merkwürdige, harte Haar, das sie vergessen hatte, sich auszurupfen. Ein alterndes Gesicht.

Nun ja – Alan alterte auch. Er war nicht mehr der gutaussehende, sportliche Kerl, den sie geheiratet hatte. Sein Haar begann grau zu werden und auszudünnen. Um die Taille herum hatte er zugenommen. Aber die traurige Wahrheit war, dass er auch in seinem Alter noch gut aussah, während sie eine Frau in mittleren Jahren war, die früher einmal gut ausgesehen hatte und sich heute zu den Ausrangierten zählte.

Wollte sie deshalb zum Bauchtanz? Nicht aus Unternehmungslust, sondern weil sie hoffte, sich wundersamerweise in eine geschmeidige Verführerin zu verwandeln, die Alan von dem neuesten jungen Ding im Büro ablenkte? In der Arztpraxis, wo sie halbtags als Sprechstundenhilfe arbeitete, hatten alle losgeprustet.

»Schau mal an, unsere Judy, stille Wasser sind bekanntlich tief.«

»Du willst wohl eure Ehe etwas aufpeppen, was? Pass bloß auf, Alan!«
Und sie hatte mitgelacht. »Oh ja – wenn er Glück hat, führe ich ihm den Tanz der sieben Schleier vor.«
Sie stellte sich die Szene vor. Alan sitzt auf dem Sofa und sieht sich, das Whiskyglas in der Hand, die sexy Polizistinnen in *The Bill* an. Dann verebben die Fernsehgeräusche, und stattdessen ertönen geheimnisvolle orientalische Klänge. Alan blickt verärgert hoch, will schon fragen, was zum Teufel da los ist, da taucht eine verführerische Gestalt in der Tür auf und fesselt seine Aufmerksamkeit. Ihren Kopf und Körper drapieren farbige Schleier, die gerade durchsichtig genug sind, um den darunter verborgenen sinnlichen Körper anzudeuten. Langsam tanzt sie durch den Raum und legt Schleier um Schleier ab. Alan ist gebannt. Ist das wirklich seine Frau? Aber das ist das erregendste Wesen, das er je gesehen hat. Wieso ist ihm das früher nicht aufgefallen? Als der letzte Schleier zu Boden sinkt, fängt er sie in seinen Armen auf und zieht sie mit sich auf das Sofa. Sie lieben sich leidenschaftlich ...
Das Messer glitt aus und fuhr ihr in den Finger. Blut tropfte über den Kohl.
»Mist!« So viel zu Träumen.
Judy riss ein Blatt Küchenpapier ab und wickelte es sich um den Finger, aber das Blut sickerte immer noch hindurch. Der leichte Schmerz war willkommen, lenkte sie ab. Sie griff in die Schublade und suchte das Pflaster. Wie lange verpflasterte sie schon ihre Ehe? Seit Ewigkeiten, schien ihr. Aber wenigstens war sie immer noch verheiratet. Nur das zählte. Sie waren immer noch zu-

sammen, trotz allem. Das war durchaus eine Leistung, etwas, worauf man stolz sein konnte, wo doch die Ehen vieler ihrer Freunde kaputtgingen.
Frauen, die sehr viel weniger Grund zur Klage hatten als sie, trennten sich, kauften sich eigene Wohnungen, nahmen sich Liebhaber. Aber wofür das alles? Liebhaber waren nicht immer verfügbar, und wenn sie es waren, entpuppten sie sich schlicht als Ehemänner zweiter Wahl mit den gleichen Problemen wie die Ehemänner erster Wahl plus die vielen zusätzlichen schwierigen Fragen, wer das Haus behält, wer die Kinder nimmt, wie man mit den Stiefkindern klarkommt, wie mit den ganzen neuen Beziehungen, wie mit all den Beziehungen, die man bereits hat ... Die Liste war endlos. Sie hatte es mehrmals miterlebt, Freunden zugehört, die über den wachsenden Alptraum jammerten.
Judy wusch das Blut vom Kohl und warf ihn in das kochende Wasser. Das war das. Sie würde Alan ein feines Abendessen hinterlassen – Steak und Nierenpastete mit viel köstlicher Soße. Gute Hausmannskost. Nicht viele machten sich heutzutage diese Mühe. Wer auch immer sie war, mit der er sich traf, würde nicht wissen, wie man ein anständiges Steak und Nierenpastete zubereitete. Er würde zurückkommen, wenn das Prickeln nachließ.
Er kam immer zurück.

Maggie Stafford warf ihre schwere Tasche auf den Rücksitz, startete den Wagen und schoss aus dem für die Lehrer reservierten Parkplatz, wobei sie einen Haufen Teenager auf Rädern auseinanderscheuchte. Ein Stück weiter die Straße hinunter lief ihr auf einem Zebrastreifen eine Mutter mit einer Kinderkarre vors Auto. Sie trat heftig auf die Bremse.

»Blöde Kuh. Sie hätten einen Unfall verursachen können!«, schrie sie.

Die Frau starrte sie nur mit leerem Blick an und trottete gemächlich auf die andere Straßenseite.

Maggie spürte, wie es in ihrem Kopf pochte, wie der Druck auf ihrer Brust zunahm. Nur noch ein weiterer Vorfall, ein einziger, und sie würde ausrasten. Ausrasten und es genießen, auszurasten. Besonders wenn es sich um einen Mann handeln sollte. Wenn ein Mann sie auch nur ansehen würde, bekäme er die volle Breitseite.

Automatisch schlug sie den Nachhauseweg ein, bis sie an den schmuddeligen Läden am Rand der verwahrlosten Siedlung vorbeikam, die sie immer deprimierten, sogar an guten Tagen. Bis auf den Wein- und Schnapsladen hatte jedes einzelne Geschäft die Metallgitter heruntergelassen, entweder weil es für heute oder bereits für immer geschlossen hatte. Die Fenster des Schnapsladens waren sogar vergittert, wenn er geöffnet hatte. Graffiti zierten jedes Gebäude. *Kosovo-Abschaum, verpiss dich. Wayne ist ein Wichser.* Abfall flog wie in einem Miniaturwirbelwind herum.

Ihr Haus am anderen Ende der Stadt befand sich in einer ganz anderen Welt, aber heute wollte sie nicht zivilisierte Ruhe und Ordnung. Sie brauchte Gesellschaft. Sie brauchte ein mitleidiges Ohr. Sie brauchte einen Drink, und sie hatte es sich zur Regel gemacht, niemals allein zu trinken.

Sie griff hinter sich nach ihrer Tasche und durchwühlte sie nach ihrem Handy. Einige Anrufe später fuhr sie Richtung *Chequers* im Zentrum von Mellingford. Es war nicht ihre Lieblingskneipe, aber es war das Bequemste für Jan, die Freundin, mit der sie sich gleich treffen wollte. Wie üblich war der Parkplatz voll, und sie musste weiter oben an der Kirche parken, was ihre Laune nicht gerade verbesserte. Sie marschierte in die Barlounge, funkelte jeden Mann an, der auch nur im Entferntesten den Anschein erweckte, er könnte es wagen, ihr einen Blick zuzuwerfen, und bestellte zwei Wodka Tonic. Sie hatte ihren praktisch schon ausgetrunken, als Jan auftauchte.

»Was ist das? Oh nein – ich bin auf Diät. Ich nehme nur ein Bitter Lemon. Was ist los, Maggie? Du hast dich so angehört, als wärst du total neben der Spur.«

Wo anfangen? Maggie trank ihren Wodka aus, schnappte sich den, den sie für Jan bestellt hatte, und dann sprudelte es nur so aus ihr heraus, wie horrormäßig der Schulbeginn nach den Ferien gewesen war.

»Und dann hatte er die Stirn zu sagen, dass er den verdammten Stundenplan wieder ändern müsse. Er hatte den ganzen Sommer über Zeit, es zu tun! Und ich bin die Fachbereichsleiterin, er hätte sich mit mir beraten müssen, bevor er weitere Veränderungen vornimmt.«

Jan nickte und stimmte ihr zu, bis ihr sowohl die Worte als auch der Drink ausgingen. »Noch einen?«

Maggie seufzte. »Nein, lieber nicht. Ich muss noch nach Hause fahren. Sag mal ehrlich, findest du nicht, dass er einfach das Letzte ist?«

»Zum Verzweifeln.«

Maggie steckte sich eine Zigarette an und nahm einen

langen, befriedigenden Zug. Aber nicht einmal das wirkte so recht, ebenso wenig wie der Wodka und Jans Mitleid. »Weißt du, manchmal denke ich, ich sollte einfach aufhören zu unterrichten.«

Jan lachte. »Nun mach mal halblang, du weißt, dass du das nicht ernst meinst.«

Vielleicht nicht. Es war nicht das Unterrichten, obgleich es weiß Gott nicht gerade leichter wurde. Es waren die sich ständig verändernden Spielregeln. Und die Kollegen. »Es muss einfachere Jobs geben.«

»Natürlich gibt es die, aber du bist eine gute Lehrerin. Du weißt sehr gut, dass du es nie aufgeben wirst. Es ist nur John Lang, der dich mürbe macht.«

Sie hatte natürlich recht. »Ich kann so verdammt einfühlsame Freundinnen nicht ausstehen«, murrte Maggie.

»Du darfst dich nicht ständig über ihn aufregen.«

»Tue ich gar nicht.«

Jan sah sie nur an.

»Ich kann nichts dagegen machen.« Das war die Wahrheit. Hier war sie, eine kompetente Frau, die einen schwierigen Job meisterte, verantwortlich für die Zukunft mehrerer hundert junger Menschen war, und sie ließ zu, dass ihr ein Mistkerl wie John Lang an die Nieren ging.

»Und du bist sicher, dass du nicht immer noch eine Schwäche für ihn hast?«, fragte Jan.

»Natürlich nicht!« Wenn man davon absah, dass sie sie hatte.

Sie hatten sich vor gut einem Jahr kennengelernt, als sie in der Watfield-Gesamtschule anfing. John Lang war der stellvertretende Schulleiter, attraktiv und ungefähr in ihrem Alter. Wie sich herausstellte, war er auch noch eins der seltensten Exemplare seiner Gattung, ein verfügbarer Mann. Er war vor vier Jahren geschieden worden, und seine Kinder waren inzwischen erwachsen. Maggie hatte ihn sofort als ihr Eigentum betrachtet.

Sie hatte geglaubt, dass ihre vorsichtige Belagerung funktionierte. Er war freundlich, er war hilfsbereit, seine Reaktionen auf ihre Scherze und Bemerkungen nahmen den Charakter eines Flirts an. Er war immer einverstanden, noch etwas trinken zu gehen, wenn sie es vorschlug, obgleich irgendwie jedes Mal auch andere Leute mit von der Partie waren. Dann fiel ihr auf, dass diese anderen immer dieses kleine Fremdsprachenflittchen einschlossen, Emma Drew. Maggie hatte aus Prinzip etwas gegen Fremdsprachen. Ihr Ex hatte auch Fremdsprachen unterrichtet. Er hatte sie wegen einer jüngeren Kollegin verlassen.

»Ich kann ihm einfach nicht verzeihen, wie er mich gedemütigt hat«, sagte sie.

»Mistkerl«, stimmte Jan zu.

»Er hat mich die ganze Zeit hingehalten ...«

Und es dann auch noch kurz vor Ende des Schuljahrs auf diese Weise verkündet. Die beiden hatten mitten im Lehrerzimmer gestanden, Händchen gehalten und richtiggehend geglüht vor Selbstzufriedenheit.

»Emma und ich werden heiraten.«

Es war wie ein Schlag in die Magengrube gewesen. Sie hatte nur dagesessen, sprachlos, atemlos vor Schmerz und Schock, während der Rest des Kollegiums gratulierte, Scherze machte, den Ring bewunderte. Und dieses

Flittchen stand da, jung genug, um seine Tochter sein zu können, und lächelte. Also, Grund genug hatte sie dazu. Sie hatte seinen Arm um ihre Schultern und seinen Diamanten am Finger. Maggie hätte beide am liebsten zu Brei geschlagen. Sie hatten in den Sommerferien geheiratet. Zweifellos hatte er deshalb keine Zeit gehabt, sich mit den Stundenplänen zu beschäftigen.

»Weißt du, was er heute zu mir gesagt hat?«, sagte sie.

»Nein, was?«

»Er sagte: ›Maggie, du bist eine so typische Wissenschaftlerin.‹«

Sie war ihm aus dem Weg gegangen, wo sie nur konnte, aber in der Mittagspause war sie in eine Unterhaltung über die Ferien hineingezogen worden, und er war dazugekommen. Sie hatte nur gesagt, dass ihr die Art Urlaub, wo du einfach den Kanal überquerst und ins Blaue fährst, ohne zu wissen, wo du am Ende des Tages landest, nicht gefiele, und er hatte sie angesehen und diese Bemerkung gemacht.

»Was genau meinst du damit?«, hatte sie gefragt. In zu scharfem Tonfall.

»Du würdest nie etwas tun, was nicht vorher bis ins kleinste Detail analysiert und geplant wurde, nicht wahr?«

Sie vermochte nicht zu erkennen, was daran falsch war.

»Ohne Planung endet alles in einem schrecklichen Chaos«, hatte sie geantwortet und die Stundenpläne damit gemeint, unter anderem.

»Ein geplantes Leben ist ein Leben, das man unter Kontrolle hat?«

»Ja.«

Sie konnte sehen, wie einige Kollegen lächelten. Ihnen

war nur zu bewusst, wie ihr Lebensplan vor einem Jahr ausgesehen hatte. Und wie gründlich er in die Hose gegangen war.
John Lang sah nicht die Kollegen an. Sein Blick war auf Maggie gerichtet. »Wie wäre es damit: Ein geplantes Leben ist ein langweiliges Leben? Meinst du nicht, dass gerade die Zufälle dem Leben den richtigen Sinn geben?«
Zufälle sorgten in der Regel für Kummer, ihrer Meinung nach. »Nein.«
John schüttelte gespielt traurig den Kopf. »Arme Maggie. Du weißt nicht, was dir entgeht. Ich wette, du hast in deinem ganzen Leben noch nie spontan gehandelt.«
»Nein, und ich habe es auch nicht vor.«
Jetzt, hier in der verräucherten Bar mit Jan, wurde ihr die ganze Ungerechtigkeit all dessen wieder bewusst.
»Er war so herablassend«, klagte sie.
»Tja, es kann nun mal keiner gegen seine Natur.«
Maggie starrte sie an. »Willst du damit sagen, dass er recht hat?«
Jan zuckte die Achseln. »Vielleicht würde es nicht schaden, wenn du manchmal etwas lockerer reagierst.«
Der ganze brodelnde Ärger dieses Tages kochte über. Maggie stand auf. »Und ich dachte, du wärst meine Freundin!«
Jan blinzelte erschrocken. »Natürlich bin ich das. Ich habe doch nur gesagt ...«
»Ich habe gehört, was du gesagt hast. Du hast für ihn Partei ergriffen. Das ist wirklich das Allerletzte.« Und sie stolzierte hinaus.
Was, hätte sie darüber nachgedacht, eine absolut ungeplante Aktion war.

Die Abendluft kühlte ihre flammenden Wangen, als sie die Church Lane hinaufstapfte in Richtung des Parkplatzes von St. Aidan's. Bruchstücke von Unterhaltungen gingen ihr durch den Kopf. *Eine so typische Wissenschaftlerin. Du weißt ja nicht, was dir entgeht.* Sie erreichte das Gemeindezentrum, bevor sie überhaupt realisierte, wo sie war. Es war die Musik, die sie als Erstes wahrnahm. Sinnlich und verführerisch schlich sie sich in ihre kollidierenden Gedanken. Musik aus dem Orient, fremdartig und faszinierend. Maggies Schritte verlangsamten sich. Die Musik schien aus dem Gemeindesaal zu kommen. Sie ging darauf zu.

Am Schwarzen Brett hingen jede Menge Informationen. Die Termine der Pfadfinder, des Bridgeclubs und der Frauenverbände. Ein großes gelbes Plakat forderte: »Rettet unsere Spielgruppe!« Ein hellrosa Plakat zeigte eine Tänzerin in Haremshosen und einer knappen Weste, die Arme über dem Kopf erhoben: *Lernen Sie Bauchtanzen. Versuchen Sie es mit der alten Kunst des orientalischen Tanzes. Jeder ist willkommen, unabhängig von Alter und Können.*

Also wirklich, nie spontan gehandelt in ihrem Leben? Sie würde es ihm zeigen, diesem gönnerhaften Mistkerl. Sie trat ihre Zigarette aus, öffnete die Tür und ging hinein.

2

Das Erste, was Judy wahrnahm, war die Musik. Sie lief bereits, als sie eintrat, Hände erzeugten einen schnellen Trommelwirbel, der überlagert wurde von den sinnlichen, orientalischen Klängen von Saiteninstrumenten. Sie nahmen Judy sofort gefangen, ließen ihr Herz schneller klopfen, verlockten sie, sich danach zu bewegen und zu wiegen. Sie schienen so gar nicht hierher zu passen, in einen englischen Gemeindesaal, dennoch, als sie der Musik lauschte, drang sie in ihren Körper ein und ließ sie erschauern, bis die Musik etwas absolut Natürliches war und ihr das Gemeindezentrum und die Schar schwatzender weißer Frauen in Jeans und Sweatshirts und gestylten Haaren eher etwas merkwürdig vorkamen.

Sie betrat den Saal und legte ihre Tasche auf einen der Plastikstühle, die aufgereiht an den Wänden standen. Jede schien jede zu kennen. Sie plauderten miteinander, während sie sich umzogen.

»Hallo. Auch neu? Ziemlich ätzend hier, was?«

Eine große, umwerfend aussehende Rothaarige Mitte zwanzig hatte ihre Tasche auf den nächsten Stuhl fallen lassen und blickte sich in dem Raum um.

»Oh – ja, es ist mein erstes Mal ...«, gab Judy zu.

»Jungfrauen, was?«

Die junge Frau kreischte vor Lachen über ihren eigenen Scherz. Judy musste lächeln. »Schon 'ne Weile her.«
»Kann man wohl sagen. Ich bin Shauna.«
»Judy.«
»Freut mich.«
Shauna kickte ihre Schuhe weg und pellte sich aus ihrer hautengen Jeans. Darunter trug sie ein knallrotes Tanztrikot. Sie zog ein mit goldener Spitze eingefasstes Schultertuch aus ihrer Tasche und wickelte es sich um die Hüften.
»Geht das, was meinst du? Es gehört meiner Mum. Gott weiß, warum sie es aufbewahrt hat, es sieht echt wie aus den Siebzigern aus, was? Hat nicht gerade viel mit Bauchtanz zu tun, aber schließlich ist es ja nur ein Kurs.«
Es hatte absolut nichts mit Bauchtanz zu tun, aber es sah toll aus an Shauna. Judy zog ihren Schal aus der Tasche. Ein Souvenir eines längst vergangenen Spanienurlaubs. Er war aus rosa Seide mit langen weißen Fransen und Blumenmuster. Shauna stürzte sich darauf.
»Lass mal sehen. Oh, Flamenco – olé!«
Sie warf ihn sich schwungvoll um die Schultern und ging in Positur, warf den Kopf zurück, streckte das Knie vor und hob die Arme, als klapperte sie mit Kastagnetten. Judy starrte sie an. Sie war eine spanische Tänzerin.
»Kannst du Flamenco?«
»Nö – hab allerdings so gut wie alles andere gemacht – Ballett, Jazzdance, Steppen, moderne Tänze, Salsa, Ceroc – he!« Shauna brach ab und nickte in Richtung einer Gruppe anderer Frauen. »Ich glaub, ich spinne, hast du gesehen, was einige dieser alten Schachteln anhaben?«
Judy blickte hinüber.

Es war wie ein Kostümfest in der Grundschule. Frauen mittleren Alters - einige genauso schwabbelig, wenn nicht noch schwabbeliger als sie selbst, und sogar ein oder zwei Großmütter mit Dauerwellen – trugen lange, üppige Röcke aus Seide und Gaze und glänzenden Stoffen. Eine hatte sogar einen aus einem fantastischen Silberstoff, der wie ein Hologramm in allen Regenbogenfarben schimmerte, als er die umliegenden Farben widerspiegelte. Einige Frauen trugen enge T-Shirts oder Tops zu den Röcken und wunderschön mit Perlen und Pailletten verzierte Schals um die Hüften, andere lange, halbdurchsichtige, paillettenbesetzte Tuniken, wieder andere gingen bauchfrei und hatten glitzernde und zu den Röcken passende BHs und Gürtel um.

»Unglaublich ...«, flüsterte Judy.

»Ich wusste nicht, dass wir uns wie jemand aus einem Harem anziehen sollen«, sagte jemand.

Judy und Shauna drehten sich um. Ein schlankes, braunhäutiges Mädchen mit glatten schwarzen Haaren starrte die Frauen und deren Kostümierungen an.

»Ich habe nur eine Jogginghose und einen Schal«, sagte sie.

»Ich glaube nicht, dass man von uns Neuen erwartet, dass wir die komplette Ausrüstung haben«, sagte Judy zu ihr. Sie stellte sich und Shauna vor. Das Mädchen lächelte zurückhaltend.

»Naz.«

Weitere Frauen kamen herein, eine kleine Untersetzte mit Brille in einem Batikrock und eine schöne Blondine um die dreißig, die vor Designerlabels nur so strotzte, genau die Sorte Frau, bei der Judy immer Minderwertigkeitsgefühle bekam. Dann marschierte eine Frau ungefähr ihres Alters im Hosenanzug und mit kurzgeschnittenen Haaren in den Saal. Sie ging direkt nach vorn und blickte sich um.

»Also gut, wer ist hier verantwortlich? Wo müssen wir uns eintragen?«

Das allgemeine Geplapper versiegte. Naz sah Shauna an. »Müssen wir uns eintragen?«, murmelte sie.

Shauna zuckte die Achseln. »Kein Ahnung.«

Eine dunkelhaarige Frau um die dreißig trat vor. »Ähm – ich habe kein Buch oder so was. Ihr nehmt einfach teil und bezahlt am Ende. Fünf Pfund.«

»Bist du die Lehrerin?«, fragte der Hosenanzug.

Naz fing Shaunas Blick auf. Sie verzogen beide das Gesicht. »Dominante Kuh«, murmelte Naz.

Judy musste ihr recht geben.

»Klingt nach 'ner verdammten Lehrerin«, sagte Shauna.

»Äh – ja. Ich bin Cheryl«, sagte die Tanzlehrerin. Sie hatte eine hohe, ziemlich mädchenhafte Stimme.

»Ich verstehe.« Der Hosenanzug klang nicht sehr beeindruckt. »Also, ich bin nicht richtig angezogen für dies hier. Ich möchte diese Woche nur zusehen.«

»Oh nein, das ist nicht nötig. Ich leihe dir etwas.« Cheryl wühlte in einem Koffer und drückte dem Hosenanzug ein Bündel farbenfroher Klamotten in die Arme. Lautstark setzte die Unterhaltung wieder ein.

Cheryl stellte sich in der Mitte auf. Im Vergleich zu einigen ihrer Kursteilnehmerinnen war sie mit einem schwarzen Oberteil, langem, grünem Rock und einem mit Goldperlen bestickten Hüftschal schlicht gekleidet. Sie erhob die Stimme.

»Ähm – alle mal herhören! Hallo!« Nach und nach erstarb die Unterhaltung. Cheryl errötete leicht. »Danke – ähm – also, freut mich, euch nach der Sommerpause alle wiederzusehen. Und heute haben wir auch einige Neue hier. Hallo! Freut mich, dass ihr gekommen seid. Ich hoffe, dass es euch Spaß machen wird. Wie gewöhnlich beginnen wir mit einigen Aufwärmübungen, und alle Neuen sind bitte so mutig und kommen nach vorn, dann könnt ihr am besten sehen, wie es geht.«
»Du liebe Zeit«, sagte Judy. »Ganz vorn möchte ich wirklich nicht sein. Da fühle ich mich viel zu exponiert.«
»Sei kein Feigling«, sagte Shauna, die selbstsicher nach vorn schlenderte und sich direkt vor Cheryl aufbaute. Der Rest der Neuen folgte ihr wie eine Herde Schafe.
Cheryl legte ein langsames, sanftes Stück auf und führte sie durch die Aufwärmroutine. Dann wechselte sie zu einem schnelleren Stück und zeigte ihnen einen speziellen Hip Drop.
»Beide Knie leicht gebeugt, jetzt Hüfte heben – und senken – und heben ...«
Die Kursteilnehmerinnen machten es ihr nach, erst zur einen Seite, dann zur anderen, erst schnell, dann langsam, zweimal nach rechts, zweimal nach links, vorwärts und rückwärts, ohne Pause ... Cheryl stellte sich mit dem Rücken zu ihnen, damit sie ihre Bewegungen leichter nachahmen konnten. Judy sah, wie aus einem einfachen Schritt ein Tanz wurde. Die schweren Perlenfransen an Cheryls Schal untermalten ihre Bewegungen, und das Heben und Senken ihrer Hüften wurde zu etwas Faszinierendem und Schönem. Judy wusste, dass ihre eigenen Versuche unbeholfen und übertrieben

waren, und bemühte sich mit äußerster Konzentration, versuchte anmutig zu sein – vergeblich.

»Großartig! Toll! Ihr macht das wirklich sehr gut.«

Cheryl ging die Reihe ab, korrigierte die Haltung, lockerte steife Glieder. Sie blieb bei Shauna stehen. »Du bist Tänzerin, nicht wahr?«

»Ja.«

»Dachte ich mir. Man sieht es. Du darfst nicht vergessen, dass dies ein bodenständiger Tanz ist, eher derb. Nicht wie Ballett, wo du die ganze Zeit durch die Luft schwebst.«

»Ja, derb. Das kommt mir entgegen«, grinste Shauna.

Judy spürte einen Anflug von Eifersucht. Sie wollte es auch zu gern können, aber sie kam sich vor wie ein Nilpferd.

Sie lernten, ihre Hüften auf langsame, erotische Weise zu bewegen. Sie kombinierten die sanften und die heftigen Bewegungen. Dann ließ Cheryl sie einen Kreis bilden und sich alle langsam im Kreis bewegen, während sie Einzelne der Fortgeschrittenen aufforderte, nach der Musik zu improvisieren.

Judy beobachtete sie verblüfft. Einige der Frauen waren wundervolle Tänzerinnen. Alter spielte keine Rolle. Ihre Hüften blitzten und schaukelten und wiegten sich, ihre Rücken bogen sich zu einer Acht. Sie schienen verschiedene Körperteile unabhängig voneinander bewegen zu können. Lachend reagierten sie spielerisch aufeinander, nahmen die Tanzbewegungen auf, führten, folgten, spiegelten sich gegenseitig.

»Es ist toll, nicht wahr?«

Das war eine der anderen Neuen, die junge Frau mit der

Brille und dem Batikrock. Sie machten gerade eine kleine Pause. Sie hielt Judy eine Flasche Wasser hin.
»Möchtest du etwas trinken? Was Besseres habe ich nicht.«
»Danke, ich habe gar nicht daran gedacht, mir etwas zu trinken mitzubringen«, gab Judy zu.
Das Gesicht der jungen Frau war knallrot. »Es ist anstrengender, als man denkt, nicht wahr? Und ganz anders als erwartet. Ich weiß zwar nicht genau, *was* ich erwartet habe, aber dies ist echt toll. Ich komme ganz bestimmt nächste Woche wieder. Oh – ich bin Cathy.«
»Judy. Ja, ich komme auch wieder. Es macht mir wirklich Spaß, obgleich ich bezweifle, dass ich jemals so gut werde wie einige von ihnen.«
Naz trat zu ihnen. »Ich muss unbedingt eins dieser Kostüme haben«, sagte sie. »Ich gehe gleich morgen auf Stoffsuche.«
»Sie sind so schön, nicht?«, seufzte Cathy. »Genau wie aus einem Märchen. Wie aus *Tausendundeiner Nacht.* Ich habe diese Geschichten geliebt. Ich habe sie immer und immer wieder gelesen. Und als ich klein war, habe ich mich ständig verkleidet.«
Sie tanzten noch eine Weile, dann machten sie abschließende Entspannungsübungen. Judy konnte nicht fassen, wie schnell die Zeit vergangen war.
»Auf Wiedersehen«, rief Cheryl. »Bis zum nächsten Mal. Vergesst nicht, einen Fünfer in die Schachtel zu legen.«
Und dann standen sie da und zogen sich wieder ihre Straßenkleidung an.
»Es ist erst halb zehn«, sagte Shauna. »Ich gehe noch nicht nach Hause. Wer kommt mit was trinken?«

»Oh ja, gute Idee«, rief Cathy zu Judys großer Überraschung. Sie sah so gar nicht aus wie der Typ, der in Kneipen herumhing.
»Ich weiß nicht so recht«, sagte Naz. »Ich müsste eigentlich nach Hause.«
»Verdammt, was ist mit dir los? Weiß deine Mutter nicht, dass du weg bist, oder was?«, fragte Shauna.
Naz' Gesicht versteinerte. »Mein kleines Mädchen ist zu Hause.«
»Wer passt auf es auf?«
Das war die Blondine mit den Designerklamotten. Sie zog gerade ihre Armanijeans an.
»Mein Dad.«
Die Blonde lächelte. Sie hatte perfekte Gesichtsknochen und große blaue Augen. Genau der Typ, auf den Alan Judys Vorstellung nach abfuhr.
»Mein Mann passt auf meine auf. Ich glaube, wir können sie noch ein klein wenig länger allein lassen, meinst du nicht?«
»Tja, ja, ich glaube schon«, sagte Naz.
Judy hielt sich zurück, nicht sicher, ob sie auch gemeint war. Sie waren alle jünger als sie.
Shauna sah sie an. »Kommst du auch, Judy?«
Es wäre schön, nicht in ein leeres Haus zurückkehren zu müssen. »Ja. Danke.«
»Na dann, nichts wie los«, sagte Shauna. »Ich nehme ein Red Bull und einen Wodka.«
»Das *Chequers* ist das Nächste, und es ist nicht übel«, sagte der Hosenanzug.
Shauna sah sie an. Ihr Gesicht sprach Bände. Judy fürchtete schon, dass sie ihr empfehlen würde, Leine zu ziehen

oder noch Schlimmeres. In einem Anfall schwesterlichen Mitgefühls sagte sie, bevor Shauna etwas äußern konnte: Ach ja? Na gut. Dann ist ja alles paletti, wie man so sagt.«

Also endete es damit, dass sie sich zu sechst um einen Tisch im *Chequers* quetschten.

»Ein Fünfer für die gemeinsame Kasse«, sagte Shauna, holte einen Schein heraus und klatschte ihn auf den Tisch. »Was nehmen wir?«

Außer Shauna waren alle mit dem Auto da, so dass sie Cola oder Fruchtsäfte bestellten.

»Zum Teufel, das ist ja wie bei einer Kinderparty«, maulte Shauna.

Sie stellten sich gegenseitig vor. Die elegante Blondine hieß Fiona. Die herrische Frau im Hosenanzug war Maggie.

»Ich hatte überhaupt nicht vor, heute Abend zu diesem Kurs zu gehen. Ich wusste nicht einmal, dass es so etwas gibt. Ich bin nur zufällig vorbeigekommen, habe die Musik gehört und daraufhin beschlossen hineinzugehen. Ganz spontan«, berichtete sie. Sie sagte es trotzig, als hätte sie irgendetwas Ungehöriges oder Ungewöhnliches getan.

»Und, bist du froh, dass du es getan hast?«, fragte Judy.

»Ich glaube ja. Es ist definitiv mal etwas anderes. Aber es ist ein ziemliches Durcheinander, nicht wahr? Keine Aufzeichnungen, wer teilnimmt oder wer was bezahlt hat. Und es müsste unbedingt zwei Kurse geben, einen für Anfänger und einen für Fortgeschrittene. Ich meine, im Moment läuft es wirklich nicht sonderlich gut, findet ihr nicht? Die Fortgeschrittenen langweilen sich bestimmt, die Grundschritte, die wir üben, noch einmal durchzunehmen, und wir konnten dem, was sie später gemacht hat, überhaupt nicht folgen. Das ist das Problem, wenn ungeübte Leute so etwas durchführen.«

Judy spürte, dass die anderen irritiert waren.

»Ich fand es gut. Mir hat es gefallen«, sagte Naz.

»Diese Cheryl ist ein echtes Ass«, sagte Shauna. »Und ich weiß, wovon ich rede.«

»Eine wundervolle Tänzerin«, stimmte Cathy zu. »Und auch noch so nett, findet ihr nicht? Die Art und Weise, wie sie herumgeht und jeden ermutigt.«

»Ja, es war ein schöner Abend«, sagte Judy.

Maggie blieb unbeeindruckt. »Ich behaupte ja nicht, dass es kein erfreulicher Abend war oder dass diese Cheryl keine gute Tänzerin ist. Was ich sagen will, ist, dass es praktisch so gut wie nicht organisiert ist. Wenn sie es nicht auf die Reihe kriegt, dann müsste jemand einspringen und ihr unter die Arme greifen.«

»Meldest du dich freiwillig?«, fragte Shauna und sprach damit aus, was alle anderen dachten.

»Wenn nötig, ja.«

Fiona meldete sich zu Wort. Sie sprach leise und ruhig, so dass jeder aufmerksam zuhören musste, um zu hören, was sie sagte. »Meinst du nicht, dass man etwas, was funktioniert, so laufen lassen sollte?«

»Jawohl! Richtig, Fiona«, freute sich Naz.

»Ich muss euch beipflichten. Es schien ganz in Ordnung zu sein, so wie es ist«, sagte Judy.

»Schließlich haben wir erst heute Abend angefangen«, meinte Cathy.

Es nagte an Maggie. Man konnte es sehen. Und sie hatte

nicht vor, das Thema fallenzulassen. »Was ich sagen will, ist ...«, begann sie.
»Um Himmels willen, warum kannst du nicht ...?«, unterbrach Shauna sie.
»Waren einige dieser Kostüme nicht wunderschön?«, fiel Judy laut ein. »Ich muss sagen, ich kam mir völlig unpassend angezogen vor.«
Zu ihrer Überraschung sprang Naz ihr zur Seite. »Ja, ich gehe morgen auf Stoffsuche.«
»Kannst du nähen? Ich hätte nicht gedacht, dass ihr jungen Mädchen das eine Ende einer Nadel vom anderen unterscheiden könnt. Nähen scheint man heutzutage nicht mehr zu lernen in der Schule«, sagte Judy.
»Der Lehrplan ...«, begann Maggie.
Aber keine hörte ihr zu.
»Meine Mum hat es mir beigebracht«, erklärte Naz. »Ich nähe für Bekannte – Kleidung, Gardinen, Kissen, derlei Dinge. Es ist fast schon ein richtiges Geschäft. Und ich kann mich währenddessen weiter um mein kleines Mädchen kümmern.«
»Das ist sehr pfiffig von dir«, sagte Judy.
»An was für eine Art Kostüm hast du denn gedacht? Das komplette Bauchtanzkostüm mit BH und Gürtel oder mehr der ethnische Look?«, erkundigte sich Fiona.
»Mir gefallen diese Tuniken«, warf Cathy ein.
»Oh ja. Zu viel Fleisch zu zeigen ist nichts für mich.«
»Ich dachte an eine kurze Weste und Haremshosen.«
Sie alle hatten Ideen. Fiona fischte in ihrer Hermès-Tasche und holte ein Notizbuch und einen goldenen Stift heraus. »So etwa?«
Sie begann mit schnellen, sicheren Strichen zu zeichnen,

und unter ihren Händen entstand ein Entwurf – ein eng anliegendes Mieder, hauchdünne, bauschige Ärmel, ein V-förmiger Hosenbund und Pluderhosen. »Eckiger oder runder Ausschnitt, was meinst du?«

»Runder. Und hier und hier könntest du die Ärmel abbinden.« Naz zeigte auf ihre Arme.

Fiona veränderte ihre Zeichnung. »Wie wäre es mit etwas auf dem Kopf?«

»Eine Pillbox-Mütze mit Schleier. Und ein Jaschmak, ein Gesichtsschleier«, schlug Cathy vor.

»Der Gesichtsschleier gefällt mir«, sagte Judy.

»Das ist wirklich gut«, sagte Naz und betrachtete das Endprodukt. »Wie eine richtige Modeskizze. Bist du Designerin?«

»Oh nein, nichts dergleichen. Ich interessiere mich nur für Kunst.«

Sowohl begabt als auch reich und schön. Da konnte einem schlecht werden.

»Ich hätt' schon Bock auf'n richtiges Bauchtanzoutfit, aber ich hab keinen Schimmer, wie ich dazu kommen soll, weil ich nicht mal ne Nadel einfädeln kann«, sagte Shauna.

Fiona zeichnete noch mehr Entwürfe. Sie alle machten Vorschläge. Naz erklärte, wie man einen ganz normalen Tellerrock zuschnitt. Das Lokal wollte schließen. Fiona bot Shauna an, sie nach Hause zu fahren. Sie alle waren sich einig, dass sie sich auf den nächsten Dienstag freuten. Judy stieg in ihr Auto und fühlte sich so vergnügt und unbekümmert wie schon seit Jahren nicht mehr.

Naz fuhr den Mondeo ihres Vaters in die Auffahrt des Hauses, das sie sich teilten. Früher war es das Haus der Familie gewesen, wo sie alle gelebt hatten, ihre Mum Sadie und ihr Dad Trevor, ihre Brüder Billy und Joe und sie selbst. Jetzt war Joe verheiratet, Billy lebte in einer Wohngemeinschaft in London, und ihre Mum – ihre Mum war tot. Jetzt bestand das Haus aus zwei Wohnungen, und Naz und ihre sechsjährige Tochter Karis lebten im Erdgeschoss, so dass Karis ungehindert in den Garten gehen konnte, ihr Vater wohnte oben, und sie unterstützten sich gegenseitig.
Sie schloss die Haustür auf. Der Fernseher lief, und ihr Dad schlief auf dem Sofa vor den laufenden Abendnachrichten. Als sie ins Zimmer kam, wachte er auf.
»Was? Oh – ich habe nicht geschlafen«, sagte er.
»Nein, natürlich nicht«, sagte Naz und drückte ihm einen Kuss auf die beginnende Glatze auf dem Kopf. »Alles in Ordnung?«
»Ja, ja, wir haben ein, zwei Geschichten gelesen, und dann ist sie selig eingeschlummert.«
»Eine heiße Schokolade?«
»Gern.«
Sie ging leise in das Zimmer ihrer Tochter. Karis lag auf dem Rücken, den einen Arm ausgestreckt, den anderen um ihr Lieblingskaninchen geschlungen. Ihr dunkles Haar kräuselte sich über das Kissen. Naz beugte sich hinunter und küsste ihre runde braune Wange, dann schaute sie sie bewundernd an. Ihr Baby. Ihr wundervolles, schönes Baby. Manchmal war sie geradezu froh, dass Dominic sie verlassen hatte. Es bedeutete, dass sie Karis mit niemandem teilen musste.

Ihr Dad hatte sich aufgesetzt und sah jetzt etwas wacher aus, als sie die Becher mit Kakao hereinbrachte. »Wie war das Tanzen?«

»Toll.« Ja, es war toll gewesen. Sie hatte es wirklich genossen.

»Das ist gut. Du musst viel häufiger ausgehen, Liebes. Du bist immer noch so jung.«

Das sagte er immer. Aber so einfach war das nicht. »Ich habe nicht genug Zeit. Ich muss viel fürs Studium tun.«

»Nimm dir die Zeit. Du weißt, ich kann immer babysitten.«

»Mm.«

»Nette Leute?«

»Jaa.« Sie trank einen Schluck Kakao und dachte darüber nach. »Irre Mischung. Ich meine, wir sind hinterher noch was trinken gegangen, all die Neuen. Da war diese reiche Tante, und so ein New-Age-Typ, und eine ältere Frau, mollig, weißt du, nett, und diese Tänzerin – du würdest sie nuttig nennen –, oh, und diese herrische Kuh. Keine von uns wollte sie eigentlich dabeihaben, aber sie ist trotzdem einfach mitgekommen. Aber wir haben uns wirklich gut verstanden.«

»Alles Frauen?«

»Ja, also, du würdest doch keinen Mann in einen Bauchtanzkurs kriegen, oder?«

»Vielleicht solltest du etwas anderes machen. Was ist denn heutzutage so in? Salsa? Etwas, wozu du einen Partner brauchst.«

Naz seufzte. »Ich habe es dir doch gesagt, Dad, ich will keinen Freund. Sie machen nichts als Ärger. Mir geht es prima mit dir und Karis.«

»Nur weil du einmal eine schlechte Erfahrung gemacht hast ...«

Eine sehr schlechte Erfahrung. Ein Dominic reichte ihr fürs ganze Leben. Sie würde es nicht riskieren, das alles noch einmal durchzumachen, und jetzt musste sie auch noch an Karis denken. »Ich möchte nicht darüber reden.«

»Menschen sind für die Zweisamkeit geschaffen«, sagte er, genau, wie sie es erwartet hatte.

»Dann befolge deinen eigenen Ratschlag«, gab sie zurück.

»Oh, ich bin zu alt, um jetzt noch jemanden zu finden. Aber du nicht.«

»Ich habe gesagt, ich möchte nicht darüber reden. Ende der Diskussion.«

Aber als Naz zu Bett ging und träumte, dass sie in einer Kneipe tanzte in dieser Weste und den Haremshosen, war da ein Mann. Sie konnte ihn nicht sehen, aber sie wusste, dass er da war, und er war nett, er war keine Bedrohung. Was wirklich seltsam war.

3

Die Zuschauer applaudierten begeistert. Sie erhoben sich von den Plätzen, klatschten, jubelten, verlangten eine Zugabe, während sie dastand, errötet, außer Atem, triumphierend, eine Vision von Anmut und Schönheit in ihrem flammendroten Kostüm, übersät mit Perlen und glitzernden Pailletten …

»Sind Sie wieder bei uns, Cathy?«

»Was?« Cathy Turner riss sich aus ihren Tagträumen und kam zurück in die Realität. Sie stand vor den Käfigen in der Tierarztpraxis, in der sie arbeitete. Sie hatte sich um die spezielle Ernährung der kranken Tiere zu kümmern.

»Also, Cathy, Sie sind heute wirklich auf einem anderen Planeten. Ich sagte, würden Sie bitte Jasmine holen. Ihre Besitzer sind hier, um sie abzuholen.«

»Oh, richtig, ja. Entschuldigung.«

Seit ihrem Bauchtanzkurs neulich ging ihr die Musik nicht aus dem Kopf. Sie nahm den Tragekorb, der ihr gereicht wurde, und blickte suchend die Reihe ab. Jasmine. Ja. Eine hübsche, halb ausgewachsene Katze, schwarzweiß, die sterilisiert worden war. Sie hob das widerstrebende Tier aus dem Käfig und setzte es in den Korb, wo es sich in die äußerste Ecke verkroch.

»Schon gut, Mieze«, beruhigte sie sie. »Wir stellen keine weiteren scheußlichen Dinge mit dir an. Du kommst jetzt nach Hause.«

Jasmine funkelte sie böse an. Und sie hatte allen Grund dazu, das arme Ding. Man hatte sie um die Fähigkeit gebracht, Junge zu bekommen. Cathy sah auf das Schild an dem Tragekorb. Ms. N. Randall. Sie hob den Katzenkorb hoch und ging ins Wartezimmer.

»Ms. Ran... oh!«

Es war das schwarze Mädchen aus dem Tanzkurs. Obgleich sie nicht sehr schwarz war. Nur teilweise, könnte man sagen. Sie hatte braune Haut und schwarzes Haar, aber sie sah nicht unbedingt afrikanisch aus. Und sie hatte ihre Tochter bei sich.

Cathy sah sie bewundernd an. Es war ein zauberhaftes kaffeebraunes Kind von vielleicht fünf Jahren, mit riesigen braunen Augen und Rattenschwänzchen. Cathy wurde von überwältigendem Neid und Verlangen gepackt.

Naz klang überrascht. »Cathy! Ich wusste gar nicht, dass du hier arbeitest.«

»Oh – ja ... Ich bin hier seit ...«

Ihr war nur verschwommen bewusst, was sie da von sich gab. Sie umklammerte den Katzenkorb so fest, dass ihre Fingerknöchel weiß hervortraten, kämpfte gegen das Bedürfnis, das Kind hochzuheben, an die Brust zu drücken und niemals wieder loszulassen.

»Geht es Jasmine gut?« Das Kind sah seine Katze an.

»Dies ist Karis.« In Naz' Stimme lag unverkennbarer Stolz. »Meine Tochter.«

»Karis. Was für ein hübscher Name. Ungewöhnlich.« Cathys Stimme klang ganz heiser. Sie räusperte sich.

Karis spähte in den Korb. »Sie sieht nicht glücklich aus.«

»Sie ist noch sehr wund. Aber das geht bald vorbei, und

sie ist bestimmt glücklich, wieder nach Hause zu kommen«, sagte Cathy.

Ihre Stimme klang immer noch seltsam. Dies war schrecklich. Sie fühlte sich heiß und kalt zugleich. Sie musste sich zusammenreißen.

»Sie ist immer noch ein bisschen benommen von der Betäubung. Lass sie am besten noch ein Weilchen in Ruhe ...«, erteilte sie die üblichen Ratschläge, während sie die ganze Zeit Karis ansah, ihre runden Wangen, ihre süße kleine Nase, wie sich ihr Gesichtsausdruck veränderte, während sie mit ihrer Katze redete.

»Danke, wir werden all das beherzigen, nicht wahr, Karis? Uns um die arme Jasmine kümmern.«

»Ja.« Karis riss sich von ihrer Katze los und sah Cathy an. »Mummy hat gesagt, sie will nicht, dass Jasmine Junge bekommt«, erklärte sie.

»Ich weiß. Sehr vernünftig«, sagte Cathy ernst.

Für Naz war das in Ordnung. Sie brauchte keine Scharen von Tieren. Sie hatte eine wirkliche Tochter für sich.

»Jasmine ist Karis' Katze. Ich hielt es für gut, dass sie ein Haustier hat, da sie Einzelkind ist.«

Nur eins wäre genug. Mehrere wären wundervoll, aber gegen nur eins hätte sie auch nichts einzuwenden. »Ja – ich war auch ein Einzelkind, aber meine Eltern haben mir Tiere verboten. Ich habe mich immer nach einer Katze oder einem Hund gesehnt. Besonders nach einem Hund. Ich dachte, wir könnten gemeinsame Abenteuer erleben, wie bei Enid Blyton ...« Verlegen unterbrach sie sich. »Wirklich albern.«

»Oh nein. Ich finde es toll, wenn Kinder ihre Fantasie ausleben. Ich möchte, dass Karis fantasievoll ist.«

»Ich bin sicher, das ist sie.«
»Cathy, da ist ein Patient, um den Sie sich kümmern müssen ...«
»Oh – richtig.« Sie lächelte Naz entschuldigend an. »Tut mir leid, heute ist viel los.«
»Ja, das sehe ich. Danke, dass du dich um Jasmine gekümmert hast. Sehen wir uns Dienstag?«
»Ja, Dienstag. Tschüs. Tschüs, Karis!«
Sie folgte ihnen mit den Blicken, als sie aus dem Wartezimmer gingen, dann drehte sie sich um, um bei einem Windhund zu helfen, der eine Blutspur hinter sich herzog, da er sich in die Pfote geschnitten hatte. Es gelang ihr, sich bis zum Ende ihrer Schicht auf die Arbeit zu konzentrieren, aber als sie nach Hause radelte, verlor sie sich wieder in einem Tagtraum.
Sie schickte Naz auf eine Selbstfindungsreise in den Fernen Osten, und die überließ es ihr, auf Karis aufzupassen. Und als sie nicht zurückkam, wurde Cathy gestattet, das kleine Mädchen bei sich zu behalten ... Sie erreichte ihre Haustür, und einen Moment lang wusste sie kaum, wo sie war. Die Vorstellung war so lebendig gewesen. Sie durchwühlte das Chaos in ihrer großen Häkeltasche nach dem Schlüssel.
In der Luft hing der Geruch von Gebratenem. »Hallo, Liebling«, rief ihr Mann Mike aus der Küche. »Hattest du einen guten Tag?«
»Hallo. Ja, war okay«, antwortete sie automatisch. Aber das stimmte nicht. Naz und diese bezaubernde Karis gesehen zu haben, hatte ihr den Tag verdorben.
Mike kam durch den Flur und umarmte sie liebevoll. Ihr rundlicher, etwas ungepflegt wirkender Mann mit einem

buschigen Bart, der offen seine Zuneigung zeigte. Ihr Teddybär.

»Was ist los, Liebes? Du klingst so bedrückt.«

»Oh – es ist nichts«, seufzte Cathy.

Manchmal hatte sie einfach nicht die Energie, mit ihm darüber zu reden. Er würde die Dinge doch nicht mit ihren Augen sehen. Sie trottete nach oben ins Badezimmer, setzte sich auf die Toilette, blickte nach unten und brach in Tränen aus.

Ihre Periode. Zwei Tage zu früh. Es war so *ungerecht.* Sie blieb eine Ewigkeit einfach hocken, schluchzend. Nichts schien es wert zu sein, sich aufzuraffen. Mit halbem Ohr hörte sie Mikes Schritte die Treppe hochkommen und draußen vor der Badezimmertür haltmachen.

»Cathy? Was ist los, Liebes?« Sie antwortete nicht. »Cathy – das Essen ist fertig. Es gibt vegetarische Würstchen ...«

»Ist mir egal. Geh weg.«

»Cathy – Liebes ...«

Die Tür wurde aufgemacht. Sie sprang hoch und stolperte vorwärts, warf sich mit der Schulter dagegen, drückte sie zu und schloss ab. »Ich sagte, geh!«

»Cathy, bitte ...«

Jetzt, da sie schon einmal stand, schlurfte sie zu dem Toilettenschrank und fand ihre Tampons. Als sie schließlich aus dem Bad kam, saß Mike auf der obersten Treppenstufe und wartete auf sie. Er kam zu ihr und nahm sie in die Arme.

»Oh Liebling – ist es das?«

»Was glaubst du denn?«

Ein neuer Weinkrampf schüttelte sie. Sie lehnte den

Kopf an seine Schulter und weinte und weinte, während er sie in den Armen wiegte, ihr den Rücken rieb und beruhigend auf sie einsprach.

»Oh Liebling – ganz ruhig. Es tut mir so leid.« Und dann: »Vielleicht nächstes Mal.«

Wütend schob sie ihn weg. »Es wird nicht klappen. Beim nächsten Mal genauso wenig wie beim übernächsten – ich weiß nicht, warum wir es überhaupt noch probieren. Es wird niemals klappen.«

Sein freundliches Gesicht wirkte betroffen. »Aber es könnte sein«, sagte er ernsthaft. »Es könnte. Es gibt immer Hoffnung. Nur eins ist nötig.«

Eins. Nur ein einziges kostbares Spermium. Das war alles, was nötig war. Ein Spermium, das stark genug war, um es bis zu ihrer Eizelle zu schaffen.

»Aber das wird nicht passieren. Wir probieren es jetzt seit sieben Jahren. Sieben Jahre! Und es ist nie passiert. Und das wird es auch nicht.«

»Cathy, Cathy, Liebling – du darfst die Hoffnung nicht aufgeben. Nie die Hoffnung aufgeben.«

Hoffnung. Hoffnung war gefährlich. Hoffnung war trügerisch. Hoffnung war nichts als dumme Fantasien. Sie befreite sich aus seinen Armen und floh wieder ins Badezimmer, schloss ihn aus.

Später gab er es auf, durch die Tür vernünftig mit ihr reden zu wollen.

Noch später ging er seufzend nach unten.

Und noch später hörte Cathy auf zu weinen, wusch sich das geschwollene, rotfleckige Gesicht mit kaltem Wasser und kroch ebenfalls nach unten. Die vegetarischen Würstchen lagen im Abfalleimer zusammen mit Pommes aus frischen Kartoffeln, die er extra für sie gemacht hatte, weil er wusste, dass sie die tiefgekühlten nicht mochte. Mike war im Esszimmer und schien im Internet zu surfen. Er stand auf, als er sie hörte, entfernte für sie zwei Katzen und einen Stapel Zeitschriften vom Sofa und kochte ihr eine Tasse Tee.

»Möchtest du etwas essen? Ich kann etwas aus der Tiefkühltruhe holen.«

Sie schüttelte den Kopf. »Ich bin nicht hungrig. Aber wenn du etwas essen willst …«

»Ich bin auch nicht hungrig.«

Sie saßen nebeneinander, völlig erledigt vor Elend. »Ich weiß nicht, was ich noch sagen soll«, begann Mike.

Eine Katze sprang auf Cathys Knie. Sie begann, ihre Oberschenkel zu kneten, und schnurrte laut. Cathy streichelte sie, widmete ihr ihre ganze Aufmerksamkeit. »Du weißt es«, sagte sie mit leiser, harter Stimme. »Du weißt es.«

»Oh Cathy, bitte. Nicht schon wieder. Du weißt, was ich davon halte.«

»Aber warum? Warum? Es ist so dumm. Es wäre unser Kind. Es würde aus meinem Mutterleib kommen. Ich würde es gebären.«

»Es wäre dein Baby. Deins und das irgendeines anderen Mannes. Nicht meins. Es wäre nicht mein Baby.«

»Aber es ist doch nicht so, als würde ich mit einem anderen Mann schlafen! Es ist eine einfache medizinische Prozedur. Und sie wählen die Spender sehr sorgfältig aus. Sie würden für uns jemanden finden, der so aussieht wie du. Und wir würden es großziehen. Darauf

kommt es doch an, auf die Liebe und lebenslange Pflege, nicht auf die – Biologie.«
Wieso konnte er das nicht begreifen? Die Enttäuschung war so intensiv, dass sie das Gefühl hatte, ihr Körper würde schier zerplatzen.
»Aber es wäre immer noch nicht mein eigenes«, wendete Mike ein.
Sie schrie. Ein Schrei aus ihrem tiefsten Inneren drang aus ihrer Kehle. Sie schloss die Augen und öffnete den Mund, und der Schrei hallte mehrfach in ihrem Kopf wider. Mike packte ihre Schultern. Er schüttelte sie.
»Hör auf! Hör auf! Du bist ja hysterisch. Hör auf zu schreien!«
Sie hörte auf. Ihr tat die Kehle weh. Sie keuchte schwer.
»Es tut mir leid. Es tut mir leid. Ich weiß, wie sehr du es dir wünschst ...«
»Das weißt du nicht. Du weißt nicht, wie sehr ich es mir wünsche.«
Wenn er es wüsste, wenn er wüsste, wie unendlich sie sich nach einem Baby sehnte, nach einem kleinen Menschen, den sie lieben und für den sie sorgen könnte, auf den sie aufpassen, mit dem sie spielen und den sie hegen könnte – wenn er das verstünde, dann würde er nicht derartigen Widerstand leisten.
»Nun ja, vielleicht weiß ich es nicht«, gestand Mike ein. »Aber es gibt so viele praktische Schwierigkeiten – oh, wir haben das doch schon so oft diskutiert.«
»Was denn für welche?« Praktische Schwierigkeiten waren nichts. Alles könnte man bewerkstelligen, wenn sie nur dieses Baby haben könnten.
»Also, was würden wir ihm sagen? Ich meine, über sei-

nen Vater? Wie könntest du das einem Kind erklären? Und wenn es alt genug ist, um es zu verstehen, was für ein Schock – ich meine, herauszufinden, dass dein Vater in Wirklichkeit überhaupt nicht dein Vater ist.«

»Aber *du* wärst sein Vater. Der genetische Vater wäre nichts weiter als eine Samenspende. Das ist alles.«

Sie drehten sich im Kreis. Wie Ratten in einem Käfig. Es führte sie nirgendwohin.

»Es tut mir leid«, wiederholte Mike. »Es tut mir wirklich leid, aber ich kann nun einmal nicht gegen meine Gefühle an in dieser Sache. Alles in mir sträubt sich dagegen.«

Cathy war erschöpft. Ihr Kopf dröhnte vor Schmerzen. Sie stand mühsam auf. Ihre Beine zitterten. »Ich gehe zu Bett.«

Mike seufzte. »Okay.«

Sie hielt sich am Treppengeländer fest und schleppte sich nach oben. Sie fühlte sich wie eine alte Frau. Sie durchsuchte den Badezimmerschrank, ihre Strumpfkommode und die Wäschestapel auf dem Toilettentisch, bevor sie endlich eine fast leere Packung Paracetamol in ihrem Kulturbeutel fand. Sie schluckte die Pillen mit Wasser aus dem Wasserhahn. Sie kratzten in der Kehle. Sie konnte sich nicht aufraffen, sich zu waschen. Sie schlurfte ins Schlafzimmer, zog ihre Kleidung aus und ließ sie zu Boden fallen. Dann brach sie auf dem Bett zusammen. Aber sie konnte nicht schlafen. Eine ihrer Katzen kam und versuchte, sich in ihrer Kniebeuge einzurollen, aber sie stieß sie weg. Etwas so Simples wie die Wärme eines Tieres konnte sie nicht trösten.

Etwas später kam Mike herauf. Sie hörte ihn schwerfällig

im Badezimmer herumtapsen. Dann schlich er ins Schlafzimmer. Sie lag absolut regungslos, atmete kontrolliert ein und aus, ließ ihn denken, dass sie schlief. Er kroch vorsichtig ins Bett. Cathy rührte sich nicht. Sie spürte, wie er versuchte, im Dunkeln etwas von ihr zu erkennen. Versuchsweise berührte er ihre Schulter. Ihr ganzer Körper lehnte sich dagegen auf. Sie schüttelte ihn ab.

»Cathy«, flüsterte er bittend.

Sie sagte kein Wort. Lag nur neben ihm auf dem Rücken, stocksteif. Schließlich seufzte er und drehte sich um. Eine Weile später hörte sie sein Atmen, gleichmäßig und langsam. Er schlief. Sie lag wach.

Sie nahm an, dass sie irgendwann eingeschlafen sein musste, weil sie hochschreckte und feststellte, dass Mike bereits im Badezimmer war und sich rasierte.

Sie erledigten die übliche Morgenroutine, fütterten ihre diversen Tiere, machten Sandwiches. Mike ging ins Esszimmer und kam mit zwei Blatt Papier zurück. Er stand in der Küchentür und trat von einem Bein auf das andere.

»Ich – äh ... Das habe ich gestern Abend für dich ausgedruckt. Ich habe es im Internet gefunden.« Er hielt ihr die Blätter hin.

Cathy nahm sie. Sie warf einen Blick darauf, dann einen genaueren. Auf jedem Blatt waren vier umwerfende Bauchtanzkostüme abgebildet, üppig verziert mit Perlen und Pailletten in wunderschönen Mustern mit zarten, transparenten Stoffen für Ärmel oder Röcke oder Schärpen um die Taille. Ein Blatt war hauptsächlich in Pink gehalten, das andere in Silber.

»Es ist ein Laden in Kairo«, erklärte Mike. »Es gibt jede Menge davon, alle in verschiedenen Farben, aber ich dachte, nun ja, dir steht Pink gut, so dass ich nur diese beiden Seiten ausgedruckt habe. Du kannst sie per Kreditkarte bestellen.«

»Ich dachte, du willst nicht, dass ich Bauchtanz mache.« Er hatte zunächst heftig dagegen protestiert.

Sie betrachtete die Kostüme. Sie wollte keins in Pink, sie wollte ein flammend rotes. Flammend rot und gold.

»Na ja ...« Mike wich ihrem Blick aus. »Ich dachte, es wäre ganz schön für dich, ein Hobby zu haben.«

Ein Hobby. Als Babyersatz. »Danke.«

»Aber ich brauche den Wagen, um zu meinem Kurs zu fahren«, sagte Judy.

»Dein Kurs?«, fragte ihr Mann, der für einen Moment ratlos war. »Was ...? Oh, du meinst dein Bauchwackeln. Machst du das immer noch?«

»Natürlich. Warum nicht?« Es war bereits die dritte Woche, und sie würde es um nichts in der Welt aufgeben.

»Warum hast du dann deinen Wagen ausgerechnet für heute zur Inspektion angemeldet?«

»Ich habe dir doch gesagt, er hätte bis heute Abend fertig sein sollen, aber sie haben ein bestimmtes Teil nicht rechtzeitig bekommen. Irgendein Verbindungskabel oder so.«

»Es ist mir schleierhaft, warum das so schwierig ist, es ist schließlich ein Escort, kein Ferrari oder so.«

»Ich weiß es nicht. Das haben sie mir jedenfalls gesagt.«

Sie hasste die Innereien von Autos. Wenn ihr der Automechaniker der Werkstatt etwas erklärte, nickte sie nur und versuchte, so auszusehen, als verstünde sie alles. In Wirklichkeit könnte er ihr sonst was erzählen.
Alan seufzte verärgert. »Ehrlich, Judy, du lässt dir einfach von jedem auf der Nase rumtanzen.«
Sie ist der durchsetzungsfähige Typ, dein Liebchen, nicht wahr? Hat sie dich für heute Abend abserviert? Bist du deswegen so gereizt?
»Schon gut, schon gut«, wendete Judy sich ab und begann, Teller in die Spülmaschine einzusortieren. Die Jungs hatten sich bereits verdrückt. Das Geräusch von dröhnenden Bässen drang durch die Decke. »Dann nehme ich eben ein Taxi, wenn es nicht in deine Pläne passt.«
Er wollte nur auf einen Drink in den Golfclub. Hatte er jedenfalls gesagt.
»Nein, nein …« Alan hatte auf einen gequälten Tonfall umgeschaltet. »Ich bringe dich hin. Wann fängt es an?«
»Um acht.«
»Und wann ist Schluss?«
»Um halb zehn.«
»Halb zehn? Verdammt, Judy, ich kann doch nicht um halb zehn schon wieder durch die halbe Stadt gurken. Das ist mitten am Abend. Ich bin doch kein verdammtes Taxi.«
Nein, ich bin das verdammte Taxi. Ich bin diejenige, die normalerweise herumfährt und alle aufsammelt, wie es ihnen am besten passt. »Ich habe dich ja auch nicht darum gebeten. Ich nehme an, dass wir hinterher noch auf einen Drink ins *Chequers* gehen, und dann nimmt mich

entweder jemand mit oder ich nehme mir ein Taxi. Okay?«

»Ja, ja.«

Er hatte das Interesse an der Auseinandersetzung verloren und trollte sich, überließ es ihr, den Abendbrottisch abzuräumen.

In letzter Minute wurden die Dinge noch kompliziert durch Toby und Oliver, die mit ihrer gesamten Musikausrüstung zu einem Freund gefahren werden wollten, was Alan verweigerte, worüber die Jungs sich beschwerten und lautstark fluchten.

»Verdammte Kinder. Erwarten, dass man sich um sie wie um Kleinkinder kümmert. Du verhätschelst sie viel zu sehr, weißt du.«

Vielleicht tat sie das. Sie waren ihre unerwarteten Schätze, ihr überraschender Extrabonus. Sie wurden überschüttet mit all der Liebe, die Alan nicht mehr zu wollen schien. Judy folgte ihm ins Auto, ihre Tasche trug sie selbst. Die Tasche zu fühlen gab ihren Gedanken eine neue Richtung. Sie spähte hinein auf die Falten eines glatten Stoffes. Ihr neuer Rock würde die anderen bestimmt überraschen. Sie hatte bei Oxfam ein gebrauchtes Ballkleid entdeckt, aus türkisem Satin mit Puffärmeln und einem fischbeinverstärkten Mieder. Absolut nicht ihr Stil, aber sie hatte den Rock abgetrennt und ein breites Gummiband in Taillenhöhe, oder besser in Hüfthöhe, eingenäht, und jetzt war es ein Tanzrock. Er gefiel ihr wirklich sehr gut. In Gedanken bei ihrem Rock verpasste sie das meiste, was Alan gerade vor sich hin knurrte.

»Ist es hier? St. Aidan's? Verdammter Mist, was ist denn

das für eine Idiotin in dem Geländewagen? Warum kaufen sich diese Frauen solche Dinger, wenn sie sie nicht fahren können? Sieh dir das ...«

Er blieb mitten in der Einfahrt des Parkplatzes stehen und sah zu, wie die Fahrerin den Range Rover gekonnt in eine sehr kleine Parklücke am Ende des Platzes manövrierte. Eine Lücke, in die sie nicht einmal versucht hätte, ihren Escort zu quetschen. Als das Licht des Gemeindesaals auf den Wagen fiel, sah Judy, dass Fiona am Steuer saß und Shauna neben ihr. Ja, klar, Fiona konnte selbstverständlich gut fahren. Sie war der kompetente Typ. Kühl und beherrscht.

»Kaufen sie ausschließlich als Statussymbol, und dann holen sie damit bloß ihre Kinder von der Schule ab, dabei wären sie viel besser mit einem ...«

Alan brach abrupt ab. Shauna und Fiona stiegen aus dem Wagen. Zwei große Frauen, die eine blond, die andere rothaarig. Sie gaben ein umwerfendes Paar ab. Judy warf Alan einen Seitenblick zu. Er starrte sie an, den Mund leicht geöffnet, einen Ausdruck nackter Gier auf dem Gesicht, obgleich sie nicht hätte sagen können, auf welche von beiden er sich fixiert hatte. Als sie auf den Gemeindesaal zugingen, sah sie, dass Fiona Jeans, ein locker geschnittenes Jackett und Pferdeschwanz trug, Shauna eine Bikerjacke über Tanzleggings und hohe Hacken, und ihre unglaubliche Haarmähne floss ihr offen über Schultern und Rücken.

Es ist nicht gerecht. Es ist einfach nicht gerecht. So habe ich nie ausgesehen, nicht einmal als ich in ihrem Alter war. Männer haben mir nie mit offener Begierde hinterhergestarrt. Eifersucht packte sie, ein dicker, schwarzer, giftiger Knoten in ihrem Inneren. »Ich gehe dann«, sagte Judy, laut.

»Hm.«

Sie stieg aus und hielt den Türgriff fest. »Also tschüs. Danke fürs Bringen.«

»Schon gut.«

Sie schlug die Tür zu. Shauna und Fiona verschwanden im Saal. Alans Kopf fuhr herum. »Kein Grund, die Tür so zuzuschlagen. Du machst sie noch kaputt.«

Sie ignorierte ihn und ging weg, wobei sie sich des Unterschieds zwischen ihrer und Shaunas Rückenansicht bewusst war.

Im Saal summte es von Unterhaltungen, die sich gegen die fließenden orientalischen Klänge durchzusetzen versuchten. Shauna und Fiona begrüßten sie lächelnd, als sie hereinkam. Judy zwang sich zu einer Erwiderung. Sie beobachtete beide verstohlen, als sie sich umzogen. Shauna hatte einen fantastischen Körper, keine einzige Wölbung war zu sehen, außer dem perfekten Dekolleté ihrer hohen runden Brüste. Und Fionas Körper war ebenfalls schlank und straff, eine Nummer größer, aber schön proportioniert ohne irgendwelche schlaffen Teile, und sie war höchstwahrscheinlich zehn Jahre älter als Shauna und hatte zwei Kinder.

Judy fühlte sich körperlich krank. Sie sah an sich hinunter auf ihre eigenen schlaffen Brüste und den gewölbten Bauch. Sie betastete ihre Taille, wenn man es denn Taille nennen konnte, und knetete düster ihre Fettmengen. Ganze Hände voll. Schrecklich, schrecklich. Kein Wunder, dass Alan sich für jüngeres Fleisch interessierte.

»Hallo. Wie geht's?«

Es war Maggie. Judy zwang sich zu einem Lächeln. »Fein, fein.«

»Ich freue mich inzwischen richtig auf die Dienstagabende. Es ist mal etwas anderes, nicht wahr?«

Sie war gar nicht so übel, diese Maggie. Zuerst hatte sie sie für eine ziemliche Nervensäge gehalten, aber wenigstens war sie nicht jung und schön. Wahrscheinlich ungefähr im gleichen Alter wie sie.

»Ja, es macht Spaß. Besser als Aerobic.« Sie gab sich Mühe, die Unterhaltung nicht abreißen zu lassen, freundlich zu erscheinen. »Ich habe mir sogar einen Rock gebastelt. Schau mal.«

Sie zog ihn über ihr grünes T-Shirt und band sich ihren fransigen indischen Schal um die Hüften. Maggie bewunderte die Wirkung.

»Jetzt wünschte ich mir, auch nähen zu können. Normalerweise braucht man es nicht. Ich besitze nicht mal eine Nähmaschine.«

Maggie zog sich um. Sogar sie war deutlich weniger füllig als Judy. Sie fühlte sich schrecklich minderwertig. Sie wäre am liebsten davongelaufen und hätte sich versteckt.

»Hallo, Judy.«

Es war Cathy. Judy lächelte und antwortete. Und dann kam Naz herein. Weiteres Lächeln, weitere Begrüßung. Naz kam zu ihr und begutachtete den Rock und stellte ihr jede Menge Fragen, woher sie den Stoff und wie sie das Kleid geändert hatte. Sie zeigte das Outfit, das sie gerade für sich nähte. Bisher hatte sie nur einen rubinroten Rock und einen breiten Gürtel für die Hüften fertig, der eingefasst war von schweren, goldenen, tropfenförmigen Perlen.

»Ist das nicht wunderschön?«, begeisterte sie sich und schüttelte den Gürtel, so dass die Perlen zitterten. »Es gab jede Menge in der Kurzwarenabteilung im Kaufhaus. Ich hätte unentwegt kaufen können.«
Judy fand sich mitten in einer Unterhaltung über Nähtechniken wieder. Das Gefühl der Minderwertigkeit ließ langsam nach. Etwas konnte sie immerhin. Sie konnte gut nähen.
Cheryl klatschte in die Hände. »Alle bitte herkommen. Ich habe uns eine wunderbare neue CD zum Tanzen besorgt.«
Gehorsam folgte Judy den anderen Kursteilnehmerinnen. Sie machte Aufwärm- und Dehnübungen. Sie folgte dem Hip Drop und beschrieb mit den Hüften langsam die Acht. Die Bewegungen fühlten sich weniger merkwürdig an.
Der Rockstoff raschelte und umfloss sie. Sie folgte der einfachen Tanzroutine, und es gelang ihr, mit der Musik und Cheryls Schritten mitzuhalten. In ihrem Kopf waren nichts weiter als die Musik und ihre Entschlossenheit, ihren plumpen Körper dazu zu bringen, Cheryls anmutige Bewegungen nachzuahmen. Cheryl zeigte ihnen einen Vorwärts-rückwärts-Schritt, den sie Kashlemar nannte.
Im Gleichklang kashlemarten sie durch den Raum. Judy stellte fest, dass sie dabei lächelte. Die Musik beschleunigte sich. Die Teilnehmerinnen beschleunigten sich mit und hörten mit einem letzten triumphalen Schwung auf, keuchend und lachend.
Cathy drehte sich zu ihr um, ihre Augen leuchteten. »War das nicht toll?«

»Wundervoll!«, schnappte Judy nach Luft und meinte es auch.
Am Ende der Trainingsstunde wurde ihr klar, dass sie sich eineinhalb Stunden lang absolut nicht wie ausrangiert gefühlt hatte.
»Ihr wart sehr gut, alle miteinander! Das war prima. Nächste Woche fangen wir an, einige Bewegungen zu einem Tanz zu verbinden, den wir auf der Weihnachtsfeier vorführen.«
Weihnachten. Oh Gott. Die Niedergeschlagenheit kehrte zurück.
»Was passiert da auf dieser Weihnachtsfeier?«, erkundigte sich Maggie.
»Oh, wir werden viel Spaß haben«, antwortete Cheryl. »Wir mieten das Restaurant *Arabian Nights* – das libanesische, kennt ihr das? Wir bringen unsere Familien mit und verkleiden uns, und zwischen den Gängen stehen wir auf und tanzen zu unserer eigenen Musik.«
Was würde Alan davon halten? Würde er sich weigern mitzukommen? Nicht, wenn er wüsste, dass Shauna auch da war. Vielleicht würde sie es ihm einfach nicht sagen.
»Tschüs. Bis nächste Woche«, sagte Cheryl.
»Wer kommt noch mit in die Kneipe?«, rief Shauna.
»Ich!«
»Und ich!«
»Ich auch«, hörte Judy sich sagen. Mehr denn je hatte sie keine Lust, in ein leeres Haus zurückzukehren.
Im Pub saß sie schließlich zwischen Cathy und Naz.
»Erholt Jasmine sich gut?«, fragte Cathy.
»Es geht ihr prima. Die kahle Stelle ist beinahe schon wieder ganz zugewachsen«, sagte Naz.

»Wer ist Jasmine? Dein kleines Mädchen etwa?«, fragte Judy.
Die beiden anderen lachten.
»Nein, meine Katze. Ich habe sie sterilisieren lassen, und als ich sie abholen wollte, stellte ich fest, dass Cathy in der Tierarztpraxis arbeitet.«
»Ich arbeite in einer Arztpraxis. Halbtags als Sprechstundenhilfe. Ich wette, eure Patienten machen euch weniger Ärger als unsere«, sagte Judy.
»Wenigstens beißen deine nicht.«
»Da wäre ich mir nicht so sicher.«
Fiona und Shauna wollten Naz' Gürtel noch einmal sehen. Sie erklärte, wie sie ihn gemacht hatte und wie sie sich den Rest ihres Kostüms vorstellte.
Verlegen zog Cathy zwei DIN-A4-Blätter hervor. »Mein Mann hat das hier im Internet gefunden.«
Sie alle begeisterten sich an den exotischen Kostümen.
»Darin stecken Stunden über Stunden an Arbeit«, seufzte Naz.
»Schlecht bezahlte Arbeit. Man sollte so etwas nicht kaufen und sich an der Ausbeutung anderer Frauen beteiligen«, lautete Maggies Kommentar.
Sie hatte wahrscheinlich recht. Genau genommen hatte sie sogar ganz sicher recht. Warum nur hatte sie dieses überwältigende Bedürfnis, ihr zu widersprechen?
»Quatsch«, sagte Shauna. »Sie werden bezahlt, oder nicht?«
»Löhne, die unter der Armutsgrenze liegen ...« Maggie hielt jetzt einen politischen Vortrag.
Fiona drehte sich zu Naz um. »Glaubst du, du könntest uns beibringen, wie man das macht? Wenn wir auf die-

ser Weihnachtsfeier tanzen sollen, wollen wir natürlich gut aussehen. Vielleicht könnten wir uns alle mal abends treffen und unsere Ideen sammeln.«

»Jaa, okay.« Naz klang nicht sonderlich begeistert.

»Oh, das ist eine tolle Idee«, mischte Cathy sich ein.

»Ja. Ich hab zwar zwei linke Hände, aber vielleicht kann ich meine Mum überreden, es für mich zu nähen«, sagte Shauna.

Eine weitere duldsame Mum. Wie es wohl war, Shaunas Mutter zu sein?

Fiona bot sich als Gastgeberin an. »Wenn es in Ordnung für dich ist, Naz? Kannst du einen Babysitter bekommen?«

»Ja, mein Dad übernimmt das immer, wenn er zu Hause ist, oder eine meiner Cousinen kommt vorbei. Aber ich habe nicht viel Zeit. Meistens muss ich abends lernen.«

»Dann bestimmst du, wann ...«

»Moment mal«, fiel Maggie ihr ins Wort. »Der Rest von uns hat schließlich auch einen vollen Stundenplan, weißt du.«

»Na, dann komm eben nicht«, fertigte Shauna sie kurz ab. »Ich jedenfalls werde mir dafür einen Abend freinehmen und nicht zur Arbeit gehen.«

Nach anstrengendem Hin und Her wurde das Treffen für Donnerstag der nächsten Woche verabredet. Cathy erbot sich, im Internet nach weiteren Abbildungen zu suchen, Fiona, in die öffentliche Bücherei zu gehen, und Naz, in ihrer College-Bibliothek zu recherchieren. Sie studierte nebenbei Medienkommunikation.

»Du ziehst ein Kind groß, hast deinen Nähjob und willst

auch noch einen Studienabschluss machen?«, sagte Judy. »Wie bringst du das alles nur unter einen Hut?«

Sie waren so voller Energie, diese jungen Frauen heutzutage. Wie hieß der moderne Begriff? Fokussiert.

»Ich habe nie irgendwas richtig auf die Reihe gekriegt, als ich kleine Kinder hatte. Die Zeit ist mir einfach durch die Finger geglitten.«

Naz zuckte die Achseln. »Karis geht jetzt zur Schule, also bleibt mir schon mal diese Zeit, und die Abende gibt es ja auch noch.«

Aber kein Ehemann, der ihr half, wie es schien. Oder der sie behinderte.

Sie waren bereits bei der vierten Runde – Judy, die nicht selbst nach Hause fahren musste, war bei Gin Tonic –, als ein Mann sich über ihren Tisch beugte.

»Hallo, die Damen. Amüsieren Sie sich gut?«

Judy drehte sich um. Alan. Die pessimistische Stimmung kehrte zurück, schnell gefolgt von Ärger. Sie hatte sich gut amüsiert, bis er auftauchte. »Was um alles in der Welt tust du hier?«

»Also, das ist ja eine nette Art, mich zu begrüßen, muss ich sagen, wenn ich extra vorbeigekommen bin, um dich abzuholen.« Er klang ganz locker und zu Scherzen aufgelegt, rückte sie und ihre schlechte Laune in ein schlechtes Licht. »Willst du mich denn nicht vorstellen?«

Nein. Hau einfach ab. Judy unterdrückte einen Seufzer. »Das ist mein Mann, Alan.«

Sie nannte die Namen der anderen Frauen. Fiona und Cathy waren höflich, Maggie und Naz kühl, Shauna lässig. Was sein Interesse ganz sicher noch mehr reizte. Es ging doch nichts über die Lust an der Verführung. Und,

na klar, er fand einen Stuhl und setzte sich zwischen Shauna und Fiona und begann sich mit beiden zu unterhalten. Shauna wendete sich von ihm ab und unterhielt sich über den Tisch hinweg mit Naz, überließ Alan Fiona.
»Wie gefällt Ihnen der Range Rover?«, hörte Judy ihn fragen. »Spitzenmäßiges Auto, nicht wahr?«
»Ich hasse ihn«, antwortete Fiona.
Der Abend war ruiniert. Die Unterhaltung lief an ihr vorbei. Judy nippte an ihrem beinahe leeren Glas und fühlte sich grauenvoll.
»Findest du nicht, Judy?«
Sie fuhr zusammen, als sie ihren Namen hörte. Es war Maggie.
»Dass ein Studienabschluss heutzutage zur Grundqualifikation gehört?«
Sie spürte eine Welle von Dankbarkeit. Maggie hatte wahrgenommen, dass sie ausgeschlossen war, und sie absichtlich wieder mit einbezogen.
»Oh ja, ich glaube, da könntest du recht haben«, sagte sie und riss sich zusammen. »Alle meine Kinder und deren Freunde haben entweder ihr Studium schon abgeschlossen oder werden studieren. Ich weiß allerdings nicht, wo wir dann bleiben, wozu man uns zählt. Zum alten Eisen vermutlich.«
Als sie von der Schule abgegangen war, hatte es als absolut ausreichend für ein Mädchen gegolten, die Fähigkeiten einer Sekretärin zu haben. Sie war dankbar, als der Wirt zur letzten Runde aufrief. Alan war den ganzen Weg nach Hause ziemlich aufgedreht.
»Ein echt bunter Haufen, deine Mittänzerinnen, was? Diese Fiona ist ein Knüller, nicht wahr? Sie wohnen

offenbar außerhalb in Macey's Green. Nettes Dorf. Erstklassige Immobilien. Hättest du gedacht, dass sie genau wie wir gern ins *Happy Goose* essen gehen?«

»Tatsächlich?« Er war nie mit ihr ins *Happy Goose* essen gegangen.

4

Gott sei Dank hatte sie mit Naz vereinbart, dass diese ihr ein Kostüm nähte. Sie hatte wirklich keine Zeit, sich um diesen Kram zu kümmern, um all das Zuschneiden und Nähen.

Maggie musterte den riesigen Stapel Arbeiten, die sie korrigieren musste. Die Hälfte hätte schon gestern fertig sein müssen. Die andere Hälfte musste bis Montag durchgearbeitet werden, aber bis zum Wochenende würde bestimmt noch mehr hinzukommen. Ganz zu schweigen von den ganzen Vorbereitungen. Und dann musste sie auch noch die Personalbeurteilungen in Gang bringen.

Sie schenkte sich ein Glas Chardonnay ein und stellte eine tiefgefrorene, kalorienarme Fischpastete für eine Person in die Mikrowelle. Dann schlenderte sie ins Wohnzimmer und setzte sich. Nach einem Arbeitstag genoss sie die Ruhe. Kein Radio, kein Fernsehen, keine Musik. Einfach nur Ruhe. Sie zündete sich eine Zigarette an, trank einen Schluck Wein und überblickte den Raum.

Es war ein schönes Zimmer. Ein schönes Haus. Sie hatte es vorwiegend neutral weiß gehalten, sparsam möbliert mit schlichten modernen Möbeln und jeglichen Krimskrams auf ein Minimum beschränkt. Das Haus stand

auf einem kleinen, hübsch angelegten Grundstück am Stadtrand, und es war brandneu gewesen, als sie letztes Jahr eingezogen war. Die meisten Möbel waren ebenfalls neu. Es gab in ihrem Haus nichts, was älter als acht Jahre war, da sie nichts mitgenommen hatte von den Sachen, die sie sich mit Robin, ihrem Ex, geteilt hatte.
Ein sauberer Neuanfang. Ein Schlussstrich unter diesen Teil ihres Lebens.
Normalerweise beruhigte es sie, ihr kleines Königreich zu betrachten. Aber seit dem Gruppentreffen in Fionas Haus letzte Woche hatte sich ein Anflug von Unzufriedenheit eingenistet. Sie rückte ihm mit Logik zu Leibe. Wer würde schon in so einem großen Haus leben wollen? Und denkmalgeschützt war es auch noch. Es war allgemein bekannt, dass es unglaubliche Einschränkungen und Vorschriften gab, was man bei einem denkmalgeschützten Gebäude tun durfte und was nicht. Und dann auch noch all diese Antiquitäten und modernen Kunstgegenstände. Sie mochten ja sehr schön aussehen, aber alles musste abgestaubt und poliert werden. Und was einige der Bilder an den Wänden betraf, so fand sie sie richtig hässlich. Würde sie nicht geschenkt haben wollen.
Dann war da noch der Garten. Hinter Maggies Haus war ein Innenhof mit einigen Geranientöpfen und einem winzigen Rasen. Gerade genug, um sich an einem sonnigen Tag nach draußen zu setzen, und so gut wie keine Mühe, alles in Ordnung zu halten. Genau das, was sie brauchte und richtig für sie war. Während Fiona sich um nahezu einen Morgen wild wuchernden Gartens mit einem schlammigen Teich und einer Zeder, die ständig

beschnitten werden musste, zu kümmern hatte. Darum beneidete sie sie wahrlich nicht. Obgleich sie annahm, dass sie einen Landschaftsgärtner hatten, der das für sie erledigte.
Nein, sie war ziemlich glücklich mit ihren eigenen vier Wänden, vielen Dank. Sie verbot sich, einen Gedanken an Fionas gutaussehenden, charmanten, redegewandten Mann zu verschwenden.
Die Mikrowelle piepste. Sie holte ihr Abendessen für eine Person heraus und wollte sich gerade ein zweites Glas Wein einschenken, als das Telefon klingelte.
»Mum? Ich bin's.«
»Oh hallo, mein Lieber.« Es war Ben, ihr Sohn.
»Wie geht es dir, Mum?«
»Ganz gut. Hör zu, kannst du in ungefähr zehn Minuten noch mal anrufen? Ich habe mir gerade etwas zu essen gemacht.« Er hatte sich drei Wochen nicht gemeldet. Ein paar Minuten länger würden auch nicht schaden.
»Oh, also, Mum, ich wollte nur fragen, ob es okay ist, wenn ich komme und eine Weile bei dir bleibe?«
Ihr wurde das Herz schwer. Damit waren ihre Ruhe und Privatsphäre dahin. »Ich denke schon, aber ...«
»Danke, Mum. Du bist spitze. Hör mal ... äh. Du kannst wohl nicht kommen und mich abholen, oder?«
Damit war auch ihr Sonnabend im Eimer, und eine schreckliche Fahrt durch dichten Verkehr nach Tottenham stand ihr obendrein bevor. »Kannst du nicht mit dem Zug kommen?«
»Bin ich ja, aber ich habe meine ganzen Sachen dabei.«
Sie brauchte einen Moment, um das zu verdauen. »Du meinst, du bist jetzt hier? In Mellingford?«

»Ja.«
Was war passiert? War er aus der Wohnung geworfen worden? Also, er war wirklich verantwortungslos. Ihre Fischpastete wurde kalt. »Kannst du kein Taxi nehmen?«
»Ähm ... Na ja, ich hatte keine Zeit, zu einem Geldautomaten zu gehen.«
»Schon gut, schon gut. Ich bezahle es.«
»Danke, Mum! Ich wusste, dass ich mich auf dich verlassen kann.«
Dafür waren Mütter da. Um Geld und Betten für Übernachtungen bereitzustellen. Mechanisch aß sie ihr Abendessen. Es schmeckte total fade, nach so gut wie nichts. Knapp eine Viertelstunde später stand Ben vor der Tür. Groß, blond, beugte er sich leicht hinunter, umarmte Maggie und schnüffelte in der Eingangstür.
»Riecht gut. Ist noch was da?«
»Wenn ich gewusst hätte, dass du kommst, hätte ich etwas vorbereitet.«
Sie verstauten seine irdischen Güter oben im Gästezimmer, dann holte Maggie eine Lasagne für eine Person aus dem Gefrierschrank, und er packte aus. Sie leerten die Flasche Chardonnay gemeinsam, während er aß und Maggie ihn über den Tisch hinweg ansah. Die Ähnlichkeit mit seinem Vater verstörte sie jedes Mal. Die Art und Weise, wie ihm das Haar über die Stirn fiel, das breite und ziemlich liebenswerte Lächeln, die kurzsichtigen blauen Augen hinter der schicken Brille.
»Also, was ist mit der Wohnung?«
Er hatte sie sich mit drei anderen geteilt, der jüngsten Kombination verschiedener Freunde und Freundinnen.
»Äh – tja, es hat nicht funktioniert.«

»Was soll das heißen, es hat nicht funktioniert?«
Ben zuckte die Achseln. »Na ja, du weißt schon. Meinungsverschiedenheiten über dies und das. Wohngemeinschaften sind immer so. Schlimmer als Ehen. Allerdings kommt man da leichter raus.«
Damit hatte er genau genommen gar nichts gesagt. »Du musst sehr früh aufstehen hier, um mit dem Zug zur Arbeit zu kommen. Es ist nicht so, als würdest du von Tottenham aus in die City fahren«, gab sie zu bedenken.
Ben nahm sein Weinglas zur Hand und betrachtete sorgfältig den Inhalt. »Ja, also, da ist noch etwas. Im Moment arbeite ich nicht in der City.«
Wieder ein Job im Eimer! »Und wo arbeitest du dann?«
»Äh – also – genau genommen nirgends momentan. Aber ich habe mich bei mehreren Agenturen eintragen lassen.«
Urplötzlich packte sie Ungeduld. »Also wirklich, Ben! Wird es nicht langsam Zeit, dass du mit diesen Aushilfsjobs aufhörst und einen richtigen Beruf ergreifst? Du bist jetzt sechsundzwanzig. Seit du dein Studium beendet hast, bist du von einer beruflichen Sackgasse in die nächste gestolpert.«
Warum konnte er nicht wie seine Schwester sein? Becky war drei Jahre jünger als Ben und hatte bereits einen anspruchsvollen Job als Organisatorin und ihre eigene Wohnung in Manchester. Becky kam nach ihr. Sie kriegte alles auf die Reihe.
»Ich werde schon was finden. Keine Sorge. Irgendwas ergibt sich immer.«
»Aber das ist es doch gerade, Ben. Anständige Jobs ergeben sich nicht einfach so. Du musst dich darum

bemühen. Anzeigen studieren, einen wirklich guten Lebenslauf formulieren, dich ordentlich präsentieren. Es gibt reichlich Konkurrenz da draußen. Wenn du dich weiter einfach so treiben lässt, erreichst du gar nichts.«

»Ja, ja. Du hast sicher recht, Mum.«

Keins ihrer Argumente kam wirklich bei ihm an, das war offensichtlich. Er gab ihr nur recht, um seine Ruhe zu haben. Es war so frustrierend. »Ja, ich habe recht, Ben, und ich wünschte, ich könnte dich davon überzeugen. Du hast großes Potenzial, aber im Moment verschwendest du es nur.«

»Ich könnte mehr aus mir machen, was?«

Robin hatte das auch getan. Sie ein bisschen auf den Arm genommen, um ihr den Wind aus den Segeln zu nehmen. Sie würde nicht zulassen, dass Ben sie aus dem Konzept brachte. Es war zu seinem eigenen Besten. »Ja, könntest du. Es wird langsam Zeit, dass du dich am Riemen reißt.«

»Ich werde mein Bestes tun, Mum.«

»Du kannst gleich morgen damit anfangen, indem du ins Internet schaust. Es gibt jede Menge Job-Websites. Und dann kannst du einige Agenturen anrufen. Aber bewirb dich nicht um diese Aushilfsjobs. Ordentliche Arbeit. Den Beginn einer Karriere.«

»Ja, Mum.« Er stand auf und trug seinen Teller und das Besteck zum Spülbecken. »Ich wasche ab, wenn du willst.«

Es war, als laufe sie mit ihrem Kopf gegen eine Gummiwand.

Maggie ging nach oben in ihr Arbeitszimmer, um sich an die Korrekturen zu machen. Gleich darauf wurde im

Wohnzimmer der Fernseher angeschaltet. Sie seufzte. Ade, friedliches Haus. Das würde nicht einfach werden. Dennoch, er war ihr Sohn, und es war ja nur für kurze Zeit.

Am folgenden Abend war sie mit Naz verabredet, um ihr den Stoff für das Kostüm vorbeizubringen und mit ihr zu besprechen, was sie nähen sollte. Sie setzte Ben in der High Street ab, wo er sich mit einigen Freunden treffen wollte, dann fuhr sie in Naz' Straße zu einem großen edwardianischen Haus in einem gepflegten Garten. Sie war etwas verblüfft, als die Tür von einem Mann in den Fünfzigern mit grauem Haar und einem freundlichen Lächeln geöffnet wurde.

»Oh«, sagte sie. »Ich wollte zu Naz Randall.«

»Da sind Sie hier richtig«, versicherte er ihr. »Natalie hat sich etwas verspätet. Sie bat mich, sie bei Ihnen zu entschuldigen und zu fragen, ob es Ihnen etwas ausmacht, ein paar Minuten zu warten. Ich bin übrigens ihr Vater. Trevor.«

»Oh«, sagte Maggie wieder und sortierte schnell die Fakten in ihrem Kopf. Naz' Mutter musste also schwarz sein, weil Trevor weiß war. Sie streckte ihre Hand aus. »Wie geht es Ihnen, Trevor? Ich bin Maggie Stafford.«

»Freut mich, Sie kennenzulernen.« Er hatte einen sympathischen, festen Händedruck.

Sie folgte ihm in Naz' Wohnzimmer, einen hellen und luftigen Raum mit abgebeizten Schränken, weißen Wänden und farbigen Teppichen und Polstermöbeln.

»Sehr modern, nicht wahr?«, sagte Trevor, der ihre kritische Musterung verfolgte. »Sie hat es selbst gemacht, müssen Sie wissen – alles selbst tapeziert, die Möbel bezogen und all die raffinierten kleinen Dinge und Farben. Sie ist ein begabtes Mädchen, unsere Natalie. Setzen Sie sich doch bitte. Tee oder Kaffee? Oder sind Sie eine dieser begeisterten Mineralwassertrinkerinnen?«

Maggie bat um einen Kaffee und setzte sich auf das niedrige Sofa mit den hellblauen Bezügen und bestickten Kissen. Sie sah sich im Zimmer um, als Trevor in die Küche ging. Ein Stapel Kinderbücher lag auf dem Beistelltisch, zusammen mit zwei Ringheftern. Ein Puppenhaus stand neben einem Schrank, der mit Blumen und Vögeln bemalt war. Die Wand darüber war dicht an dich mit Familienfotos bedeckt – Naz, die ein winziges Baby hielt und es mit dem ängstlichen Stolz einer frischgebackenen Mutter ansah, dasselbe Baby, älter jetzt, strahlend, während es einen Holzhund an einer Schnur hinter sich herzog, ein Standardschulporträt, Trevor, der lachend einen Preis in die Höhe hielt, ein großes Familientreffen in einem Garten, Trevor, den Arm um eine lächelnde schwarze Frau in einem gelben Kostüm gelegt. Sie stand auf und studierte sie eingehender.

»Hübsche Sammlung, nicht wahr?«

Maggie fuhr zusammen, als Trevor zurück ins Zimmer kam. Sie war etwas peinlich berührt, so als wäre sie beim Spionieren ertappt worden.

»Meine Sadie«, sagte Trevor und betrachtete das Foto von ihm und der gelb kostümierten Frau. »Wundervolle Frau. Ich vermisse sie immer noch.«

»Ist es, äh – kürzlich passiert?«, fragte Maggie etwas ungeschickt.

»Vor sechs Jahren. Sie hat gerade noch lange genug

gelebt, um Karis zu sehen. Nur deswegen wollte sie so lange durchhalten, und es wurde ihr vergönnt. Sie hat das Baby in den Armen gehalten.«

Er sah immer noch das Foto an, seine Miene war offen und sprach Bände.

Maggie schluckte. »Es – äh, es muss ein – ein wundervoller Moment gewesen sein.«

»Das war es. Ja. Sehr bewegend.«

Trevor kam plötzlich wieder in die Gegenwart zurück. »Entschuldigen Sie. Ich bin ein sehr schlechter Gastgeber. Hier«, er reichte ihr einen Becher Kaffee und setzte sich auf den Lloyd-Loom-Sessel neben dem Sofa. »Sie nehmen also auch an diesem ägyptischen Tanzkurs teil. Macht es Spaß?«

»Oh ja«, sagte Maggie, erleichtert, dass die emotional angespannte Stimmung verflogen schien. Sie setzte sich wieder auf das blaue Sofa. »Das erste Mal bin ich ganz spontan hingegangen, aber es gefällt mir von Mal zu Mal besser. Allerdings kann ich mit Nadel und Faden nicht so umgehen wie Naz, so dass ich sie gebeten habe, mir ein Kostüm zu nähen.«

»Da sind Sie bei ihr genau richtig. Sie wird Ihnen ein schönes Kostüm machen. Ihre Näherei hat sich zu einem recht gut florierenden Geschäft entwickelt, müssen Sie wissen. Allerdings bin ich froh, dass sie ihr Studium wieder aufgenommen hat. Sie ist ein kluges Mädchen. Sie hätte aufs College gehen sollen, aber wir konnten sie nicht davon überzeugen. Sie hatte sich in den Kopf gesetzt, mit achtzehn von der Schule abzugehen. Na ja, Sie stimmen mir da sicher zu. Sie sind Lehrerin, nicht wahr? Es ist wirklich ein Jammer, wenn Talent vergeudet wird.«

»Oh, absolut.«
»Kein einfacher Beruf, unterrichten.« Er beugte sich ein wenig vor, runzelte die Stirn, musterte sie aufmerksam. Nette graublaue Augen. »Ich hätte keine Lust dazu, mich mit all diesen mürrischen Teenagern herumzuschlagen.«
»Es ist wirklich alles andere als ein reines Vergnügen.« Sie ließ sich von ihm animieren, ihm etwas über das Leben in Watfield Park zu erzählen, und war richtig enttäuscht, als sie einen Schlüssel im Haustürschloss hörte.
»Hallo, ich bin wieder da!«, ertönte Naz' Stimme aus dem Flur. Kleine Fußstapfen näherten sich dem Wohnzimmer.
»Granddad!« Ein braunhäutiges Kind mit rosa Schleifen im Haar flog Trevor in die Arme. Er fing es auf und umarmte es liebevoll.
»Karis, Schätzchen! Habt ihr viel Spaß gehabt? Wie war die Party?«
»Super! Wir sind zum Jelly Kingdom gegangen, und ich bin *die ganze Zeit* auf die große Pyramide geklettert *und* die Riesenrutsche runtergerutscht!«
»Ich glaube, heute Abend wird sie prima schlafen«, sagte Naz, die ihrer Tochter ins Wohnzimmer folgte. »Oh – hi, Maggie. Tut mir leid, dass ich mich verspätet habe. Ich musste Karis von einem Geburtstag abholen, und sie konnten einfach kein Ende finden.«
»Kein Problem. Dein Dad hat sich um mich gekümmert.« Genau genommen war es höchst bedauerlich, dass sie nicht später gekommen waren.
Nach einem leisen Protest ließ Karis sich von ihrem Großvater hinausführen, um ihr Bad zu nehmen.
»Ihr scheint euch alle sehr nahezustehen.«

»Ja. Es klappt gut«, sagte Naz kurz angebunden. »Also, wo ist dein Stoff, und was soll ich daraus für dich machen?«
Maggie erklärte es. Naz stellte Rückfragen, machte Skizzen, nahm Maß.
»Wenn ich einige vorgefertigte Paillettenmotive besorge, die man auf den Gürtel und die Weste nähen kann, wird es sehr viel schneller gehen und billiger werden, als alles per Hand zu nähen«, schlug sie vor.
Maggie war damit einverstanden. Ein Anprobetermin wurde für die nächste Woche vereinbart. Trevor meldete sich von draußen.
»Sie ist jetzt im Bad. Ich gehe dann.«
»Okay, vielen Dank, Dad.«
Die Vordertür wurde geschlossen. Ein flaues Gefühl von Enttäuschung machte sich in Maggies Magen breit. »Habt ihr getrennte Wohnungen? Du und dein Vater?«
»Oh ja. Wir wollen uns nicht zu eng auf der Pelle hocken. Wir helfen uns nur gegenseitig aus«, sagte Naz.
Sie faltete den Stoff zusammen und legte ihn auf einen kleinen Beistelltisch. »Nächste Woche also?«
»Nächste Woche. Ich bin schon ganz neugierig, was du für mich schneidern wirst.«
Als sie in ihr Auto stieg, warf sie einen Blick nach oben zu den Fenstern von der oberen Wohnung. Trevors Wohnung. Sechs Jahre. Lange genug, um die schlimmste Trauer überwunden zu haben. Lange genug, um daran zu denken, sich jemand Neues zu suchen. In nachdenklicher Stimmung fuhr sie nach Hause.
Sie lud die Wäsche gerade von der Waschmaschine in den Trockner um, als Ben hereinkam, der übers ganze Gesicht strahlte.

»Hi, Mum! Weißt du was? Du musst dir keine Sorgen mehr machen, dass ich noch länger ein fauler Schnorrer bin. Ich habe gerade einen Job angenommen.«
Warum nur blieb die Erleichterung aus? »Ach ja? Gut. Was für ein Job ist es denn?«
»Bei *Donatello's* – du weißt schon, diese neue Weinbar in der High Street.«
Genau was sie befürchtet hatte – nicht gerade der erste Schritt zu einem anständigen Beruf. »Um was zu tun? Als Barkeeper arbeiten?«
»Ja – so was in der Art. Keine Angst, Mum, ich sehe mich auch weiterhin nach ordentlichen Jobs um. Ich dachte, du würdest dich freuen. Ich kann dir jetzt Miete zahlen. Wie auch immer, es ist ein Job, der bestimmt Spaß macht. Mehr so, als würde man fürs Feiern bezahlt werden. Und dann ist da dieses unglaubliche Mädchen, das da arbeitet. Mann! Meterlange Beine. Eine ganz heiße Schnecke ...«
»Ben! So redet man nicht über eine Frau.«
»Ups, sorry!«, grinste Ben entwaffnend. »Ich böser Junge. Aber wirklich, wenn du sie sehen würdest ...«
Maggie hatte das dumpfe Gefühl, dass sie das bereits getan hatte. »Ihr Name ist nicht zufällig Shauna, oder?«, fragte sie.
Ben starrte sie an. »Du kennst sie?«
»Ja.« Sie kannte Shauna. Sie vertilgte Jungs wie Ben wahrscheinlich zum Frühstück.

5

»Oh Mummy, du siehst wie eine Prinzessin aus!«
Fiona lachte und machte vor ihrer sechsjährigen Tochter Freya eine Pirouette, gab mit ihrem neuen Outfit an. Sie hatte viele schöne Kleider im Kleiderschrank, richtige Ballkleider, einige davon trugen sogar das Etikett bekannter Modeschöpfer, aber keins davon gefiel ihr so gut wie dieses Bauchtanzkostüm. Es bestand aus einem enganliegenden kurzen Oberteil in Aquamarin, verziert mit Blattmotiven aus Pailletten, hatte lange Fransen aus Silberperlen, die beinahe ihre nackte Taille bedeckten, und einen dazu passenden silbernen Hüftgürtel über einem Rock aus drei Stofflagen in Grün- und Blautönen. Die eine Seite ihres Haars war hochgesteckt mit einer Feder und einem Perlenclip, und sie trug eine Kette aus Silbermünzen und lange Münzohrringe. Sie betrachtete sich in dem bodenlangen Spiegel, hob einen Arm und stellte sich in Positur. Sie machte ein paar Hip Drops. Die Perlenfransen schimmerten und schaukelten, betonten ihre Bewegungen. Fiona lächelte zufrieden. Sie sah wie eine Prinzessin aus. Eine aus *Tausendundeiner Nacht.*

»Mummy, kriege ich auch so ein Kostüm?«, fragte Freya schmeichelnd.

Es war wie sich verkleiden, wurde Fiona bewusst. Sich

verkleiden und so tun als ob. Das war der eigentliche Spaß daran. Sie sah ihre Tochter an. Freya streckte die Hand aus und schüttelte die Stofflagen des Rockes auf, befühlte den hauchdünnen Stoff.

»In Ordnung, Schätzchen. Mal sehen, was ich machen kann. Es sind noch reichlich Stoffreste übrig.«

»Kriege ich auch eins?«

Das war Richard, ihr Mann, der ihre veränderte Erscheinung bewunderte.

Freya kicherte. »Dummer Daddy!«

»Warum dumm?« Richard hob Freya hoch und umarmte sie. »Wenn Mummy schön aussieht in ihrem Kleid, warum sollte ich nicht auch schön aussehen?«

»Weil Jungs keine hübschen Sachen tragen.«

Richard seufzte theatralisch. »So jung und schon so voller Klischees. Was haben wir verkehrt gemacht? Findest du das nicht ungerecht, Freya? Mädchen dürfen Jeans tragen, aber Jungs dürfen keine Prinzessinnenkleider tragen?«

»Jungs würden doof in Prinzessinnenkleidern aussehen. Egal, sie wollen so etwas gar nicht anziehen.«

»Perfekte Logik«, sagte Richard anerkennend.

Warum konnte sie ihn nicht so spielerisch schachmatt setzen? Wenn es darum ging, dass sie sich selbständig machen wollte, wusste Fiona genau, warum nicht. Er hatte das primitive Machobedürfnis, der alleinige Ernährer der Familie zu sein. Er machte das großartig, natürlich. Sie hatten ein schönes Heim, wundervolle Urlaube, schickten ihre Kinder auf teure Schulen. Fiona konnte ihrem Interesse an Antiquitäten und Kunst frönen, und Richard beschwerte sich nie über die Rech-

nungen. Aber ... aber es wäre so schön, ein kleines Projekt zu haben, das sie ganz für sich hätte.
Fiona tanzte quer durch den Raum auf ihn zu. »Wie sehe ich aus?«
»Umwerfend.«
Sie hatten ein Taxi bestellt, damit sie beide etwas trinken konnten, und holten unterwegs Shauna ab. Sie ließ sich auf den Vordersitz fallen, trug eine unpassende Bikerjacke über ihrem Kostüm.
»Gut, was? Ich freue mich schon die ganze Woche darauf. Es war allerdings saumäßig schwer, den Freitagabend freizukriegen. Musste meinem Kumpel Mel einen Sonnabend versprechen. He, wisst ihr schon das Neueste? Der Sohn dieser blöden Ziege Maggie arbeitet bei uns. Ben. Er kommt nach der Schicht und holt sie ab. Er ist ständig hinter mir her. Zum Totlachen. Immer will er mit mir ausgehen, und immer sage ich nein – nicht direkt nein, nein. Ich lasse ihn ein bisschen zappeln. Das muss man doch, oder? Macht echt einen Teil des Spaßes aus bei der Arbeit. Egal, ich glaube, heute Abend sage ich mal ja, nur um zu sehen, was sie sagt. Was meint ihr?«
»Tja, ein triftiger Grund, um mit jemandem auszugehen, schätze ich«, sagte Fiona.
»Ich meine, er ist kein Freak oder so. Ein bisschen ein Weichei, aber irgendwie richtig niedlich.«
»Wieso tut mir dieser Kerl jetzt schon leid?«, fragte Richard.
Shauna warf den Kopf in den Nacken und lachte. »Wieso das denn? Er hat ein Sauglück, Kumpel.«
Sie fuhren durch die High Street, vorbei an der Abzwei-

gung in der Nähe des Gemeindesaals, wo der Laden war, den Fiona schrecklich gern gekauft hätte, um daraus ein erstklassiges Modegeschäft zu machen, und der gerade als Papeterie neu eröffnet hatte. Sie war immer noch davon überzeugt, dass sie großen Erfolg gehabt hätte mit diesem Geschäft, ohne dass die Kinder oder ihre Ehe darunter gelitten hätten. Richard begriff einfach nicht, was es ihr bedeutete.

Als sie bei dem Restaurant *Arabian Nights* ankamen, legte Shauna ihre Jacke ab und enthüllte ein atemberaubendes Kostüm. Ein schwarzer Satin-Wonderbra, verziert mit einer Borte aus silbernen Pailletten und riesigen falschen Steinen und Fransen, präsentierte der Welt ihr phantastisches Dekolleté, ihren langen, geschmeidigen Körper schmückte ein weiterer falscher Stein im Bauchnabel, und des Weiteren trug sie einen tief auf den Hüften sitzenden, silber eingefassten Gürtel über schwarz-silbernen Tellerröcken, die bis zu den Oberschenkeln geschlitzt waren.

»Na, was denkt ihr?«, fragte sie.

»Ich denke, Sie haben recht, Shauna, dieser Ben hat ein Sauglück«, sagte Richard.

»Findest du sie attraktiv?« Die Worte waren ihr entfleucht, bevor sie es verhindern konnte. Dumm. Zeige nie deine Ängste. Richard legte den Arm um sie.

»Liebling, an dem Tag, an dem ich mich für etwas so Eindeutiges erwärme, verdiene ich es, erschossen zu werden.«

Fiona atmete aus und merkte erst in dem Moment, dass sie die Luft angehalten hatte. »Holen wir uns etwas zu trinken.«

Das *Arabian Nights* war ein eher kleines Lokal mit dunkelblauen Wänden und einer mit Stoff verkleideten Decke, was ihm die Anmutung eines Zelts gab. Jetzt war der Raum unpassenderweise mit Weihnachtsbeleuchtung und -schmuck ausstaffiert. Sie waren früh dran, und es war immer noch ein wenig kühl, strahlte diese steife Atmosphäre zu Beginn einer Feier aus. Fiona blickte sich rasch um. Sie hätte dieses Lokal dem Thema entsprechend sehr viel stimmiger dekoriert. Aber bevor sie noch überlegte, was und wie sie es anders gemacht hätte, waren sie schon bei der Bar angekommen, wo Cheryl bereits mit dem Restaurantbesitzer plauderte. Orientalische Musik, ein Stück, das Fiona aus dem Kurs wiedererkannte, drang aus den Lautsprechern, und man machte sich reihum bekannt. Maggie war auch schon da, hatte einen Gin Tonic vor sich und sah ziemlich verlegen aus in Königsblau und Lila. Shauna zwinkerte Fiona zu.

»Hi!«, begrüßte sie Maggie herzlich. »He – ich habe dich kaum erkannt. Gefällt mir, dein Kostüm.«

Maggie registrierte Shaunas perfekten Körper, der von knappstem Schwarz und Silber bedeckt war. Das Mädchen sah genau wie das Flittchen aus, das sie war. Wäre ihr Rock noch tiefer ausgeschnitten, sähe man ihre Schamhaare. Aber gesellschaftliche Zwänge schrieben vor, höflich zu sein. »Danke. Du – ähm ... du siehst auch ziemlich umwerfend aus.«

Naz traf ein, zusammen mit Trevor. Maggie setzte sich

gerade hin und strahlte ihn an. Sie wurde mit einem kurzen, freundlichen Antwortlächeln belohnt, aber seine Aufmerksamkeit galt seiner Tochter. Naz' schlanker, dunkelhäutiger Körper sah exotisch aus in der enganliegenden Weste und den weiten, schimmernden Haremshosen in Kupfer und Grün. Auf dem Kopf trug sie eine kleine Pillbox mit einem langen, durchsichtigen grünen Schleier, und Dutzende dünne Armreifen verzierten ihre Arme. Shauna und Fiona stürzten sich geradezu auf sie.

»Hi, Naz, das ist echt scharf.«

»Du siehst unglaublich authentisch aus. Das ist absolut fantastisch.«

»Sieht sie nicht zum Anbeißen aus?«, sagte Trevor. »Und sie hat das alles selbst genäht.«

Naz sah peinlich berührt aus. »Oh Dad! Fiona und Shauna haben ihres auch selber genäht.«

»Ich nicht. Ich musste meine Mum dazu überreden«, sagte Shauna ehrlich.

Weitere Drinks wurden gebracht. Naz stellte ihren Vater reihum vor. Maggie beschloss, dass der Augenblick des Handelns gekommen war. Sie glitt von ihrem Barhocker und drängte sich zwischen Naz und Trevor.

»Aber wir haben uns natürlich schon kennengelernt, nicht wahr, Trevor? Ich muss sagen, ich bin begeistert von dem Kostüm, das Naz mir gemacht hat. Sagen Sie, wie wollen Sie denn einen Abend zwischen all diesen wilden Frauen überleben?«

Trevor lächelte, und um seine Augen zeigten sich Lachfältchen. »Also, gefragt habe ich mich das schon, das muss ich zugeben. Aber jetzt, wo ich hier bin, glaube ich, dass es ein Riesenspaß wird. Es passiert ja nicht jeden

Tag, dass einem Mann gestattet wird, einen Harem zu betreten, nicht wahr?«
Maggie lachte trillernd. »Männer und ihre Fantasien! Vielleicht hätten wir Mädels einige junge Männer mit nacktem Oberkörper einladen sollen, um mit uns zu tanzen.«
»Mit jung kann ich nicht dienen, aber mit einem nackten Oberkörper, wenn Sie wirklich auf einen grässlichen Schock aus sind«, antwortete Trevor.
Er war nett, und es war leicht, sich mit ihm zu unterhalten. Maggie genoss den Abend.
Weitere Frauen des Kurses strömten herein, zusammen mit ihren Ehemännern, Freunden und verschiedenen anderen Gästen. Die Temperatur stieg, zusammen mit dem Geräuschpegel durch die allgemeine Begrüßung, das Getränkebestellen und die gegenseitige Bewunderung der Kostüme. Hinter sich hörte Maggie Richard sagen: »Nun sieh dir das an, Fiona. Das ist doch nie und nimmer die kleine graue Maus? Die vom Tierarzt, wie war der Name noch?«
Einen Augenblick herrschte verblüfftes Schweigen. Maggie blickte auf. Da war Cathy, gekleidet in Flammendrot und Gold. Ein Push-up-BH, ebenfalls aus flammendrotem Satin und besetzt mit Goldperlen und Goldborte, verschaffte ihr ein richtiges Dekolleté, während sie über den Hüften einen passenden tiefsitzenden Gürtel trug über einem Rock, der sich wie flüssiges Gold bewegte unter verschiedenen Lagen flammend roten Organzas. Ihr Gesicht war stark, aber gekonnt geschminkt, und ihr Haar war hochgesteckt und mit goldenen Perlenschnüren geschmückt. Ihr blasser Körper, der immer so form-

los wirkte in den üblichen T-Shirts und weiten Pullovern, stellte sich als wohlproportioniert, versehen mit einer schmalen Taille, heraus.
»Mein Gott«, sagte Trevor, »eine derartige Verwandlung habe ich in meinem ganzen Leben noch nicht gesehen.«
Hinter dieser Erscheinung stand ein Mann mit einem kurzen Vollbart, der sich sichtlich unwohl fühlte.
Shauna stürzte sich auf sie. »Cathy! Ich glaub', ich spinne, was hast du mit dir angestellt?«
Cathy errötete. »Ist es zu übertrieben?«
»Nein! Es ist geil! Du siehst so verändert aus – ich bin völlig baff.«
Fiona trat auch auf sie zu, mit Richard neben ihr. »Du siehst wundervoll aus, Cathy.«
»Sie sollten zu dem Ball gehen, Cinderella – oder handelt es sich hier um Scheherazade? Ich glaube, Sie haben an einer Wunderlampe gerieben.«
Es war immer noch dieselbe Cathy unter dem Kostüm und dem Make-up. Sie kicherte unsicher. »Ich – äh, ich dachte, es würde Spaß machen, sich zu verkleiden. Finden Sie, dass es ein bisschen zu ...?«
»Nein!«, sagten Richard und Fiona unisono.
»Ja«, murmelte der Bärtige.
»Ich sehe Spannungen dort drüben«, sagte Maggie zu Trevor.
»Nun ja, einigen Ehemännern gefällt es nicht, wenn andere Männer ihren Frauen schöne Augen machen.«
»Schöne Augen machen! Also, diesen Ausdruck hört man heutzutage selten.«

Als Judy und Alan eintrafen, war es an der Bar bereits brechend voll.
»Ich weiß wirklich nicht, warum es dieses schäbige Lokal sein musste«, maulte Alan. »Und das Essen ist bestimmt mies. Couscous und Kichererbsen und ähnlicher Mist.«
»Es ist halt orientalisch. Und dem Besitzer gefällt unser Tanzen.«
»Ich kann Kichererbsen nicht ausstehen. Bekomme Blähungen davon.«
Sie nickte und lächelte und begrüßte Frauen, die sie aus dem Kurs kannte, alle herausgeputzt mit ihren schönsten Kostümen. Einige waren einfach wunderschön. Sie blickte an ihrem eigenen hinunter. Sie hatte sich für eine halbtransparente olivgrüne Tunika über einem blassrosa Rock und Trikot entschieden. Außerdem hatte sie sich einen Schal aus zwei verschiedenen Stofflagen, eingefasst mit einer Münzlitze, um die Hüften geschlungen und einen um den Kopf. Sie hatte noch nie in ihrem Leben etwas so Exotisches getragen. Alan hatte natürlich nur geschnaubt, als er sie gesehen hatte, und verächtlich »Ach du Scheiße!« gesagt. Sie hatte sich alle Mühe gegeben, sich von ihm die Freude nicht verderben zu lassen.
»Ach, da ist unsere Truppe«, sagte sie und begann, sich bis zur Bar durchzuarbeiten.
Alans Laune verbesserte sich von einer Sekunde auf die andere. Es war offensichtlich, warum. Er drängelte sich durch die Menschenmenge bis zu der Stelle, wo Shauna – kurz davor, ihren glitzernden BH zu sprengen – auf einem Barhocker thronte und ein Bein über das andere geschlagen hatte, so dass ihr geschlitzter Rock aufsprang und ihren schlanken, glatten Schenkel bis zur Hüfte ent-

hüllte. Wenn sie einen Slip tragen sollte, musste er in der Tat sehr mini sein.
Judy wurde ganz schlecht. Warum nicht einfach gleich nach Hause gehen? Unentschlossen blieb sie stehen.
»Judy! Wie schön, dass du da bist! Komm hier herüber, zu uns.«
Es war Fiona, die groß genug war, um sie in der Menge erspäht zu haben. Zu höflich, um die Einladung zu ignorieren, ging Judy langsam auf sie zu. Fiona unterhielt sich mit einem kleinen untersetzten Mann mit buschigem Bart und Brille, den sie ihr als Mike, Cathys Mann, vorstellte.
»Wie geht es Ihnen?«, sagte sie und versuchte zu übersehen, worauf Alan lossteuerte.
Sie konzentrierte sich auf den Mann vor ihr. Ja, er sah aus wie die Sorte Mann, die Cathy haben würde. Manchmal, wenn man die Ehemänner oder Ehefrauen von Leuten kennenlernte, schienen sie überhaupt nicht zueinander zu passen. Aber wo war Cathy?
»Dein Kostüm gefällt mir. Diese Farben passen hervorragend zusammen«, sagte Fiona.
Fiona sah natürlich umwerfend aus. Sie war sowieso schon schön, und in Seegrün und Silber sah sie aus wie eine Wassernymphe.
»Ja, sehr hübsch, sehr authentisch. Weitaus passender als einige andere«, sagte Mike und starrte in eine bestimmte Richtung.
Judy folgte seinem Blick. Ein Mädchen, das sie nicht kannte, stand mit dem Rücken zu ihr und unterhielt sich mit Fionas Mann. Sie trug ein zauberhaftes zweiteiliges, rotgoldenes Kostüm, beinahe genauso freizügig

wie Shaunas. Dann ging ihr ein Licht auf. Es war Cathy.
»So etwas kann man doch wohl kaum authentisch nennen. Das ist ein Nachtklubkostüm. So wie Hollywood sich den Orient vorstellt«, schimpfte Mike.
Du liebe Güte, mochte er nicht, wenn seine Frau sexy aussah, war es das? »Also, wenn man jung und gut gebaut ist, kann man es doch getrost auch zeigen, finden Sie nicht?«, sagte Judy. »Es ist noch Zeit genug, authentisch ethnisch zu sein, wenn man so alt und schlaff ist wie ich.«
»Schlaff, ich bitte dich! Stell dein Licht nicht unter den Scheffel«, sagte Fiona. »Aber du hast ja noch gar nichts zu trinken. Richard! Darling, könntest du Judy wohl einen Drink besorgen? Was möchtest du, Judy?«
»Oh, ist schon gut, Alan wird ...« Sie hörte mitten im Satz auf. Es war nur zu offensichtlich, was Alan gerade vorhatte, und ganz bestimmt wollte er seiner Frau keinen Drink besorgen. »Ähm, also, vielen Dank. Nur einen Tomatensaft bitte. Ich muss noch fahren.«
»Das ist lästig, nicht wahr?«, bedauerte Fiona sie. »Wir wechseln uns normalerweise ab, aber heute Abend haben wir ein Taxi genommen. Was ist mit Ihnen, Mike?«
»Was? Oh, ich bin dran. Heute ist Cathys Abend.« Widerwillig.
»Das höre ich gern«, sagte Judy, etwas zu herzlich. Was machte Alan da?
»Wie auch immer, hier gibt es nichts Anständiges zu trinken. Ich bin von Haus aus Biertrinker.«
»Tatsächlich?«
Alans Hand lag auf diesem seidigen Oberschenkel.

Fiona langte an ihr vorbei. »'tschuldigung, Judy. Naz! Komm rüber zu uns.«
Sie berührte Naz am Arm. Naz, die aussah, als wäre sie kurz vorm Explodieren, drängelte sich durch zu ihnen.
»Diese Frau! Sie hat sich wie ein Geier auf meinen Dad gestürzt!«
Du liebe Zeit, noch mehr Probleme. Und nicht der richtige Augenblick, Naz darauf hinzuweisen, dass ihr Vater erwachsen und ein freier Mann war und das Recht auf ein eigenes Leben hatte. Kinder, sogar erwachsene Kinder, konnten sehr egoistisch sein.
»Wer, Maggie?«, fragte Fiona.
»Ja, die dämliche Kuh. Er kann sie einfach nicht abschütteln. Ihr wisst ja, wie sie ist, wenn sie mal in Fahrt ist und nicht wieder aufhört zu reden, und die ganze Zeit verschlingt sie ihn mit den Augen und berührt ihn ständig, legt ihm die Hand auf den Arm oder die Schulter ... Es ist so eindeutig ...«
»Ich würde mir da keine Sorgen machen, Naz, dein Dad sieht nicht aus wie ein Mann, der sich fürs Eindeutige erwärmen könnte«, sagte Fiona.
»Oh, das weiß ich! Aber ich wollte ihn so gern der ganzen Truppe vorstellen. Ich habe ihm so viel von euch erzählt, und er möchte euch kennenlernen, aber *sie* hat ihn ganz mit Beschlag belegt.«
Judy legte ihr mütterlich den Arm um die Schultern. »Es ist noch früh. Es ist noch reichlich Zeit, ihn wegzulotsen, wenn wir uns setzen.«
Naz sah nicht überzeugt aus. »Huh – sie ist wie dieses Ding in *Alien*, hat sich in ihm eingenistet.«
Fiona lächelte hintergründig. »Oh, ich bin sicher, dass

wir es leicht mit Maggie aufnehmen können, meinst du nicht auch, Judy? Wir gehen hin, haken uns bei ihm ein, nehmen ihn in unsere Mitte und marschieren mit ihm weg, was meinst du?«

Meinte sie das? Es war leicht für Fiona, das zu sagen, sie war schön und selbstbewusst. Fiona und Shauna würden das mit Leichtigkeit hinkriegen, aber Fiona und sie?

»Ja, natürlich ...«, begann Judy zögerlich und nur halb überzeugt.

Eine scharfe Stimme übertönte den Lärm. »Nimm deine PFOTEN WEG, du alter Wichser. Ich sagte, ich bin NICHT INTERESSIERT, KAPIERT?«

Judy fuhr herum. Dort an der Bar war Shauna. Immer noch auf dem Barhocker funkelte sie Alan wütend an, der dämlich grinste und beide Hände erhoben hatte, als würde er mit einer Pistole bedroht.

Das allgemeine Stimmengewirr erstarb.

»Okay. Okay. Regen Sie sich wieder ab. Ich wollte nur freundlich sein, weiter nichts«, sagte Alan in das Schweigen hinein.

»Verpiss dich«, sagte Shauna im Plauderton. Sie drehte sich zu der Person neben ihr um. »Haben Sie 'ne Kippe? Danke. Ich schulde Ihnen was.«

Cheryl entschied, dass dies der Moment war, um mit ihrem Glas auf den Bartresen zu klopfen. »Äh – schönen guten Abend. Würden Sie bitte alle Platz nehmen, gleich wird der erste Gang serviert.«

Erstarrt vor Kummer und Scham spürte Judy, dass sich jemand bei ihr einhakte. »Komm schon, Judy, wollten wir nicht Trevor retten?«

Fiona redete mit ihr. Naz hatte ihren Arm ergriffen und sah grimmig aus. Sie wurde in Richtung Bar geschoben, auf Alan zu, der immer noch dastand und dumm aus der Wäsche guckte. Ihre Blicke trafen sich, kurz.
»Judy, Liebling, da bist du ja.« Automatisch wollte sie stehen bleiben. Aber ihre beiden Beraterinnen zerrten sie weiter.
»Trevor! Ich platze vor Neugierde, Sie endlich kennenzulernen, und Judy ebenfalls, nicht wahr, Judy?«, sagte Fiona. »Also, Sie müssen sich unbedingt zu uns setzen. Richard, du bringst Cathy mit, und Sie kommen auch mit, nicht wahr, Mike? Na prima. Mal sehen, ob wir für uns alle einen Platz finden.«
Es gab das übliche Gerangel und Chaos, wenn viele Menschen einen Platz suchen und es keine Sitzordnung gibt. Die Tische standen in zwei langen Reihen auf jeweils einer Seite des Restaurants. In der Mitte war Raum gelassen worden für die Tanzvorführung.
»So, nun geh schon«, drängte Fiona Judy mit einem kleinen Schubs in die richtige Richtung.
Sie taumelte mit zittrigen, gebeugten Knien zwischen die Sitzbank an der Wand und den Tisch. Setzte sich, als sie zu einem leeren gedeckten Platz kam, und stellte fest, dass Trevor neben ihr saß. Naz setzte sich neben ihn, und Fiona neben sie. Dann setzte sich Mike, der immer noch missbilligend Cathy betrachtete, die sich brav neben ihn setzte, auf den Stuhl ihr gegenüber. Richard setzte sich neben Cathy, dann kam Shauna, die immer noch rauchte.
Aber wo war Alan? Ein Teil von ihr wollte ihn in der Luft zerfetzen, dass er sie derartig blamiert hatte, ihr den

Abend verdorben hatte. Aber der Teil von ihr, der die ganzen Jahre durchgehalten hatte, wollte immer noch wissen, wo er war, wollte immer noch festhalten an dem kleinen Teil von ihm, der noch ihr gehörte. Sie rieb mit dem Daumen über den unteren Teil ihres Ringfingers, spürte den Ehering zwischen zwei kleinen Fettpolstern. Er war immer noch ihr Ehemann.

Da war er, am Ende der Reihe, neben Fiona. Er wich ihrem Blick aus.

Die Letzte, die sich setzte, war die ausmanövrierte Maggie, die sich auf den einzigen noch freien Platz setzte, neben Shauna. Für einen Moment gewann Judys Sinn für Humor die Oberhand. Du liebe Güte. Maggie und Shauna. Nicht gerade die glücklichste Paarung.

Kellner kamen und stellten kleine Vorspeisenteller, *mezze*, auf die Tische und nahmen Weinbestellungen auf. Richard übernahm wie selbstverständlich und unaufdringlich die Getränkebestellung. Wie nett, einen Mann zu haben, der das so gut beherrschte. Einer der vielen Vorteile des Schönseins war, so einen Ehemann zu haben.

»Möchten Sie vielleicht etwas hiervon probieren? Es ist köstlich, ziemlich scharf.«

Es war Trevor, den Teller in der Hand, bereit, sie zu bedienen.

»Oh ...«, stammelte sie. »Ja, vielen Dank.«

Er tat ihr etwas von der Vorspeise auf den Teller. Kichererbsen. Sie konnte den hysterischen Lachanfall, der in ihr hochkam, einfach nicht unterdrücken.

»Was ist los?«

»Nichts, nichts.« Ich hoffe, dass er den ganzen Abend

unter verklemmten Fürzen leidet. Ihr tränten die Augen. Etwas, das einem Schluchzen gefährlich nahe kam, entfleuchte ihr.

»Hier«, drückte Trevor ihr etwas in die Hand. Es war ein Taschentuch, sauber und frisch gebügelt. Dankbar verbarg sie ihr Gesicht darin. Als sie es senkte und wieder hochblickte, hielt er eine Weinflasche in jeder Hand. »Roten oder weißen?«

»Oh, äh … weder noch. Ich muss noch fahren.«

»Ein Glas wird Ihnen nicht schaden. Sie haben noch den ganzen Abend, ihn abzubauen, und das Essen wird die Wirkung auch noch mildern. Welchen möchten Sie?«

Die Verlockung eines Glases kräftigen Rotweins war einfach zu stark. Sie brauchte es wirklich. »Also gut, roten bitte.«

Trevor schenkte ihr ein. Der Geruch drang ihr direkt ins Hirn. Er hob sein Glas. »Prost.«

Oh, das war schon besser. Judy holte tief und zittrig Luft.

»Natalie hat mir erzählt, dass Sie in einer Arztpraxis arbeiten. Wie gefällt Ihnen das? Haben Sie sehr unter den Patienten zu leiden?«

»Manchmal ja …«

Was machte Alan jetzt? Sie konnte nicht viel von ihm sehen, da drei Leute zwischen ihnen saßen.

»Und unter den Ärzten auch, nehme ich an?«

»Was? Oh, die Ärzte. Sie können manchmal ein bisschen nervig sein.« Sie versuchte, sich auf das zu konzentrieren, was er sagte.

»Ich bin sicher, dass Sie alles hervorragend meistern. Sie

wirken auf mich wie jemand, der auch unter Stress ruhig und höflich bleiben kann.«

Ruhig? Ich? Ich möchte meinen Mann umbringen. Oder ihn nach Hause schleppen und einschließen und den Schlüssel wegwerfen. Ich weiß nicht, was von beidem ich lieber täte.

»Tatsächlich?«, brachte sie krächzend hervor. Sie trank einen weiteren Schluck Wein.

»Oh ja. Ganz und gar nicht wie die üblichen Drachen, die sonst am Empfang sitzen. Viel zu freundlich und verständnisvoll. Viel zu nett.«

»Oh, danke.«

Sie probierte die Kichererbsen. Sie schmeckten köstlich. Langsam begann sie sich besser zu fühlen. Sie erinnerte sich wieder an ihre gesellschaftlichen Umgangsformen. »Und was ist mit Ihnen? Naz hat nicht erwähnt, was Sie tun.«

»Ich? Nichts Weltbewegendes, fürchte ich. Ich bin Ladeninhaber. Mir gehört *Supercook* – der Küchenwarenladen in der High Street.«

»*Supercook*? Oh, in den gehe ich zu gerne. Ich kaufe immer irgendeine Kleinigkeit oder ein neues Teil für die Küche.«

Wenig später war sie ehrlich überrascht, als der Kellner erschien, um ihren Teller abzuräumen. Sie war so vertieft gewesen in ihr Gespräch mit Trevor, dass ihr kaum aufgefallen war, was sie gegessen hatte. Ihr Glas schien auch leer zu sein.

Einige Frauen standen auf. Die Gruppe, die bereits seit einem Jahr bei dem Kurs war, trat auf, ein Gewirr von Farben und Geglitzer in dem verdunkelten Raum. Unter

kräftigem Applaus beendeten sie mit einer letzten schwungvollen Bewegung ihren Tanz.
»Und jetzt die Neuen!«, rief Cheryl. »Kommt schon, nicht schüchtern sein. Ihr alle kennt das Stück.«
Das betraf sie. Nein, das konnte sie nicht. Nicht vor all diesen fremden Leuten. Cathy und Shauna und Maggie hatten sich schon erhoben, Shauna wirbelte bereits herum und warf sich in Positur.
Judy nahm wahr, wie am Ende der Tischreihe Alan aufstand, um Fiona und Naz durchzulassen. Und jetzt bewegte Trevor sich.
»Kommen Sie, hoch mit Ihnen.« Er hielt ihr die Hand hin. »Zeit zu tanzen.«
Judy schüttelte den Kopf. »Oh nein. Nein. Wirklich.«
»Unsinn. Die Frauen warten bereits auf Sie. Sie brauchen Sie. Sie können nicht ohne Sie anfangen.«
Sie hatte das Gefühl, auf ihrem Stuhl festgeklebt zu sein. Ihr Körper war bleischwer. Sie konnte sich nicht bewegen. Die anderen riefen sie, ermutigten sie. Shauna rief rhythmisch – *Ju-dy, Ju-dy* –, ihr Blick fiel auf Alan, der so etwas wie ein abfälliges Grinsen im Gesicht trug. Das gab den Ausschlag, sie würde es tun. Sie stand auf. Die anderen jubelten.
»Jaaa, Judy!«
»Gute alte Judy!«
Sie stand mitten im Raum auf dem Parkett. Fiona umarmte sie. »Du bist großartig!«, flüsterte sie ihr zu.
Die sechs formten eine Gruppe hinter Cheryl, die sie führte. Judy nahm ihren Platz und die richtige Haltung ein, einen Arm über dem Kopf erhoben, den anderen seitlich ausgestreckt. Die Musik setzte ein. Judy bewegte

sich mit den anderen, behielt Cheryl im Blick, achtete darauf, die richtigen Schritte zu machen. Langsam bekam es etwas Magisches. Sie wusste, was sie zu tun hatte. Sie musste Cheryl nicht mehr beobachten. Sie blickte auf die lächelnden, leuchtenden Gesichter des Publikums. Ihr Körper bewegte sich, wiegte sich, die Münzen an ihren Schals klingelten und zitterten. Sie hatte keinen einzigen Fehler beim Kamelgang gemacht! Es fühlte sich wunderbar an, ihre Hüften bewegten sich doppelt so schnell wie ihre Füße. Sie lächelte strahlend. Trevor, der zum Takt der Musik in die Hände klatschte, fiel ihr ins Auge. Er nickte ihr zu und lächelte und hob die Hände über dem Kopf. Eine Welle reiner Freude durchlief sie.

Es war vorbei, donnernder Applaus und Zugaberufe »Mehr! Mehr!« setzten ein.

»Mehr gibt es nach dem nächsten Gang«, versprach Cheryl.

Euphorisch ging Judy zurück zu ihrem Platz. »Sie waren großartig«, lobte Trevor sie.

»Oh, es war viel zu schnell vorbei. Ich hätte ewig weitertanzen können.«

Ihr Blick fiel kurz auf Alan, der immer noch stand und darauf wartete, dass Fiona und Naz sich setzten. Ganz kurz verdüsterte sich ihre Stimmung wieder. Nein, verdammt noch mal, er würde ihr nicht den Abend verderben. Sie würde sich nach Kräften amüsieren, und er – er kann sich mal gehackt legen!

Cathy kam zurück zum Tisch, erhitzt und aufgekratzt.
»Siehst du«, sagte sie zu Mike, »da gibt es doch nichts zu meckern, oder? Es war alles andere als provokativ.«
»Huh!«, knurrte Mike, nicht überzeugt.
Neben ihr umarmte Richard Fiona. »Gut gemacht, Liebling, das war wundervoll«, hörte sie ihn sagen. »Fantastisch. Ich wusste immer, dass du Talent hast, aber das hätte ich dir nicht zugetraut.«
Sie wechselten noch ein paar Worte, dann ging Fiona zurück zu ihrem Platz. Richard setzte sich und wandte sich Cathy zu. »Sie waren auch toll. Spitze. War sie nicht spitze, Mike? Sie alle haben so viel gelernt in so kurzer Zeit, nicht wahr?«
»So könnte man es auch ausdrücken«, sagte Mike, seine Miene eine einzige Missbilligung.
»Oh, trink etwas, damit du lockerer wirst«, sagte Cathy.
Alter Brummbär. Sie hatte gehofft, dass er sich entspannen würde im Laufe des Abends, aber das schien nicht der Fall zu sein. Der nächste Gang wurde aufgetragen – Lamm und Couscous für die meisten, Gemüse und Couscous für sie und Mike und die anderen Vegetarier.
Ihr gegenüber gluckste und kicherte Judy unkontrolliert.
»Couscous!«, stammelte sie. »Wundervoll!«
Sie freute sich, dass Judy sich zu amüsieren schien. Einen Brummbär wie Mike zu haben war nichts im Vergleich zu jemandem wie diesem schrecklichen Alan.
»Was ist so lustig?«
Aber Judy konnte einfach nur hilflos den Kopf schütteln. Naz' netter Dad reichte ihr sein Taschentuch.
»Das habe ich nicht mehr gegessen, seit wir in Marra-

kesch waren. Tatsächlich ist es viel besser als das, was wir dort gegessen haben. Dort habe ich immer Angst gehabt, dass wir Kamel aßen«, sagte Richard.

Oh, einen Mann wie Richard zu haben! So gutaussehend, so charmant, so erfolgreich. Nicht, dass ihr Geld sonderlich wichtig wäre. Aber trotzdem – und dann hatte Richard diese wundervolle Angewohnheit, einen anzusehen, als wäre man die interessanteste Person auf der Welt. Obgleich seine Frau gegenübersaß und Shauna auf der anderen Seite neben ihm, hatte er ihr während des ersten Gangs seine volle Aufmerksamkeit gewidmet. Genau genommen fühlte sie sich, nun ja, vernachlässigt, jetzt wo die Unterhaltung allgemeiner wurde.

Richard hatte eine so angenehme Stimme. Kultiviert. Und er war so lebendig und amüsant. Die Geschichte, wie sie am Flughafen hatten warten müssen, klang bei ihm wie ein Sketch. Alle lachten, sogar Mike. Sie blickte hinüber zu Fiona. Sie lächelte höflich. Abrupt, so als wäre ein Schalter umgelegt worden, veränderte sich Cathys Stimmung. Plötzlich genoss sie den Abend nicht länger, sondern fühlte sich hohl und innerlich leer. Es war nichts als Täuschung, dieses Kostüm, dieses Make-up, für das sie die Freundin einer Freundin überredet hatte, zu ihr zu kommen und es ihr aufzulegen, die Aufmerksamkeit von Richard. Sie war es nicht wirklich, sie war keine orientalische Verführerin, konnte nicht aus ihrer Haut. Sie war einfach nur die langweilige, schlichte Cathy, verheiratet mit Mike. Es waren die Fionas dieser Welt, die die Richards abkriegten. Schön zu sein machte alles möglich. Schön, kühl, kompetent, beherrscht. Alles, was sie nicht war. Die Fionas kriegten die gutaussehenden

Ehemänner, die schönen Häuser, die Kinder. Und sie nicht. Sie war schrecklich deprimiert.
Nach einer Ewigkeit, wie ihr schien, wurde ihr halbgegessenes Essen abgeräumt, und Cheryl erhob sich erneut.
»Solo, solo!«, riefen die Anwesenden.
Cheryl lachte, hob abwehrend die Hände und schüttelte den Kopf, aber das Publikum war hartnäckig. Cheryl gab nach. Sie tanzte wundervoll, wirbelte mit ihren rosa Schleiern um ihren geschmeidigen Körper und über ihren Kopf, spielte mit dem Publikum, hatte es total in der Hand. Cathy starrte sie an, erfüllt von Bewunderung und Neid. Das könnte sie nie, und wenn sie tausend Jahre übte.
»Das sind Sie, eines Tages«, flüsterte eine Stimme ihr ins Ohr.
Sie fuhr herum. Richard sah sie an, seine wundervollen braunen Augen, ganz ernst. Es verschlug ihr den Atem.
»Oh, das glaube ich nicht. Ich bin nicht gut genug …«, stotterte sie.
»Natürlich sind Sie das. Man kann alles, wenn man es wirklich will.«
»K– kann man?«, fragte sie.
Sein Kopf war ihrem ganz nah. Sein nur mit dem Oberhemd bekleideter Arm berührte ihren nackten. Sie konnte seine Wärme, seinen Atem spüren. »Alles«, beharrte er.
»Ja«, stimmte sie zu, total fasziniert.
»Wissen Sie, was ich glaube?«, sagte er. »Ich glaube, dass sehr viel mehr in Ihnen steckt, als den meisten Menschen bewusst ist. Sogar mehr, als Ihnen selbst bewusst ist. Es muss nur geweckt werden.«

»Ja«, wiederholte sie. In diesem Moment, gefangen wie ein Kaninchen in seinem dunklen Blick, glaubte sie ihm. Völlig.

Nach dem Dessert standen viele auf, um zu tanzen. Maggie gesellte sich zu ihnen, obgleich eigentlich nicht genug Platz war, um richtig tanzen zu können. Na gut, der Abend war sowieso schiefgelaufen. Angerempelt von lachenden, beschwipsten Frauen und hier und da einem Mann, der mutig und betrunken genug war, sich ebenfalls auf die Tanzfläche zu wagen, zog sie Bilanz, welche Fortschritte sie bisher erzielt hatte.

Alles hatte so gut angefangen. Sie und Trevor waren ausgezeichnet miteinander ausgekommen, bis diese blöde Fiona dazwischenfunken musste und ihn ihr weggeschnappt hatte. Und ihr war nichts anderes übrig geblieben, als den ganzen Abend über neben diesem kleinen Flittchen Shauna zu sitzen.

Sie blickte hinüber, wo Trevor neben Judy saß, die beide Naz beim Tanzen beobachteten, geradeso wie stolze Eltern. Es war so *ungerecht.* Judy hatte einen Mann, um Himmels willen. Auch wenn es dieser Schürzenjäger Alan war, der die ganze Zeit Fiona mit Blicken verschlang, nachdem ihn Shauna abserviert hatte. Dennoch hatte sie einen Mann.

Sie hatte kein Recht, sich den einzigen freien Mann zu schnappen und den ganzen Abend mit Beschlag zu belegen. Sie wartete, bis Judy auf die Toilette ging, und ließ sich auf Cathys freien Stuhl sacken, gegenüber von

Trevor. Sie ignorierte Mike und Richard und lächelte Trevor an.
»Puh, ich bin vielleicht durstig. Ist noch etwas Wasser in der Flasche dort? Oh, danke, das ist nett von Ihnen. Schon besser. Und wie gefällt Ihnen der Abend?«
»Sehr gut. Wie auch nicht, bei so großartiger Unterhaltung?« Mit einer Handbewegung wies er auf die Tanzenden.
»War es das, was Sie erwartet haben?«
»Ich weiß eigentlich gar nicht, was ich erwartet habe.« Er blickte über ihre Schulter. Auf seine Tochter wahrscheinlich.
»Naz ist eine hübsche kleine Tänzerin«, sagte sie. Pack sie an ihren Schwachstellen!
»Ja, ja, das ist sie.«
Eigentlich hättest du sagen sollen, dass ich *auch* gut bin.
»Sie müssen sehr stolz sein.«
»Ja, ja, das bin ich.« Er blickte immer noch an ihr vorbei. Suchte die Menge ab.
»Gehen Sie oft zusammen aus?«
»Was? Oh nein, eigentlich nicht. Jedenfalls nicht abends. Sonntagsausflüge aufs Land mit Karis, so etwas.«
»Oh ja, Karis. Ein reizendes Kind, nicht wahr?«
»Hm.« Die Unterhaltung war zäh wie Sirup.
»Hi, Mum!«
Maggie fuhr zusammen. Hinter ihr war Ben aufgetaucht. Der letzte Mensch, den sie in diesem Moment sehen wollte.
»Oh, hallo, mein Lieber«, sagte sie ohne Begeisterung.
»Geile Fete. Die Gruftis scheinen sich ja toll zu amüsieren, was?«

Oh, hau bitte ab. »Warum holst du dir nicht was zu trinken? Die Bar ist noch geöffnet.«
»Geht nicht. Ich bin der Chauffeur, weißt du nicht mehr? Deshalb bin ich ja hier.« Bens Blick fiel über die schwankende, schwitzende Menschenmenge. Er grinste. »Warum bist du denn nicht dabei, Mum? Ich dachte, du führst mir mal vor, was du kannst.«
»Ich werde dich nicht in Verlegenheit bringen, mein Lieber.«
»Das geht schon in Ordnung. Hier ist niemand, den ich kenne, außer – he, Shauna! Mann, tolles Outfit. Das haut einen echt um!«
»He, Benny-Boy. Wie war's heute Abend in der Ranch?«
Erstmalig war Maggie froh, dass Shauna da war. Sie stürzte sich auf Ben und zog ihn mit sich, gab ihr die Möglichkeit, mit Trevor zu reden. Die Menge begann sich auszudünnen. An ihrem Tisch brachen als Erste Judy und Alan auf. Dann mussten auch Fiona und Richard nach Hause zu ihrem Babysitter.
»Wo ist Shauna?«, fragte Fiona. »Wir können sie nicht einfach zurücklassen.«
Richard lachte. »Oh, ich glaube, sie hat Besseres zu tun, als mit uns nach Hause zu fahren, mein Herz.«
Alarmglocken klingelten bei Maggie, und sie blickte sich um. In der Mitte der Tanzfläche tanzten ihr Sohn und Shauna eng umschlungen.
Sobald Richard und Fiona gegangen waren, löste sich die Gesellschaft auf. Cathy und Mike gingen, dann Trevor und Naz. Der Abend hatte seinen Sinn verloren.
Maggie stand auf und klopfte Ben auf den Rücken. »Komm, wir werden jede Minute hinausgeworfen.«

Zu ihrer großen Verärgerung stieg Shauna zu ihnen ins Auto, *ihr* Auto, ohne auch nur daran zu denken, sie zu fragen, ob es ihr recht wäre. Sie setzte sich auf den Rücksitz, aber in die Mitte, lehnte sich vor, die Ellbogen auf die Vordersitze gestützt. Die ganze Fahrt über redete sie ohne Unterbrechung, außer wenn sie vor Lachen kreischte. Ihre Sprache war schlimmer als die von Zehntklässlern auf dem Schulhof. Aber was konnte man schon erwarten von jemand, der aus Watfield stammte. Das Problem war, dass Ben offenbar total verknallt in sie war.

Sie kamen zu Hause an. »Bitte sehr, Mum. Dein Taxi, genau bis zur Tür.« Er blieb bei laufendem Motor sitzen, wartete.

»Kommst du nicht …?«, begann Maggie.

»Bringe nur Shauna noch nach Hause.«

»Oh. Natürlich«, sagte sie in ihrem missbilligendsten Tonfall und stieg aus. Als sie zur Haustür ging, hörte sie Shauna spöttisch sagen: »Ooooh. Wer ist denn da so saumäßig gelaunt?«

Nach den grünen Zeigern auf Maggies Nachttischwecker zu urteilen, war es bereits nach drei, als Ben nach Hause kam.

6

Naz fuhr durch das Eingangstor von Dower House. Gott, was für ein wunderschönes Anwesen. Sie war zwar schon einmal hier gewesen, beim Gruppentreffen wegen der Kostüme, aber das war abends gewesen. Jetzt konnte sie alles besser erkennen. Sogar an einem nachweihnachtlichen, düsteren Nachmittag war es eindrucksvoll. Die gekieste Auffahrt führte zu einem Vorhof vor dem weißgestrichenen Haus mit den hübschen gotischen Fenstern.

An einer Seite des Hauses stand eine riesige Zeder, deren tiefhängende Zweige den Boden berührten.

»Würdest du gern in einem solchen Haus leben, Karis?«

Keiner, den sie kannte, lebte in einem Haus, das diesem auch nur im Geringsten ähnelte. Es hatte parkähnliches *Gelände*, Himmelherrgottnochmal. Es war wie aus einem Historiendrama. Festgeschnallt auf ihrem Kindersitz hinten im Auto, verdrehte Karis den Hals, um alles sehen zu können. Sie hielten vor der von Säulen eingerahmten Haustür.

»Es ist wie ein Palast, Mummy. Lebt eine Königin hier? Gibt es Prinzessinnen?«

»Nein, nur ganz normale Menschen.«

Nicht, dass sie Fionas Kinder schon kennengelernt hätte. Sie gingen auf die vornehmste Privatschule, die sie kannte.

Sie sollten sich ja hüten, hochnäsig Karis gegenüber zu sein, sonst würden sie von ihr was zu hören kriegen.
Die Tür wurde geöffnet, und da war Fiona, lässig elegant in Jeans und einem himbeerroten Pullover, der hundertprozentig aus Kaschmir war. Hinter ihr stand ein hübsches kleines Mädchen mit großen blauen Augen und weißblonden Haaren, das sich nicht recht traute vorzutreten. Es konnte kein Irrtum darüber bestehen, wessen Tochter sie war.
»Kommt rein, kommt rein, ich bin so froh, dass ihr kommen konntet«, sagte Fiona, beugte sich vor und küsste Naz auf die Wange. »Dies ist Freya – und du musst Karis sein. Freya hat sich riesig darauf gefreut, mit dir zu spielen.«
Sie gingen hinein in eine weißgetäfelte Halle mit schwarzweiß gefliestem Boden, blau und ockerfarbenen Perserteppichen, zwei hellen, modernen Gemälden und einem riesigen frischen Blumenstrauß. Fiona nahm ihnen die Mäntel ab und führte sie in die Küche. Die jedermanns Traum von einer Landhausküche war. Natürlich.
»Es ist viel gemütlicher hier, und so kann ich ein Auge auf das Essen haben.«
Essen? Dann hatte sie also keine Armee von Bediensteten? »Klar.«
Aus dem Herd drang ein köstlicher Duft von Fleisch und Kräutern. Fiona gab den Kindern Saft und Kekse und schickte sie zum Spielen.
»Ich habe ein neues Spielhaus zu Weihnachten bekommen. Spielst du gern verkleiden?«, fragte Freya.
»Verkleiden? Ja!« Karis' Augen strahlten. »Hast du ein Kleid für eine Fee? Und für eine Prinzessin?«

»Ganz viele.«
Die beiden rannten weg. »Vergiss nicht, Karis zu zeigen, wo die Toilette ist«, rief Fiona ihnen hinterher.
»Sich verkleiden mag sie am allerliebsten«, sagte Naz.
»Ein bisschen wie wir mit unseren Tanzkostümen.« Fiona lächelte. »Ich genieße die Gelegenheit, ein bisschen Glitzerzeug zu tragen. Und Farben, in denen man mich normalerweise nie sehen würde. Ein Outfit in Bonbonrosa, Knallgelb und Tiefrot mit ganz viel Gold fände ich spitze.«
Naz versuchte, sich die kühle Fiona in sich so beißenden Farben vorzustellen. Es war schwierig, aber Fiona würde das hinbekommen. »Wow! Klingt abgefahren. Ist aber nicht gerade dein üblicher Stil.«
»Genau. Darum geht es doch gerade. Denk nur an Cathy auf der Weihnachtsfeier. Sie hat sich in eine völlig andere Person verwandelt. Egal, ich zeige dir jetzt mal, was mir für diese Frühjahrsrevue eingefallen ist.«
Cheryl hatte sie um Vorschläge gebeten, was die ganze Gruppe während eines Auftritts bei einem Wohltätigkeitskonzert tragen sollte. Fiona war zur Chefdesignerin erklärt worden und Naz zur Nähberaterin. Fiona zog aus einer professionell aussehenden Kunstmappe einige große Blätter heraus. Sie hatte drei verschiedene Ideen skizziert, aus denen sie eine auswählten.
»Die ist auch die praktischste«, sagte Fiona. »Alles, was sie anfertigen müssen, ist ein goldener oder silberner Gürtel und eine knappe Weste zu dem, was sie bereits haben. Schließlich kann nicht jede ein Vermögen dafür ausgeben oder hat die Zeit, so viele neue Sachen zu nähen.«

Mensch. Wer hätte gedacht, dass Fiona an so etwas denken würde? Ihr Ansehen stieg in Naz' Augen. Sie studierte die Skizzen und überlegte, wie die Kostüme vor Publikum wirken würden.

»Es fehlt noch etwas auf dem Kopf. Ich weiß, dass wir alle das hassen und es die Frisur ruiniert, aber Hüte oder irgendein Kopfschmuck machen sich wirklich gut bei einer Vorführung.«

»Hm, du hast recht.« Fiona langte nach einem weiteren Blatt Papier und einem weichen Bleistift. Sie sprudelte geradezu über vor Ideen. Naz sah zu, wie Fiona zeichnete.

»Du bist wirklich gut im Zeichnen. Hast du das gelernt?«

»Ich habe mal einen Kunstkurs in einer Abendschule gemacht.«

»Aber du hast es nicht weiterverfolgt?«

Fionas dickes blondes Haar fiel vornüber, als sie sich über die Zeichnungen beugte, verbarg ihr Gesicht. »Hätte ich gern – aber tagsüber habe ich eine Sekretärinnenschule besucht, und sobald ich genug Übung hatte und schnell genug tippen konnte, erwarteten meine Eltern, dass ich mir einen Job suche. Und als ich erst mal in London war, hatte ich natürlich tausend andere Sache vor, als abends weiter Kunstkurse zu besuchen.«

Also. Das war nun echt eine Überraschung. Dass man von Fiona erwartet hatte, dass sie ihren Mann stand und ihren Lebensunterhalt selbst verdiente. »Ich habe immer angenommen, dass du Abitur gemacht und studiert hast.«

Fiona lachte. Sie warf ihre Haarmähne zurück. »Wohl kaum! Mein Vater ist Klempner. Ich bin in einem der schäbigeren Vororte von Wolverhampton aufgewachsen. Ich konnte noch von Glück sagen, dass ich auf die Sekretärinnenschule geschickt und nicht von mir erwartet wurde, irgendwo als Verkäuferin zu arbeiten oder in die Fabrik zu gehen. So konnte ich zu Hause ausziehen und in London leben.«

Mann. Wer hätte das gedacht? Für sie war Fiona mehr ein Archetyp als eine wirkliche Person gewesen. Die typische Ehefrau als Trophäe. Es war, als hätte eine Comicfigur plötzlich eine dritte Dimension angenommen.

»Und da hast du Richard kennengelernt?«, riet Naz.

»Ja. Der klassische Fall. Chef heiratet Sekretärin. Aber damals ging es ihm noch nicht sonderlich gut. Er und Andy, sein Geschäftspartner, hatten sich gerade selbstständig gemacht, und es gab nur sie und mich in der Firma. Es stand sehr lange immer auf der Kippe. Und er war Single. Ich habe nicht irgendein glückliches Familienleben zerstört.«

»Du hast hier ein glückliches Familienleben.«

»Ja-a. Ja, natürlich. Ich bin sehr glücklich.«

Sie sagte es, als müsse sie sich selbst überzeugen. Naz starrte sie mit offenem Mund an. War sie etwa nicht glücklich? War dies alles nichts als Fassade? Die Comicfigur trat schließlich hervor als eine Person aus Fleisch und Blut.

Fiona errötete. »Versteh mich nicht falsch. Ich weiß das alles zu schätzen. Das wäre ja auch noch schöner, wenn man bedenkt, woher ich komme. Es ist nur – nun ja, nimm unsere Tanztruppe zum Beispiel. Du studierst und betreibst ein Schneidergeschäft und bist alleinerziehende Mutter, Maggie ist Fachbereichsleiterin in der Schule, Cathy ist Tierpflegerin bei einem Tierarzt, Judy hat es mit all den quengeligen Patienten in der Arztpraxis zu tun, und Shauna arbeitet hart daran, einen Job als Tänzerin auf einem Kreuzfahrtschiff zu bekommen. Und was tue ich? Nicht sehr viel.«

Nun ja. Diesen Eindruck hatte sie auch gehabt. »Was möchtest du denn tun?«

»Ich hatte mit einem bestimmten Laden geliebäugelt – du kennst die Church Lane, die kleine Ladenreihe gegenüber vom *Chequers*? Da war kürzlich ein Laden zum Verkauf angeboten. Ich hatte daran gedacht, entweder einen Modeladen zu eröffnen – einen ziemlich extravaganten, weißt du, Designerkleidung und vielleicht ein oder zwei besondere örtliche Hersteller – oder einen Antiquitätenladen. Oder sogar eine Galerie. Ich verstehe schließlich ein wenig von Kunst. Richard und ich sammeln moderne Stücke.«

Es lag ein sehnsuchtsvoller Ton in ihrer Stimme, wie bei einem Kind, das weiß, dass der Weihnachtsmann ihm nicht das bringen wird, was es sich wirklich wünscht.

»Und was hat dich davon abgehalten?«, fragte Naz.

»Oh, nun ja ... Jemand ist mir zuvorgekommen und hat ihn gekauft, bevor ich die finanzielle Seite geregelt hatte.« Fiona betrachte stirnrunzelnd das Blatt Papier vor sich, verzierte die Kanten mit Kringeln und Schnörkeln.

»Na und? Es gibt doch sicher noch andere Läden, oder? Du musst den Laden nicht mal kaufen, du kannst irgendwo einen mieten«, meinte Naz.

»Ja, aber er muss die richtige Lage haben. Dieser kleine Laden war genau so, wie ich ihn wollte.« Fiona kritzelte immer noch an den Kopfbedeckungen herum.

»Es gibt andere. Und du musst dich auch nicht auf Mellingford beschränken. Du könntest auch in anderen Städten in der Umgebung suchen.«

»Richtig. Das könnte ich.« Aber ganz offensichtlich war es ihr nicht ernst damit.

»Natürlich musst du es wirklich wollen.«

Fionas Kopf fuhr hoch. »Ich möchte es. Es ist nur ... Es gibt Komplikationen.«

Naz dachte an die Komplikationen in ihrem eigenen Leben, genug Geld zu verdienen, ständig zwischen zu Hause und dem College und den Läden und Karis' Schule hin und her zu hetzen, da zu sein, wenn Karis sie brauchte, lange aufzubleiben und sich zwischen einer Hausarbeit, die am nächsten Tag abgegeben werden musste, zu entscheiden oder dafür, ein Kleid fertig zu nähen, womit wieder eine Rechnung bezahlt werden konnte. Sie schwieg.

»Also, es ist Richard«, gestand Fiona. »Er möchte, dass ich ganztägig Ehefrau und Mutter bin. Er versteht nicht, warum ich etwas anderes tun möchte ...« Ihr Lachen hatte nichts Humorvolles. »Du denkst bestimmt, dass ich keinerlei Grund habe, über etwas zu jammern. Ich bin sicher, dass Shauna es gedacht hat, als ich es ihr erzählt habe.«

»Shauna?« Naz grinste. Ja, Shauna würde kein Blatt vor den Mund nehmen. »Was hat sie gesagt?«

Fiona lachte wieder, und dieses Mal war ihr Lachen echt. »Sie hat gesagt: ›Ich glaub', ich spinne, warum willst du das denn? Ich dachte, dein Alter ist stinkreich?‹«

Naz bog sich vor Lachen. Es hörte sich zu komisch an aus Fionas Mund. »Ja, das ist echt Shauna.«

Fiona stand auf, um ihnen Kaffee nachzuschenken.

»Vielleicht hat sie recht. Vielleicht bin ich einfach nur eine reiche Zicke, die zu viel Zeit hat und nicht weiß, wie gut sie es hat.«

Ja. Genau. Und dennoch spürte Naz einen Anflug von Mitgefühl. »Nein, bist du nicht. Aber du könntest etwas tun, wenn du es wirklich willst.«

Im Flur war Getrappel zu hören, gefolgt von schrillem Gekicher. Freya und Karis kamen in die Küche gestürmt, um ihre Prinzessinnenkostüme vorzuführen, wirbelten herum und klammerten sich aneinander fest, dann machten sie wieder einige Trippelschritte in ihren funkelnden Spielschuhen.

»Sehen sie nicht entzückend aus zusammen? Was für ein Kontrast. Ich bin so froh, dass sie sich gut verstehen«, sagte Fiona. »Karis ist ein Schatz, nicht wahr?«

»Sie ist ein Monster. Ich liebe sie über alles.«

»Hast du … Hast du Kontakt zu ihrem Vater?«, fragte Fiona und traute sich nicht so recht, sie voll anzusehen.

Karis' Vater. Dominic. »Nein.«

Fiona sah zerknirscht aus. »Es tut mir leid, ich hätte nicht fragen sollen. Es geht mich nichts an. Vergiss, dass ich gefragt habe.«

Dominic. Der Mistkerl. Meistens verdrängte sie ihn so komplett, dass sie sich beinahe einreden konnte, er habe nie existiert. Aber manchmal kam doch das Bedürfnis in ihr hoch, über ihn zu reden. Es schwoll mehr und mehr in ihr an, unterstützt durch Fionas Enthüllungen.

»Nein«, sagte sie langsam. »Ist schon in Ordnung. Tatsache ist, dass ich ihn seit über sechs Jahren nicht mehr gesehen habe. Er ist zwei Wochen nach Karis' Geburt verschwunden.«

»Oh mein Gott. Wie schrecklich für dich. Genau in dem Moment, wo du ihn am meisten gebraucht hättest.« Fiona sah ehrlich schockiert aus.
»Mit Verantwortung konnte er nicht umgehen. Ein Baby zu haben war schon schlimm genug, aber eine Freundin zu haben, deren Mutter im Sterben lag, war einfach zu viel. Er konnte es nicht ertragen.«
Fiona legte ihre Hand über ihre. »Du musstest also mit allem allein klarkommen? Wie um alles in der Welt hast du das geschafft? Ich war nach der Geburt beider Kinder völlig fertig. Ich weiß nicht, was ich getan hätte ohne Richard oder meine Mum, die mich damals unterstützt haben.«
Völlig fertig? Ja, sie war völlig fertig gewesen. Aber sie hatte keine Zeit gehabt, darüber nachzudenken. Sie war gleich, nachdem sie Dominics Abschiedsnotiz gelesen hatte, ans Sterbebett ihrer Mutter geeilt.
Naz zuckte die Achseln. »Du hättest es geschafft, wenn du gemusst hättest. Das ist so. Und ich habe meine Familie. Alle meine Verwandten haben mit angepackt. Ich war nicht ganz auf mich allein gestellt.«
»Aber du musst noch schrecklich jung gewesen sein damals. Wenn Karis jetzt sechs ist, dann warst du – wie alt? Achtzehn?«
»Neunzehn.«
»Unvorstellbar.« Fiona stand auf und ging zu dem riesigen Kühlschrank. »Zeit für einen Drink, glaube ich«, sagte sie und zog gekonnt den Korken aus einer Flasche Weißwein. Sie schenkte ein und schob Naz ein Glas hin. »Da.«
»Danke.«
Naz trank. Erst nach dem zweiten oder dritten Schluck

bemerkte sie, dass es nicht das übliche Gesöff aus dem Supermarkt war. »Der ist lecker.«
»Verrate es nicht Richard. Es ist einer seiner Spezialweine. Also, und jetzt helfen dein Vater und du euch gegenseitig, ja? Und es hat niemanden gegeben seit diesem Mistkerl Dominic?«
»Nein.« Naz ließ sich den Wein auf der Zunge zergehen. Er schmeckte wirklich sehr gut. Und Fiona war sehr nett. Viel weicher und menschlicher, als sie gedacht hatte. Sie konnte sie richtig gut leiden. »Ich bin mit einigen Typen ausgegangen, aber – na ja – es sind alles solche Kinder, nicht wahr? Alles, wofür sie sich interessieren, ist Fußball und in Kneipen rumhängen und sich volllaufen lassen. Und Sex natürlich. Ich hätte nichts dagegen, wenn es nur um Sex ginge. Es ist der ganze andere Rest, den ich nicht abkann. Diese ganze Rumblödelei und Angeberei. Ich habe ein Kind, vielen Dank. Ich brauche nicht noch eins.«
»Nicht alle sind so. Viele, ja, aber nicht alle.«
Sie hatte ja keinen blassen Schimmer. Sie hatte ihren wundervollen Richard. Auch wenn er wollte, dass sie eine hundertprozentige Ehefrau und Mutter war. Es schien kein zu hoher Preis zu sein.
»Alle, die ich kennengelernt habe, sind so. Ich habe die Schnauze gestrichen voll von Typen.«
»Ich glaube, du siehst das zu zynisch. Du solltest nicht aufgeben.«
»Das sagt mein Dad auch immer. Ständig drängt er mich, auszugehen und jemanden kennenzulernen.«
»Er hat recht. Du solltest auf ihn hören.«
Naz grinste. Der Wein tat seine Wirkung. »Wir sind uns

unglaublich ähnlich, er und ich. Beide unglaublich stur. Ich sage ihm auch immer, dass er sich eine nette Frau suchen sollte. Mum hätte nicht gewollt, dass er den Rest seines Lebens allein bleibt. Aber hört er auf mich? Nein.«

»Klingt, als müsste man eure Köpfe kräftig gegeneinander schlagen.«

»Ja. Vielleicht. Aber uns geht's prima, wirklich.«

»Es würde dir nichts ausmachen, wenn er jemand Neues fände?«

»Also ...« Naz dachte darüber nach. »Nicht, wenn es die richtige Person wäre, nein. Aber sie muss schon etwas Besonderes sein. Ich möchte nicht, dass mein Dad verletzt wird.«

»Dann also nicht Maggie?« Fiona hatte ein spitzbübisches Funkeln in den Augen.

Naz lächelte zurück. »Nein, nicht Maggie.«

Es klingelte an der Tür.

»Das wird Brad sein, der Gärtner. Ich gehe lieber hin, bevor die Prinzessinnen es tun«, sagte Fiona und eilte hinaus.

Sie kam zurück in die Küche mit dem tollsten Bild von einem Mann, den Naz seit langer Zeit gesehen hatte. Er war über eins achtzig groß und breitschultrig, hatte ein offenes, freundliches Gesicht, dichtes, lockiges, braunes Haar, haselnussbraune Augen und einen Mund, dessen Mundwinkel nach oben wiesen. Er trug abgewetzte Levis und einen hellbeigefarbenen Pullover.

»Das ist Brad Storey, er gestaltet unseren Garten neu«, erklärte Fiona. »Brad, das ist meine Freundin Naz. Sie ist Schneiderin und Designerin.«

»Freut mich, Sie kennenzulernen.«

Seine große, tüchtige Hand umschloss Naz' kleine. »Mich auch.«

Fiona holte ein weiteres Glas und schenkte ein, während Brad seine Pläne auf dem Tisch ausbreitete. Naz beugte sich vor. Er hatte eine sehr schöne Zeichnung angefertigt. Da waren das Haus und die Außengebäude, die Einfahrt, die Zeder, die Begrenzungen. Und da war der neue Garten, den er geplant hatte, bis ins kleinste Detail ausgemalt und gekennzeichnet.

»Auf Ihr Wohl!«, sagte er und trank einen Schluck. »Also, ich habe versucht, beim Entwurf sowohl das Alter des Hauses als auch alles, was Sie gern integriert haben wollten, zu berücksichtigen. Dies hier ist eine symmetrische, ebenerdige Anlage …«

Er erklärte die gekennzeichneten Teile und Anpflanzungen. Fiona stellte ihm Fragen. Gefesselt verfolgte Naz die Unterhaltung. Er verstand sein Handwerk, dieser Typ. Die alte Fiona hatte wirklich Glück, dass das alles für sie gemacht wurde.

»Mein Dad würde es bestimmt gern sehen. Er ist mit Leib und Seele Gärtner«, sagte sie.

»Du musst ihn bald mal mitbringen, damit er es sehen kann, bevor alles verändert wird«, drängte Fiona sie.

»Was hat er denn für einen Garten?«, erkundigte sich Brad.

»Oh, nur einen ganz gewöhnlichen. Nichts wie dies hier. Sie wissen schon, ein Vorder- und ein Hintergarten. Aber er ist voller Pflanzen und Zeugs«, sagte Naz. Sie verstand wirklich nichts davon, aber sie begriff, dass dies eine unglaubliche Gestaltung war.

Brad und Fiona redeten weiter miteinander. Im Plan wurden kleine Änderungen wurden vorgenommen. Die Prinzessinnen stürmten wieder herein. Naz' Blick fiel auf die Küchenuhr an der Wand.
»Oh mein Gott! Ich hätte schon längst zu Hause sein müssen. Karis, lauf und hol deine Sachen. Wir müssen los.«
»Mu-um ...«, begann Karis.
»Du kommst bald wieder zu uns«, mischte sich Fiona ein. »Freya, hilf Karis, ihre Sachen einzupacken.«
Nachdem ihr Betteleien auch nicht halfen, trottete Karis davon.
»Hübsches Kind«, sagte Brad.
»Danke«, antwortete Naz.
Er steckte seine Kugelschreiber und Stifte ein und stand auf. »Ich mache mich auch lieber auf den Weg. Wenn Sie die Pläne Ihrem Mann gezeigt haben, Mrs. Meredith, lassen Sie mich bitte wissen, ob ich anfangen soll.«
»Ich bin sicher, dass Richard Ihre Ideen gefallen. Ich rufe Sie so schnell wie möglich an.«
Naz stand auf und setzte sich wieder. Gott, *wie* viel Wein hatte sie getrunken? Zwei Flaschen standen leer auf dem Tisch, und eine dritte war auch schon angebrochen. »Oh Gott«, sagte sie. »Ich glaube, ich fahre lieber nicht selber nach Hause.«
Fionas Blick fiel auf die Flaschen. Sie lächelte und sagte trocken: »Du liebe Güte. Wir haben ziemlich viel intus, was? Vielleicht sollten wir lieber ein Taxi rufen.«
Ein Taxi? Den ganzen Weg nach Hause? Das würde ein Vermögen kosten. Aber sie konnte auf keinen Fall selbst fahren, nicht mit Karis auf dem Rücksitz. »Ja.«
»Wo wohnen Sie denn?«, fragte Brad. Naz sagte es ihm.

»Das liegt auf meinem Weg. Ich kann Sie mitnehmen – natürlich nur, wenn es Ihnen recht ist.«
Naz zögerte. Sie würde Geld sparen. Und er schien ganz in Ordnung zu sein, für einen Kerl jedenfalls. »Na ja, wenn es Ihnen nichts ausmacht …«
»Eine prima Idee, finde ich«, sagte Fiona.
Draußen in der frühen Winterdunkelheit parkte ein roter Mazda Truck. Auf dem Fahrersitz saß ein goldgelber Labrador, der so aussah, als würde er gleich losfahren wollen. Er bellte freudig, als er Brad sah.
»Oh, das habe ich vergessen zu erwähnen. Ich hoffe, ihr mögt Hunde. Lady begleitet mich überallhin.«
Karis begann umgehend zu strahlen. »Wir fahren nach Hause mit einem Hund? Ich liebe Hunde!«
»Das ist gut. Lady wirst du mögen, sie ist sehr lieb.«
Sie quetschten sich ins Auto, Karis saß in der Mitte zwischen ihnen mit Ladys Kopf auf ihrem Schoß.
»Sie ist so schö-ön«, schmolz Karis dahin und streichelte den Hundekopf. »Sie ist ganz seidig und weich und leckt mir die Hand. Du hast Glück, dass du einen Hund hast. Ich habe eine Katze. Sie heißt Jasmine. Sie hatte eine Operation, damit sie keine Kätzchen bekommt.«
Die Unterhaltung verlief hauptsächlich zwischen Brad und Karis. Brad stellte gelegentlich eine Frage und machte auch mal eine Bemerkung, und Karis plapperte praktisch pausenlos.
»Du bist nett«, stellte sie fest. »Nicht so nett wie Lady, aber nett.«
»Danke«, sagte Brad ganz ernst.
»Hast du auch kleine Mädchen?«
»Nein. Ich lebe mit zwei Kumpels in einer Wohnung.«

»Wir wohnen auch in einer Wohnung. Wir wohnen unten, und mein Granddad wohnt oben.«
»Das klingt prima.«
Die Fahrt nach Hause schien in null Komma nichts vorbei zu sein. »Sie können uns gleich hier am Anfang der Straße rauslassen«, sagte Naz.
»Nein, nein. Ich bringe Sie bis vor die Tür. Das macht überhaupt keine Umstände.«
»Nein, wirklich. Bis hierher reicht völlig.« Du wirst auf keinen Fall erfahren, wo ich wohne, Herzblatt. Spitzenmäßiges Aussehen hin oder her.
»Wir wohnen in Nummer zweiundvierzig«, klärte Karis ihn auf.
»Zweiundvierzig, hm? Na gut. Du sagst mir, wenn wir da sind, okay?«
Sie hielten vor der Haustür. »Danke, ich weiß das wirklich zu schätzen«, sagte Naz und kämpfte sich aus dem Sicherheitsgurt. »Komm, Karis. Halte Mr. Storey nicht länger auf.«
Brad kletterte aus dem Auto, ging herum zu ihrer Seite und öffnete die Autotür für sie. Naz kam sich blöde vor.
»Danke«, sagte sie schroff.
»Gern geschehen«, sagte Brad. »Tschüs, Karis. Und grüß Jasmine schön von mir.«
Erst später, nachdem sie Karis ins Bett gebracht hatte, kam Naz in den Sinn, dass sie möglicherweise ausgetrickst worden war. »Wegen dieser Einmischung bringe ich diese blöde Kuh Fiona um«, sagte sie laut.
»Mu-um – wann besuchen wir Lady wieder?«, rief Karis aus ihrem Zimmer.
»Überhaupt nicht«, wehrte Naz ab.

7

Es war ganz ungewohnt, morgens unterwegs zu sein. Judy kam sich ziemlich orientierungslos vor, als sie so durch die High Street schlenderte. Sie hatte nichts dagegen gehabt, die Schicht mit einer der Nachmittagskräfte zu tauschen, und deswegen war sie jetzt hier, um halb zwölf, und hatte nichts Besonderes zu tun.
Natürlich hätte sie vieles erledigen können. Es gab immer etwas zu erledigen in einem Haushalt, aber sie konnte sich einfach nicht dazu aufraffen. Also bummelte sie jetzt durch die High Street.
Überall sah es nachweihnachtlich schäbig aus. Alle Läden lockten mit Ausverkäufen, aber keiner wirkte einladend. Die Kleidung schien ausschließlich für Vierzehnjährige entworfen zu sein. Sie wollte nichts fürs Haus kaufen. Aber Einkaufen quasi als Therapie war auch noch nie ihr Fall gewesen. Sie tröstete sich lieber mit Essen, das war ihre Schwäche, und man sah es ihr an.
Sie kam an einer Bäckerei vorbei. Der Duft von frischem Brot und Kuchen umgab sie. Judy blieb stehen, betrachtete das Schaufenster. Kopenhagener. Rosinenbrötchen. Mit Marmelade gefüllte Doughnuts. Ein Kaffee und ein Doughnut. Ja. Dann fiel ihr das eigene Spiegelbild ins Auge. Eine pummelige Frau mittleren Alters, die drin-

gend zum Friseur musste. In Ordnung, keinen Doughnut.
Wie wäre es stattdessen mit dem Friseur? Vielleicht einer neuen Frisur? Ihre Tochter Claire hatte ihr Weihnachten Vorhaltungen gemacht, ihr in den Ohren gelegen, mehr auf sich zu achten, ihr Aussehen zu ändern. Sie zögerte vor dem Frisiersalon. Nein. Das Mädchen, das sie normalerweise bediente, war wahrscheinlich mit einem anderen Kunden beschäftigt. Sie würde ein andermal gehen.
Es begann zu regnen. Dünner, trostloser Nieselregen, der alles grau aussehen ließ. Judy zitterte trotz ihres guten Wollmantels. Eine Schaufensterauslage fiel ihr ins Auge. Spiralförmige bunte Topfreiniger verstreut in einem Haufen heller Geschirrtücher. Sie musste lächeln. Wer hätte gedacht, dass Topfreiniger ein so attraktives Schaufensterdekor abgäben? Natürlich. Es war *Supercook.* Bestimmt hatte die junge Naz bei der Schaufenstergestaltung ihre Finger im Spiel gehabt. Pfiffiges Mädchen, diese Naz. Judy starrte in das Schaufenster. Sie hatte diesen Laden schon immer gemocht. Häufig ging sie auf einen Sprung hinein und kaufte eine Kleinigkeit für die Küche oder sah sich einfach das hübsche Essgeschirr und die schicken ausländischen Kaffeeservice an. Aber seit der Weihnachtsfeier, auf der sie ihre Tanzvorführung gehabt hatten, war es ihr zu peinlich gewesen.
Trevor.
Er war so – nett gewesen. Natürlich nur, weil sie ihm leidgetan hatte. Sie wusste, dass nicht mehr daran war. Aber er hatte ihr das Gefühl gegeben – nun ja –, eine wirkliche Frau zu sein. Eine, die es wert war, sich mit ihr

zu unterhalten. Es war lange her, dass sie sich so gefühlt hatte, sich in der Aufmerksamkeit eines attraktiven Mannes gesonnt hatte.
Das war albern. Sie verhielt sich wie ein Teenager. Wenn sie hineingehen und sich umsehen wollte im Laden, könnte sie das tun. Sie ging hinein. Drinnen war es warm und hell. Sie wanderte herum, sah sich die Stapel bunter Tischdecken an, die rustikalen Nudelschalen, die Regale mit den glänzenden Bestecken. Sie fasste einige an.
Austernmesser. Wann hatte sie jemals Bedarf nach einem Austernmesser gehabt? Vielleicht war das das Zeugs, das Alan aß, wenn er sich mit seinen Flittchen traf, Austern. Austern und Champagner. Nein, sie durfte nicht daran denken.
Tortenheber. Sie könnte einen neuen gebrauchen. Ihr alter wurde langsam wackelig. Was sollte sie nur kochen für das Dinner, auf dem Alan so hartnäckig bestand? Sie hatte Fiona und ihren Mann nicht einladen wollen. Es war nicht so, dass ihr Fiona näherstand als die anderen Frauen aus dem Tanzkurs. Aber Alan hatte es sich in den Kopf gesetzt.
»Immer beschwerst du dich, dass wir nie irgendwelche deiner Freunde einladen, und jetzt, wo ich es vorschlage, hast du Einwände«, beschwerte er sich. »Was ist nur los mit dir? Du bist nie glücklich, was? Du musst jammern um des Jammerns willen.«
Es war sinnlos, es zu erklären, also hatte sie Fiona eingeladen. Und jetzt musste sie das Menü planen. Vielleicht etwas wirklich Beeindruckendes und Ausgefallenes oder etwas ganz traditionell Britisches wie Steak und Nieren-

pastete und Siruppudding im Dampfbad? Wäre vielleicht besser. Viele Männer mochten Schulessen. Nicht dass Schulessen heutzutage so aussah, natürlich nicht. Es bestand eher aus Burgern und Pommes. Na gut, wenigstens war Trevor heute nicht im Laden, stellte sie mit Erleichterung fest. Sie ging zur Tür.

»Entschuldigen Sie bitte, Madam.«

Judy hielt abrupt inne. Sie stand bereits im Eingang. Spürte schon die feuchte Luft von draußen auf dem Gesicht. Eine Frau um die dreißig in der *Supercook*-Uniform hatte sie angesprochen. Sie machte ein grimmiges Gesicht und blickte sie kalt an.

»Ja?« Ein Gefühl des Unbehagens machte sich in ihr breit.

»Ich glaube, Sie haben einige Waren, die Sie nicht bezahlt haben.«

»Was?« Judy starrte sie an. Was ging hier vor sich? Sie redete doch nicht mit ihr, oder?

»In Ihrer Tasche, Madam.«

Judy griff mit beiden Händen in ihre tiefen Manteltaschen. Ihre rechte Hand umschloss einen harten Gegenstand. Sie zog ihn heraus. Der Tortenheber.

»Oh mein Gott ...« Ihr wurde eiskalt, und sie zitterte. Das konnte einfach nicht wahr sein. Das passierte doch nicht ihr. Aber da war er, ganz real und nicht wegzuleugnen, der Tortenheber, dunkelgrüner Plastikgriff und rostfreier Stahl, immer noch mit dem Preisschild darauf. Und es stimmte, sie hatte nicht dafür bezahlt. Aber wie war er in ihre Tasche gelangt?

»Ich – ich – wusste nicht, dass er da war. Wirklich. Ich muss – oh, das ist ja grauenhaft, ich war ganz in Gedanken, ich hatte selbstverständlich die Absicht ... Ich bezahle ihn auf der Stelle, selbstverständlich.«

Die Miene der Frau war verschlossen. »Ganz so einfach ist das nicht, fürchte ich, Madam. Ich muss Sie bitten, mich in das Büro des Geschäftsführers zu begleiten.«

Leute rempelten sie an und drängelten sich an ihnen vorbei, starrten ihnen hinterher. Judy nahm es nur verschwommen wahr, während die Worte der Frau ihr langsam bewusst wurden. Panik stieg in ihr auf. Ihre Beine, ihre Hände zitterten.

»Sie glauben doch nicht ... Ich hatte nicht vor, ihn zu stehlen. Es war nur so ...«

Der Tortenheber wurde ihr aus der Hand genommen. »Hier entlang, bitte, Madam.«

Die Frau ergriff sie am Ellbogen. Judy wurde in den hinteren Teil des Ladens dirigiert. Vorbei an den attraktiven Auslagen, an den Kunden und ihren neugierigen Augen. Ein Horrorszenario lief vor ihrem geistigen Auge ab. Die Polizeiwache. Alan. Die Jungs. Der Gerichtssaal. Die Lokalpresse. Die Schande.

»Nein!«, wollte sie schreien. »Nein, Sie haben das ganz falsch verstanden. Ich habe nichts gestohlen. Ich bin keine Diebin.« Aber ihre Kehle schien wie verschlossen zu sein. Kein Wort kam heraus.

Durch eine Tür im hinteren Laden und in einen Korridor, erleuchtet von einem hellen Deckenstrahler. Die Frau blieb stehen und klopfte an eine Tür.

»Herein!«

Oh mein Gott, oh mein Gott. Trevor!

Ein Laut entfuhr ihr. Es fühlte sich wie ein Schrei an, kam aber nur als unterdrücktes Stöhnen heraus. Die

Frau öffnete die Tür. Judy nahm verschwommen einen freundlichen Raum, einen großen Schreibtisch wahr. Trevor. Trevor starrte sie an. Sie wäre am liebsten auf Stecknadelgröße geschrumpft und hätte sich unter dem Teppich verkrochen.
»Ich habe diese Frau dabei ertappt, wie sie den Laden verlassen wollte, ohne bezahlt zu haben, Mr. Randall. Sie sagt, sie wollte bezahlen, aber sie ging direkt an der Ladenkasse vorbei und war schon fast draußen ...«
»Ja, danke, Carol«, unterbrach Trevor sie. »Sehr aufmerksam von Ihnen. Ich kümmere mich darum.«
Die Frau ließ Judys Arm los. Sie ließ den Tortenheber auf den Schreibtisch fallen, wo er wie ein lebender Vorwurf lag. Die Tür schloss sich hinter ihr.
»Ich bin keine ... Ich meine, Sie glauben doch nicht ...«, stammelte Judy. Es war der grauenhafteste Moment ihres ganzen Lebens.
»Natürlich nicht.« Trevor kam um den Schreibtisch herum zu ihr und schob ihr einen Stuhl hin. »Setzen Sie sich.«
Judy sackte auf den Stuhl. Sie konnte ihn nicht ansehen. Sie umklammerte die Handtasche auf ihren Knien, packte den Griff krampfartig und ließ ihn wieder los. Sie atmete stoßweise.
»Ich weiß nicht, wie er da hingekommen ist, ich weiß es wirklich nicht. Ich konnte es nicht glauben, als ich ihn in meiner Manteltasche gefunden habe. Ich nehme an, dass das jeder sagt, aber ich wollte wirklich nicht ... Ich wollte ihn bezahlen.« Sie blickte hoch und sah ihm in die Augen. »Ich bin keine Diebin!«
»Ich weiß.« Trevors Blick war warm und freundlich. »Es

war ein Missverständnis. Ich weiß das. Machen Sie sich keine Gedanken.«

»Oh ...«

Die Polizeiwache, das Gericht, alles verblasste wieder. Alles war in Ordnung. Alles war in Ordnung. Vor Erleichterung wurde ihr ganz schwach. Tränen stiegen auf und liefen ihr übers Gesicht.

»Oh, vielen Dank ... Es tut mir leid, es ist einfach schrecklich.«

»Hier.«

Ein großes, sauberes Taschentuch wurde ihr in die Hand gedrückt. Judy wischte sich die Tränen ab, putzte sich die Nase und versuchte, sich wieder in den Griff zu kriegen.

»Besser? Einen Tee? Nehmen Sie Zucker?« Trevor stand am Nebentisch mit einem dampfenden Kessel in der Hand.

»Ja. Bitte. Keinen Zucker«, presste Judy hervor.

»Bitte.«

Ein rosaroter Becher mit witzigen, tanzenden Kühen wurde in erreichbarer Nähe vor sie auf den Schreibtisch gestellt. Judy nahm ihn auf und trank einen Schluck. Der heiße Tee glitt ihr die Kehle hinunter. Er beruhigte ihren revoltierenden Magen.

»Was müssen Sie nur von mir denken«, sagte sie.

Trevor hockte sich auf die Schreibtischkante und trank aus einem ähnlichen Becher, auf dem Schweine herumtollten. »Ich glaube, dass Sie eine sehr nette Person sind und durch und durch ehrlich.«

»Oh ...« Sie war dankbar für den dampfenden Tee. Er war ein handfester Grund für ihre glühenden Wangen.

»Ich habe diesen Abend im *Arabian Nights* sehr genossen«, sagte Trevor.
Sie brauchte einen Moment, um zu registrieren, dass er das Thema gewechselt hatte.
»Ja – äh, ich auch.« Hauptsächlich habe ich deine Gesellschaft genossen.
»Eigentlich bin ich nur mitgegangen, um Natalie zu unterstützen – Sie wissen schon –, wie bei einem Krippenspiel in der Schule.«
Judy musste unter Tränen lächeln. »Wir sind auch ein bisschen wie ein Haufen Kinder. Stolzieren in Verkleidungen herum.«
»Was ist falsch daran? Wir alle müssen uns meistens wie Erwachsene betragen. Ab und zu eine Unterbrechung tut gut.«
Oh, wie wahr. Es tat gut, mal nicht glanzlos und langweilig und mittleren Alters zu sein. »Es macht Spaß, das Tanzen. Ich bin zwar nicht sehr gut, nicht wie einige der anderen, aber es macht mir Spaß. Und ich liebe es, etwas Hübsches und Frivoles anzuziehen.«
»Frivol ist gut. Mir gefällt Frivoles. Und Hübsches. Die jungen Mädchen heutzutage scheinen Gefängnisuniformen zu tragen, wenn sie ausgehen.«
»Kampfhosen und Doc Martens«, stimmte Judy zu und dachte an einige der Mädchen, die Toby und Oliver mit nach Haus gebracht hatten.
Ein freundliches Schwätzchen. Judy spürte, wie sich ihr Herzschlag langsam normalisierte, ihr Magen beruhigte, ihre Arme und Beine aufhörten zu zittern. Sie fühlte sich wieder einigermaßen menschlich. Nahezu unter Kontrolle.

Trevor stellte seinen Becher ab. »Hören Sie, ich wollte gerade einen Happen zu Mittag essen gehen. Hätten Sie Lust, mich zu begleiten?«

Judy starrte ihn mit offenem Mund an. Hatte er das wirklich gesagt? Sie eingeladen?

»Natürlich, wenn Sie lieber nicht ...«

»Nein ...«, hörte sie sich sagen. »Ich meine ja. Ja, gern. Vielen Dank.«

Na so was. Sie hatte die Einladung angenommen. Du lieber Himmel.

»Na wunderbar«, strahlte Trevor. Er stand auf. »Ich gehe nur kurz und sage im Laden Bescheid, dass ich weg bin. Die Angestelltentoilette ist gleich nebenan, wenn Sie ... Sie wissen schon.«

»Ja. Danke.«

Wie aufmerksam. Sie ging auf die Toilette und blickte in den Spiegel. Mein Gott. Was für ein schrecklicher Anblick. Sie wühlte in ihrer Handtasche nach Kamm und Lippenstift und Puder und machte sich daran, den Schaden zu beheben. Als sie hinauskam, wartete Trevor auf sie.

»Wir gehen hinten hinaus, ja?«

»Oh ja.« Bloß nicht wieder durch den Laden. Nicht an all seinen Verkäuferinnen vorbei.

»Die Weinbar ist ganz nett, wenn Sie Lust dazu haben.«

»Welche, *Donatello's*?«

Dahin konnte sie unmöglich gehen. Shauna arbeitete da, und Maggies Sohn. Sie könnte gesehen werden. Nein, Moment mal. Was dachte sie denn nur? Sie ging doch nur Mittag essen mit einem Freund. Das war alles.

»Ja. Das wäre schön«, sagte sie.

Donatello's war sehr modern, sehr minimalistisch, nur Holzfußböden und glänzende Stühle. Trevor fand einen freien Ecktisch. Sobald sie sich gesetzt hatten, kam Shauna anstolziert und sah unglaublich sexy aus in dem engen schwarzen Kleid und der weißen Schürze.

»Hallihallo! Schön, dich hier zu sehen, Judy. Wusste gar nicht, dass das deine Sorte von Lokal ist. Und hier haben wir Nazzas Dad, stimmt's?«

»Stimmt. Was würden Sie uns denn heute von der Tageskarte empfehlen, Shauna?«, fragte Trevor.

Shauna stützte die Hand in die Hüfte. »Also – diese Pasta mit Tintenfischen sieht mies aus, wenn Sie mich fragen, und drei Gäste haben mir gesagt, dass der geräucherte Lachs wässrig schmeckt, so dass ich den auch nicht nehmen würde. Aber das Risotto mit Waldpilzen ist ganz okay ... Oh, und wir haben heute Austern. Die soll ich jedem anbieten. Ich glaube, sie wollen sie schnell los sein.«

Trevor sah Judy an. »Was meinen Sie? Mögen Sie Austern?«

Judy erinnerte sich an die Messer. Das war, kurz bevor sie den Tortenheber gesehen hatte. »Ich ... ich weiß nicht«, stotterte sie. »Ich habe noch nie welche gegessen.«

»Nein? Erst recht ein Grund, sie zu probieren. Definitiv einer der Genüsse im menschlichen Leben, Austern. Und was ist mit dem Hauptgang? Würden Sie gern das Risotto probieren oder lieber etwas anderes essen?«

»Nein, Risotto ist prima.« Das ging alles viel zu schnell.

»Das wär's dann, Shauna. Ein Dutzend Austern, zweimal Risotto und – ist grüner Salat okay? Und haben Sie immer noch diesen netten Chilenischen, den Sie letzte Woche hatten? Den Pinot?«

»Ja. Jede Menge.« Shauna notierte die Bestellung auf ihrem Block.

»Oh – ich weiß nicht, ob Wein das Richtige ist … Ich muss um drei zur Arbeit«, sagte Judy.

»Ein Glas wird Ihnen schon nicht schaden.«

»Ja, nur zu, genieße das Leben«, stimmte Shauna ihm zu.

Das Leben genießen. Ja. Warum nicht?

Die Austern schmeckten fantastisch, fand sie. Saftig und weich zergingen sie auf der Zunge. Der Wein war köstlich. Sie entspannte sich, strahlte, lachte. »Sich vorzustellen, dass ich gelebt hätte, ohne sie zu probieren«, sagte sie und hielt sich die letzte Austernschale schräg an den Mund, um den letzten Tropfen Saft zu schlürfen.

»Was für ein Versäumnis«, stimmte Trevor ihr zu.

Sie unterhielten sich über ihre Kinder, und nach und nach sprachen sie über sich. Das Risotto kam. Sie tranken die Flasche Wein aus. Sie nahmen einen Espresso. Die Tische leerten sich um sie herum. Shauna kam zu ihnen.

»Ich hasse es, die Spielverderberin zu sein, aber es ist halb drei«, verkündete sie.

»Was?« Judy sah auf ihre Uhr, total verblüfft. Tatsächlich. Sie konnte es kaum glauben.

»Ich muss los«, sagte sie. »Shauna, kannst du uns bitte gleich die Rechnung bringen?«

Sie rangelte mit Trevor wegen der Rechnung, lehnte es ab, ihn für sie bezahlen zu lassen. Er half ihr in den Mantel.

»Vielen Dank. Ich habe Ihre Gesellschaft sehr genossen«, sagte er, als sie draußen auf der Straße standen.

»Ich auch. Es war wirklich schön.« Sie konnte sich nicht erinnern, wann es ihr zuletzt so gut gegangen war.

»Vielleicht könnten wir es bei Gelegenheit wiederholen?«

Alarmglocken begannen in ihrem Kopf zu klingeln. Einmal war in Ordnung. Es war ein zufälliges Treffen. Aber sich wieder zu treffen, absichtlich, das war etwas anderes. Sie zögerte. »Ich ... glaube nicht ...«

»Ich verstehe, natürlich, aber nur zum Mittagessen, wie heute?«

Der Wein war ihr zu Kopf gestiegen. Sie war glücklich. Ja, glücklich. Und er war so ein netter Mann. Genieße das Leben. Nun mach schon. Was war schließlich dabei? Die Worte kamen ihr ohne ersichtliche Anstrengung aus dem Mund. »Das würde ich gern.«

Trevor lächelte, ein strahlendes, warmes Lächeln erhellte sein Gesicht. »Ich auch. Ich danke Ihnen.«

Den ganzen Nachmittag ging ihr dieses Lächeln nicht aus dem Kopf.

8

Ein ganzer Tag, ein ganzer verdammter Tag, und am Ende nichts.

Shauna ließ sich auf den Sitz in der Ecke des Zuges sacken inmitten der nach Hause fahrenden Pendler. Neben ihr schnarchte ein dicker Geschäftsmann über seinem *Evening Standard*, sein Kopf kam ihrer Schulter bedenklich nahe. Zwei dämliche Ziegen ihr gegenüber konnten sich gar nicht wieder einkriegen über Sinn und Zweck von Einbauküchen. Ein Typ aus der City auf dem Gang schrie in sein Handy. Der Fußboden war übersät mit Pappbechern und Sandwichverpackungen. Die Luft war stickig und übelriechend.

Sie starrte auf ihr Spiegelbild im dem verschmierten Fenster. Sie hatte wirklich geglaubt, dass sie es dieses Mal packen würde. All das Warten in diesem eiskalten Gemeindesaal, das Gedrängel im stinkenden Klo, das gespannte Lauschen, wenn Namen aufgerufen wurden, sie hatte das alles schon öfter durchgemacht. Nur dass sie es dieses Mal bis unter die letzten dreißig geschafft hatte. Sie hätte alles getan, um diesen Job zu kriegen, alles. Ihr Haar schwarz gefärbt, einen String-Tanga getragen, den Produzenten gebumst. Nicht, dass das etwas gebracht hätte. Er war ein verdammter Schwuler. Gierte alle männlichen Tänzer an.

Was stimmte nicht mit ihr? Warum schaffte sie es nicht? Sie war eine gute Tänzerin, genauso gut wie die meisten von denen, die heute einen Job gekriegt hatten. Sie sah gut aus. Sie war groß. Der Zweifel, der ständig an ihr nagte, stieg wieder in ihr hoch. War sie zu alt? Alle Mädchen heute waren nicht älter als siebzehn oder so gewesen, und sie waren alle schon mal aufgetreten – in der Werbung, in einem Theaterstück. Sie traten auf, seit sie zur Grundschule gingen. Sie hatten einen Vorsprung. Wenn sie nur weiter zum Tanzunterricht hätte gehen können als kleines Mädchen.

Shauna seufzte. Das Fenster beschlug. Nicht, dass ihre Mutter damals dagegen gewesen war, aber als ihr Dad das Weite gesucht hatte, war einfach kein Geld da für so was.

Aber wenn sie weiter Unterricht hätte nehmen können, wäre sie nicht hier, hier in diesem dreckigen Zug. Sie wäre in einer Show im West End oder im Fernsehen. Sie würde Schauspieler kennen und DJs und solche Leute. Sie würde mit reichen Typen ausgehen. Das war es, was sie wollte, einen reichen Typen. Jemanden wie Fionas Richard. Null Chance, so wie die Dinge lagen.

Um sich abzulenken, stellte sie ihren iPod an und wählte eine der Nummern aus dem Bauchtanzkurs an. Orientalische Musik ertönte in ihren Ohren. Sie schloss die Augen, versuchte, sich davon forttragen zu lassen, sich vorzustellen, welche Bewegungen sie dazu machen würde. Aber erstmals hatte der Zauber der Musik keine Wirkung auf sie. Alles, was sie sah, war die Reihe der ausgewählten Tänzerinnen in dem schmutzigen Gemeindesaal, die lachten und herumhüpften, während sie und die anderen Abgelehnten ihre Mäntel anzogen, ihre Taschen nahmen und sich vom Acker machten.

Shauna stieg in Mellingford aus und trottete mit dem Strom der Büroangestellten zum Ausgang des Bahnhofs. Verdammter Mist, sie würde ein Taxi nehmen. Sie konnte es sich zwar nicht leisten, aber wen juckte das schon? In der feuchten dunklen Abendluft strömten die Menschen zum Parkplatz, der Bushaltestelle, dem Taxistand. Scheiße. Das letzte Taxi fuhr gerade weg. Eine lange Menschenschlange wartete bereits, fluchte still vor sich hin. Shauna ging an ihnen vorbei und reihte sich an der Bushaltestelle in die Warteschlange für Watfield ein.

Sie freute sich richtig auf zu Hause, als sie endlich zum Constable Drive kam. Tee. Das war genau das, was sie jetzt brauchte. Einen großen Becher Tee und etwas Ungesundes, Dickmachendes, wie Bratkartoffeln mit Spiegelei. Und die Füße hochlegen vor dem Fernseher. Doch als sie auf die Haustür zuging, wurde ihr klar, dass ihr nicht einmal diese einfachen Freuden vergönnt waren.

Drinnen war ein heftiger Streit im Gange. Sie hörte Nicole schreien, dass sie keinesfalls etwas so etwas Affiges wie pfirsichfarbenen Satin anzöge, und Mandy schrie zurück, dass sie die Braut war, dass sie die Farbe zu bestimmen hätte. Als Shauna die Tür öffnete, kam ihre Mutter ihr aus dem Wohnzimmer entgegen. Nach einem einzigen Blick in Shaunas Gesicht drehte sie sich um zu Mandy.

»Geh und mach uns allen einen Tee, auch für Shauna. Und beleg das Badezimmer nicht mit Beschlag. Ich möchte mich fertig machen.«

»Gehst du aus?«, fragte Shauna enttäuscht. Von ihren

Schwestern erwartete sie nicht viel Mitgefühl, aber sie hatte gehofft, dass ihre Mum sich zu ihr setzen und es mit ihr durchkakeln würde.

»Heute ist doch Quizabend bei *Brickmaker's*«, sagte Denise. Sie legte einen Fuß auf den Beistelltisch und begann, sich die Fußnägel zu lackieren. »Egal, wie ist es gelaufen?«

Shauna trank einen Schluck Tee. Irgendwie hatte er nicht die erwartete beruhigende Wirkung. Der Geruch von Nagellack verschlimmerte ihre Kopfschmerzen. »Ich habe ihn nicht gekriegt.«

»Na ja, das habe ich mir schon gedacht, weil du ein Gesicht machst wie drei Tage Regenwetter. Ihr Schaden, meine Süße. Sie wissen nicht, was ihnen entgeht.«

»Ich weiß.« Das machte es aber nicht wirklich besser.

»Vielleicht soll es so sein. Vielleicht wartet gleich um die Ecke ein viel besserer Job auf dich.«

»Ja, und vielleicht auch nicht.«

Denise war fertig mit dem Lackieren, trank einen Schluck Tee und stand auf.

»Passt gar nicht zu dir, deswegen die Ohren hängen zu lassen. Lass dich von diesen Mistkerlen nicht unterkriegen, hm?«

»Egal.« Das Problem war, sie ließ sich davon unterkriegen.

Ihre Mum ging aus. Nicole ging aus. Darran kam vorbei und verzog sich mit Mandy nach oben. Shauna stellte den Fernseher laut. Das Letzte, was sie wollte, war, ihnen beim Bumsen zuzuhören. Sie sah sich *EastEnders* an, ohne die Handlung richtig aufzunehmen. Das Vortanzen ging ihr wieder und wieder durch den Kopf. Sie nahm zwei Schmerztabletten, aber sie halfen nicht. Sie hatte jetzt auch keine Lust mehr, irgendetwas zu essen. Das Telefon klingelte. »Verpiss dich«, sagte sie. Aber letztendlich musste sie doch abnehmen.

»Hi, Shauna?« Es war Ben, der sie von der Arbeit aus anrief, den Hintergrundgeräuschen nach zu urteilen.

»Ja, ich bin's.«

»Oh Shauna – hast du den Job nicht gekriegt?«

»Nö.« War es derart offensichtlich?

»Das tut mir schrecklich leid. Du musst furchtbar enttäuscht sein. Was ist schiefgelaufen? Haben sie es gesagt? Sie müssen blind sein.«

Sein echtes Mitgefühl war übers Telefon spürbar und umhüllte sie wie ein wunderbar warmes Bad. Es war eine nette Abwechslung, angesichts dessen, dass ihre Schwestern sich nicht die Bohne um sie scherten und sogar ihre Mum keine Zeit hatte, in Ruhe darüber zu reden.

»Ja, na ja, blind oder was auch immer, ich habe den Job jedenfalls nicht gekriegt.«

»Es klang nach einer so spitzenmäßigen Gelegenheit. Arme alte Shauna, du musst ziemlich fertig sein.«

»Das könnte man sagen.« Am Boden zerstört, genau genommen. Ziemlich fertig traf es nicht ganz.

»Hör mal, wollen wir nicht irgendwo hingehen, wenn ich hier fertig bin, und du erzählst mir dann alles haarklein?«

Shauna fühlte eine Welle von Zuneigung zu ihm in sich aufsteigen. Das war genau das, was sie jetzt brauchte. Plötzlich kam ihr das Leben nicht mehr ganz so lausig vor.

Ben wartete draußen auf sie, als sie zu *Donatello's* kam.

Er hatte eine Tragetüte voller Flaschen im Arm. Den anderen legte er um Shauna und zog sie an sich. »Wie schön, dass du kommen konntest, Shauna, mein Herz.«
»Ja, na ja … Ich hatte nichts anderes vor. Wo gehen wir hin?«
Es war schon nach der Sperrstunde, und sie hatte keine Lust, in irgendwelche Nachtclubs zu gehen, nicht heute Abend. Und keinesfalls konnten sie zurück zu ihr gehen, wo sie sich ein Zimmer mit ihren Schwestern teilte. Und er wohnte bei seiner Mum. Sie hatte auch keine Lust, nett zu dieser Maggie sein zu müssen, bevor sie nach oben in sein Zimmer gingen. Und es wäre total abtörnend, sie in Hördistanz zu haben. Und er hatte kein Auto.
Ben grinste. »Zu mir. Meine Mutter ist weg zu einer Fortbildung. Wir könnten uns was zu essen holen. Und ich habe jede Menge zu trinken.«
Essen, haufenweise zu trinken und ein nettes warmes Haus, wo einen keiner störte. Könnte nicht besser sein.
»Holen wir uns was vom Inder.«

Endlich zu Hause. Maggie bog um die Ecke in ihre Straße und betrachtete ihr ordentliches kleines Haus voller Vorfreude. Es war die richtige Entscheidung gewesen, sich den letzten Nachmittag der Fortbildung zu schenken. Es ging sowieso nur um abschließende Bemerkungen und eine Zusammenfassung, das konnte sie sehr gut auch allein, vielen Dank. Auf diese Weise konnte sie in aller Ruhe ihre Notizen sortieren für die Konferenz nächste Woche. Solange Ben nicht zu Hause war, natürlich nur. Seine Arbeitszeit schien nicht einmal zwei Tage am Stück dieselbe zu sein.

Sie bog in die Auffahrt ein und runzelte die Stirn. Die Vorhänge waren noch geschlossen. Um ein Uhr mittags. Ben war wirklich schrecklich rücksichtslos. Die Ruhe, auf die sie sich so gefreut hatte, war verschwunden, bevor sie begonnen hatte.

Sie hörte die Musik bereits, während sie die Haustür aufschloss, das unmelodische Hämmern dieses Schrotts, den sie heutzutage in den Nachtclubs spielten. In dem kleinen Flur, schwer beladen mit Seminarnotizen und ihrer Reisetasche, überfiel sie der Geruch. Schaler Currygeruch. Sie hängte ihren Mantel auf, Ärger brodelte in ihr auf. Dann hörte sie eine weibliche Stimme.

»Weißt du was? Mit dir zu bumsen ist toll.«

Shauna. Shauna war in ihrem Haus. Maggie wollte schon ins Wohnzimmer marschieren, als sie bei Bens Antwort erstarrte. »Du bist die tollste Frau, die ich je kennengelernt habe. Ich glaube, ich habe mich in dich verliebt.«

Was? Nicht einmal Ben konnte so dämlich sein, oder? Maggie riss die Wohnzimmertür auf. Entsetzt nahm sie die Szene in sich auf. Shauna lag auf dem Sofa in Bens Frotteebademantel, der vorn auffiel und ihren langen, nackten Körper zeigte. Ben saß neben ihr und hatte nichts weiter an als seine Unterhose. Um sie herum war das reinste Chaos. Ihr schöner ordentlicher Raum war übersät mit Bierdosen, Aluminiumverpackungen, fettigen braunen Pappschachteln, Bechern, Klamotten und überquellenden Aschenbechern.

»Was ist hier los?«, verlangte sie zu wissen, obgleich es sonnenklar war, wie die Antwort lautete.

Sogar Shauna sah aus, als wäre ihr ein wenig unwohl, dennoch brachte sie ein schwaches Lächeln zustande und ein »Hallo, Maggie«.

Ben errötete vor Schuldgefühl und Verlegenheit. »Mum! Ich habe dich nicht vor heute Abend zurückerwartet.«

»Das sieht man«, sagte Maggie.

»Tut mir leid, dieses Durcheinander. Ich hätte noch sauber gemacht und aufgeräumt.«

»Du fängst besser gleich damit an«, befahl Maggie. »Ich nehme jetzt ein Bad, und ich erwarte, dass alles erledigt ist, wenn ich wieder nach unten komme. Und dann werden wir uns mal ein wenig über Hausregeln unterhalten.«

Nicht einmal ein langes Bad in ihrem teuren Badeöl und ihr Lieblingssender im Radio schafften es, ihre innere Verkrampfung zu lösen. Warum war nie etwas einfach? Ein bisschen Ruhe und Frieden in deinem eigenen Haus waren doch wahrhaftig nicht zu viel verlangt.

Als sie nach unten kam, hatten sich Ben und Shauna angezogen, und das Haus sah wieder vernünftig aus. Shauna verdrückte sich und überließ Ben und Maggie ihrer Auseinandersetzung.

»Ich wollte aufräumen, bevor du nach Hause kommst«, verteidigte sich Ben.

»Es hätte gar nicht so weit kommen dürfen. Es zeigt einen gewissen Mangel an Respekt, Ben ...«

Sie ließ etwas Dampf ab, aber sie sah sehr wohl, dass es ihn unberührt ließ. Erst als sie Shaunas Namen erwähnte, wurde er munter.

»Du bist ein solcher Snob, Mum! Nur weil Shauna nicht studiert hat, behandelst du sie wie den letzten Dreck. Das Leben besteht nicht nur aus Qualifikationen, weißt du.«

»Ich weiß!«, schnauzte Maggie. »Wenigstens nutzt Shauna das, was sie hat.«

Ein gefährliches Glimmen trat in Bens Augen. »Und was genau willst du damit sagen?«

»Dass sie Talent hat und Ehrgeiz. Sie nutzt ihr Tanzen, um aus Watfield hinauszukommen und etwas Besseres zu bekommen als einen aussichtslosen Job in einer Bar. Was mehr ist, als man von dir behaupten kann, Ben. Du hattest einen guten Start ins Leben und eine gute Ausbildung, und was hat es dir gebracht? Einen aussichtslosen Job in einer Bar! Wann reißt du dich endlich am Riemen und fängst was Richtiges an?«

»Oh, du meine Güte, Mum, nun reg dich doch nicht so auf!« Ben drehte sich um und hob eine Bierdose auf, die sich unter den Beistelltisch verirrt hatte.

Alle Welt sagte das. In der Schule. Überall. Bens Vater hatte es auch ständig gesagt.

»Aber es ist wichtig!«, beharrte Maggie. »Ich glaube nicht, dass du mehr als zwei Bewerbungsgespräche hattest, seit du bei mir wohnst.«

»Ich hatte erst kürzlich eins.«

Das war neu für sie. »Ach ja? Wo? Wie ist es gelaufen?«

»Sie wollten jemand mit mehr Erfahrung. Ich bewerbe mich weiter, okay? Aber jetzt muss ich gehen. Ich komme nicht zum Abendessen. In Ordnung?«

»Nein, es ist nicht in Ordnung. Ben!«

Aber er hatte bereits seine Jacke vom Boden aufgehoben

und war aus der Haustür. Maggie blieb schäumend zurück. Warum? Warum war es immer so? Ben, Bens Vater, die Freunde, die sie seit der Scheidung gehabt hatte, nichts als Ärger. Vielleicht wäre es besser, überhaupt nichts mehr mit Männern zu tun zu haben. Es wäre viel leichter, wenn man sie ein für alle Mal aufgäbe. Und dennoch ... Es musste manchmal klappen. Es klappte bei anderen. Vielleicht mit jemandem, der freundlich und nett und amüsant war ... jemand wie Trevor.

Maggie kochte sich einen Tee und breitete ihre Notizen vom Fortbildungsseminar auf dem Tisch aus. Aber es dauerte sehr lange, bis sie sich auf die Papiere konzentrieren konnte.

9

Ich verstehe nicht, warum du so ein Getue darum machst. Ich fand es nett von Judy, uns einzuladen«, sagte Cathy.

Wütend bügelte sie weiter, knallte das Bügeleisen geradezu auf Mikes Hemd. Es war egal, was er sagte, sie gingen und damit basta. Seit Judy sie eingeladen und sie erfahren hatte, wer noch kam, freute sie sich auf dieses Dinner.

»Ich hätte ja nichts dagegen, wenn diese anderen beiden nicht kämen. Richard und Fiona.« Mike sprach »Richard und Fiona« betont vornehm aus. »Ich meine, worüber kannst du dich mit solchen Leuten schon unterhalten? Ich weiß nicht, was ich mit ihnen reden soll.«

»Fiona ist nett, und mit Richard kann man sich eher noch leichter unterhalten.«

Ihr Herz schlug schneller, als sie seinen Namen aussprach. Ob Mike es ihr anmerkte?

»Auf dieser Weihnachtsfeier hattest du jedenfalls genug mit ihm zu bereden«, brummte Mike.

Richard, Richard, Richard. Sie würde ihn wiedersehen.

Cathy machte das Bügeleisen aus und hielt das Hemd hoch. Das musste genügen. Sie reichte es Mike und rannte nach oben, um sich umzuziehen.

Sie war in der Stadt gewesen und hatte sich im Ausverkauf ein neues Kleid gekauft, ein rotes Modellkleid aus Samt, ziemlich kurz und eng anliegend. Sie holte es heraus, legte es aufs Bett, und prompt sprang eine der Katzen hoch und setzte sich darauf.

»Hau ab!«, kreischte Cathy, packte das Tier und warf es auf den Fußboden. Sie schnappte sich das Kleid. Schon nach diesen wenigen Sekunden war es voller Katzenhaare. Dann wurde ihr klar, dass es auch am Rücken voller Haare war. Die Katzen mussten den ganzen Tag auf dem Bett geschlafen haben.

»Oh nein!« Wie eine Verrückte versuchte sie, die Haare mit der Hand wegzubürsten. »Tesafilm!«, schrie sie Mike zu. »Nun sieh dir das nur an, und wir sind bereits spät dran. Verfluchte Katzen.«

Sie begann, sich Make-up ins Gesicht zu klatschen. War das Rouge gleichmäßig? Der Eyeliner war viel zu dick aufgetragen. Verdammt. Als sie für die Weihnachtsfeier geschminkt worden war, hatte es fantastisch ausgesehen. Sie hatte alle Produkte gekauft, die seitdem unbenutzt zwischen dem Wirrwarr von Perlen und Pinseln und Duftsträußchen und Muschelkörben auf ihrer Kommode lagen.

Warum hatte sie nicht geübt? Warum hatte sie sich nicht rechtzeitiger fertig gemacht?

Ihr Haar war ein Albtraum. Die Färbung, die sie extra für die Weihnachtsfeier gemacht hatte, verblasste bereits, und es wollte einfach nicht in schimmernden Locken herabfallen, wenn sie es hochsteckte, sondern baumelte in wirren Strähnen herunter.

»Ziemlich viel Getue für nichts und wieder nichts, wenn du mich fragst«, kommentierte Mike ihre Bemühungen

und reichte ihr den Tesafilm. »Warum hast du nicht einfach abgesagt?«
»Weil es unhöflich gewesen wäre.«
Weil ich Richard wiedersehen wollte.
»Das kenne ich noch nicht, oder?«, fragte Mike, der zum ersten Mal das neue Kleid bemerkte. »Du hast es doch wohl nicht extra für heute Abend gekauft?«
»Natürlich nicht«, log Cathy. »Es war ein Ausverkaufsschnäppchen.«
»Nicht mein Geschmack. Viel zu nuttig«, befand er und hielt den Rock mit Zeigefinger und Daumen fest, als könnte er ihn beißen.
»Du liebe Güte – was soll ich denn deiner Meinung nach tragen? Einen Nonnenschleier?«
Darauf hatte Mike keine Antwort.

»Warum musstest du die denn auch einladen?«, fragte Alan.
Reine Verteidigungsmaßnahme, deshalb. Je mehr, desto sicherer. »Warum nicht? Cathy ist eine nette junge Frau, und ich finde ein Abendessen zu sechst immer angenehmer. Die Unterhaltung ist dann viel abwechslungsreicher«, sagte Judy.
»Unterhaltung? Mit diesem Wie-hieß-er-noch mit dem Bart? Zum Teufel noch mal, Judy, worüber willst du dich mit einem Kerl, der solch traditionellen Scheiß wie Moriskentanz macht, unterhalten?«
»Über das, worüber ihr Männer immer redet. Über Autos. Kneipen.«

War es wirklich ein guter Schachzug gewesen, Cathy und Mike ebenfalls einzuladen? Zu dem Zeitpunkt schien es ihr eine gute Idee zu sein, aus einem klaustrophobischen Abend mit Fiona und Richard eine richtige Feier zu machen. Sie fand Richard und Fiona ein wenig entmutigend – sie waren so perfekt, alle beide.

»Und sie ist auch ziemlich langweilig, nicht wahr?«, sagte Alan jetzt.

Judy legte letzte Hand an den gedeckten Esstisch, schob die Gläser zurecht. »Wer, Cathy? Sie ist ein sehr liebes Mädchen.«

»So kann man es auch ausdrücken.«

»Sei doch nicht so unfreundlich. Nebenbei gesagt, du wolltest, dass ich sie einlade.«

»Ich sagte, frag Richard und Fiona, nicht den Morisken-Mann und diese Langweilertussi.«

Warum? Das wüsste sie wirklich gern. Alan glaubte doch nicht im Ernst, dass er jemanden wie Fiona vor den Augen ihres Ehemanns anbaggern konnte?

Sie hatte mit der Idee gespielt, auch Trevor und Naz einzuladen, aber – na ja – es erschien ihr irgendwie nicht richtig. Nicht, dass irgendetwas lief zwischen ihr und Trevor. Du lieber Himmel, nein. Sie hatten sich nur einige Male zum Mittagessen getroffen. Daran war nichts auszusetzen. Aber dennoch, sie hätte sich nicht wohl dabei gefühlt, ihn als Partnerin von Alan in ihr Haus einzuladen.

Alan langweilte das Gespräch inzwischen. Er trollte sich, um sich einen Whisky einzuschenken. Judy überprüfte den Backofen und ging nach oben, um sich umzuziehen. Es würde ein netter Abend werden. Ein netter Abend mit Freunden. Warum war sie dann so schrecklich angespannt?

»Wer kommt noch außer uns?«, fragte Richard.

Fiona blickte auf von der Geschichte, die sie den Kindern vorlas. »Cathy und Mike.«

»Was, Miss Mäuschen Cathy?«

Freya zerrte an ihrem Arm. »Weiter, Mummy.«

»Aus dem Tanzkurs, ja.« Und dem Himmel sei Dank dafür. Es vergrößerte ihre Chance, nicht den ganzen Abend neben dem scheußlichen Alan sitzen zu müssen.

»Weiter, Mummy! Weiter!«

»›Die Prinzessin stieg auf ihr Motorrad und brauste in die Berge‹«, las sie gehorsam.

Sie hatte absolut keine Lust zu diesem Abendessen. Das Problem war nur, dass Judy so eine nette Person war und sie partout nicht gewusst hatte, wie sie die Einladung hätte ablehnen können, ohne unhöflich zu klingen. Was hätte sie denn auch sagen sollen? Nein, ich möchte nicht kommen, weil dein Mann mir unglaublich auf den Wecker geht?

»Mummy!«

»Da sind wir«, sagte Harry und zeigte auf die Seite.

Ihr wurde bewusst, dass sie in Gedanken schon wieder nicht mehr bei dem Buch war. Es war keins dieser Kleinkinderbücher, aus denen sie ihnen früher vorgelesen hatte und die sie auswendig und in Gedanken ganz woanders sein konnte. Diese Geschichte erforderte einen bestimmten Grad an Aufmerksamkeit. Sie schaffte es, sie zu Ende zu lesen, und brachte die Kinder ins Bett. Richard kam herein und gab ihnen auch einen Gutenachtkuss. Sie standen gemeinsam in der Tür zu Harrys Zimmer und bewunderten ihren hübschen Sohn.

»Haben wir das nicht toll gemacht, zwei so wundervolle Kinder zu produzieren?«, sagte Richard, als sie in ihr eigenes Zimmer gingen.

»Hm.« Was sollte sie nur wegen Alan machen?

»Du hast natürlich den größten Anteil daran. Du bist diejenige, die sich am meisten um ihre Erziehung kümmert.«

»Hm.«

Wenn sie nur so unverblümt wäre wie Shauna. Aber ihm mitten ins Gesicht zu sagen, dass er sich verpissen soll, dazu wäre sie genauso unfähig wie zum Fliegen. Dann wurde ihr klar, was Richard gesagt hatte. Es war nicht nur ein Kompliment. Es hatte eine tiefere Bedeutung.

»Sie brauchen jetzt nicht mehr so viel Aufmerksamkeit. Es ist nicht mehr so, wie es war, als sie klein waren«, sagte sie.

»Ah, aber sie brauchen immer noch deinen Einfluss und deine Unterstützung«, sagte Richard.

»Nicht den ganzen Tag.« Naz schaffte es zu studieren und zu schneidern, während sie ein Kind aufzog, und Karis war ein süßes, ausgeglichenes Mädchen.

»Nein, aber du verdienst ein bisschen Zeit für dich selbst, während sie in der Schule sind. Wie solltest du sonst mich verkraften, wenn ich griesgrämig und unzumutbar gelaunt nach Hause komme?«

Unzumutbar war er nur in einer Hinsicht, und zwar, was

den kleinen Laden betraf. Aber es war zu spät. Sie hätte zugreifen sollen, als er noch zu haben war.

Es würde eine Katastrophe werden. Judy stellte den Backofen ganz niedrig und betete, dass die Fasane nicht austrocknen und noch eine Weile schön heiß bleiben würden. Sie hatte sie zu früh hineingestellt, und jetzt kamen Cathy und Mike zu spät. Alan ging derweil Fiona und Richard unglaublich um den Bart.

Es klingelte an der Tür. Gott sei Dank. Sie eilte in den Flur.

»Es tut mir so leid, dass wir zu spät kommen. Das Auto ist nicht angesprungen«, plapperte Cathy drauflos, als Judy ihnen die Tür öffnete. Sie sahen beide gestresst und verlegen aus.

»Ärger mit den Zündkerzen«, erklärte Mike. »Ich musste sie ...«

»Zu spät? Aber wieso denn. Kommt rein, kommt rein. Schön, dass ihr da seid«, rief Judy, küsste sie auf die Wangen und nahm ihnen die Mäntel ab. »Was für ein hübsches Kleid. Fantastische Farbe. Geht nur hinein, Alan macht euch einen Drink.«

»Ah, the Lady in red!«, sagte Richard, als sie hineingingen. »Schön, Sie wiederzusehen, Cathy.«

»Danke, ja, gleichfalls ... Ich dachte schon, wir würden es überhaupt nicht mehr schaffen, aber da sind wir. Ist das nicht schön – hallo Fiona – du kennst Mike ja natürlich tust du das wir haben uns ja alle schon kennengelernt nicht wahr ...«, quasselte Cathy wie ein Wasserfall.

Mike entschuldigte sich immer noch wegen des Autos.
»Ist doch kein Problem«, sagte Fiona. »Wir sind auch gerade erst gekommen.«
Alan schenkte ihnen einen Drink ein. »Was für ein Auto haben Sie?«, fragte er Mike, als er ihm sein Bier reichte.
»Einen Metro.«
Alan wirkte amüsiert. »Solche Probleme haben Sie wohl nicht mit Ihrem Saab, was Richard?«
Judy hätte ihn umbringen können.
»Kann einem bei jedem Wagen passieren«, antwortete Richard.
»Eigentlich hätte ich Sie eher für einen Fahrradfahrer gehalten«, sagte Alan zu Mike. »Geht es nicht gegen Ihre Prinzipien, Benzin zu verbrennen?«
»Eigentlich bin ich …«, begann Mike.
»Mein erstes Auto – Gott, was für ein Schrotthaufen, aber ich liebte es wie ein Baby«, unterbrach Richard. »Es war ein kleiner Peugeot, und so verrostet, dass man den Finger durch die Tür stecken konnte.«
Damit lenkte er Alan erfolgreich ab. Die drei Männer überboten sich jetzt gegenseitig mit Geschichten über erste Autos. Fiona fing Cathys Blick auf und gähnte pantomimisch. Aber wenigstens war die Stimmung jetzt merklich friedlicher.
»Wie kommt ihr beiden voran mit euren Kostümen für die Frühjahrsshow?«, erkundigte sich Judy.
»Ich habe mir Stoff für das Oberteil gekauft, und ich habe sehr hübschen Besatz in diesem kleinen Laden in der Nähe der High Street gefunden«, berichtete Cathy.
Während Cathy stockend beschrieb, was sie gekauft hatte, sah Judy Fiona an. Sie war so schön. Sie trug ein sil-

bergraues, enges Top und dazu eine passende, schmal geschnittene Hose, eine mit grauen Perlen besetzte Strickjacke und Riemchensandalen mit hohen Hacken. Ihr dichtes blondes Haar strahlte vor Gesundheit, und ihre Nägel waren alle gleich lang und lackiert. Kein Wunder, dass Alan fasziniert war von ihr. Und zum Teil auch von Richard. Alan war nie so erfolgreich gewesen, wie er es sich erhofft hatte. Er hatte einen anständigen, aber keinen Spitzenjob. Er war kein Überflieger wie Richard. Er begehrte einfach alles, was Richard hatte – die Autos, das Haus, die schicke Frau. Sie verstand das, aber das machte es nicht leichter. Sie ging in die Küche, um die Suppe aufzutragen.

Immerhin konnte sie einen Tisch hübsch decken. Sie hatte sich viel Mühe gegeben mit Kerzen und Blumen und gefalteten Servietten. Alles glitzerte in dem sanften Licht.

»Oh, das ist so hübsch«, rief Cathy aus, als sie ins Esszimmer gingen. »Wie aus einer Zeitschrift.«

Alan lachte brüllend. Judy hätte ihn treten können. Warum musste er so garstig sein zu Cathy? Sie war so rot geworden wie ihr Kleid.

Fiona kam ihr zu Hilfe. »Du hast recht, Cathy. Es ist wirklich romantisch.«

»Ah ja, romantisch. Das ist etwas anderes. Sie mögen es auch ein wenig romantisch, nicht wahr? Ich auch«, sagte Alan. Er zog einen Stuhl heraus. »Kommen Sie und setzen Sie sich, Fiona.«

Judy versuchte, sich nichts anmerken zu lassen, und vermied die Blicke der anderen. »Ja, nehmt doch bitte Platz«, sagte sie. Sie konnte hören, dass ihre Stimme zu fröhlich klang.

Judy brachte die Blumenkohlsuppe mit Stilton herein. Alan schenkte den Wein ein. Cathy trank einen Schluck.
»Du fährst«, wandte sie sich an Mike.
»Aber …«
»Wir hatten diese ewigen Rangeleien, wer fährt und wer nicht, satt und ein Taxi bestellt. Sie können gern mitfahren«, bot Richard an.
»Klar. Danke, Kumpel.« Mike klang, als wüsste er nicht genau, ob er sich darüber freuen sollte oder nicht.
Alle Gäste lobten die Suppe. »Sie ist eine gute kleine Köchin«, sagte Alan. »Ich wette, Sie auch, Fiona.«
Richard nahm die ihm am nächsten stehende Weinflasche zur Hand und füllte Cathys Glas auf. »Trinken Sie von diesem hier, solange wir noch nüchtern genug sind, um ihn zu genießen. Wir haben ihn letztes Jahr aus Frankreich mitgebracht.« Er beobachtete sie, als erwarte er einen Kommentar.
Cathy nahm einen weiteren Schluck. »Ja. Sehr fein. Wir sind vor einigen Monaten auch nach Calais gefahren, nicht wahr, Mike? Im Hypermarket gab es einige tolle Sonderangebote. Einige haben nur drei Euro die Flasche gekostet.«
Judy sah es kommen. Natürlich brüllte Alan wieder vor Lachen. »Ich glaube nicht, dass Sie diesen für drei Euro die Flasche gekriegt haben, was, Richard? Nicht einen premier cru Meursault.«
Richard ignorierte ihn. Er unterhielt sich mit Cathy. »Egal, was er kostet oder was auf dem Etikett steht, bei Wein geht es nur darum, ob er Ihnen schmeckt.«
Cathy probierte noch einen Schluck. »Er schmeckt sehr gut«, sagte sie.

»Gut, nur darauf kommt es an. Weinsnobs kann ich nicht ausstehen.« Er und Cathy lächelten sich an.
Richard war wirklich sehr süß, der armen kleinen Cathy so unter die Arme zu greifen.
»Ich selbst bin ein echter Biertrinker«, sagte Mike.
Judy sah, dass Alan schon wieder eine sarkastische Bemerkung machen wollte, aber Fiona kam ihm zuvor.
»Im *Green Man* gab es vor zwei Wochen einen reinen Bier-Abend. Es war erstaunlich. Ich wusste gar nicht, wie viele verschiedene Biersorten es gibt.«
Über Bier und Essen zu reden, machte die allgemeine Unterhaltung leichter, obgleich Judy bemerkte, dass Cathy sehr viel von Richards teurem Wein trank.
Nach der Suppe gab es Fasan in Rotwein, gefüllte Auberginen und gemischtes Gemüse.
Alle lobten Judy ausgiebig. Sie entspannte sich langsam. Alles lief wie am Schnürchen.
»Es macht Spaß, etwas vor sich zu haben«, sagte Judy. »Ich hasse diese Zeit nach Weihnachten. Der Winter scheint ewig zu dauern.«
»Ich hasse das verdammte Weihnachten. Bin froh, dass es vorüber ist«, sagte Alan.
Zum ersten Mal an diesem Abend stimmte Cathy mit ihm überein. »Ich auch«, sagte sie mit Inbrunst.
»Alles ist so verdammt heuchlerisch. Ich würde am liebsten in eins dieser Hotels ziehen, in denen alles ignoriert wird. Eine ganze Woche dort verbringen, ohne das Geringste von Stechpalmen oder Truthähnen mitbekommen zu müssen, und erst auf einer richtig guten Silvesterparty wieder auftauchen«, sagte Alan.
»Oh, ich fände das schrecklich. Ich weiß, dass es furcht-

bar kommerzialisiert ist, aber ich liebe Weihnachten«, sagte Fiona. »Ich liebe das Geschenkekaufen und das Kochen und Backen und den Baum und das Haus Schmücken, und am allerliebsten fülle ich die Strümpfe für die Kinder …«

»Und sich verrückt aufführen und alberne Spiele spielen …«, fiel Richard ein.

»Und lange Spaziergänge und zurückkommen an ein offenes Kaminfeuer und Esskastanien und Glühwein …«

Judy sah Cathy an. Ihre Miene spiegelte blanken Neid wider. »Es ist nicht mehr das Gleiche, jetzt, wo die Kinder erwachsen sind«, sagte sie.

»Sie beide haben natürlich keine Kinder, nicht wahr?«, sagte Alan.

Cathys erbleichte. Sie presste die Lippen zusammen. »Nein«, sagte sie, ein hartes kleines Wort.

Judy wusste nicht, was sie lieber getan hätte – Alan treten, dass es ihm genauso wehtat, wie er Cathy offensichtlich wehgetan hatte, oder ihren Arm um Cathy legen. Dann sah sie, wie sich Richards Arm leicht bewegte. Er konnte nicht ganz die Tatsache verbergen, dass seine Hand unter dem Tisch entweder Cathys Hand hielt, auf ihrem Oberschenkel lag oder worauf auch immer. Sie verwickelte schnell Fiona in ein Gespräch, sagte das Erste, was ihr durch den Kopf ging.

»Wie geht es mit eurem neuen Garten voran? Es klingt wundervoll.«

»Im Moment ist es eher ein einziger Morast, aber er wird bestimmt sehr schön«, sagte Fiona. »Brad ist wirklich sehr begabt – und auch noch sehr nett.«

»Ich habe gehört, dass Naz sich mit ihm getroffen hat.«

»Ja, darüber habe ich mich sehr gefreut. Sie scheinen sehr gut zusammenzupassen.«
Richard sagte zu Cathy: »Wie geht es all Ihren Tieren? Haben sie Ärger gemacht in letzter Zeit?«
Cathy riss sich mit aller Macht zusammen und nahm die Unterhaltung wieder auf. »Sprog ist auf den Schäferhund oben an der Straße losgegangen – er glaubte, er wollte in unseren Garten eindringen. Und der Besitzer hat sich beschwert! Dabei ist der Hund dreimal so groß wie Sprog, aber dem ist das egal, er greift jeden an.«
Judy stieß den Atem aus, den angehalten zu haben ihr gar nicht bewusst war. Gefahr gebannt, für den Moment jedenfalls. Sie räumte die Teller ab und brachte auf dem Rückweg drei Desserts mit herein.
Jeder machte begierige Geräusche. Alan hörte auf, Cathy und Mike zu triezen, und redete stattdessen mit Fiona. Fiona war kühl, aber höflich. Cathy sah aus, als falle es ihr schwer, sich zu konzentrieren. Sie alle aßen viel zu viel.
Als sie den Kaffee servierte, legte Judy eine CD ein. Eins der Stücke, das sie für die Frühjahrsvorführung brauchten, füllte den Raum.
»Du liebe Güte, Judy, nicht dieses scheußliche Gejaule«, protestierte Alan.
»Mögen Sie es nicht? Ich liebe es. Ich finde, es ist so atmosphärisch«, sagte Fiona. Sie fing an, ihre Schultern im Rhythmus der Streichinstrumente zu bewegen. Richard trommelte dazu mit den Fingern auf den Tisch.
»Show time! Kommt schon, Tanzmädels, wie wär's mit einer kleinen Demo?«
Cathy stand auf. Ihr Haar löste sich aus den Spangen.

Einer ihrer Träger war ihr auf den Arm gerutscht. »Ja! Tanzen wir!« Ihr Stuhl fiel um.
Mike sah peinlich berührt aus und wollte sie am Arm festhalten, aber sie schüttelte ihn ab. Dann tänzelte sie im Kamelgang seitlich zu dem freien Raum am Ende des Esszimmers und begann, sich im Rhythmus der sinnlichen Klänge des Saxophons zu winden. Fiona gesellte sich zu ihr, Judy folgte den beiden. Sie pfiff auf das, was Alan dachte, sie hatte vor, sich zu amüsieren.
Angeführt von Richard, klatschten die Männer rhythmisch und feuerten sie an.

Cathy legte so viel Gefühl ins Tanzen, dass sie richtig enttäuscht war, als das Taxi vor der Tür hielt. Sie küsste Judy und schaffte es sogar, Alan höflich auf Wiedersehen zu sagen. Es war kalt und feucht draußen, kühlte ihr erhitztes Gesicht. Sie wankte den Pfad hinunter zur Straße, wo Richard die Vordertür des Taxis für Fiona aufhielt. Er hatte so wunderbare Manieren. Mike umkurvte den Wagen und stieg hinten ein.
»Die Kleinen in die Mitte«, sagte Richard und hielt die hintere Tür auf für sie.
Und da war sie nun, saß zwischen Mike und Richard, sein Körper an ihren gepresst.
»Dieser Alan ist ein unglaubliches Arschloch«, verkündete er.
Hysterisches Gelächter wallte auf und brach aus ihr heraus. »Ja, ja, das ist er ...«, keuchte sie.
Sie konnte gar nicht wieder aufhören zu kichern. Tränen

strömten ihr übers Gesicht. Ihr ganzer Körper wurde geschüttelt. Den ganzen Weg nach Hause war sie sich überdeutlich Richards Nähe bewusst.
Sie kamen bei ihrem Haus an. Mike musste sie aufrecht halten, damit sie hineingehen konnte. »Du hast eine richtige Idiotin aus dir gemacht«, schimpfte er.
Aber das war ihr egal. Denn Richard hatte sie geküsst, als sie sich voneinander verabschiedet hatten, und ihre Wange brannte immer noch.

10

Judy konnte es kaum fassen, dass sie das tat.
»Gefällt es dir?«, fragte Trevor.
»Oh, es ist sehr schön.«
Sie waren in einem italienischen Restaurant in einem Städtchen ungefähr zehn Meilen von Mellingford entfernt. Es war ein hübsches kleines Lokal mit Spalieren und Zimmerpflanzen zwischen den einzelnen Tischen, so dass jeder seine eigene kleine, von Kerzenlicht beleuchtete, abgeschlossene Welt war.
Der Kellner führte sie zu einem Ecktisch. Sehr nett und intim, besonders da es Montag war und sie bisher die einzigen Gäste waren.
Ideal für heimliche Liebespaare, außer dass sie nichts dergleichen waren, sie waren nichts weiter als zwei Freunde, die ihre gegenseitige Gesellschaft genossen. Es war allerdings das erste Mal, dass sie sich abends trafen. Es war ein weiterer Schritt, wohin genau, darüber wollte sie nicht nachdenken.
»Sieh nicht so nervös aus. Sie kommen noch auf die Idee, dass ich dich entführen will«, sagte Trevor.
»Sehe ich so aus? Nervös? Das war nicht meine Absicht, ich …«
»Entspann dich«, lächelte Trevor. »Ich möchte nur, dass wir einen schönen Abend haben mit ein bisschen mehr

Zeit als mittags, wenn wir nach dem Essen immer sofort loseilen müssen.«
»Wir haben uns letztes Mal aber nicht sehr beeilt.«
»Nein, haben wir nicht. Sie mussten uns hinauswerfen.«
Sie waren in ein kleines Lokal auf dem Land gegangen, und sie waren die ersten und die letzten Gäste gewesen. Die Zeit schien wie im Fluge zu vergehen, wenn sie mit Trevor zusammen war, nicht wie dieser scheußliche Abend, als sie Fiona und Cathy mit ihren Ehemännern eingeladen hatte. Das war über einen Monat her, und sie hatte sich bisher nicht überwinden können, mehr Worte mit Alan zu wechseln als gemeinsame Essenszeiten abzustimmen oder andere unwichtige häusliche Angelegenheiten. Am liebsten hätte sie gar nicht mit ihm geredet.
»Du bist sehr still«, stellte Trevor fest.
»Bin ich das? Tut mir leid.«
Trevor verstand den Wink und übernahm das Reden, erzählte ihr von Naz' neuestem Projekt.
»Ich habe mich gefreut, als Fiona sie zu sich eingeladen hat, weil dieser Brad da ist und letzte Hand an den Garten legt. Also, das ist mal jemand, bei dem ich mir wünschte, dass sie ihn öfter träfe. Genau der richtige junge Mann für sie, solider, verlässlicher Typ, aber sie will es nicht wahrhaben, das dumme Mädchen. Und jetzt hat Fiona die Planung für die Feier einer Rubinhochzeit angenommen. Große, protzige Fete. Sie hat Natalie mit eingebunden in die Planung. Bezahlt sie natürlich für ihre Hilfe, aber Natalie hat genug um die Ohren. Wenn sie jetzt herumsaust und Fiona hilft, hat sie eine Entschuldigung mehr, nicht mit Brad auszugehen.«

»Schade«, gab Judy ihm recht. »Aber vielleicht ist es ja nur eine einmalige Sache.«

»Das hoffe ich, aber ich bezweifle, dass Fiona das auch so sieht.«

Judy nippte an ihrem großen Gin Tonic und las die Speisekarte. Sie begann sich zu entspannen. Jetzt war sie bei Trevor, wo andere Regeln galten. Das Reden war wieder einfach.

»Heute war dieser wundervolle Mann bei uns in der Praxis. Er ist hunderteins, und er meinte, er würde etwas schwerhörig werden. Hunderteins! Wir haben Patienten, die dreißig Jahre jünger sind und ein Hörgerät brauchen. Ich kam mir fast wie ein junges Huhn vor.«

»Du bist ein junges Huhn.«

Judy lachte. »Ach, geh! Ich bin neunundvierzig!«

»Wenn du so lange lebst wie dieser Mann, der heute bei euch in der Praxis war, hast du noch mehr als dein halbes Leben vor dir.«

»Ja, mag sein – mein halbes Leben! Ich könnte sehr viel tun in der Zeit.«

Über die Speisekarte hinweg sah Judy Trevor an, und eine Welle von Zuneigung stieg in ihr hoch, als sie sah, dass er seine Lesebrille benutzte. Sie hatte noch ihr halbes Leben vor sich, und sie kannte diesen wunderbaren Mann. Sie konnte sich sehr glücklich schätzen.

Gegen Ende des Abends war sie ziemlich beschwipst.

»Als ich siebzehn war, konnte ich eine halbe Flasche Wodka trinken, über die vorderen Gartenmauern nach Hause balancieren und dann noch meine Eltern davon überzeugen, dass ich nüchtern war«, kicherte sie. »Wo ist diese Ausdauer geblieben?«

»Du brauchst mehr Übung. Ich ernenne mich hiermit zu deinem Coach«, bot Trevor an.
»Ausgezeichnete Idee.«
Sie fuhren über die dunklen Landstraßen zurück nach Mellingford, begleitet von Pavarotti, der aus voller Kehle schmetterte. Judy lehnte den Kopf zurück und ließ sich davontragen. Und ihr wurde etwas klar in dieser samtigen Nacht, nämlich eine erstaunliche Tatsache. Sie war glücklich. Sie streckte die Hand aus und legte sie auf Trevors Knie. Er legte seine darüber, und so liebevoll verbunden fuhren sie zurück nach Mellingford.
Trevor hielt vor dem Bahnhof, wo immer Taxis standen. Sie hasste das, diese Heimlichtuerei. Es machte das Ganze irgendwie schmutzig und würdigte es herab. Aber wenn sie sich weiterhin mit Trevor treffen wollte, war es notwendig.
»Ich habe diesen Abend sehr genossen«, sagte sie. Wenn er doch nur nicht enden müsste.
»Ich auch. Es war wundervoll.« Trevor zögerte.
Sie wusste, dass er etwas sagen wollte. Angst stieg in ihr auf. »Was?«, fragte sie. »Was ist?«
»Also ... ich habe mich gefragt ... Natalie geht Freitagabend aus, und sie hat mich gefragt, ob ich babysitten kann. Würdest du – hättest du Lust, vorbeizukommen und mir Gesellschaft zu leisten?«
Judy holte Luft. Das war wirklich ein weiterer Schritt vorwärts. War es das, was sie wollte?
Sie spähte durch die Windschutzscheibe. Es regnete. Wenn sie nach Hause kam, würde Alan kaum bemerken, dass sie weg gewesen war, und die Jungs brauchten sie nur als Köchin und Waschfrau. Keiner von ihnen

hörte zu, wenn sie mit ihnen redete. Keiner von ihnen sah ihr in die Augen oder hielt ihre Hand. Keiner von ihnen betrachtete sie als eigenständige Person. Sie war nur die Ehefrau oder Mum, einfach nur ein nützlicher Gegenstand.

»In Ordnung«, sagte sie. »Ja. Das wäre schön.«

»Wunderbar!« Trevor klang begeistert. Im dem schmierigen orangefarbenen Licht der Straßenlaternen sah sein Gesicht jung und erwartungsvoll aus. »Darauf freue ich mich unglaublich. Ich besorge einige DVDs, und wir können uns Essen liefern lassen – oder ich koche etwas, wenn du möchtest. Ich bin ein recht guter Koch.«

»Das solltest du auch sein. Schließlich gehört dir ein Küchenwarenladen«, lächelte Judy.

»Ich werde meine besten Gerätschaften einsetzen.« Er beugte sich vor und küsste sie auf die Wange. »Danke für einen wundervollen Abend. Ich freue mich auf Freitag.«

»Ich mich auch«, antwortete Judy.

Als sie aus seinem Wagen stieg, fühlten sich ihre Beine so wackelig an wie bei einem neugeborenen Fohlen.

Die Zeit zwischen Montag und Freitag schien endlos zu sein. Kostüme zu nähen für die Frühjahrsshow beschäftigte sie etwas an den Abenden, aber es bewahrte sie nicht davor, wieder und wieder daran zu denken. Mehrmals hätte sie beinahe zum Telefon gegriffen und die Verabredung abgesagt. Würde Trevor es Naz sagen? Sie hatten das nicht besprochen. Dienstag beim Tanzkurs hatte es kein Anzeichen dafür gegeben, dass sie irgendetwas wusste. Aber es ihr nicht zu sagen, war sogar noch schlimmer, da es bedeutete, dass er meinte, etwas vor ihr verbergen zu müssen. Wenn er es ihr allerdings gesagt hätte, hätte er sie gebeten, es niemandem gegenüber zu erwähnen? Es war alles zu kompliziert, zu schlimm. Es wäre das Beste, es abzusagen, und dennoch – sie würde wirklich gern gehen.

Die Tage schleppten sich dahin, bis endlich Freitag war, und sie wachte sehr früh auf, lag im Dunkeln und lauschte Alans Atemzügen. Alle Für- und Wider-Argumente, zu Trevor zu gehen, wurden noch größer und bedrohlicher. Unentwegt jagten ihr die Gedanken durch den Kopf, bis sie ganz starr dalag und die Fäuste vor Anspannung ballte. Sie spähte auf den Wecker. Zehn nach fünf. Schlaf hatte sich noch nie weiter entfernt angefühlt. Sie ließ sich leise aus dem Bett rollen und ging nach unten, um sich eine Tasse Tee zu machen. Nicht einmal die hatte ihre gewohnte beruhigende Wirkung. Sie lehnte sich an die Arbeitsfläche und starrte den Backofen an.

Ja. Zeit, sich mit etwas zu beschäftigen. Sie holte das Spray heraus und schrubbte jeden Zentimeter vom Herd. Als Alan zwei Stunden später noch ganz verschlafen nach unten kam, putzte sie die Fenster.

»Was zum Teufel tust du da?«, fragte er.

»Ich putze.«

»Um diese Uhrzeit?«

»Ich konnte nicht schlafen.«

Alan schüttelte den Kopf. »Verdammte Frauen in den Wechseljahren.«

Das gab den Ausschlag. Sie würde nicht einen Abend mit Trevor aufgeben aus Loyalität zu einem Mann, der eine derartige Bemerkung machen konnte. Sie schrubbte einen imaginären Schmierfleck.

»Übrigens, ich gehe heute Abend aus.«
Alan war bereits auf dem Weg nach draußen. »Was? Oh, ich auch.«
Keiner von ihnen fragte, wohin der andere ging.
Den Rest des Tages hinter sich zu bringen, war schlimm genug, aber mit dem Abend kam dann das Problem: Was ziehe ich an? Besorgt dachte sie darüber nach, während sie duschte und Körperteile rasierte, die seit Monaten keinen Rasierer zu sehen gekriegt hatten. Nun ja, es zeugte nur von guten Manieren, wenn man sich säuberte, bevor man ausging, nicht wahr? Sie würde auch duschen, wenn sie mit einer Freundin ausginge.
Unterwäsche. Ja. Also. Erwartete sie, dass sich die Dinge so weit entwickelten? Nein. Aber ... Nein. Das war viel zu erschreckend. Das würde heißen, dass sie wirklich eine Affäre hatte. Damit könnte sie nicht umgehen.
Und dennoch ... Nein.
Wie gut, dass sie nicht ein einziges Stück Unterwäsche besaß, das das Adjektiv verführerisch verdiente. Keine Bustiers, nicht einmal Boxershorts. Und Strumpfgürtel hatte sie schon vor Jahren aufgegeben. Also war es nur ihre neueste Unterhose, ihr hübschester, aber entschieden unerotischer BH und die teure feine Strumpfhose, die eine Arbeitskollegin ihr zu Weihnachten geschenkt hatte. Sie betrachtete sich im Spiegel. Oh Gott. Was für ein schrecklicher Anblick. Kein Wäschestück auf der Welt würde es schaffen, diesen Körper weniger plump aussehen zu lassen. Bloß schnell etwas anziehen.
So gegen zehn vor acht war Panik angesagt. Jedes einzelne Kleidungsstück aus ihrem Kleiderschrank lag auf dem Bett ausgebreitet. Nichts sah passend aus. Es war ent-

weder zu aufgedonnert, zu lässig, zu altmodisch oder zu sehr gewollt. Wenn sie nur jemanden hätte, den sie fragen konnte. Aber irgendetwas musste sie anziehen. Oder die ganze Sache absagen. Am Ende kam sie zurück auf ihre erste Wahl, eine Hose mit weiten Beinen, eine Tunika und eine lange Weste, alles aus dunkelgrauem, feinem Strickstoff. Sie hatte das Weihnachten getragen, und ihre Tochter Claire, die sonst häufig an ihr herummäkelte, hatte es widerwillig gelobt.

»Das ist recht nett, Mum. Schmeichelt dir.«

»Du meinst, ich sehe nicht ganz so fett darin aus?«

»Das auch. Aber es ist richtig schick. Für jemanden in deinem Alter.«

Vielen Dank, meine Liebe. Also, ein Minirock und ein knappes Oberteil wären ja wohl nicht sehr passend, oder?

Um acht Uhr konnte man sie an diesem Abend langsam durch Trevors Straße fahren sehen. Wo sollte sie parken? Auf Trevors Auffahrt war Platz, aber – nein, das Beste wäre, den Wagen ein paar Häuser weiter zu parken, nur für den Fall.

Ihr Magen drehte sich vor Aufregung beinahe um, als sie klingelte. Beinahe umgehend wurde die Tür geöffnet. Da war Trevor, der eine blau gestreifte Schürze trug und lächelte. »Komm rein, komm rein.«

Sie zögerten beide ganz kurz, dann beugten sie sich vor und küssten sich gegenseitig auf die Wangen. »Ich freue mich so, dass du hier bist. Ich hatte schon Angst, dass du vielleicht noch absagst«, sagte Trevor.

»Ich war kurz davor«, gestand Judy.

Trevor schloss schnell die Tür. »So! Jetzt bist du meine

Gefangene. Komm mit nach oben. Karis schläft schon, und ich habe den Babyalarm angeschaltet, so dass wir nicht unten in Natalies Wohnung bleiben müssen.«

Er nahm ihr den Mantel ab und führte sie nach oben in einen großen, schön geschnittenen Raum, in dem eine bequeme burgunderrote Sitzecke, bestehend aus einem Sofa und zwei Sesseln, ein großer Couchtisch und ein dazu passender Bücherschrank und ein Büffet aus Rosenholz standen. Musik – irgendetwas Lloyd-Webber-Artiges – kam aus einer teuer aussehenden Musikanlage in der Ecke, und in dem viereckigen Erkerfenster war ein Esstisch für zwei gedeckt. Ein Feuer brannte im Kamin.

»Leider nur Gas«, sagte Trevor, der ihren Blick bemerkte. »Beinahe so gut wie richtiges Holzfeuer und sehr viel weniger Aufwand.«

»Es ist wirklich täuschend echt.« Judy zögerte. Ein Sessel oder das Sofa?

»Nimm Platz«, sagte Trevor und klopfte leicht auf den Sofarücken. »Möchtest du einen Drink? Das Essen ist so gut wie fertig.«

»Gern. Danke. Äh – nichts Alkoholisches für mich bitte. Ich muss noch nach Hause fahren.«

Er nahm es kommentarlos hin, holte ihr einen Orangensaft und fragte sie nach ihrem Tag. Sie antwortete aufs Geratewohl. Die Worte schienen ihr irgendwie im Hals steckenzubleiben. Das war lächerlich, sie verhielt sich wie eine Vierzehnjährige. Schlimmer wahrscheinlich. Die meisten Vierzehnjährigen schienen bereits sehr selbstsichere junge Frauen zu sein.

»Ich sehe mal eben nach dem Essen«, sagte Trevor.

Er kam zurück und brachte zwei Teller mit geräuchertem Lachs und Salat und eine Flasche Weißwein aus Südafrika mit.

»Oh, das sieht köstlich aus«, sagte Judy.

Sie setzten sich an den Tisch. Judy trank einen großen Schluck Wein. Sie aßen den geräucherten Lachs und unterhielten sich über Essen. Sie entspannte sich langsam. Trevor servierte ein scharf gewürztes Hühnchengericht und füllte ihr Glas neu. Judy probierte und war des Lobes voll.

»Wohin ist Natalie heute Abend gegangen?«, fragte sie. Das Thema erschien ihr sicher genug zu sein.

»Sie ist mit Brad ausgegangen. Ins Kino, glaube ich. In dieser Beziehung bekommt Fiona die Bestnote, aber über diese Rubinhochzeit bin ich immer noch nicht begeistert.«

»Rubinhochzeit – stell dir nur mal vor.« Vierzig Jahre. Sie hatte noch nicht ganz fünfundzwanzig mit Alan geschafft.

»Unsere Silberne steht diesen Sommer an«, sagte sie.

»Tatsächlich?« Trevor klang – vorsichtig. Neutral.

»Mm.«

Vor fünfundzwanzig Jahren war sie unglaublich verknallt in Alan gewesen. Jedes Mädchen im Büro war unglaublich verknallt in ihn. Sie war sehr überrascht, als er sich mit ihr treffen wollte. Überrascht, geschmeichelt, dankbar, stolz. Die anderen Mädchen waren mächtig eifersüchtig.

»Du triffst dich mit Alan Blackwell?«, fragten sie und machten keinen Hehl aus ihrem Erstaunen.

Sie war schon damals eher pummelig. Aber hübsch. So

hübsch wie Claire heute. Allerdings nicht umwerfend, nicht so gutaussehend wie einige der anderen Mädchen im Büro. Ihr war immer unbegreiflich geblieben, warum er ausgerechnet sie gewählt hatte. Sie hatte sich nie getraut zu fragen.

»Ich habe ihn abgöttisch geliebt«, sagte sie, sich laut erinnernd. »Ich habe mich schier umgebracht, um Dinge zu tun, von denen ich annahm, dass sie ihm gefielen. Einfach alles, damit er mein Freund bliebe.«

»Junge Liebe. Tut immer weh.«

»Tat es weh bei dir und Sadie?«

»Bei uns beiden nicht, nein. Wir hatten unsere Dramen, natürlich. Haben uns gestritten und wieder versöhnt. Aber wir wussten immer, dass es wahre Liebe war, vom ersten Moment an. Sie war so ein liebenswertes Mädchen, so voller Leben. Und so stolz darauf, gut in ihrem Job zu sein. Krankenpflege kam immer an erster Stelle, sogar noch vor mir. Diese Menschen brauchten sie, sagte sie immer. Sie hätte sie um keinen Preis im Stich gelassen, so dass ich mich schlicht damit abfinden musste. Und das habe ich getan, weil ich sie liebte, und dann habe ich sie auch dafür geliebt. Nein, unser Problem waren die anderen. Unsere Familien. Gemischtrassige Ehen waren nicht gerade allgemein üblich damals. Keine Seite war richtig glücklich darüber, aber wir haben uns nicht beirren lassen. Wir sind einfach zu einem Standesamt gegangen und haben uns trauen lassen mit einigen Freunden als Trauzeugen.«

»Wir haben auch nur auf einem Standesamt geheiratet«, sagte Judy. »Es musste schnell gehen. Ich war schwanger.«

Gott, dieser schreckliche Tag. Sie hatte fünf Wochen gebraucht, um Alan zu gestehen, dass sie schwanger war. Sie hatten einen unglaublichen Streit deswegen, in dessen Verlauf er ihr vorwarf, dass sie absichtlich schwanger geworden sei. Sie war der festen Meinung gewesen, ihn für immer verloren zu haben. Sie war nachts weinend durch die Straßen gelaufen. War kurz vorm Durchdrehen gewesen. Absolut neben der Spur. Und dann war er vorbeigekommen, mit harter Miene, gleichgültig.

»Na gut. Dann sollten wir wohl heiraten«, hatte er gesagt. Genau diese Worte hatte er gebraucht.

Sie war außer sich gewesen vor Freude. »Es war nicht genau das, wovon ich geträumt hatte. Kein weißes Kleid oder Blumenbouquet oder Brautjungfern. Ich habe mir ein neues Kleid gekauft, aber es war mir eigentlich zu eng. Es wäre praktischer gewesen, mir ein hübsches Umstandskleid zu kaufen, schätze ich, aber das Letzte, was ich wollte, war, dass Alan mich auf unserer Hochzeit in einem Zelt sieht. Aber es war nicht nur die Kleidung, es war der ganze Anlass. Ich wollte immer eine richtige Hochzeit, weißt du, die Kirche brechend voll, ein Chor, Glocken, Konfetti, ein großer Empfang, einfach das ganze Programm. Aber so war es nur das Standesamt hier in Mellingford, was damals noch ein schäbiger kleiner Ort war, und nur der engste Familienkreis und einige unserer besten Freunde waren während der Zeremonie anwesend. Ich war nicht einmal sicher, ob er auftauchen würde. Das war der schlimmste Teil, darauf zu warten, dass er kam. Ich war schon vor ihm da, verstehst du.

Es war wirklich eine Farce. Ich meine, wenn es ein Film gewesen wäre, wäre es wirklich komisch gewesen. Ich war in einem schrecklichen Zustand, und meine Mum murmelte die ganze Zeit vor sich hin, wie enttäuscht sie sei, dass ihre einzige Tochter auf diese zwielichtige Art und Weise heiraten müsse und dass sie das nie verwinden würde, und mein Dad war still und sah grimmig aus. Alle warteten, und Alans Familie wurde es immer peinlicher, weil sie zugelassen hatten, dass er mit dem Trauzeugen gefahren war, statt darauf zu bestehen, mit ihnen zu fahren, und der Standesbeamte sah ständig auf seine Armbanduhr, weil er nach uns noch weitere Trauungen vorzunehmen hatte und sich nicht die gesamte Zeitplanung durcheinanderbringen lassen wollte, nur weil ein Bräutigam nicht aufkreuzte, und ich war kurz davor, in Tränen auszubrechen.

Und dann, gerade als der Standesbeamte Luft holte, um zu sagen, dass er nicht länger warten könne, kam Alan. Das war es dann, ich bin in Tränen ausgebrochen und konnte nicht wieder aufhören. Ich habe während der ganzen Zeremonie geschluchzt. Ich konnte Alan absolut nicht in die Augen blicken. Ich hatte keine Ahnung, was ich gelobte.

Hinterher wurden Fotos gemacht, und sie sind schrecklich peinlich! Ich bin ganz rot im Gesicht, Wimperntusche läuft mir über die Wangen, und Alan sieht aus, als wäre gerade die Todesstrafe über ihn verhängt worden. Nicht gerade die Sorte Foto, die man gern im Wohnzimmer an die Wand hängt.«

»Nein, wirklich nicht, nein.« Trevor sah aus, als wüsste er nicht recht, ob er lachen oder Mitgefühl zeigen sollte. »Wurde es später besser?« Er hatte so nette Augen. Und es war so einfach, mit ihm zu reden.

Judy blickte zurück. »Ja, schon. Ich war so stolz auf meinen Ring und meine Wohnung und meinen neuen Namen. Ich habe mich wirklich angestrengt, eine gute Ehefrau zu sein. Alan war auch ziemlich angetan von Claire, als sie geboren war. Sie war ein braves Baby, hat nicht viel geschrien, und für eine Weile waren wir eine richtige kleine Familie.«

»Aber?«, setzte Trevor nach.

»Aber alles ging den Bach runter, nachdem Matthew geboren war. Er hat volle drei Monate geschrien, Claire hatte sich von einem braven Baby zu einem schwierigen Kleinkind entwickelt, und Alan fand, dass Familienleben schließlich doch keinen großen Spaß machte.«

»Aber ihr seid immer noch zusammen.«

»Ja.« Sie waren immer noch zusammen. Gerade eben. Fünfundzwanzig Jahre.

»Ich bin mir nicht sicher, ob ich das durchstehe«, sagte Judy.

»Was durchstehst?«

»Eine Silberhochzeitsfeier.«

Der Gedanke daran bedrohte sie schon seit Neujahr. Und jetzt sprang er sie förmlich an. Es würde grauenhaft werden. Es wäre geheuchelt.

»Warum nicht?«

All die Menschen, die ihnen lächelnd gratulieren und ihnen Karten und Blumen und Geschenke überreichen würden. Die viel Geld für Geschenke zur Silberhochzeit ausgeben würden.

»Ich glaube nicht, dass ich den Schein wahren kann. Ich kann es im Alltag. Daran bin ich gewöhnt. Aber eine Silberhochzeit, das ist etwas anderes.«

Alle würden über fünfundzwanzig glückliche Jahre reden. Es war absolut falsch.
Trevor konzentrierte sich voll und ganz darauf, ein kleines Pfefferkorn um seinen Teller zu bugsieren. »Und was willst du unternehmen?«
»Ich weiß es nicht.«
Warum hatte sie dieses Thema angefangen? Dies sollte ein schöner Abend werden. Ihre Zeit mit Trevor war dazu da, Alan und ihr normales Leben hinter sich zu lassen. Sie wollte es nicht verderben, indem sie über ihre Probleme lamentierte.
»Das war köstlich«, sagte sie und legte ihr Besteck ab. »Du bist ein fantastischer Koch.«
»Es ging darum, es entweder zu lernen oder von Tiefkühlpizza zu leben«, sagte Trevor, der den Wink verstand. »Bereit für den Nachtisch?«
»Nachtisch auch noch! Ja, gern.«
Trevor brachte die Mousse au chocolat, aus richtiger Schokolade und Sahne und Brandy. Er öffnete eine kleine Flasche Dessertwein.
Judy schob den Gedanken, mit dem Auto nach Hause zu fahren, beiseite. »Das ist viel zu lecker, um nur mal zu kosten.«
»Gut. Ich mag Frauen, die ihr Essen genießen.«
Trevor lächelte sie an und schenkte Wein nach. Aber es war nicht nur der Alkohol, der ihr Inneres zum Schmelzen brachte. Judy lächelte zurück. Er hatte wirklich etwas sehr Anziehendes. Sie hob ihr Glas. »Prost.«
»Santé.«
»Mmm. Wunderbar.« Der Wein schmeckte wie flüssiger Honig. Sie tranken die ganze Flasche aus.

Als der letzte Rest Mousse vom Teller gekratzt war, ging Trevor in die Küche und holte den Kaffee. Er stellte das Tablett auf den Couchtisch vor dem Kamin.
»Hier ist es gemütlicher«, sagte er. »Cognac? Grand Marnier?«
Judy stemmte sich hoch und schwankte hinüber zum Sofa. Dem Himmel sei Dank für elastische Bündchen.
»Ich bin schon total abgefüllt«, sagte sie. »Aber was soll's. Ich nehme einen Grand Marnier bitte.« Was schadeten schon ein paar mehr Kalorien?
Trevor legte *Simply Red* auf. Er reichte ihr ein Glas und setzte sich neben sie. Judy sank zurück in die Sofakissen. Sie fühlte sich warm und satt und herrlich beschwipst. Trevors Gesicht war etwas verschwommen.
»Ich bin so froh, dass du heute Abend gekommen bist«, sagte Trevor.
»Ich genieße es.«
»Ich auch. Sehr sogar. Du bist die erste Dame, die ich je zu einem Abendessen zu zweit bei mir eingeladen habe.«
Judy verschlug es den Atem. »Bin ich das?«
»Du hast etwas sehr – Besonderes an dir.«
Er streckte die Hand aus und legte sie auf ihren Oberschenkel. Ein Hitzeschauer durchrieselte sie, verstärkte sich ...
Mein Gott! So etwas hatte sie seit Ewigkeiten nicht gespürt, nicht durch eine einfache Berührung.
»Ich?«, sagte sie mit bebender Stimme. »Ich bin ganz durchschnittlich.« Ich bin fett und langweilig. Außer dass sie sich in diesem Augenblick überhaupt nicht fett und langweilig fühlte. Sie fühlte sich – lebendig.

»Das bist du ganz und gar nicht. Schon häufig haben Leute versucht, mich mit einer neuen Partnerin zu verkuppeln, aber ich war nie interessiert. Bis ich dich kennengelernt habe.«

»Wirklich?«

Sie sah auf seinen Mund. Sie hätte ihn gar zu gern geküsst. Sie beugte sich vor. Ihre Lippen berührten sich. Seine waren fest und warm und schmeckten leicht nach Cognac. Mein Gott, das bin ich, ich küsse einen Mann, der nicht mein Ehemann ist.

Trevor nahm ihr das Glas aus der Hand und stellte es ab. Dann zog er sie in die Arme.

Es war wundervoll, wundervoll. Es war, wie wieder jung zu sein. Davongetragen auf einer Welle von Lust und süßer Musik, die kritische Stimme in ihrem Kopf abgeschaltet. Es gab nur noch sie beide und das Gefühl, begehrt zu sein und zu spüren, wie ihr ganzer Körper zum Leben erwachte und sich erhitzte und dahinschmolz, bis sie aufschrie vor Lust. Sie driftete auf warmem, goldenem Wasser. Sie fühlte sich schlaff und pudelwohl.

Trevor strich ihr sanft das Haar aus dem Gesicht und küsste sie und lächelte genauso albern und befriedigt zugleich wie sie. »Siehst du? Du bist etwas Besonderes. Das war unglaublich«, flüsterte er.

»Erstaunlich«, stimmte Judy ihm zu. Erstaunlich und wunderbar. Sie konnte sich nicht erinnern, wann sie das letzte Mal ... hör auf. Genieße nur den Moment.

»Wirklich? Es ist so lange her, ich habe befürchtet, dass ich ...«

»Du warst großartig«, sagte sie.

Der Kaffee war kalt geworden. Irgendwelche Kleidungsstücke lagen auf dem Sofa und dem Fußboden. Sie hatte jetzt wirklich absolut keine Lust, sie anzuziehen, also kuschelte sie sich noch tiefer in seine Arme ...

»Hallo, Dad – oh! Entschuldigung.«

Die Tür schloss sich.

Judy fuhr hoch. »Was war das?«

Trevor fuhr sich mit der Hand durch das zerzauste Haar. »Ich glaube, das war Natalie«, sagte er. »Es tut mir leid – sie ist es gewohnt ... Ich habe es ihr nicht gesagt, verstehst du.«

»Ist schon in Ordnung«, sagte Judy automatisch. War es in Ordnung? Was hatte Naz gesehen?

»Ich rede morgen früh mit ihr«, sagte Trevor jetzt.

»Mein Gott, wie spät ist es?« Sie versuchte, ihre Armbanduhr zu entziffern, aber ihre Hände waren ganz fahrig.

»Nach Mitternacht. Es tut mir leid, das habe ich gar nicht mitbekommen. Ist das ein Problem?«

»Nein, nein ...« Alan war wahrscheinlich noch gar nicht zurück. Aber was war mit Naz? Was hatte sie gesehen? Genug, um zu erraten, was geschehen war.

»Ich rufe dir ein Taxi.« Er ging zum Telefon. »Was ist mit deinem Wagen? Fällt das nicht auf?«

Ja, es würde ihm auffallen, dass der Wagen nicht da war.

»Ich sage ...« Ihr Herz schlug unangenehm schnell. Ihre Nerven waren überreizt. Denk nach, sie musste nachdenken. »Ich sage einfach, dass wir Kostümprobe hatten und alle zu viel getrunken haben.«

Ja, das würde genügen. Nicht, dass es ihn interessierte, wo sie gewesen war, nur, was mit dem Wagen passiert war.

Sie zogen sich an, und Trevor holte ihren Mantel. Das Taxi fuhr vor. Sie schlichen die Treppe hinunter. Trevor zog sie in die Arme. »Wir sehen uns doch wieder, nicht wahr?«

Judy zögerte. Sie sollte nein sagen. Sie sah ihm in die Augen. Er küsste sie, und es gab nur eine Antwort. »Ja.«

11

Du bist aber sehr früh auf«, sagte Maggie, als sie ihren zweiten schwarzen Kaffee dieses Tages eilig hinunterstürzte.

Ben kam in die Küche, gähnte und stellte den Wasserkocher an. »Shauna hat ein Vortanzen. Ich begleite sie als moralische Unterstützung.«

Moralische Unterstützung. Wann hatte sie das zum letzten Mal von einem Mann bekommen? »Ich dachte, du musst den ganzen Freitag arbeiten.«

»Ich habe mir den Tag freigenommen.«

»Offiziell, hoffe ich. Du kannst nicht einfach wegbleiben, verstehst du.«

Ben gab einen übertriebenen Seufzer von sich. »Ja, Mum, ich weiß. Es ist offiziell.«

Nicht, dass es ihr besonders viel ausmachen würde, wenn er diesen Job verlöre. Es war nicht gerade ein vielversprechender Schritt auf der Karriereleiter.

»Es wird Zeit, dass du dir ein Beispiel an Shauna nimmst und dir etwas Besseres suchst.«

Ein weiterer Seufzer. »Mum, ich arbeite gern in einer Bar. Wir haben viel Spaß.«

Spaß! Sie wollte ihn schon darauf hinweisen, dass es bei einem Job auf mehr ankam, als Spaß zu haben, als sie bemerkte, wie spät es war.

»Himmel, schon zwanzig vor acht! Ich wollte heute früher da sein.«
Sie rannte los und schnappte sich ihre Handtasche, die Aktentasche und den Korb mit Projektmappen. »Tschüs, mein Lieber. Bis heute Abend.«
»Willst du Shauna nicht Glück wünschen?«, rief Ben ihr hinterher, als sie aus der Tür ging.
Glück? Dieses kleine Flittchen brauchte kein Glück, sie war sexy. Obgleich, wenn sie es recht bedachte, bekäme Shauna diesen Job, was auch immer das war, würde sie Ben nicht länger im Weg sein, dann wäre sein Kopf vielleicht wieder klar genug, um über seine Zukunft nachzudenken.
Tagsüber blieb ihr nicht genug Zeit, um sich Gedanken über Ben oder Shauna zu machen.
Eine Kollegin aus ihrem Fachbereich hatte sich wegen Rückenbeschwerden krank gemeldet, und eine weitere hatte endgültig gekündigt wegen dem Stress, die elfte Klasse stand kurz vor dem Abschluss der Sekundarstufe, und das ganze Kollegium war kurz vorm Durchdrehen wegen der angekündigte Inspektion im nächsten Halbjahr.
»Stress!«, murmelte Maggie. »Was heißt hier Stress? Woher soll ich jetzt eine anständige Aushilfe nehmen? Oder auch nur irgendeine Aushilfe? Ich bin die Einzige, die weiß, was Stress ist, und ich renne deswegen nicht ständig jammernd zum Arzt.« Es gab nur einen echten Lichtblick, der ihr über den Tag half. Sie hatte heute Abend eine Anprobe bei Naz.
Ben und Shauna flätzten sich auf dem Sofa, als sie nach Hause kamen, und tranken Bier aus Dosen.

Sie sahen beide total geschafft aus. Pech. »Wie lief es?«, fragte sie, obgleich es ziemlich offensichtlich war.

»Es war echt scheiße«, sagte Shauna. »Nichts weiter als ein Viehmarkt für Scheißaraber.«

»Ich kam mir vor wie ein Zuhälter«, sagte Ben. »Es war entwürdigend. Und die Mädchen haben sich sogar noch darum gerissen, diese Outfits anzuziehen.«

Gegen ihren Willen war Maggie neugierig. »Was war es denn eigentlich?«

»Eine Showgirltruppe, die durch die verdammten Golfstaaten touren soll. Ich hätte es besser wissen sollen«, sagte Shauna. »Es war nichts anderes als eine Ansammlung von Flittchen. Da hätte ich genauso gut bei einer Begleitagentur anfangen können.«

»Gut, dass du da nicht mitmachst. Es wird sich bestimmt was Besseres finden, du wirst sehen«, sagte Ben, legte den Arm um Shauna und zog sie an sich.

Maggie wurde übel.

»Ja, ja, du hast recht. Gehen wir um die Häuser und lassen uns volllaufen.«

»Prima Idee.«

Sie waren einfach unglaublich verantwortungslos. »Müsst ihr beide morgen nicht arbeiten?«

Shauna zuckte die Achseln. »Na und? Ein Grund mehr, heute Abend auszugehen.«

»Man muss leben, solange man jung ist, Mum.«

Bevor du alt bist und es hinter dir hast wie ich, schätze ich.

Maggie legte ihren Stapel Bücher und Akten ab und trank noch schnell einen weiteren schwarzen Kaffee, bevor sie nach oben ging zum Duschen und Umziehen. Sie

hatte sich für sechs Uhr bei Naz angemeldet in der Annahme, dass sie dann Trevor nicht verpassen würde, wenn er vom Laden nach Hause kam. Mit ein bisschen Glück würde er hereinschauen und Naz begrüßen, bevor er nach oben in seine Wohnung verschwände.
Während sie zu Naz fuhr, fiel die Anspannung des Tages von ihr ab, und sie dachte an Trevor. Ein Witwer. Ideal. Keine Exfrau, die im Hintergrund lauerte und Forderungen stellte, keine Bitterkeit wegen einer gescheiterten Beziehung. Es war natürlich schwierig, mit der Erinnerung an eine tote Frau zu konkurrieren, aber es lag ja alles nun schon mehrere Jahre zurück. Er musste längst darüber hinweg sein. Und Naz war ein nettes Mädchen, wenn auch ein wenig distanziert, und würde wahrscheinlich keinen Ärger machen, wie es bei Teenagern häufiger vorkam. Ja, insgesamt war es vielversprechend. Sie musste ihn nur ein wenig ermutigen.
Die Tür wurde von Karis geöffnet. »Mummy sagt, wenn es Maggie ist, soll ich dich hereinbitten.«
Nettes kleines Ding. Gut erzogen. Nicht wie die meisten heutzutage. »Danke, mein Kind.«
Naz wartete in dem großen hellen Wohnzimmer mit dem Kostüm, das auf einem Bügel an der Bilderleiste hing. Die Dose mit Stecknadeln war bereits geöffnet. Schade. Das hieß weniger Zeit.
Sie versuchte, ein Gespräch über die Fortschritte bei den Proben zu beginnen, aber Naz kam gleich zur Sache. »Du gehst und spielst in deinem Zimmer, während ich Maggies Kostüm abstecke, Karis. Dann trinken wir Tee. Würdest du bitte deine Sachen ablegen, Maggie.«
»Ich bin ja so erleichtert, dass ich mich hierbei auf dich

verlassen kann, Naz«, sagte sie, während sie ihre Jeans und das Sweatshirt auszog. »Ich kann bei einer Nadel einfach nicht ein Ende vom anderen unterscheiden. Ohne dich hätte ich wirklich Probleme gehabt, ein Kostüm für diese Wohltätigkeitsnummer zu bekommen.«

»Du hättest es schon irgendwie geschafft.«

»Vielleicht, aber es hätte nicht halb so gut ausgesehen.«

Sie betrachtete ihren Körper in dem ärmellosen Top und den Leggings. Nicht schlecht, wirklich nicht schlecht. Durchtrainierte Muskeln. Kein wabbeliger Bauch. Tatsächlich ziemlich gut für eine, na ja, über Vierzigjährige. Es war jedenfalls nicht gut, sich so gehenzulassen wie die arme Judy.

Naz reichte ihr einen passenden goldenen Rock und eine enge Weste. »Zieh die Weste verkehrt herum an, dann kann ich sie abstecken.«

Sie stand da mit ausgestreckten Armen, während Naz mit Stecknadeln herumfummelte, so dass die Weste wie angegossen um ihre Brust herum saß, dann stellte sie sich auf einen Stuhl, damit sie den Rocksaum gerade abstecken konnte.

»Diese Tellerröcke sind verflucht schwierig gerade hinzukriegen«, sagte Naz, die, sich auf die Hacken zurücklehnend, kritisch den Saum beäugte.

Gut. Je länger es dauerte, desto besser. »Es wird bestimmt sehr schön«, begeisterte sich Maggie.

Was stimmte. Das fertige Outfit bestünde aus einem königsblauen, langärmeligen Trikot mit dem königsblauen Rock, den sie sich für die Weihnachtsaufführung hatte machen lassen, über dem goldenen Rock, an dem Naz gerade arbeitete, zusammen mit der goldenen Miniweste und dem passenden Gürtel und einem mit Federn besetzten goldenen Turban.

»Müsste sehr wirkungsvoll sein, wenn wir alle zusammen auf der Bühne sind«, sagte Naz, die an dem Rock zupfte und Stecknadeln feststeckte.

Ein Wagen hielt draußen in der Auffahrt. Angespannt lauschte Maggie. Die Wagentür wurde zugeschlagen, dann die Tür des gemeinschaftlich genutzten Flurs geöffnet. Karis kam aus ihrem Zimmer angeflogen und sauste zur Eingangstür der Wohnung.

»Granddad, Granddad!«

Trevors Stimme war zu hören. »Wie geht es meinem kleinen Liebling heute?«, und dann, lauter: »Hallo, Natalie. Alles in Ordnung?«

»Alles bestens, danke, Dad.«

Maggie holte Luft. »Hallo, Trevor. Kommen Sie doch herein und sehen sich an, wie toll Naz mein Kostüm genäht hat.«

»Oh – Maggie – hallo. Tut mir leid, bin ein bisschen in Eile heute Abend. Hab noch was zu erledigen«, sagte Trevor. Und zu Karis: »Sorry, Püppchen. Ich muss noch einiges kochen. Ich komme später herunter und sage dir gute Nacht, okay?«

Verdammter Mist.

Karis versuchte es mit Schmeicheleien, aber nicht einmal durch sie ließ er sich erweichen. Trevors Schritte waren auf der Treppe nach oben zu hören. Karis kam schmollend herein. Maggie hätte es ihr am liebsten gleichgetan. Er hätte wenigstens kurz hereinschauen können. Das Timing hätte nicht besser sein können, wie sie da auf dem Stuhl stand und so exotisch aussah.

»Granddad ist beschäftigt«, beschwerte sich Karis.
»Er hat gesagt, dass er später noch zu dir kommt, Darling.«
»Er hatte ganz viele Tüten. Er war bei *Sainsbury's*.«
»Kocht dein Vater gern?«
»Oh, nun ja – er probiert gern die Dinge aus, die er im Laden verkauft.«
»Mein Granddad macht leckere Sachen. Er hat Schokoladenmousse gemacht letzte Woche. Ich durfte sie probieren.«
Es wurde besser und besser. Ein Mann, der kochen konnte.
»Karis, würdest du mir bitte meine – äh – meine Kreide holen?«
Karis trottete davon.
Naz beendete das Abstecken, dann kennzeichnete sie einige Stellen auf dem Rücken der Weste mit Kreide. Maggie zog wieder ihre Alltagskleidung an. Es schien nicht sehr sinnvoll, hier noch länger herumzuhängen, trotzdem konnte sie sich nur schwer losreißen.
»Triffst du dich mit Brad heute Abend?«, fragte sie.
Wie leicht man es doch hatte, wenn man jung war. Praktisch alle Männer, die man kennenlernte, waren ungebunden. Wenn du in den Vierzigern warst, waren praktisch alle gebunden.
»Ja. Und bevor ich gehe, möchte ich Karis noch etwas zu essen machen und ins Bett bringen.«
Diesen Wink mit dem Zaunpfahl konnte man schlechterdings nicht ignorieren. »Na gut, dann sollte ich dich wohl besser nicht noch länger aufhalten, was? Vielen Dank für deine Mühe. Viel Spaß heute Abend. Tschüs,

Karis. Grüße deinen Granddad von mir, wenn du ihn siehst.«

Sie konnte sich an diesem Abend auf nichts konzentrieren. Es war so frustrierend. Wirklich, Naz hätte ruhig ein wenig entgegenkommender sein können. Sie müsste doch wollen, dass ihr Vater sich wieder band und glücklich war. Aber vielleicht wollte sie das auch nicht. Es war sehr praktisch für sie, dass er ständig zum Kinderhüten verfügbar war.

Sie war gerade eingeschlafen, nachdem sie stundenlang wach gelegen hatte, als Ben und Shauna zurückkamen und sie wieder aufweckten. Sie stolperten unten herum, kicherten ein bisschen, dann hatten sie sehr lautstarken Sex auf dem Wohnzimmerboden. Maggie stellte das Radio auf ihrem Nachttisch an, aber es übertönte nicht ganz das Stöhnen und die Schreie, die von unten kamen. Stocksteif vor Gefühlen, die zwischen Eifersucht und Abscheu, gemischt mit einer großen Dosis sexueller Frustration rangierten, lag sie da. Wann hatte sie das letzte Mal mit jemandem geschlafen? Gott, letzten Sommer, es war Monate her. Und es war mitnichten aufregend gewesen. Wann hatte sie das letzte Mal richtig guten Sex gehabt? Du liebe Güte, das war drei Jahre her. Drei Jahre! Bald wäre sie in den Wechseljahren, und dann ging alles nur noch bergab, auch wenn sie Hormontabletten nähme. Würde es so bleiben, die ganze Zeit, bis sie in Pension ging? Und dann was? Bildungs- und Vergnügungsreisen mit anderen alleinlebenden älteren Damen? Einfach unerträglich. Sie musste etwas unternehmen, und zwar bald, bevor es zu spät war.

Am Sonnabendmorgen konnte man Maggie durch die High Street schlendern sehen. Es war ein feuchter, kühler Tag, und ein scheußlicher Wind verstreute den Abfall über die Straße, peitschte um die Beine und kroch einem in den Nacken. Jeder schien mit irgendjemandem zusammen zu sein. Familien blockierten den halben Bürgersteig mit ihren Kindern und Kinderwagen, alte Paare gingen Arm in Arm, Teenager unterhielten sich lautstark in Pulks. Nur sie schien allein zu sein.

Sie kaufte einige Dinge, die sie brauchte, dann hing sie endlos lange bei *Supercook* herum in der Hoffnung, dass Trevor sich blicken ließ. Aber sie hatte kein Glück. Ansonsten reizte sie nichts sonderlich in der High Street. Allein, wie sie war, hatte sie nicht einmal Lust, einen Kaffee zu trinken. Am besten wäre es, den Tag komplett abzuhaken. Vielleicht sollte sie eine Freundin oder zwei anrufen und etwas für heute Abend verabreden. Sie wunderte sich gerade über die geradezu lächerlichen Preise im Blumenladen, als sie eine vertraute Gestalt drinnen wahrnahm. Fiona.

Fiona war ihr zwar nicht gerade die Liebste von den Mittänzerinnen, aber zumindest war sie jemand, den sie kannte. Sie beugte sich vor, um zwei Sträuße früher Narzissen auszuwählen, die in einem Eimer neben der Tür zitterten. Ein Mann ging hinter ihr vorbei in den Laden, und als sie sich aufrichtete, erkannte sie ihn. Alan. Judys Mann.

Sie umklammerte die Narzissen und trat zurück. Wenn sie zwischen den ausgestellten Blumen und schicken Gebinden hindurchspähte, konnte sie beide gerade eben sehen. Fiona stand mit dem Rücken zu Maggie, was bedauerlich war. Alan schien das Reden ganz allein zu übernehmen. Er lächelte und nickte. Irgendwann legte er eine Hand auf Fionas Arm. Fiona redete mit der Blumenhändlerin, nahm irgendwelche Papiere von ihr entgegen, dann drehte sie sich um und verließ den Laden, dicht gefolgt von Alan.

»Uns treffen, wann immer du willst. Liegt ganz bei dir. Ich könnte jeden Abend, oder sogar tagsüber. Ist mir egal. Ich meine, wenn es dir tagsüber lieber ist, kann ich das immer deichseln.«

Maggie war so schockiert, dass sie, statt ihnen zu folgen und mehr herauszufinden, einfach stehen blieb und ihnen hinterherstarrte. Hatte sie das wirklich richtig verstanden? Hatte Alan eine Verabredung vorgeschlagen? Sie hatten sich sicher vorher hier verabredet. Ein sogenanntes zufälliges Treffen in der High Street an einem Sonnabend. Dieser Mistkerl! Und Fiona. Sie hatte zwar nie sonderlich viel von ihr gehalten, aber nie vermutet, dass sie ein so ausgekochtes Luder war. Sie hatte einen gutaussehenden und erfolgreichen Mann und das ganze Drum und Dran, und dennoch war sie erpicht darauf, eine Affäre mit dem Mann einer Freundin zu haben! Sie langweilte sich natürlich. Hatte keinen richtigen Beruf, es sei denn, man hielt diese albernen Partys, die sie ausstattete, dafür, so dass sie sich zur Abwechslung ein kleines Abenteuer mit Alan gestattete.

»Möchten Sie diese Blumen kaufen, Madam?«

»Was?« Maggie wurde bewusst, dass sie angesprochen wurde. »Oh – ja – danke.«

Den Blick immer noch auf die Straße gerichtet, reichte sie der Blumenhändlerin die Narzissen.

»Die Dame, die gerade eben hier war«, sagte sie. »Ist das eine Stammkundin?«

»Oh ja, sie kommt sehr häufig. Kauft jede Woche frische Blumen.«

»Und der Mann? Kommt er auch häufig?«

»Nein, ich glaube nicht. Das Gesicht kenne ich nicht.«

Der Vorfall beschäftigte sie das ganze Wochenende. Arme Judy. Sie wusste genau, wie das war. Lieber allein sein, als in so einer Beziehung zu stecken. Nicht, dass Judy daran festhalten musste. Niemand musste Opfer sein. Sie könnte diesen Mistkerl einfach verlassen.

Die Frage war, was sollte sie Judy sagen? Dienstagabend kam, und sie war sich immer noch nicht schlüssig. Sie wusste nur, dass sie eine Möglichkeit finden musste, um ihr zu helfen.

Es waren nur noch drei Wochen bis zu der Wohltätigkeitsveranstaltung. Die Tänze waren immer noch schlecht einstudiert. Einige Teilnehmerinnen konnten sich die Choreographie einfach nicht merken, und die Fähigkeiten variierten von anmutig und beherrscht bis einfach nur beschämend schlecht. Cheryl war eine so dürftige Lehrerin. Eine gute Tänzerin, ja. Aber sie konnte absolut nicht organisieren, und es war erschreckend, wie schlecht sie das, was sie vermitteln wollte, rüberbrachte. Maggie wusste, dass ihre eigene Darbietung in Ordnung war. Wenn sie etwas lernen musste, dann ging sie die Sache richtig an, also hatte sie eine Musikkassette mit nach Hause genommen und die Schrittfolgen so lange geübt, bis sie saßen. Die arme Judy hatte es noch überhaupt nicht geschnallt. Sie bewegte sich ständig in die falsche Richtung und war immer einen halben Schritt zu spät. Fiona war

irritierend gut und natürlich auch dieses Flittchen Shauna. Cathy und Naz waren auch nicht schlecht.
»Übt bitte zu Hause«, bat Cheryl sie. »In zwei Wochen haben wir Kostümprobe. Bis dahin muss es klappen.«
»Ach du liebe Zeit«, flüsterte Judy Maggie zu, die in dem Moment zufällig neben ihr stand. »Ich glaube, das galt mir. Ich kann mir wirklich schlecht merken, was als Nächstes kommt. Vielleicht sollte ich gar nicht mitmachen. Ich habe das Gefühl, dass ich alle anderen behindere.«
Es war ein gefundenes Fressen. Maggie griff zu. »Warum kommst du nicht mal mit zu mir abends, und wir gehen es durch, bis wir beide es in- und auswendig können?«
Judy sah sie zweifelnd an. »Oh, ich glaube nicht ...«
»Doch, du musst kommen«, drängte Maggie. »Es macht bestimmt Spaß, und wir fühlen uns beide sicherer, wenn wir zusätzlich trainiert haben. Also, keine Einwände, bitte. Wann kannst du kommen? Morgen? Donnerstag?«
Judy gab nach.
Als sie am nächsten Abend zu Maggie kam, sah sie anders aus. »Du hast eine neue Frisur«, sagte Maggie und nahm ihr den Mantel ab.
Judy errötete und berührte eine Locke über ihrem Ohr. »Ja. Ich fand es an der Zeit. Gefällt es dir?«
Es war ein kürzerer, flotterer Schnitt mit hellen Haarsträhnen. »Ja. Sehr hübsch. Steht dir viel besser«, lobte Maggie.
Arme Frau. Es war offensichtlich der klägliche Versuch, sich jünger und hübscher zu machen für Alan. Aber welche Chance hatte sie schon gegen jemand so Umwerfendes wie Fiona?

»Einen Drink, bevor wir anfangen?«, bot sie an. »Ich habe eine Flasche australischen Chardonnay im Kühlschrank.«

»Oh – nein danke. Ich muss noch nach Hause fahren«, sagte Judy und unterdrückte schnell ein Lachen, als hätte sie einen Scherz gemacht.

»Vielleicht hinterher«, räumte Maggie ein.

Sie rückte die Sofas beiseite und legte die Kassette ein. Die beiden übten die Schrittfolgen, die Judy sich nicht merken konnte, wieder und wieder, bis sie die Choreographie intus hatten und ihre Füße sich automatisch richtig bewegten.

»Danke«, keuchte Judy. »Das war wirklich hilfreich. Ich habe ein viel besseres Gefühl jetzt.«

Das war immerhin etwas. Aber wie viel sollte sie ihr über ihren Mann erzählen? Ein paar Tänze zu lernen war wohl kaum das Gleiche, wie eine Ehe zusammenzuhalten.

»Wie wär's jetzt mit einem Glas Wein?«, schlug Maggie vor.

»Na ja – aber nur eins. Vielen Dank.«

Judy ließ sich aufs Sofa fallen. »Du liebe Güte. Ich habe überhaupt keine Kondition. Und du atmest nicht einmal schneller.«

»Ich gehe jede Woche mindestens einmal ins Fitnessstudio. Manchmal auch zweimal«, sagte Maggie und betrachtete selbstzufrieden ihren festen Körper. »Warum kommst du nicht mal mit? Sie sind sehr gut da, wo ich hingehe. Sie fangen mit ganz leichten Übungen an und vermeiden alles, was deine Fähigkeiten übersteigt, und wenn du fitter geworden bist, verstärken sie das Programm.«

»Ich hatte nie Lust auf Fitnessstudios. All diese jungen

Mädchen in Lycra, verstehst du, aber – ja – vielleicht tue ich das. Es ist lange her, dass ich auf mich geachtet habe.«

Na also. Das war ein Schritt in die richtige Richtung. Solange sie es für sich selbst tat und nicht nur für Alan.

»Wir alle sind es uns selbst schuldig, fit zu bleiben«, sagte Maggie.

Sie reichte Judy ein Glas Wein und setzte sich auf das andere Ende des Sofas. »Meine Schwäche ist das Rauchen«, gestand sie und zündete sich eine Zigarette an. »Ich weiß, ich sollte es bleiben lassen, aber ich kann die Zigaretten einfach nicht aufgeben. Die und Männer. Beide sind schlecht für mich.«

Judy lächelte. »Wir alle schlagen hier und da über die Stränge.«

»Lass mich raten. Du bist schokoladensüchtig.«

Judy sah sie argwöhnisch an. »Äh – ja. Ja, du hast recht.«

»Tja, das schadet dir weniger als Männer. Kein Einziger taugt richtig was, wenn es darauf ankommt, stimmt's? Sie alle lassen dich am Ende hängen. Ich meine, ich habe wirklich geglaubt, eine ordentliche Ehe zu führen. Wir sind gut miteinander ausgekommen, wir hatten viele gemeinsame Hobbys, gemeinsame Freunde, wir hatten jede Menge gesellschaftliche Kontakte, wir hatten zwei super Kinder. Ich hielt uns für eine ideale Familie. Aber ich lag falsch. Eine neue Kollegin kam in seine Schule, ein kleines Flittchen, fünfzehn Jahre jünger als er, direkt von der Universität.«

Gott, diese Demütigung! Sogar jetzt noch wurde ihr körperlich schlecht vor Wut und Eifersucht.

Judy nickte verständnisvoll. »Das ist hart«, sagte sie. »Wie hast du das verkraftet?«
Verkraftet! Sie hatte dieses Miststück umbringen wollen. Im Handumdrehen erzählte sie die ganze traurige Geschichte, füllte ihr Glas neu und zündete sich eine weitere Zigarette an. »Und natürlich, als jemand den Mut hatte, es mir zu erzählen, bin ich in die Luft gegangen. Ich habe seine gesamten Sachen aus dem Haus geworfen und die Schlösser auswechseln lassen.«
Dieses irre Gefühl, seine kostbaren Dinge aus dem oberen Fenster zu schmeißen. Seine Platten, seine Bücher, seine blöden fleischfressenden Pflanzen, alles lag in einem Haufen im Regen. Dieses unglaubliche Gefühl, sich einfach gehenzulassen, sich nicht beherrschen zu müssen, sich an jemandem zu rächen. Spitzenmäßig.
»Ja, am besten ist es, nichts zu wissen. Wenn man sich unwissend stellt, kann sich alles wieder einrenken, aber sobald es einmal ausgesprochen ist, gibt es nur eine Möglichkeit zu reagieren«, sagte Judy.
Maggie starrte sie an. »Wie kannst du so denken? Du würdest lieber mit einer Lüge leben?«
»Ich glaube, es ist häufig das Beste.«
»Aber wie kann es das Beste sein, deinen Mann mit einer anderen zu teilen? Oh nein. Da liegst du definitiv falsch. Ich bin jetzt frei von ihm. Frei, um mir jemand anders zu wählen, jemand Besseres.«
Judy sah sie fragend an. »Hast du nicht gesagt, dass kein Mann etwas taugt?«
»Na ja – einige sind gar nicht so übel. Einige sind nahezu kultiviert.«
Das Bedürfnis, es auszuplaudern, war einfach unwider-

stehlich. Bis jetzt hatte sie es noch niemandem anvertraut. Ganz bestimmt nicht ihren Kolleginnen. Nicht einmal ihren Freundinnen. Sie wussten zu viel von ihrer Vergangenheit. »Tatsächlich gibt es jemanden, den ich im Auge habe.«

»Oh – wirklich?«

»Einen Witwer. Das ist viel besser, findest du nicht auch? Natürlich kann man nicht vermeiden, dass es in jeder neuen Beziehung ziemlich viel Ballast gibt, aber wenn die Frau tot ist, droht wenigstens keine Ex im Hintergrund. Oder, noch schlimmer, eine noch vorhandene Ehefrau. Es gibt reichlich Männer, die dir weismachen wollen, dass sie geschieden sind, wenn sie es mitnichten sind. Aber dieses Mal weiß ich, dass es absolut korrekt ist.«

»Ein – Witwer?«

»Ja. Also, du hast ihn auch schon kennengelernt und weißt, dass er nett ist. Trevor. Naz' Vater.«

Judy verschluckte sich. »Oh – ach herrje – 'tschuldigung – habe einen Schluck in den falschen Hals gekriegt.«

Maggie klopfte ihr auf den Rücken und holte ein Glas Wasser und einige Küchentücher. Judy erholte sich wieder, obgleich sie immer noch ein wenig rot war im Gesicht.

»Es tut mir leid – so etwas Dummes ...«

»Schon gut. Kann leicht passieren«, versicherte Maggie ihr.

Also, viel Selbstvertrauen hatte sie wirklich nicht.

»Ja, ich glaube tatsächlich, dass Trevor einer der guten Jungs ist. Soweit man es bei Männern überhaupt sagen kann. Zum Beispiel ist er ein exzellenter Koch. Ich finde immer, dass das ein gutes Zeichen ist, findest du nicht auch? Und dann die Art und Weise, wie er sich um die kleine Karis kümmert ...«

Es tat ausgesprochen gut, über ihn sprechen zu können. Und gleichzeitig war es auch eine Lektion für Judy. Wenn sie sah, dass es durchaus Alternativen zu so einem betrügerischen Mistkerl von Ehemann gab, würde sie möglicherweise den Mut haben, sich von ihm zu trennen, ihr Leben wieder selbst in die Hand zu nehmen. Weil sie es wissen musste, tief in ihrem Inneren musste sie es wissen. Sie stellte sich blind, wie sie gesagt hatte. Also, blind zu sein hatte noch nie jemandem genützt. Sie schien das alles begierig in sich aufzunehmen, wie sie so dasaß und nickte.

»Und hat er – äh – irgendwelches – äh – Interesse gezeigt?«

»Es ist noch ganz im Anfangsstadium«, sagte Maggie. »Man sollte nichts überstürzen. Ich meine, es ist in Ordnung für die jungen Mädchen, hinter den Männern her zu sein, aber diese Generation von Männern übernimmt gern selbst die Initiative, nicht wahr? Nicht gerade politisch korrekt, ich weiß, ihre primitiven Instinkte zu unterstützen, aber man muss schließlich Konzessionen machen, nicht wahr?«

»Ja, ich ... Ich schätze schon.« Judy stand auf. Sie war immer noch ein wenig rot im Gesicht. »Ich muss jetzt aber gehen. Danke für deine Hilfe, Maggie, ich weiß das wirklich zu schätzen.«

Maggie holte ihren Mantel und brachte sie zur Tür. »Also, was ist jetzt mit dem Fitnessstudio? Welcher Abend würde dir am besten passen? Oder wir könnten auch am Wochenende gehen, wenn dir das lieber ist.«

»Oh – also … Ich überlege es mir noch.«
»Nein, nein, das reicht nicht. Du hast gesagt, dass du gehen willst.«
»Ich überlege es mir noch«, wiederholte Judy. »Bis Dienstag. Und noch mal vielen Dank.«
Und sie war gegangen, bevor Maggie sie auf ein Datum festnageln konnte.

12

Der Montag begann schlecht für Cathy. Sie hatte ihre Periode bekommen. Das war also mal wieder das Ende der Hoffnung wider alle Vernunft auf ein Baby. Was zu einem Streit mit Mike über Adoption führte, was wiederum dazu führte, dass sie zu spät zur Arbeit kam. Gewöhnlich beruhigte ihre Arbeit sie, aber nach der herben Enttäuschung, wieder nicht schwanger geworden zu sein, half ihr nicht einmal das Betütern der kranken Tiere.

Die Besitzer waren schlecht gelaunt. Einer der Tierärzte schnauzte sie an, nicht richtig zugehört zu haben. Zwei Hunde und ein Meerschweinchen bissen sie. Sie war an der Reihe, die Abendschicht beim Operieren zu übernehmen, so dass es beinahe acht Uhr war, als sie die Praxis verließ, und bis zu dem Zeitpunkt war sie den Tränen nahe. Und um allem die Krone aufzusetzen, regnete es auch noch in Strömen, als sie nach draußen ging und ihr Rad holte, um nach Hause zu radeln.

»Scheißwetter!«, schimpfte sie laut.

Scheißleben. Es war einfach nicht fair. Andere Frauen hatten Babys, warum sie nicht? Einige Frauen hatten alles, Frauen wie Fiona. Fiona hatte zwei wunderschöne Kinder und einen fantastischen Mann. Richard. Er war so nett zu ihr gewesen auf dieser schrecklichen Dinner-

party. Wie er sie angesehen hatte, als wäre sie die einzige Person im Raum.
Sie umklammerte den Fahrradlenker, während ein stetiger Strom von Autos aus Richtung Bahnhof mit zischenden Reifen auf der nassen Straße an ihr vorbeidonnerte. Richard fuhr jeden Tag auf diesem Weg nach Hause. Das hatte er ihr gesagt, als er am Sonnabend mit diesen beiden entzückenden Kindern und ihrem Kaninchen in die Praxis gekommen war.
»Der arme alte Boris hier hätte schon früher vorbeigebracht werden müssen, aber Fiona scheint so beschäftigt zu sein mit ihrem Partyzeugs, dass sie zu gar nichts anderem mehr kommt«, hatte er ihr erzählt.
Dumme Fiona, ihren Ehemann und das Haustier ihrer Kinder zu vernachlässigen nur für die blöde Party von irgendjemandem. Cathy murmelte etwas Verständnisvolles.
»Aber was für ein Glück, dass du heute Dienst hast«, fuhr er fort und lächelte sie mit diesem strahlenden Lächeln an. »Jetzt kann ich mir dich hier vorstellen, wenn ich vom Bahnhof komme.«
Das hatte dafür gesorgt, dass Cathy die Beine ganz eigentümlich weich wurden.
Sie quälte sich den Hügel hoch, schlenkerte vor Anstrengung. Ein Auto hupte sie an, was ihr Schlenkern verstärkte, und ein weiteres bespritzte sie mit Wasser. Dann fuhr ein Auto an ihr vorbei und hielt direkt vor ihr.
»Verdammter Mist!«, kreischte sie und lenkte ihr Rad zurück auf den Bürgersteig. Es war nicht genug Platz auf der Straße, um das Auto zu umfahren, nicht in diesem Verkehr.

Die Beifahrertür des Autos schwang auf in ihre Richtung und beleuchtete das Innere.
»Richard!«
»Cathy – dachte ich mir doch, dass du es bist. Soll ich dich mitnehmen?«
Oh, diese wunderbaren dunklen Augen. Diese sanfte Stimme.
»Ich, ich …«, stotterte sie.
»Na komm schon, du wirst noch pitschnass in diesem Regen. Bring dein Rad zurück zur Praxis und hüpf herein.«
Wie im Taumel gehorchte sie. Im Auto war es warm und trocken. Die Sitze waren aus echtem Leder und so bequem wie Sessel. Irgendetwas Sanftes spielte in der Musikanlage.
»Wie gut, dass ich gerade vorbeigekommen bin. Hattest du einen guten Tag? Irgendwelche komplizierten Fälle?«
Cathy gelang es, ihm von einem Notfall zu erzählen.
»Ich bin sicher, dass du eine exzellente Pflegerin bist.«
Sie erglühte. »Na ja – ich versuche es.«
»Du bist, glaube ich, ein sehr anteilnehmender Mensch. Lässt du dich sehr auf deine Patienten ein?«
Sie seufzte. »Ziemlich, ja. Ich habe im Moment recht viele ausgesetzte Kätzchen zu Hause.«
»Mutter Erde, was?«
Wenn doch nur. »In gewisser Weise.«
»Ziehst du auch eigenes Gemüse? Ich betrachte dich irgendwie als eine Figur aus *Good Life*.«
»Ach ja?«
»Felicity Kendal fand ich immer ziemlich toll.«
Oh Gott. Ihr Inneres verwandelte sich in eine Art Wackelpudding. »Oh …«, quiekte sie. »Fandest du?«

Sie war sich überdeutlich seines Körpers bewusst, nur wenige Zentimeter von ihrem entfernt. Ihre Hand zuckte, wollte seinen Oberschenkel berühren. Beinahe schon zu Hause. Und sie wünschte sich, dass diese Fahrt, nur sie beide eingeschlossen an diesem geheimen Ort an dem nassen Abend, endlos weitergehen würde.
Richard hielt vor ihrem Haus. »Vielen Dank, das war unglaublich nett von dir«, sagte sie, versuchte, den Moment hinauszuzögern.
»War mir ein Vergnügen. Jederzeit.«
»Ich habe montags und donnerstags Spätschicht«, hörte sie sich selbst sagen.
»Tatsächlich?« Er sah sie an auf diese intensive Art und Weise, so dass sie das Gefühl hatte zu ertrinken. »Ich werde mir das merken.«
Sie wollte die Hand ausstrecken, ihm in die Arme sinken, verbrannt werden.
Er beugte sich vor und küsste sie leicht auf die Wange. »*Au revoir,* kleine Cathy.«
Sie hatte keine Ahnung, wie sie es geschafft hatte, zu ihrer Haustür zu kommen.

Maggie hielt vor dem Kramladen an der Ecke. Dass sie dort nur anhalten musste, um Milch zu kaufen, vertrieb das gute Gefühl, das ihr das Fitnesstraining verschafft hatte. Was machte Ben nur mit der vielen Milch? Das Leben war eine einzige Tretmühle. Und jetzt regnete es auch noch.
Im Laden drängelten sich einige Rüpel aus ihrer Schule

vor den Bierregalen. Sie sich vorknöpfen zu müssen verbesserte ihre Laune auch nicht gerade. Sie sah ihnen hinterher, wie sie davonschlichen, bezahlte ihre Milch und ging zum Ausgang.

Wenn sie sich nur sicher sein könnte, in ein aufgeräumtes Haus zurückzukommen. Aber die Chancen standen gleich null, wenn Ben den ganzen Morgen zu Hause gewesen war. Der Gedanke an das Chaos, das er höchstwahrscheinlich hinterlassen hatte, war außerordentlich entnervend.

Wieder in ihrem Wagen kam ihr ein Gedanke. Sie könnte bei Naz vorbeifahren und ihr Kostüm abholen. Sie rief Naz an, und zu ihrer Freude kam Trevor ans Telefon. Sie verwickelte ihn geraume Zeit in ein Gespräch, bevor sie damit herausrückte, weshalb sie angerufen hatte.

»Sie ist zum Elternsprechtag in Karis' Schule«, erzählte Trevor. »Ich weiß aber, dass Ihr Kostüm fertig ist. Sie wollte es morgen mit zum Kurs bringen.«

»Ah, na ja, ich bin nicht ganz sicher, ob ich morgen Zeit habe«, log Maggie. »Aber ich wollte das Kostüm gern für die Kostümprobe nächste Woche haben. Könnte ich nicht jetzt eben kurz vorbeikommen?«

Das konnte er wirklich schlecht ablehnen.

Die Welt schien plötzlich deutlich hoffnungsvoller zu sein. Mit ein wenig Glück würde sie sich ausgiebig mit ihm unterhalten können, ohne dass Naz da war. Sie wusste, wie lange Elternsprechtage dauern konnten.

Zu ihrer Enttäuschung hatte Trevor ihr Kostüm bereits für sie bereitgelegt, als sie ankam, aber sie kam trotzdem herein und bewunderte es, wie es da an der Bilderleiste hing. »Sie hat es ganz wunderbar gemacht, nicht wahr?

Ein sehr begabtes Mädchen, Ihre Naz, Sie müssen sehr stolz auf sie sein.«
Trevor konnte ihr da nicht gut widersprechen. Sie unterhielten sich ein wenig über Naz, und dann fragte sie ihn über *Supercook* aus. Maggie war ganz in ihrem Element. Und dann wurde ein Schlüssel herumgedreht in der Haustür, und Naz stürmte herein.
»Diese Frau! Sie weiß nicht, wovon sie redet! Weißt du was? Oh – Maggie. Was tust du denn hier?«
Naz schäumte offensichtlich vor Wut. Ihr kleiner Körper war ganz angespannt. Maggie lächelte und wies auf das Kostüm. »Ich bin gerade vorbeigekommen, um es abzuholen. Es ist sehr schön, Naz. Aber was ist denn los? Gab es ein Problem in Karis' Schule?«
»Problem! Mit Karis gibt es überhaupt kein Problem, das kann ich dir sagen«, regte Naz sich auf. Sie konnte sich gerade eben noch bremsen, nicht so laut zu werden, dass Karis sie hörte. »Sie ist ein sehr aufgewecktes kleines Mädchen. Ihre Lehrerin ist das Problem. Sie glaubt, dass Karis im Rechnen hinterherhinkt. Eine lange Liste von Dingen hat sie aufgeführt, von denen sie behauptet, dass Karis sie nicht beherrscht, und ich weiß genau, dass sie sie kann, das habe ich bei ihren Hausaufgaben gesehen. Und sie ist so scheinheilig. Erst sagt sie all das, und dann lächelt sie mich so widerlich freundlich an und sagt: ›Ich hoffe, Sie denken nicht, dass ich Karis auf dem Kieker habe, Miss Randall. Sie ist ein liebes kleines Mädchen, immer fröhlich und hat ausgezeichnete Manieren. Sie ist sehr beliebt bei ihren Klassenkameraden.‹ Ich hätte sie umbringen können.«
Maggie musste an sich halten, um nicht wie ein Honig-

kuchenpferd zu grinsen angesichts der goldenen Möglichkeit, die sich vor ihr auftat. Stattdessen mimte sie Betroffenheit und Mitgefühl.

Trevor legte seiner Tochter besänftigend den Arm um die Schultern. »Ist schon in Ordnung, Schatz. Wir wissen, dass sie ihre Sache prima macht.«

Naz fuhr sich über die Augen. »Es sind diese verdammten Lehrer«, knurrte sie und funkelte Maggie an. »Sie verstehen es nicht.«

Das arme Mädchen hatte wirklich alle Hände voll zu tun, ihr Kind allein aufzuziehen.

»Ich überlege gerade, Naz«, begann Maggie vorsichtig, »meinst du nicht, dass Karis ein bisschen Nachhilfeunterricht guttun würde? Sogar das intelligenteste Kind kann in einer großen Klasse untergebuttert werden. Ein bisschen individuelle Aufmerksamkeit, vielleicht eine Stunde pro Woche, könnte schon den Unterschied ausmachen. Ihr genau das bisschen zusätzliches Selbstvertrauen geben, das sie braucht.«

Man konnte beinahe zusehen, wie Naz' Verstand das verarbeitete. Die Aufsässigkeit in ihren Augen verschwand, während sie sich die Idee durch den Kopf gehen ließ.

»Na ja«, sagte sie, »ich schätze …«

»Klingt wie ein Schritt in die richtige Richtung«, sagte Trevor.

»Aber die Kosten …«

Trevor wollte gerade sagen, dass die Kosten keine Rolle spielten, als Maggie ihm zuvorkam.

»Ich würde mit Vergnügen helfen.« Sie wollte schon sagen, dass sie es unentgeltlich machen würde, als ihr klar wurde, dass das viel zu aufdringlich war. Naz war sehr heikel bezüglich ihrer Unabhängigkeit. Ihr Blick fiel auf das Tanzkostüm. »Wie wäre es, wenn ich meine Fähigkeiten gegen deine tausche? Du hast mir das Kostüm genäht, ich gebe Karis Nachhilfeunterricht.«

»Also, ich ...«

Letztendlich fiel Naz kein Grund ein, dem nicht zuzustimmen. Sie vereinbarten, dass die Nachhilfe am Donnerstag beginnen sollte. Maggie fühlte sich wie im siebten Himmel, als sie ging.

Naz machte Karis ihr Abendbrot, und dann versuchte sie, sich auf ein Buch für eine Hausarbeit zu konzentrieren, die sie Montag abgeben musste. Sie kam nicht sehr weit damit, da Karis laut das Lied übte, das sie für die Ostervorführung in der Schule lernen sollte, ihre volle Aufmerksamkeit verlangte und ausgiebig gelobt werden wollte.

Es gab so viel zu tun. Und dass so viel für diese Party anfiel, half auch nicht gerade. Es nahm ihr viel zu viel von der Zeit zum Lernen. Sie hätte nie zusagen dürfen. Es war nur so, dass es ihr wie leicht verdientes Geld erschienen war. Sie hasste es, sich etwas von ihrem Vater zu borgen. Nicht, dass er je ein Wort darüber verlor, darum ging es nicht. Sie wollte unabhängig sein.

Das Telefon klingelte. Als wäre es Gedankenübertragung, war es Fiona.

»Hallo, Naz. Wie geht's? Gut. Hör zu, hast du es geschafft, die Kostenvoranschläge von den Druckereien zu besorgen?«

Druckereien, Druckereien – oh ja. »Ja. Wilson war am günstigsten.«
»Oh, großartig. Kannst du bitte den Auftrag erteilen, dann wäre damit eine weitere Sache abgehakt. Ich werde mich heute Abend hinsetzen und alle Dinge auflisten, die in letzter Minute zu erledigen sind. Sobald die Kinder im Bett sind, gehe ich alles durch, da Richard eine späte Sitzung hat. Er wird wahrscheinlich erst nach elf nach Hause kommen.«
»Ach ja? Also, ich muss Schluss machen, Fiona.« Einige von uns müssen auch dies und das erledigen und weiterkommen.
»Schon komisch, nicht wahr? Bevor dieser Partyauftrag kam, bin ich gewöhnlich sauer gewesen, wenn er spät nach Hause kam. Ich habe versucht, es mir nicht anmerken zu lassen, weil er schwer arbeitet und auch lieber zu Hause als im Büro wäre, aber ich habe es ihm trotzdem übel genommen. Und jetzt bin ich beinahe froh, weil mir das einen freien Abend verschafft, um zu tun, was ich will.«
»Ja, wunderbar. Bis bald, Fiona.«
Ein freier Abend. Also, das wäre echt mal was. Naz blickte auf ihre Notizen und den Stapel ungelesener Bücher auf ihrem Schreibtisch. Vielleicht sollte sie heute Abend nicht weggehen. Vielleicht sollte sie lieber arbeiten, aber das würde bedeuten, im Haus zu sein, wenn Judy oben bei ihrem Dad war. Also doch lieber ausgehen.
Als Brad sie abholte, machte Karis Theater. »Ich will noch nicht ins Bett. Ich bin nicht müde. Ich will mit dir und Brad gehen.«
»Nun, das geht nicht. Du bist zu jung.«

Trevor kam herunter, hob sie hoch und warf sie sich über die Schulter. »Jetzt ist Schlafenszeit«, sagte er bestimmt.
Karis schrie und bearbeitete seinen Rücken mit den Fäusten.
Trevor ignorierte sie. »Ab mit euch beiden. Sie wird sich schon wieder beruhigen«, sagte er.
Karis brüllte. »Ich will nicht ins Bett! Ich will mitgehen!«
Naz zögerte.
»Komm schon, dein Dad hat recht. Sobald wir weg sind, ist sie wieder ganz still«, sagte Brad.
Empört ging Naz auf ihn los. »Woher willst du das wissen? Das ist nur das, was du glauben möchtest.«
»Sie spielt sich jetzt auf, weil sie Publikum hat. Meine Nichten und Neffen sind genauso. Sie ziehen eine echte Show ab, wenn ihre Mum und Dad ausgehen wollen, aber das ist alles nur Theater. Sobald sie weg sind, beruhigen sie sich wieder.«
Er hatte recht. Was sie noch mehr aufbrachte. »Du bist so verdammt verständnisvoll«, beschwerte sich Naz.
Diese Maggie war schuld. Karis war übermüdet von der Nachhilfestunde gestern. Es klingelte an der Tür, und alle wurden still, sogar Karis. Naz ging auf die Tür zu.
»Nein, ich gehe«, sagte Trevor. »Es könnte ...«
Judy sein. »Ist schon gut«, sagte Naz und beeilte sich, um zu öffnen.
Es war Judy, die strahlend und attraktiv aussah mit ihrer neuen Frisur und dem schickeren Make-up. Als sie sah, wer da stand, wirkte sie, als wäre es ihr äußerst peinlich.
»Oh ... Naz. Ich dachte, du wärst ... Also, ich habe oben

geklingelt, aber keiner hat geöffnet, und weil ich Stimmen gehört habe ...«
»Ist schon gut. Komm rein, er ist hier. Karis macht Schwierigkeiten«, sagte Naz und trat zurück, um sie in den engen Flur zu lassen.
»Hör mal, äh, Naz ... Es ist nicht das, was du denkst ...«, stammelte Judy.
Naz sah sie an. Die Freundin ihres Vaters. Die verheiratete Freundin.
»Ach nein?«, sagte sie und ging voraus ins Wohnzimmer.
Nur Brad war da. Karis' hohe Stimme und Trevors tiefe waren aus Karis' Schlafzimmer nebenan zu hören. Sie schienen immer noch zu verhandeln. Naz holte Luft. Sie wies mit der Hand auf Brad. »Das ist Brad«, stellte sie vor. »Brad – Judy.«
»Oh, Sie sind der junge Mann, der Fionas Garten gestaltet hat. Er sieht wundervoll aus.«
Und schon plauderten sie munter wie alte Freunde. Schließlich musste Naz ihn praktisch wegzerren.
»Also das ist die heimliche Freundin? Nette Dame«, kommentierte Brad, als er den Truck startete.
Naz verschränkte die Arme vor der Brust und starrte geradeaus auf die dunkle Straße. »Sie ist die heimliche Freundin, ja.«
»Du warst nicht sehr höflich zu ihr.«
Er hatte recht, was es noch schlimmer machte. »Na und?«
»Na ja, dein Vater hat sie ausgewählt, er scheint glücklich zu sein, und du solltest es ihm nicht madig machen.«
»Sie ist verheiratet. Als ich sie zusammen gesehen habe,

war ich wirklich schockiert. Ich hätte nicht gedacht, dass Judy diese Art Person ist. Sie schien so nett und freundlich und loyal zu sein, und …«

Und wie meine Mum, nur dass meine Mum keine Affäre mit einem anderen Mann angefangen hätte.

»Wenn es deinen Dad nicht stört, warum dann dich?«

Verdammter Mist. Er war so verständnisvoll. Sie stritten sich immer noch darüber, als sie bei *Donatello's* ankamen.

Die Bar war gerammelt voll. Es war Freitagabend, und jeder war unterwegs und wollte sich amüsieren. Brads Freunde hatten einen Ecktisch ergattert und bereits zwei Runden intus. Naz stürzte ein Red Bull und einen Wodka hinunter. Sie war immer noch total aufgebracht und fühlte sich hintergangen.

Shauna kam heranstolziert mit den Tapas, die sie bestellt hatten. »Hi, Nazzie! Wie geht's deinem tollen Mann?«

Sie umarmte Brad, worauf ein Pfeifkonzert und Gegröle am Tisch einsetzten. Shauna zwinkerte ihm bühnenreif zu. »Warte nur, bis Nazzie mal für kleine Mädchen muss, dann knutschen wir beide, bis die Wände wackeln.«

Naz' Finger krümmten sich. »Dann ist dein Ben aber auch fällig«, sagte sie und versuchte, die Schärfe aus ihrem Tonfall herauszuhalten, was ihr leider nicht so recht gelang.

Shauna machte eine einwilligende Handbewegung. »Das ist ihm bestimmt mehr als recht, Schätzchen.«

Brads Freunde integrierten sie in ihre Unterhaltung, sorgten dafür, dass sie sich nicht ausgeschlossen fühlte. Sie waren alle sehr nett, lustig, freundlich. Brad war fürsorglich, sexy, solide. Sie sollte diesen Abend genießen.

Er war wunderbar. Alle amüsierten sich prächtig. Warum also fühlte sie sich so verknotet, so verwirrt, so – wie in der Falle?
Gegen zehn hielt sie es nicht länger aus. Sie wollte nach Hause, aber das ging nicht, weil Judy oben bei ihrem Dad war. Sie ging aufs Klo.
»Hi, Naz.« Shauna war ihr gefolgt. »Bist du sauer auf mich?«
Naz zuckte die Achseln. Sie wollte sich nur in einer Kabine einschließen und allein sein.
Shauna legte den Arm um sie. »Ich habe es nicht so gemeint, Kumpel. Ich habe nur Spaß gemacht. Wie du siehst, bin ich hier bei dir, der lebende Beweis dafür, dass ich ihn gar nicht anmachen wollte.«
Naz explodierte. »Das ist mir scheißegal, okay? Mach doch mit ihm, was du willst, aber lass mich in Ruhe.«
Shauna tätschelte ihr die Schulter. »Okay, okay, schon kapiert. Nun komm wieder runter, ja? Was ist los? Sag es der alten Shauna. Ich bin dein Kumpel, Nazzie. Ist alles in Ordnung mit dir und Brad?«
»Ja! Wie oft soll ich das noch …?«
»Er ist spitze, Naz. Ich meine, ich würde ihn sofort nehmen, wenn es nicht deiner wäre und ich nicht wegwollte, um zu tanzen. Weil er, also, nicht einfach nur die schnelle Nummer und nix wie weg ist, stimmt's? Er ist der häusliche Typ, der heiraten will mit Rosengirlanden um die Tür und so. Das sieht man. Aber nicht langweilig. Kein Spießer. Ich meine, er ist höllisch sexy. Du tust doch nur so als ob, oder? Dass du dir nichts aus ihm machst? Um ihn hecheln zu lassen? Ich meine, also, du musst doch total begeistert von ihm sein …«

Ja. »Nein!«

»Oh, nun tu nicht so ...«

»Ich mag ihn. Ja. Aber ..., nicht den ganzen Rest. Nicht die Rosengirlanden um die Tür.« Naz verschränkte fest die Arme. »Ich will nie wieder abhängig von jemandem sein«, sagte sie langsam. »Sobald du jemanden liebst, kannst du verletzt werden. Ich habe das alles schon mal mit Dominic durchgemacht. Ich habe es hinter mir und überwunden und werde mich nie wieder auf so etwas einlassen. Eine schnelle Nummer ist okay, aber mehr nicht. Nicht die Rosen um die Tür. Weil es nicht funktioniert, verstehst du? Sie lassen dich am Ende alle im Stich. Es sind alles Mistkerle.«

»Nicht alle. Nimm zum Beispiel ..., zum Beispiel ...« Shauna zögerte. Jemand donnerte gegen den Tamponspender und fluchte. Der Handtuchtrockner dröhnte. »Nimm zum Beispiel Cathy und Mike. Also Mike ist kein Mistkerl.«

»Aber möchtest du mit ihm verheiratet sein?«, fragte Naz.

»Nein.«

Sie schwiegen beide, überlegten, wie es wohl wäre, mit Mike verheiratet zu sein. Shauna schnaubte, dann brach sie in Lachen aus. »Heilige Inzucht, was für ein Alptraum!«

Statt zu weinen, musste Naz plötzlich geradezu hysterisch lachen. Sie lehnte sich an Shauna, Tränen strömten ihr übers Gesicht.

»Alles wieder in Ordnung?«, schnappte Shauna nach Luft. Naz nickte. Es war zwar nicht in Ordnung, aber sie fühlte sich deutlich besser als vorher.

Als sie zurückkam, begrüßte die Gruppe sie, als wäre sie am Nordpol gewesen. Der Abend ging weiter, laut und fröhlich. Die Angestellten der Bar mussten sie nach der Sperrstunde förmlich hinausfegen.
Draußen war es kalt und windig. Die High Street hallte wider von den Rufen weiterer Gruppen, die aus anderen Pubs vor die Tür gesetzt worden waren. Einige aus der Gruppe stritten sich, ob sie noch zum Chinesen oder zum Inder gehen sollten.
Brad schlang einen Arm um Naz' Schultern und zog sie an sich. »Kommst du mit zu mir?«, fragte er.
Naz versuchte, sich freizumachen. »Nein, heute nicht.«
»Oh Naz.« Zum ersten Mal klang Brad verärgert. »Hör mal, wenn es um deinen Dad geht – du bist nicht seine Aufpasserin, weißt du. Du bist nicht verantwortlich für ihn. Du verhältst dich, als wärst du das Elternteil und er das Kind.«
»Tue ich nicht!«
»Doch, tust du. Du bist wie einer dieser Väter, die niemanden für gut genug halten für ihre kleine Prinzessin.«
»Bin ich *nicht!*«
»Doch, bist du. Du bist ganz und gar unvernünftig. Er wird es dir nicht danken, dass du dich so verhältst.«
Er zog sie in die Arme, schmiegte seinen Kopf an ihren, küsste ihren Hals. »Na komm schon, komm mit zu mir.«
Sein Körper war groß und stark und warm. Sie spürte eine Welle von Begehren. Sie wollte ihn. Mehr noch, sie wollte sich gehenlassen, sich nicht länger Sorgen machen über das Studium, über die Arbeit, Karis, ihren Dad. Sie

wollte sich einfach fallenlassen in diesen Strudel der Lust … Brad streichelte sie. Sogar durch ihre dicke Jacke war es erregend. Er flüsterte ihr etwas ins Ohr.

»Betrachte es doch mal von dieser Seite, es ist gut, dass dein Dad jemanden für sich hat. Das bedeutet, dass da mehr Zeit bleibt für dich und mich, für eine Zukunft …«

»Nein!« Naz wand sich aus seinen Armen. »Es gibt kein dich und mich, verstanden? Begreife das endlich. Keine Zukunft. Nichts.«

Sie begann, die Straße entlangzumarschieren. Sie musste einfach weg, bevor es zu spät war, bevor er ihr unter die Haut ging und Teil ihres Lebens wurde. Bevor er unverzichtbar für sie wurde.

Brad kam hinter ihr her und ergriff ihren Arm. »Was ist nur los mit dir heute Abend, verdammt noch mal?«

Es war das erste Mal, dass sie ihn je hatte fluchen hören.

»Nichts«, sagte sie. »Lass mich einfach in Ruhe.«

Sie riss sich los und ging weiter. Wie ein Leuchtfeuer im Dunkeln tauchte ein Taxistand nur ein paar Meter weiter weg auf. »Naz, tu das nicht. Ich liebe dich.«

Sie wirbelte herum. »Nein, tust du nicht. Du kennst gar nicht die Bedeutung dieses Wortes! Keiner von euch tut das!«

Sie riss die Tür des nächststehenden Taxis auf und fiel förmlich hinein. Dann weinte sie während des ganzen Nachhausewegs.

13

Als Maggie in der Schule eintraf, wo das Wohltätigkeitskonzert veranstaltet wurde, dirigierte sie eine gestresst wirkende Frau mit einem Klemmbrett zu dem Klassenzimmer, das ihrer Gruppe zugeteilt war. Ihr professioneller Blick glitt über die Aushänge in den Fluren, durch die sie kam. Nicht so gut wie Watfield Park, und dies war eine bessere Gegend als Watfield. Stimmengewirr und Musikfetzen drangen aus den Klassenzimmern. Die Flure waren voll von aufgeregten Darstellern – kleine Mädchen, halbfertig angezogen als Feen und Elfen, pickelige Jungs, ausstaffiert wie in *Riverdance,* blau gewandete Mitglieder eines Gospelchors, dicke Geishas wie aus dem Stück *Mikado*, grell gekleidete Heavy-Metal-Musiker ... Zum ersten Mal flatterten ihr ein bisschen die Nerven.

Sie fand das richtige Klassenzimmer und wurde von Cheryl begrüßt.

»Da bist du ja, Maggie! Wundervoll! Jetzt fehlen nur noch sechs. Ist das nicht aufregend? Da hinten ist Platz für dich zum Umziehen. Es ist noch reichlich Zeit, also keine Panik. Wir sind erst um Viertel vor zehn dran.«

»Zehn! Ich dachte um halb acht.«

»Es ist geändert worden. Wir sind jetzt die Vorletzten.«

Fiona stand in der Nähe. »Direkt vor dem Star des

Abends«, sagte sie. »Ich schätze, das ist eine Ehre. Aber ich hätte es lieber hinter mir. Und außerdem wollte Richard die Kinder nach Hause bringen, wenn sie mich gesehen haben und müde werden. Jetzt müssen sie bis fast zum Schluss durchhalten.«

Maggie kämpfte gegen ihr Neidgefühl an. Fionas Familie war hier, um ihr Rückhalt zu geben, so wie bei allen anderen auch. Es musste sehr schön sein, jemanden da draußen zu haben, der dich anfeuerte. Ben würde auch kommen, aber nur um Shauna zu sehen. Sie war sich ziemlich sicher, dass er es sonst nicht eine Sekunde in Betracht gezogen hätte. Sie fand einen Platz zwischen Cathy und Judy und hängte ihr Kostüm auf.

»Du liebe Güte, hätte ich bloß nicht zugesagt«, sagte Judy.

Sie sah blass aus, ihre Wangen waren schlaff und wabbelig.

»Du wirst es prima machen«, sagte Maggie, obwohl sie es bezweifelte. Wenigstens war Cheryl so klug gewesen, sie hinten zu platzieren, wo man nicht so viel von ihr sah. Judy war zwar nett, aber eine lausige Tänzerin.

Cathy fing plötzlich an zu jammern. »Oh nein! Ich habe vergessen, meine Nägel zu lackieren! Ihr habt alle hübsche rote Nägel, und meine sehen schrecklich aus!«

»Schon gut, ich habe Nagellack bei mir, und dir bleibt noch reichlich Zeit, es nachzuholen«, beruhigte Fiona sie.

Cathy sah peinlich berührt aus. »Oh nein, wirklich, ist schon okay.«

Fiona ignorierte sie und durchsuchte ihren teuer aussehenden Kosmetikkoffer. Schließlich hatte sie drei ver-

schiedene Farben Nagellack anzubieten. »Hier bitte«, sagte sie. »Nimm den, der dir am besten gefällt.«
Cathy trat tatsächlich einen Schritt zurück, als könnten die Fläschchen sie beißen. »Nein, wirklich.«
Was war nur los mit dem albernen Mädchen?
»Um Himmels willen, welcher gefällt dir am besten? Hier, dieser ist hübsch. Ich mache es für dich«, sagte Shauna.
Sie schob Cathy hinüber zu einem Tisch und sorgte dafür, dass sie sich setzte. Cathys Hände zitterten. »Mir ist übel«, stöhnte sie.
Fiona erzählte etwas von der Party, die sie organisierte, aber Maggie konnte sich nicht konzentrieren. Es war alles so trivial. Stattdessen beobachtete sie Cheryl, die einen tragbaren CD-Player anschloss. Das war ja mal eine Überraschung – Cheryl hatte tatsächlich die Übersicht gehabt, dafür zu sorgen, dass sie ihr Stück ein letztes Mal durchgehen konnten. Cheryl wühlte in ihrer Tasche. Sie holte zwei CDs heraus und suchte weiter. Ihr Gesicht wurde rot und röter. Dann drehte sie ihre Tasche um und kippte den gesamten Inhalt auf den Boden. Maggie erriet sofort, was nicht stimmte.
»Du hast doch wohl nicht unsere Musik vergessen?«
Sie hatte nicht vorgehabt, es derartig laut zu sagen, aber sie war so empört, dass ihre Worte deutlich in dem allgemeinen Tumult zu hören waren. Entsetztes Schweigen trat ein.
»Wir haben unsere verdammte Musik nicht?«, schrie Shauna.
»Ich war der Meinung, dass ich sie hatte, sie war in meinem Laufwerk zu Hause. Ich muss die falsche CD

erwischt haben. Ich weiß auch nicht, wie …« Cheryl schien den Tränen nahe.
»Warum um alles in der Welt hast du das nicht überprüft, bevor du losgefahren bist«, wollte Maggie wissen. Das gehörte nun wirklich zum absoluten Einmaleins.
Fiona, beherrscht wie immer, hatte schon ihr Handy in der Hand. »Ist jemand bei dir zu Hause, der sie uns vorbeibringen kann?«, fragte sie.
Cheryl schüttelte den Kopf. »Meine Mum passt auf die Mädchen auf, aber sie kann nicht Auto fahren.«
Fiona warf einen Blick auf ihre Armbanduhr. »Wenn du sie anrufst und ihr genau sagst, wo sie ist, bitte ich Richard, vorbeizufahren und sie abzuholen.«
In wenigen Minuten war alles arrangiert. »Na bitte, Krise vorbei«, sagte Fiona und klappte ihr Handy zu.
»Richard ist wirklich ein Knüller. Nicht alle Männer würden sich so herumschicken lassen und Dinge für dich erledigen«, sagte Judy.
Maggie hörte die Sehnsucht in ihrer Stimme. Sie wusste, was Judy meinte. Es musste schön sein, jemanden zu haben, der einen so aufrichtig liebte.
»Ich weiß«, sagte Fiona. »Ich sollte ihn viel mehr zu schätzen wissen.«
Durch die sich auf und ab bewegenden Köpfe der Gruppe rund um Cheryl erhaschte Maggie zufällig einen Blick auf Cathy, die immer noch am Tisch saß mit ihren halbfertig lackierten Nägeln. Sie schien Fiona mit einem eigentümlichen Ausdruck im Gesicht anzustarren, höchst unerfreulich. Und dann begegneten sich ihre Blicke, und Cathy lächelte sie schwach an. Die Nerven. Sie hatten alle Lampenfieber.

Sie ging hinüber zu Naz. »Was für ein Theater. Geht es dir gut?«, fragte sie.
Naz schüttelte den Kopf. Unter ihrer dunklen Haut war sie blass, was sie merkwürdig grau aussehen ließ.
»Was ist los?«
»Nichts.«
»Wir sind alle nervös. Das ist ganz natürlich. Und diese Sache mit der Musik war auch nicht gerade hilfreich. Cheryl ist wirklich eine hoffnungslos schlechte Organisatorin.«
Naz atmete tief durch. »Das ist es nicht«, sagte sie.
»Was ist es denn?« Sie mochte Naz. Sie war keine Nörglerin. Sie hatte Ehrgeiz und arbeitete hart, um voranzukommen, und sorgte gut für Karis.
Naz presste die Lippen zusammen, was nicht verhinderte, dass sie immer noch zitterten. »Es ist wegen Brad«, gestand sie mit kaum hörbarer Stimme.
Aufregung stieg in Maggie hoch. Naz vertraute ihr etwas an. Ein sehr gutes Zeichen.
»Habt ihr euch gestritten?«, fragte sie sanft. Naz nickte.
»Heftig?«
»Ja. Es ... Es war letzten Freitag«, sagte Naz zögernd, dann verschloss sich ihre Miene wieder. »Aber du möchtest dir bestimmt nicht meine Probleme anhören.«
Maggie setzte sich auf den Tisch neben ihr. »Es hilft immer, wenn man darüber redet.«
Tränen schimmerten jetzt in Naz' Augen. Die Versuchung, es zu erzählen, war unwiderstehlich. »Es war alles meine Schuld. Ich bin weggelaufen und allein mit einem Taxi nach Hause gefahren. Dann hat er mich das ganze Wochenende nicht angerufen, und ich habe ihn auch

nicht angerufen, und als er mich am Dienstag angerufen hat, da habe ich – habe ich – es endgültig kaputtgemacht. Ich habe nur falsche Dinge gesagt. Du weißt schon, so wie man es eben manchmal tut.«

Oh ja. Wie sehr man sich auch vorher überlegt, was man sagen will, es kommt im entscheidenden Moment nie richtig heraus.

Um sie herum schminkten sich Frauen, benutzten Haarspray, bewunderten gegenseitig ihren protzigen falschen Schmuck.

»Ja«, sagte sie. »Ich weiß. Aber es lässt sich immer noch einrenken, Naz. Ich bin sicher, dass es nicht zu spät ist.«

Naz holte schluchzend tief Luft. »Deshalb ist es ja das Beste, die Sache jetzt abzubrechen. Wenn es jetzt schon so wehtut, wie wird es dann erst später sein?«

»Wie meinst du das, später?«

»Wenn wir länger zusammen gewesen sind. Wenn Karis sich an ihn gewöhnt hat und ihn mag ...«

»Ich dachte, sie mag ihn bereits?«

»Das tut sie, das ist es ja gerade, das macht alles noch viel schlimmer. Dieses Mal kann sie genauso verletzt werden wie ich. Ich kann das nicht tun.«

»Kommt er heute Abend?«, fragte Maggie.

»Ja – nein – ich weiß es nicht. Er wollte kommen, aber jetzt bin ich mir nicht mehr sicher ...«

»Ich schätze, er kommt. Und er wird hinterher auf dich warten. Vertrage dich wieder mit ihm, Naz. Du musst nur zu ihm gehen, und alles ist wieder in Ordnung.«

In ihrem Alter hatte es nicht mehr bedurft. Erst später wurden die Dinge komplizierter, und dann reichte eine schlichte Geste nicht mehr.

Naz schüttelte den Kopf. »So einfach ist das nicht.«
»Könnte es aber sein, wenn du es zulassen würdest.«
»Ich weiß nicht ...«
Maggie legte ihre Hand auf ihre. »Tue es einfach.«
An der Tür entstand Bewegung. Es war Richard mit der CD. Maggie beobachtete Cheryl, die um Fiona und Richard herumwuselte. Dumme Person. Cheryl klatschte jetzt in die Hände.
»Äh, Mädels, bitte, da wir jetzt dank Fiona – und Richard natürlich – die Musik haben ...« Klatschen und Hurrarufe.
»Vielleicht sollten wir es schnell noch einmal durchgehen, nur um unser Gedächtnis aufzufrischen.«
Der intime Moment war durchbrochen. Naz stand auf und gesellte sich zu den anderen Tänzerinnen in der Mitte des Klassenzimmers. Widerwillig folgte Maggie.
»Nehmen wir an, dass das Publikum dort ist – nein, dort ist besser.«
Sie nahmen ihre Anfangsposition ein. Cheryl schob die CD ein, und die Eröffnungsklänge der ersten Nummer ertönten. Ein scharfes Klopfen an der Tür. Es war eine der Organisatorinnen.
»Noch zwei Minuten bis zum Beginn. Können Sie bitte leise sein jetzt? Jedes Geräusch von hier kann man in der Aula hören.«
Alle stöhnten. Cheryl geriet in Panik. »Ach du liebes bisschen. Jetzt haben wir keine Zeit mehr. Wir hätten es wirklich noch einmal durchgehen müssen ...«
»Wir können es in der Pause durchgehen«, sagte Maggie lustlos. Um Himmels willen, hätte sie nicht von selbst darauf kommen können? »Dann unterhalten sich alle

und können uns nicht hören«, fügte sie hinzu, nur für den Fall, dass Cheryl das auch nicht kapieren würde.
»Oh ja, ja natürlich. So machen wir es.«
Die Klassenzimmertür wurde geschlossen. Die Gruppe versuchte, ganz leise zu sein. Man unterhielt sich flüsternd, und ab und zu war Gekicher zu hören. Wirklich, sie waren wie eine Klasse von Zwölfjährigen. Maggie konzentrierte sich auf ihr Make-up.
Das Stimmengewirr in der Aula verebbte. Dann brandete Applaus auf. Die Spannung im Zimmer stieg spürbar. Das war es. Es ging los. Man konnte hören, dass jemand eine Ansprache hielt, aber nicht verstehen, was gesagt wurde. Weiterer Applaus brandete auf, und dann Musik. Ein Kinderchor. Ihre süßen jungen Stimmen hallten in den Fluren wider.
Mit einer heftigen Welle von Nostalgie dachte Maggie an die Zeiten zurück, als ihre eigenen Kinder noch klein gewesen waren. Wie viel einfacher damals alles gewesen war. Sie waren eine anständige Familie – Vater, Mutter, Sohn und Tochter. Sie machten Familienurlaube und spielten an Weihnachten alberne Spiele. Sie konnte sich auf »meinen Ehemann« beziehen. Wann und wo war nur alles schiefgelaufen? Robin war es, der es kaputtgemacht hatte. Es war alles seine Schuld, er war hinter diesem Flittchen her gewesen. Er hatte ihre glückliche Familie zerstört.
Eine Vorführung löste die andere ab. Einige klangen schauderhaft, andere sehr nett. Allen wurde begeistert applaudiert. Cheryl machte eine Aufwärmübung mit ihnen, dann, als die Pause kam, gelang es ihr doch tatsächlich, die CD richtig ins Laufwerk einzuschieben und alle

drei Tänze mit ihnen durchzugehen. Jede machte Fehler, und sie waren gerade eben fertig, bevor die zweite Hälfte begann.

Gespanntes Schweigen herrschte in der Gruppe. Der Gospelchor sang. Eine Folkgruppe spielte. Shauna ging herum und überprüfte bei jeder das Make-up. Dann klopfte es an der Klassenzimmertür. Die Organisatorin, die schon einmal vorbeigekommen war, streckte ihren Kopf durch die Tür.

»Zwei Minuten! Kommen Sie und nehmen Sie Aufstellung für Ihren Auftritt.«

Alle sprangen auf, nahmen ihre Schleier in die Hand, richteten ihre Kopfbedeckungen. Es gab jede Menge unterdrücktes Stöhnen und Jammern. Sie stellten sich in der richtigen Reihenfolge auf.

»Hast du die Musik?«, zischte Maggie Cheryl zu.

Cheryl wurde puterrot, machte einen Satz zu dem tragbaren CD-Player, drückte auf den Eject-Knopf. Sie reichte der Organisatorin die CD. Wie gut, dass wenigstens eine den Überblick behielt.

Barfuß tapsten sie über den Flur, die Münzen an ihren Hüftschals klingelten bei jedem Schritt. Die Vorführung, die gerade lief, ein vierhändiges Klavierstück, wurde lauter und lauter, als sie sich der Bühnentür näherten. Sie wurden an den Türsteher verwiesen, während die Organisatorin verschwand, um ihre CD dem Verantwortlichen für die Musik zu geben.

»Vergesst nicht – schön lächeln!«, flüsterte Cheryl jeder Tänzerin zu.

»Sechs Hüftschwünge nach links, bis acht zählen und dabei eine Drehung machen, Pause, zwei, drei, dann drei Schritte vorwärts«, murmelte Judy.

Du liebe Güte, angenommen, sie verhedderte sich? Angenommen, sie bewegte sich in die falsche Richtung oder machte weiter, wenn alle anderen pausierten? Ihr war schlecht. Sie wollte auf die Toilette gehen.

Hinter ihr drückte Cathy ihr beruhigend die Schulter. »Du wirst es schon schaffen, Judy«, flüsterte sie.

Hoffentlich.

Die beiden Klavierspieler beendeten ihre Vorführung schwungvoll. Donnernder Applaus setzte ein. Trevor war dort irgendwo, wartete darauf, sie und natürlich auch Naz zu sehen. Das war ein Ansporn, ihr Bestes zu geben. Dadurch fühlte sie sich ein wenig besser.

Alan war auch da. Sie war überrascht gewesen, als er sagte, dass er mitkäme, da er sich immer so abschätzig über ihr Tanzen äußerte. Aber den Bruchteil einer Sekunde später wurde ihr klar, warum er kommen wollte. Er wollte Fiona sehen. Es tat nicht mehr weh. Alan konnte tun, was er wollte, es kümmerte sie nicht mehr.

Die Pianisten kamen aus der Bühnentür, freudestrahlend über ihren Erfolg.

Die Tänzerinnen, die schon letztes Jahr bei Cheryl trainiert hatten, nahmen leise Aufstellung auf den Treppen zur Bühne und in den Kulissen. Der Rest von ihnen versammelte sich in dem knappen Raum links und rechts der Bühne. Es war dunkel, staubig und heiß. Judy brach der Schweiß aus.

»Und jetzt, meine Damen und Herren, ein Hauch von Exotik. Den ganzen Weg vom Nahen Osten – genauer mitten aus Ost-Mellingford – sind die ägyptischen Tänzerinnen zu uns gekommen. Und hier sind sie, die Königinnen des Nils!«

Erwartungsvolle Stille, dann weiterer Applaus aus dem Publikum. Die ersten Noten der Musik fluteten in den Saal, ein sinnliches Flötensolo, das anstieg und abebbte, mal langsam, mal schnell. Eine nach der anderen betraten die erfahreneren Tänzerinnen die Bühne und nahmen ihre Anfangspose ein. Als die letzte Note des Flötenspiels verklang, waren alle an ihrem Platz. Dann veränderte sich die Musik zu einer schnellen, koketten kleinen Melodie mit Flöten und Trommeln und Geigen. Die Gruppe begann sich mit wiegenden Hüften im Kamelgang zu bewegen.

Von dort, wo Judy eingekeilt war, konnte sie nur einen Ausschnitt der Bühne sehen. Sie war auf einer Höhe mit den Füßen der Tänzerinnen, aber sogar von dort aus sah es toll aus. Die Kostüme glitzerten in dem grellen Bühnenlicht, die Tanzvorführung war lebendig und fehlerfrei.

Oh Gott, lass es mich hinkriegen. Lass nicht mich diejenige sein, die es den anderen vermasselt.

Nur zu bald war die Nummer zu Ende. Die Tänzerinnen wickelten sich die langen farbigen Schleier von den Hüften. Der Rest der Frauen gesellte sich zu ihnen auf die Bühne.

Es ging los. Judy konzentrierte sich darauf, nicht über ihren Rock zu stolpern, als sie die steilen Stufen hochstieg. Auf die Bühne. Den richtigen Platz einnehmen. Anfangspositur – einen Arm nach oben, den anderen seitlich ausgestreckt, damit der Schleier elegant fiel. Den

Ellbogen leicht angewinkelt. Nicht angespannt aussehen. Lächeln. Gott sei Dank war sie hinten plaziert. Drei Reihen Tänzerinnen vor ihr verbargen sie vor zu viel kritischen öffentlichen Blicken. Egal, sie fühlte sich trotzdem schrecklich exponiert.

Die Lichter waren grell und überraschend heiß. Die Aula unter ihnen war sehr dunkel. Aber obgleich sie das Publikum nicht sehen konnte, konnte sie hören, wie es mit den Füßen scharrte und flüsterte, die intensiven Blicke spüren. Das Publikum war ein Monster, das amüsiert werden wollte.

Die nächste Nummer begann, eine langsame, ernste Melodie, die beruhigend und besänftigend wirkte. Die Tänzerinnen standen praktisch auf der Stelle, wirbelten und schwenkten und ließen ihre Schleier kreisen wie eine Wolke bunter Schmetterlinge. Judy behielt Cheryl, die vorn in der Mitte stand, fest im Blick und folgte jeder ihrer Bewegungen.

Es war in Ordnung, es war in Ordnung. Sie hielt mit. Nach rechts unten schwenken und wieder nach oben, nach links unten schwenken und wieder nach oben, auf und ab, auf und ab ... die letzte Drehung und – Schlusspositur! Es war geschafft. Sie klatschten! Sie hatte ihren ersten Tanz fehlerfrei hinter sich gebracht! Jetzt noch das Finale.

Die Schleier wurden in die Hüftschals gesteckt, die Tänzerinnen formierten sich zu zwei Reihen. Der Trommelrhythmus begann, schnelles beharrliches Klopfen mit den Fingern und Schlagen mit den Handflächen. Die Tänzerinnen traten in Aktion, hüpften, drehten sich, bewegten sich vor und zurück, mal langsam, mal schnell.

Dudelsäcke fielen ein, begleiteten jetzt die Trommeln, eine eher bodenständige Volksmusik, der totale Kontrast zu dem letzten Stück. Das Publikum ließ sich anstecken, klatschte rhythmisch mit. Die Hüften der Tänzerinnen glitzerten und schimmerten.
Sie formierten sich zu einem Halbkreis auf der Bühne. Während die Musik zu einem schnelleren Rhythmus überging, trat Shauna vor, um ein Solo zu tanzen. Judy starrte sie hingerissen an. Sie war gut. Es war ein richtiger Auftritt.
Der Rest von ihnen tanzte einfach nur, aber Shauna bot einen richtigen Auftritt. Sie gab alles, was sie hatte, dem Monster in dem verdunkelten Saal, sie sprühte vor Leben und Energie, sie war sinnlich und anmutig. Ihr Solo endete mit einem sensationellen Hüft-Shimmy, der das Publikum zu Begeisterungsstürmen hinriss. Wie wundervoll, so etwas zu können!
Zwei Reihen Tänzerinnen umringten Shauna, die eine im Uhrzeigersinn, die andere gegen den Uhrzeigersinn. Die Musik beschleunigte sich bis zum Höhepunkt. Die ganze Gruppe wirbelte ein letztes Mal herum und stoppte, Shauna in der Mitte reckte die Arme hoch, der innere Kreis kniete auf einem Knie mit seitwärts ausgestreckten Armen, der äußere Kreis auf beiden Knien mit nach vorn ausgestreckten Armen.
Das Publikum raste.
Sie hatten es geschafft! Judy konnte es nicht fassen. Sie verbeugten sich. Sie hatte beide Tänze geschafft. Es war wundervoll. Sie wurden zweimal vor den Vorhang gerufen, und dann traten sie ab. Euphorisch, in Hochstimmung stürmten sie zurück in ihren Umkleideraum, alle

in heller Aufregung, total aus dem Häuschen. Nach der ganzen Warterei war es viel zu schnell vorbei.

Naz hätte es am liebsten gleich noch einmal wiederholt. In diesen wenigen Minuten auf der Bühne hatte sie alles vergessen, hatte ausschließlich ans Tanzen gedacht.

Cheryl schloss die Tür hinter ihnen. »Schhhh, schhhh, gut gemacht, ihr wart fantastisch, einfach alle, ganz wundervoll ...«

Sie lachten und kreischten vor Vergnügen und umarmten sich gegenseitig. Cheryl reichte Pralinen herum. Alle gratulierten Shauna zu ihrem Solo, Cheryl zur Choreographie, Fiona und Naz zu den Kostümen und sich gegenseitig einfach dafür, mitgemacht zu haben und dabei gewesen zu sein. Sie waren ein Team. Sie waren ein Hit. Sie hatten es geschafft.

Und dann wurde die Tür zum Klassenzimmer aufgerissen, und Leute strömten herein, Ehemänner, Eltern, Kinder, Freunde.

Naz' Atem beschleunigte sich. Ihr Herz schlug heftig. War Brad gekommen? Ihr Dad kam herein mit Karis auf dem Arm, die sich aus seinen Armen wand und zu ihr rannte. Naz fing sie auf und umarmte sie liebevoll, ließ sich von ihrem erhitzten kleinen Körper trösten, bis Karis heruntergelassen werden wollte. Dieser schreckliche Alan ging schnurstracks an Judy vorbei und sprach Fiona an.

»Hartnäckig wie Nesselsucht«, flüsterte ihr jemand ins Ohr. Es war Shauna.

»Ja«, sagte sie abwesend und starrte immer noch auf die Tür.

Noch mehr Menschen, Fremde, Verwandte der anderen Tänzerinnen. Ihr Dad schwärmte, wie gut sie alle gewesen waren. Richard kam herein mit einer Kiste Champagner und einem Karton Gläser. Schreie und Hochrufe waren zu hören, als die Korken knallten. Jemand drückte ihr ein Glas in die Hand.

»Auf die Königinnen des Nils! Lang lebe ihre Regentschaft!«, rief Richard.

»Auf die Königinnen des Nils!«, wiederholten alle.

Richard und Fiona hatten sich gegenseitig den Arm um die Taille gelegt, ihre Kinder neben ihnen, das perfekte Paar. Mike kam herein und gratulierte Cathy. Alle schienen ein Paar zu sein. Naz fühlte sich ausgeschlossen.

Cheryl klopfte auf einen Tisch und rief: »Seid bitte mal leise. Mädels, hört mal her ...«

Nach und nach ebbte die Hysterie ab.

»Eine Rede!«, rief jemand. Stürmisches Gelächter.

»Nein, nein, keine Rede. Das ist nicht mein Fall. Ich wollte euch nur das Neueste erzählen. Wir sind eingeladen worden, auf dem Sommerfest von Mellingford aufzutreten!«

Hochrufe, Begeisterungsschreie, Händeklatschen. Das war es. Er war nicht hier. Karis zog sie am Arm. Naz wendete sich ab von den fröhlichen Gesichtern und stieß mit Cathy zusammen. Zu ihrer Verblüffung fiel ihr auf, dass Cathy genauso unglücklich aussah, wie sie sich fühlte.

»Was ist los?«, fragte sie automatisch.

»Nichts«, sagte Cathy.

Naz zuckte die Achseln. Cathy hatte einen lieben, treuen Ehemann, auch wenn er ein bisschen verschroben war. Worüber machte sie sich Sorgen?

»Bei dir ist alles in Ordnung«, sagte sie. »Aber ich hätte nie mit ihm ausgehen sollen. Ich wusste, dass es ein Fehler war.«

Leute drängelten sich um sie herum, lachten, verschütteten Champagner. Karis lief davon zu ihrem Großvater.

»Was?«, fragte Cathy. Sie blickte über Naz' Schulter.

»Ich habe mich da hineindrängen lassen. Von Dad und Fiona. Sie glauben, es am besten zu wissen, aber sie sind nicht ich, nicht wahr? Sie verstehen nicht ...«

»Dein Brad ist hier«, sagte Cathy.

»Was?« Naz wirbelte herum. Da war er, wirkte untypisch unsicher, überflog den Raum, suchte sie.

»Brad ...«, flüsterte sie. Sie umklammerte Cathys Arm. »Er ist hier. Er ist gekommen. Er hat die Show gesehen.«

Freude durchzuckte sie. Sie hatte es nicht vermasselt. Er machte sich immer noch etwas aus ihr. Sie drängte sich durch die Menschenmenge. Vom Türeingang aus bahnte sich ein strahlender Brad den Weg. Sie trafen sich in der Mitte, fielen sich in die Arme.

14

Wie kamen andere nur damit klar? Es war so anstrengend – die Lügen, die pubertierenden Zwillinge, die Bewältigung des täglichen Lebens. Man bräuchte ein Handbuch. *Wie lebt eine Frau in den Wechseljahren mit ihrer ersten Affäre?* Vielleicht sollte sie dieses Buch selbst schreiben. Judy lächelte in sich hinein, während sie über das Waschbecken gebeugt Kartoffeln schälte. Wenn sie es wüssten, würden die meisten denken, dass die arme alte Judy Torschlusspanik hat und sich einen letzten Seitensprung leistet. Nur dass es kein Seitensprung war. Es war viel ernsthafter als das. Sehr viel ernsthafter.

Sie hielt inne mit ihrer Arbeit, während sie an den Abend des Wohltätigkeitskonzerts zurückdachte. Sie inmitten aufgeregter Frauen in diesem überhitzten Klassenzimmer.

Sie selbst war auch aufgeregt gewesen, begeistert, dass sie erfolgreich zwei Tänze hinter sich gebracht hatte, ohne sich zu blamieren. Und dann war Trevor gekommen mit Karis auf dem Arm, und sie wäre gar zu gern zu ihm geeilt, hätte sich von ihm in die Arme nehmen und sagen lassen, dass sie wundervoll war, so wie bei Fiona und Richard, wie bei Shauna und Ben. Aber es ging nicht. Sie musste dort stehen bleiben, übersehen, dass Alan sie übersah, und vorgeben, dass sie und Trevor nichts weiter als flüchtige Bekannte seien, während Karis zu ihrer Mutter rannte und Trevor lächelte und seiner Tochter gratulierte.

Dann, um alles noch schlimmer zu machen, war Maggie zu ihr gekommen und hatte wieder von dem Fitnesstraining angefangen, und in ihrer Zerstreutheit hatte sie zugestimmt, nur um ihre Ruhe zu haben. Und genau in dem Moment, als sie schon glaubte, es nicht länger aushalten zu können, war er da, Trevor, hatte ihren Ellbogen genommen.

»Du warst fantastisch«, flüsterte er ihr zu, und laut sagte er, »Hallo Judy, schön Sie wiederzusehen. Es lief alles hervorragend, nicht wahr?«

Sie hatten über dies und das geplaudert und versucht, sich ja nicht zu häufig in die Augen zu sehen, und die ganze Zeit wollte sie ihn nur für sich haben, seinen Arm halten, ein Teil von ihm sein. Sie konnte sehen, dass Maggie wieder entschlossen auf sie zusteuerte.

»Natürlich bin ich nicht überrascht, dass du eine gute Tänzerin bist«, sagte Trevor leise. »Es ist allgemein bekannt, dass Menschen, die gut tanzen, gut im Bett sind.«

»Was heißt hier allgemein bekannt?«, fragte sie und glühte vor Freude.

»Nun ja, ich weiß es. Ich bin da Experte.« Seine Hand ruhte auf ihrem Po, und Wellen von Verlangen durchliefen sie.

Maggie war an seiner Seite, ihr Gesicht strahlend und erwartungsvoll. »Und worin genau sind Sie Experte, Trevor? Ich bin sicher, dass Sie von sehr vielem etwas verstehen.«

»Ich erkenne eine gute Vorführung, wenn ich eine sehe. Ihre Truppe war großartig«, sagte er.
Seine Hand umschloss ihre Pobacke. Judy unterdrückte ein Aufstöhnen. Maggie sah sie neugierig an.
»Entschuldigung. Eine kleine Magenverstimmung«, rang sie nach Luft und presste die Hand auf den Mund.
Maggie hatte offenbar beschlossen, sich auf keinen Fall von ihrem Vorsatz abbringen zu lassen. Sie stand da und starrte Trevor unverwandt an, löcherte ihn mit Fragen und Bemerkungen.
»Ich glaube, dass die Vorstellung ganz stark von Naz' Kostümen profitiert hat, meinen Sie nicht auch? Sie müssen ja so stolz auf sie sein.«
»Wir alle neigen zu der Annahme, dass unsere Kinder wundervoll sind, schätze ich. Halten Sie Ihre Zwillinge auch für wundervoll, Judy?«
»Na ja, ich ...«
»Ich bin mir nicht sicher, ob ich Ihnen da zustimme. Ich bin im Moment nicht allzu glücklich über meinen Ben. Er könnte sehr viel mehr aus sich machen in mancherlei Hinsicht. Aber die kleine Naz ist so begabt. Wie kommt sie mit ihrem Studium voran?«
»Nicht sehr gut, sie hat zu viele andere Sachen um die Ohren. Was wissen Sie über dieses Partygeschäft von ihr und Fiona, Judy?«
»Sie scheinen sehr ...«
»Es ist so wichtig, dass sie ihr Studium nicht vernachlässigt«, unterbrach Maggie. »Wenn sie irgendwelche Hilfe braucht, würde ich ihr nur zu gern unter die Arme greifen, das wissen Sie, nicht wahr?«
»Danke, aber ...«

Alan tauchte auf, ein Gesicht wie drei Tage Regenwetter.
»Komm, wir gehen«, sagte er.
»Aber ich bin erst halb umgezogen!«, protestierte Judy.
Alan warf ihr einen Blick zu. Sie trug immer noch ihren Rock und das Trikot. »Zieh einen Mantel drüber«, sagte er.
Über seine Schulter sah Judy, dass Richard und Fiona gingen. Richard trug eine sehr schläfrig aussehende Freya. Sie brachten ihre Kinder nach Hause ins Bett.
Heimlich umschloss Trevor ihr Handgelenk.
»Gehen einige von den Damen noch mit zu einem Drink?«, fragte er.
Man musste es Maggie wirklich zugute halten, dass sie die Gelegenheit umgehend beim Schopfe packte. »Ja, natürlich. Ich kann dich hinterher nach Hause fahren, wenn du möchtest, Judy.«
»Ich, äh …«
Etwas trinken gehen mit Maggie im Schlepptau oder jetzt nach Hause gehen mit Alan? Schwierige Entscheidung. Aber egal unter welchen Umständen, noch etwas länger mit Trevor zusammen zu sein gab den Ausschlag.
»Danke, ja, wenn es dir keine Umstände macht«, sagte sie.
Aber dann tauchte Brad auf, und er und Naz führten die große Versöhnungsnummer vor, und Trevor musste sich freiwillig anbieten, Karis nach Hause zu bringen. Judy blieb nichts anderes übrig, als mit Maggie, Cathy und Mike zu gehen. Es war wirklich nicht der Hit.
»Wann gibt es Essen, Mum?«
Judy fuhr zusammen. Toby und Oliver standen in der Küchentür. Sie blickte hinunter ins Waschbecken. Sie

hatte die Kartoffeln fertig geschält und es nicht einmal bemerkt. »Oh, äh, in zwanzig Minuten. Glaube ich«, sagte sie.

»Mu-um! Du hast halb sechs gesagt. Das ist es jetzt. Wir gehen noch weg, wie du weißt.«

»Ach ja?«

Genervtes Stöhnen. »Wir haben es dir *gesagt*, Mum. Heute Morgen.«

Hatten sie das? Sie konnte sich nicht erinnern. »Na ja, ihr müsst euch einfach noch etwas gedulden.«

Mehr Gestöhne. »Du wirst langsam richtig trottelig, Mum. Und du hast auch nie die Fotos abgeholt, worum ich dich vor einigen Tagen gebeten habe.«

»Und die Chips sind auch alle.«

»Tatsächlich? Also, das schadet euch bestimmt nicht.«

»Mum! Wir können ohne Chips nicht leben.«

Sie hatte bei den Chips immer für Nachschub gesorgt, weil sie selber süchtig danach war. Oder gewesen war. Das musste der Grund sein, dass sie vergessen hatte, welche zu kaufen. Irgendwie brauchte sie zurzeit keine Snacks. Sie legte sich die Hände auf die Hüften. Sie wurde definitiv schlanker. Dies waren Hosen Größe zweiundvierzig.

Die Jungs beschwerten sich immer noch über ihre Nachlässigkeiten im Haushalt. Sie machte eine abwehrende Handbewegung.

»Es gibt Abendbrot, wenn es fertig ist. Verschwindet und deckt den Tisch für mich, wenn ihr so in Eile seid.«

Das Telefon klingelte. Sie nahm das in der Küche ab, bevor einer der Jungs den Apparat im Flur erreichen konnte.

»Hallo, ich bin's.«

Sie war sofort außer sich vor Freude. »Hallo du.«
»Kannst du reden?«
»Nicht lange ...«
Olivers Kopf tauchte in der Küchentür auf. »Ist das ...?«
»Es ist für mich«, sagte sie lautlos.
Er zog einen Flunsch und verschwand. »Also, was möchtest du?«, fragte sie.
»Muss es immer einen besonderen Anlass geben? Ich höre einfach gern deine Stimme. Aber es wäre noch schöner, dich zu sehen, und wie der Zufall es will, geht Naz heute Abend weg, um die letzten Vorkehrungen für diese verflixte Party von Fiona zu treffen. Glaubst du, dass du vorbeikommen kannst?«
Oh Gott, sie sollte heute mit Maggie zum Fitnesstraining – aber gleichzeitig wäre das ein prima Alibi. Sie musste nur Maggie anrufen und absagen, bevor Alan nach Hause kam. »Ja. Ja. Das kriege ich hin.«
»Wundervoll! Ich freue mich schon auf dich. Wann kannst du hier sein?«
Oliver ließ sich wieder blicken. »Beeil dich, Mum. Ich erwarte einen Anruf.«
»Nimm dein Handy.« Und geh weg.
»Ich habe kein Guthaben mehr.«
»Nimm das deines Bruders.«
»Er telefoniert gerade.«
Geh weg! »Gegen halb sieben«, sagte sie Trevor.
»Kann es kaum erwarten. Ist jemand bei dir in der Nähe?«
»Ja.«
»Ich würde dir gern jedes einzelne Kleidungsstück ausziehen.«

Judy schluckte ein entzücktes Kichern herunter. »Dagegen hätte ich nichts«, sagte sie und war sich bewusst, dass Oliver sie immer noch nicht aus den Augen ließ.

»Und dann würde ich dich gern mit Honig bedecken …«

»Das wäre nett.«

»*Mum!* Ich *brauche* das Telefon.«

»Schwirr ab, Ollie.«

»Und ihn anschließend ganz langsam ablecken …«

»Ja, danke. Das machen wir.«

»Wie lange dauert das denn noch?« Er klang genau wie sein Vater. Sie erwartete beinahe, dass er eine Geldzählbewegung machen und auf seine Uhr klopfen würde.

Trevors Stimme drang in ihr Ohr. »Und dann möchte ich dich leidenschaftlich lieben auf einem Tigerfell.«

»Ja, richtig.«

»Das ist also abgemacht, ja?«

»Absolut.«

»Ich werde dich beim Wort nehmen.«

»Das will ich hoffen.«

»*Mum!* Es ist furchtbar wichtig für mich.«

»Bis bald dann«, sagte sie lebhaft und legte den Hörer auf. »Bitte sehr, Ollie.«

»Wird auch Zeit, verdammt noch mal!«

Er rannte aus der Küche. Judy hielt sich die Seiten und krümmte sich innerlich vor entzücktem Lachen. Toby kam herein, das Handy ans Ohr geklemmt. Er sah sie misstrauisch an.

»Alles in Ordnung, Mum?«

»Ja, nur eine kleine Magenverstimmung.« Das schien sie häufiger zu haben in letzter Zeit.

Alan kreuzte auf, als sie gerade das Essen auf den Tisch stellte. Geraume Zeit beschwerte er sich über den Zustand der Züge, während die Jungs Fratzen schnitten und sich einen Spaß daraus machten, seine Kommentare vorwegzunehmen.

»Die schlimmste Linie im ganzen Land, was, Dad?«

»Einfach nicht für den menschlichen Transport geeignet?«

»Man kommt sich vor wie in irgendeiner Bananenrepublik?«

Alan schmiss sein Messer hin. »Himmelherrgottnochmal! Ich muss mit dieser verflixten Linie jeden Tag der Woche fahren, damit ich euch und eure Mutter ernähren und ein Dach über dem Kopf ermöglichen kann! Ich kann durchaus ohne eure blöden Bemerkungen auskommen.«

Oliver und Toby sahen sich an. Ooooh! Sagten sie sich stumm in gespieltem Entsetzen.

Alan gab es auf. »Kannst du heute Abend diesen Film für mich auf Video aufnehmen?«, fragte er Judy.

»Äh – nein, tut mir leid. Ich gehe weg.«

»Weg? Was soll das heißen, du gehst weg? Du gehst doch mittwochs nie weg.«

Judy holte tief Luft. Ich habe eine Verabredung zu leidenschaftlichem Sex mit meinem Liebhaber. »Ich gehe zum Fitnesstraining mit Maggie.«

Es kam bemerkenswert kühl heraus. Oliver und Toby fielen gleich über sie her.

»Du! Du gehst zum Fitnesstraining!«

»Wohin gehst du? Zu den flotten Fünfzigern?«

»Konditionstraining für Rentner?«

»Aqua Stretch als körperliche Herausforderung?«
Judy gab ihnen mit ihrer Serviette einen Klaps ins Gesicht.
Alan runzelte die Stirn. »Dann muss einer von euch beiden es machen«, sagte er. »Und vergesst es ja nicht. Und überspielt auf keinen Fall meine Formel Eins wie letztes Mal.«
Die Jungs schaufelten sich die letzte Gabel voll Essen hinein und standen auf. »Sorry, Dad, wir müssen los.«
»Was soll das heißen? Ihr geht auch weg?«
»Du hast es erfasst.«
Sie nahmen ihre Teller, stellten sie in die Spülmaschine und gingen.
»Verdammter Mist!« Alan schmiss erneut sein Messer auf den Tisch. »Und wer nimmt mir jetzt den Film auf?«
»Programmier den Recorder doch«, riet Judy.
»Der Timer ist kaputt.«
Dann bleib hier und sieh ihn dir an, wenn er so wichtig ist. »Dann repariere ihn«, sagte sie und nahm ihren eigenen Teller und die Servierschüsseln.
»Wohin gehst du? Ich bin noch nicht fertig.«
»Ich sagte es doch. Weg.«
Judy stellte die Schüsseln wieder ab und folgte den Jungs in die Küche. Sie konnte es keine Sekunde länger in dem Haus aushalten. Den ganzen Weg zu Trevor trällerte sie den Song mit, der im Autoradio spielte. Sie war weg! Sie war entkommen. Sie würde ihren Liebsten sehen.
Sie, Judy Blackwell, vernünftige Frau mittleren Alters, ehrbare Ehefrau und Mutter, Sprechstundenhilfe, hatte einen Liebhaber. Judy Blackwell, Bauchtänzerin, hatte

einen Liebhaber. Das war es. Es kam alles nur durch ihre neue Identität. Sie hatte sich komplett verändert seit diesem Tanzkurs.
Trevor war unten in Naz' Wohnung. »Komm herein, Liebling, ich bringe sie nur noch zu Bett.« Er schloss sie in die Arme und drückte sie liebevoll. »Mmm. Zu schön, dich wiederzusehen. Ich freue mich wahnsinnig, dass du kommen konntest.«
»Ich mich auch.« Es war wundervoll, wieder in seinen Armen zu liegen.
Karis hüpfte herein in ihrem rosa Barbie-Pyjama. »Hallo! Ich habe ein neues Märchenbuch. Meine Mummy hat es für mich gekauft.«
»Da hast du aber Glück gehabt. Ich liebe Märchen. Welches ist dein liebstes?«
Sie konnten sich eine Weile nicht einigen über die jeweiligen Vorzüge von Schneewittchen bis Rapunzel, bis Trevor schließlich darauf bestand, dass Karis ins Bett ging. Sie zog an Judys Hand.
»Kannst du mir eine Geschichte vorlesen?«
Wer konnte diesen reizenden braunen Augen widerstehen? »Aber gern«, sagte Judy und meinte es auch so.
Sie einigten sich auf Rotkäppchen. Sie fühlte sich um Jahre zurückversetzt, als sie das Märchen vorlas, ihre Stimme den verschiedenen Figuren anpasste und so viel Dramatik wie möglich in ihre Worte legte. Karis schmiegte sich an sie und fiel begeistert mit ein, als sie zu den »Ei, Großmutter«-Stellen kamen. Judy genoss es. Sie hatte vergessen, wie viel Freude ein kleines Kind machen konnte. Der süße Duft, wenn sie frisch gebadet waren. Die unschuldige Wärme ihrer kleinen Körper.

Karis seufzte zufrieden, als die Geschichte zu Ende war, und kuschelte sich unter ihre Bettdecke.
»Ich habe keine Großmutter«, sagte sie.
Ach ja, das hatte sie gleichfalls vergessen, die kleinen Tricks, mit denen sie versuchten, einen so lange wie möglich aufzuhalten. »Ich weiß. Aber du hast einen sehr netten Großvater«, sagte sie.
»Die Mummy meiner Mummy ist gestorben, als ich noch ein Baby war, und ich habe keinen Daddy und auch keine Daddy-Mummy.«
Judy streichelte das gekräuselte dunkle Haar auf dem Kissen. Was sollte man dazu sagen? »Ich habe auch keine Großmutter oder einen Großvater«, sagte sie. Oder ein Enkelkind. Noch nicht.
Karis hielt ihre Unterlippe mit den Zähnen fest. Sie dachte nach. »Du könntest meine Grandma sein.«
Judy hielt den Atem an. »Oh. Karis – was für eine hübsche Idee.«
Aber was würde Naz dazu sagen? Und Trevor?
»Das Problem ist nur«, sagte sie langsam, »dass ich nicht deine wirkliche Grandma sein kann, weil ich nicht die Mummy deiner Mummy bin. Aber ich könnte so tun, als ob.«
Bloß keine Stiefgroßmutter. Stiefeltern kamen ganz schlecht weg in Märchen.
Karis war enttäuscht. »Aber ich möchte eine Grandma«, beharrte sie auf ihrem Wunsch.
»Ich sage dir was, ich bin stattdessen eine Tante«, schlug Judy vor.
»Ich habe Tanten. Und Cousinen.«
»Dann Großtante. Wie wäre es mit einer Großtante?«

»Großtante …«, sagte Karis versuchsweise. »Großtante Judy. Ja. Das kannst du sein.«
Mit dieser Entscheidung rollte sie sich ein und schloss die Augen. »Gute Nacht.«
»Gute Nacht, Karis. Schlaf schön.« Sie ging auf Zehenspitzen aus dem Zimmer und machte das Licht aus.
Trevor wartete draußen im Flur. Er lächelte sie anerkennend an, und sie setzten sich in Naz' Wohnzimmer und warteten darauf, dass Karis einschlief.
»War das richtig? Eine Großtante zu sein, meine ich?«, fragte sie besorgt.
Er legte den Arm um sie. »Ich finde, das ist eine tolle Idee.«
»Aber was wird Naz dazu sagen?«
»Naz wird sich daran gewöhnen müssen.«
»Du weißt, dass sie es nicht gutheißt, das mit uns.«
»Ich weiß. Sie wird sich daran gewöhnen.«
Judy war sich da nicht so sicher. Aber als Karis schlief und sie nach oben gingen, war sie mit anderen Dingen beschäftigt.
Die Tage, wenn sie Trevor nicht sehen konnte, waren deprimierend. Sie schleppten sich förmlich dahin. Donnerstagmorgen wachte sie mit der Überzeugung auf, dass sie die ganze Sache beenden musste. Was tat sie da nur? Sie hatte ein nettes Heim, eine Familie, sogar so etwas wie eine Ehe. Sie hatte durch dick und dünn – meistens dünn – zu dieser Ehe gestanden, und sie hatte sie seit nun fast fünfundzwanzig Jahren aufrechterhalten. Warum all das riskieren nur für ein bisschen Romantik?
Sie versuchte, nicht im Voraus zu denken. Jeder Gedanke an die Zukunft ängstigte sie, denn sie wusste, es konn-

te nicht ewig so weitergehen wie bisher. Etwas musste sich ändern. Entweder würde das, was sie und Trevor hatten, enden, was ihr das Herz bräche, oder sie würde Alan verlassen, ihr Heim und die Zwillinge, und das täte den Jungs schrecklich weh. Sie konnte weder die eine noch die andere Aussicht ertragen, also versuchte sie, alles ganz auszublenden. Einfach nur an das nächste Rendezvous mit Trevor zu denken. Oder den nächsten Anruf zu planen. Es musste genügen, für den Moment jedenfalls.

Sie hatte die Nachmittags- und Abendschicht in der Praxis. Es war eine besonders schwierige. Alle schienen schlecht gelaunt – die Ärzte, die Patienten, die andere Sprechstundenhilfe, sogar die Krankenschwester, die normalerweise die Ruhe und Geduld in Person war.

Judy nahm sich fünf Minuten, um zur Toilette zu gehen. Morgen. Morgen war Freitag, der wunderbare, wunderbare Freitag, und sie würde Trevor wiedersehen. Halte durch, halte nur noch den Rest des Tages durch, und morgen um diese Zeit musste sie sich beinahe schon fertig machen.

Als sie zurückkehrte zu ihrem Arbeitsplatz, wartete Naz in der Anmeldung. Sie sah nicht glücklich aus. Judy setzte ein strahlendes Lächeln auf.

»Hallo, Naz. Wir sehen dich hier ja nicht sehr häufig, nicht wahr? Du bist so durch und durch gesund. Von deiner Sorte könnten wir hier mehr vertragen.«

»Ja, sicher. Doktor Ahmed. Halb sieben.«

»Kein Problem.« Judy erledigte die Anmeldeformalitäten. Niemand wartete hinter Naz.

»Du hast Glück. Doktor Ahmed ist heute Abend beinahe im Zeitplan. Du solltest rechtzeitig zu Hause sein, um Karis ins Bett zu bringen.«

»Gut.«

Naz warf einen Blick zu der anderen Sprechstundenhilfe hinüber, die gerade am Telefon redete, und beugte sich vor. »Du bist *nicht* Karis' Großtante«, zischte sie.

Judy fühlte sich ertappt. Sie hatte gewusst, dass so etwas passieren würde. »Ich ... ich weiß das, Naz. Aber als Karis sagte, dass sie gern eine Grandma hätte, wollte ich sie nicht vor den Kopf stoßen und abweisen. Das wäre auch nicht richtig gewesen, nicht wahr?«

»Du bist in keiner Weise mit ihr verwandt.«

»Ich weiß. Aber wie ich schon sagte, ich wollte sie nicht ...«

Die andere Sprechstundenhilfe sah neugierig zu ihnen herüber. Naz funkelte sie wütend an, und die Frau blickte weg.

»Vergiss das nicht«, sagte sie zu Judy und setzte sich dann in die entfernteste Ecke des Wartezimmers.

Judy zitterte. Sie hatte das alles falsch angepackt. Wenn sie es Naz doch nur erklären könnte. Aber jetzt war weder die richtige Zeit noch der richtige Ort dafür.

Gegen Ende ihrer Schicht war sie noch nie so froh gewesen, nach Hause gehen zu können.

Toby und Oliver lümmelten auf den beiden Sofas, sahen sich einen Film an und schaufelten Cornflakes in sich hinein. Teller und Tassen standen verstreut auf dem Boden. Die beiden grunzten nur irgendwie, als sie sie begrüßte. Sie hatte nicht die Energie, sie zum Aufräumen aufzufordern oder sie zu fragen, ob sie nicht für das schnell näher rückende Abitur lernen mussten. Tee, das war es, was sie brauchte, oder sogar einen Drink. Ja. Einen Kaffee und einen Brandy. Das würde sie retten. Sie zog sich aus dem Wohnzimmer zurück.

»Oh Mum ...«, erwachte Toby plötzlich zum Leben, obgleich er den Blick nicht eine Sekunde lang vom Bildschirm nahm. »Da hat jemand angerufen. Äh – Maggie?«

»Oh, tatsächlich?« Das interessierte sie nicht die Bohne. Das Letzte, was sie jetzt wollte, war, mit Maggie zu reden. Sie war so anstrengend.

»Ja, sie fragte, ob du sie wegen des Fitnesstrainings anrufst. Da du es gestern nicht geschafft hast.«

»Ah – richtig, danke, mein Lieber. Das mache ich.«

Sie wollte schon aus dem Zimmer gehen, als Oliver sich aufrichtete. »Wolltest du da nicht schon gestern hin? Ins Fitnessstudio?«

Oh mein Gott. Eine Ausrede. Lass dir eine Ausrede einfallen. »Oh ja, wollte ich auch, aber in letzter Minute kam etwas dazwischen ...« Ihr Verstand schien wie ausgetrocknet zu sein.

»Schiss gekriegt, was?« Die Jungs wollten sich ausschütten vor Lachen.

»Etwas in der Art, ja«, stimmte sie zu und ging aus dem Zimmer.

Oh mein Gott. Das war knapp gewesen. Angenommen, Alan wäre da gewesen? Den Jungs war es ziemlich egal, wohin sie ging, aber Alan hätte es vielleicht nicht einfach so geschluckt. Er hätte möglicherweise nachgefragt. Ihre Beine versagten ihr fast den Dienst. Sie wankte ins Esszimmer, schenkte sich einen großen Brandy ein und ließ sich auf einen Stuhl am Esstisch sacken. Sie nahm einen großen Schluck, würgte und spuckte alles über die polierte Tischfläche. Hustend und keuchend starrte sie auf den Schweinkram. Sie war für so etwas nicht gemacht. Sie hasste es zu lügen, und sie konnte es nicht gut. Sie hasste es, Konflikte zu erzeugen, und das tat sie offensichtlich in Trevors Familie. Sie konnte so nicht weitermachen.

Aber der Gedanke, es zu beenden, war unerträglich.

15

Maggie bog schwungvoll in die Auffahrt ein und bremste heftig. Der Stapel Ordner auf dem Rücksitz rutschte zu Boden. »Mist.«

Der Tag war wieder grauenvoll gewesen. Der Druck wurde zunehmend unerträglich, je näher die Inspektion rückte. Der Direktor nervte sie wegen aller möglichen Lappalien, die vorher erledigt werden mussten. Für wen hielten die Leute sie eigentlich? Für eine Lehrerin oder eine Beamtin? Denn zu letzterer entwickelte sie sich mehr und mehr – in jemanden, der nur noch Formblätter ausfüllte und unwichtigen Informationen hinterherjagte. Dafür war sie nicht Lehrerin geworden.

Sie stieg aus dem Auto und sammelte ihre Akten ein. Laute Musik drang aus dem Haus. »Zur Hölle mit ihnen!«, knurrte sie. Diese Shauna war wieder hier. Wenn Ben allein war, stellte er die Musik nie so laut. Sie waren wahrscheinlich oben und hatten den ganzen Tag nichts weiter als Sex im Sinn gehabt. Gebumst. So nannten es diese kleinen Flittchen aus der neunten Klasse.

»Ich habe gestern Abend mit Damian gebumst.«

»Oh, ich auf dieser Party letzten Sonnabend. Mit ihm und Sean.«

Und dann wunderten sie sich, wenn sie schwanger wurden.

Ein Gedanke schoss ihr durch den Kopf, der sie in kalten Schweiß ausbrechen ließ: angenommen, Shauna wurde schwanger? Sie würde Großmutter werden. Das war grauenhaft, einfach grauenhaft. Ihr wurde ganz schlecht. Sie stürmte ins Haus, schlug die Haustür hinter sich zu. Sie waren in der Küche und machten sich Toast.

»Hi, Mum! 'ne Tasse Kaffee?«

»Hallo, Maggie.«

Beide sahen ganz schlaff aus und glühten geradezu vor Befriedigung. Es war nur zu offensichtlich, was sie gerade gemacht hatten.

»Hallo«, sagte sie und musterte sie finster. »Ja, einen Kaffee hätte ich gern.«

Maggie setzte sich auf das Sofa und zündete sich eine Zigarette an. Hinter ihr in der Küche hörte sie unterdrücktes Kichern. Sie nahm einen langen Lungenzug und wartete auf den beruhigenden Effekt. Schon besser. Das Zimmer war ein einziges heilloses Durcheinander. Überall lagen Zeitungen und Turnschuhe und schmutzige Becher und Chipstüten verstreut. Wie schafften sie es nur, so viel Chaos in nur einem Tag zu anzurichten? Sie sollten es lieber schnell aufräumen. Sie konnte hier nicht sitzen.

Ben kam mit zwei Bechern hereingeschlendert und reichte ihr einen. »Da, bitte, Mum. Tut mir leid, die Unordnung. Wir räumen gleich auf.«

Shauna folgte mit einem weiteren Becher und einem Teller mit Toast und Gemüsepaste. »Möchtest du auch einen?«, fragte sie und hielt Maggie den Teller vor die Nase.

»Nein danke.« Sie hatte genug zugenommen in letzter Zeit, vielen Dank, auch ohne kleine Zwischenmahlzeiten.

Die beiden setzten sich auf das andere Sofa. Shauna warf ihre Haarmähne zurück und streckte ihre langen Beine aus. Sogar in Armeehose und schwarzem, kurzem Top sah sie umwerfend aus. Jung, außerordentlich fit, schön. Alles, was Maggie nicht war.

Ben beugte sich vor. »He, Mum, es gibt tolle Neuigkeiten. Shauna hat von einem Tanzjob gehört. Und was noch besser ist, sie ist sich todsicher, dass sie ihn kriegt.«

Auf einem Kreuzfahrtschiff? Das wären wirklich tolle Neuigkeiten. »Das ist schön, Shauna. Wo denn?«, fragte Maggie.

»Nur in einem Restaurant, in diesem türkischen Lokal drüben in Arnleigh, dem *Marmaris Palace*.«

Schade. »Oh, dann kannst du ja den Bauchtanz einsetzen«, sagte sie.

»Ja, könnte gut sein. Die Bezahlung soll besser sein als in der Bar, und außerdem bin ich dann einen weiteren Abend nicht zu Hause, was auch nicht zu verachten ist. Da quatschen alle von morgens bis abends nur noch über Mandys verdammte Hochzeit. Gott, was bin ich froh, wenn die Chose gelaufen ist. Dann müssen wir uns den Scheiß nicht länger anhören. Man sollte denken, dass wir sie jetzt, wo sie mit ihrem Darren zusammenwohnt, nicht mehr so oft zu sehen kriegen, aber nein, sie hängt jeden Tag bei uns rum. Zum Ausflippen ist das.«

Shauna ständig bei sich zu haben war auch zum Ausflippen. Allein schon ihre Sprache! Und wie Ben sie ansah, so als könnte er sein Glück kaum fassen, sie hier zu haben.

»Immer noch kein Glück gehabt mit deinem Plan, auf einem Kreuzfahrtschiff aufzutreten?«, fragte sie Shauna.
»In sechs Wochen habe ich ein neues Vortanzen.«
»Tatsächlich? Das ist gut.« Maggie lächelte ihren Sohn an. »Vielleicht wäre ein Jahr im Ausland auch für dich das Richtige, Ben, statt jetzt deine berufliche Laufbahn zu planen.«
»Also, ja …« Ben wirkte überrascht. »Genau das dachte ich auch, Mum. Nur hätte ich nicht gedacht, dass du das gutheißen würdest. Wenn Shauna den Absprung schafft, kann ich mich für irgendetwas auf demselben Schiff bewerben. An der Bar arbeiten oder so.«
Maggie hätte beinahe laut gestöhnt. Interessierte ihn denn nichts weiter, als mit Shauna zu schlafen?
»Ich hatte eigentlich an etwas mit Perspektive gedacht. Etwas, das sich in deinem Lebenslauf gut machen würde. Unterrichten in Afrika, etwas in der Art. Du hast ein Diplom. Man würde dich mit Kusshand nehmen. Sogar Leute meines Alters sind erwünscht.«
Aber Ben schüttelte nur den Kopf. »Das kann ich mir für mich absolut nicht vorstellen, Mum. Gehst du heute Abend noch weg?«
Sie tat ihr Bestes, um Ben doch noch für etwas Sinnvolles zu begeistern, aber er war nur daran interessiert, sie heute Abend aus dem Haus zu kriegen. Sie war stark versucht zu sagen, dass sie bliebe, aber wenn sie ihr Fitnesstraining schleifen ließe, würde sie schlaff werden, und das ging nun wirklich nicht an.
»Ich wollte eigentlich mit Judy zum Fitnesstraining«, sagte sie und konnte den Hoffnungsschimmer in ihren Mienen aufleuchten sehen. »Aber ob sie mitkommt,

weiß ich nicht. Sie hat zwar zugesagt, aber bisher hat sie es nur einmal geschafft. In letzter Minute kommt dann immer eine Entschuldigung.«

Enttäuscht ließen sie die Ohren hängen. Wessen Haus war das hier eigentlich? Wenn sie hierbleiben wollte, würde sie das tun. Sie müssten sich einen anderen Ort suchen, wo sie sich betatschen konnten.

»Vielleicht hat sie keine Lust, sich an den Geräten abzurackern«, sagte Ben.

»Sie hätte es aber nötig.«

Judy konnte nicht viel älter sein als sie, aber auf die Idee käme niemand. Sie ließ sich körperlich derartig gehen. Maggie blickte selbstzufrieden auf ihren eigenen straffen Bauch.

»Oh, ich weiß nicht«, sagte Shauna. »Ich finde, Judy hat sich schwer am Riemen gerissen. Ist dir das nicht aufgefallen? Wenn du bedenkst, wie sie ausgesehen hat, als wir sie kennengelernt haben. Sie hat jetzt eine andere Frisur, sie hat abgenommen und trägt irgendwie flottere Klamotten. Als wäre sie ein anderer Mensch.«

War das so? Maggie war es nicht weiter aufgefallen, um ehrlich zu sein. Andere hatten auch Bemerkungen über Judys neue Frisur und Kleidung gemacht, aber Maggie hatte sie immer als jemanden betrachtet, der zu bemitleiden ist. Aber wenn sie jetzt darüber nachdachte, sah Judy tatsächlich anders aus als die Frau, die anfangs zum Tanzkurs gekommen war.

»Ja«, sagte sie langsam. »Also, es ist schön, dass sie Fortschritte macht. Es zeigt, dass ihr Selbstbewusstsein steigt. Ich hoffe nur, dass es kein Versuch ist, diesen grauenhaften Mann zu halten.«

Shauna grinste. »Vielleicht hat sie einen Freund«, sagte sie.
Maggie lachte laut. Allein die Vorstellung, dass jemand, der so konservativ war wie Judy, einen Freund hatte! Sie hatte wahrscheinlich nie mit jemand anderem geschlafen als mit dieser Ratte Alan. »Das glaube ich nicht.«
»Warum nicht? Ich hab mal mit einer Frau gearbeitet, die älter war als Judy und fetter und alles, und die hatte seit Jahren diesen Freund. Sie kannten sich sogar, der Freund und der Mann, aber der Mann wusste nicht, was abging, und der Freund hoffte immer, dass sie ihren Mann verlassen und mit ihm leben würde, aber das hat sie nie getan, weil der Mann zwar langweilig war, aber gut für sie gesorgt hat.«
Einen Mann und einen Freund? Wie schafften einige Frauen das nur?
»Ich glaube nicht, dass das bei Judy der Fall ist«, blieb sie bei ihrer Meinung. »Warum muss überhaupt ein Mann etwas damit zu tun haben? Sie interessiert sich wahrscheinlich mehr für ihr Aussehen, weil sie sich einfach besser fühlt, selbstbewusster geworden ist. Vielleicht, wenn ihre Jungs aus dem Haus gehen, überrascht sie uns alle noch, verlässt ihren Mann und wird noch eine völlig selbstständige Frau.«
»Na ja, also, ich glaube immer noch, dass sie einen Seitensprung macht, und wünsche ihr viel Glück dabei. Sie hat es verdient. Wenn ich mit diesem Alan verheiratet wäre, hätte ich ihm schon vor Jahren die Eier abgeschnitten.«
Ben neben ihr zuckte zusammen.
Das musste man Shauna wirklich lassen, diesem Alan hatte sie unmissverständlich die Meinung gegeigt, als er

sie anbaggerte. Was mehr war, als man von Fiona behaupten konnte. Fiona hatte alles. Einen reichen Ehemann, ein wunderschönes Haus. Sie trödelte den ganzen Tag in Schönheitssalons herum und gab vor, ein Geschäft aufzuziehen, und um dem Fass den Boden auszuschlagen, musste sie auch noch mit Judys Ehemann anbändeln. Einfach widerlich.

»Du hast durchaus recht, Shauna. Er ist grauenvoll, aber zu einer Affäre gehören immer zwei. Den Frauen muss man ebenso einen Vorwurf machen. Sie sollten beispielsweise nicht mit einem verheirateten Mann ausgehen.«

»Da hast du ja so was von recht«, stimmte Shauna zu ihrer Verblüffung zu. »Für mich ist das das Hinterletzte. Bei 'ner Freundin von mir hab' ich gesehen, was dabei rauskommt. Deren Freundin hat sich ihren Mann gekrallt, und irgendwie war sie doppelt angeschissen, nicht wahr? Verdammt tragisch war das.«

»Einige Frauen sind absolut unsolidarisch. Sie denken einfach nur an ihr Vergnügen. Ich war ehrlich schockiert vor ein paar Tagen, als ...«

Das Geheimnis hatte in ihr geschwelt und war jedes Mal, wenn sie Fiona sah, schwieriger für sich zu behalten gewesen. Das Verlangen, es jemandem zu erzählen, war übermächtig und nicht mehr zu unterdrücken. Sie beugte sich vor. »Ich habe Alan in einen Blumenladen gehen sehen, und er kam mit Fiona wieder heraus. Und dann sind die beiden gemeinsam die Straße entlanggegangen. Fiona! Ich hätte gedacht, dass sie mehr Verstand hat.«

Sie wartete auf erregtes Luftschnappen und Anzeichen von Abscheu, einen Schwall von Shaunas unerträglicher Sprache. Sie wurde enttäuscht. Shauna lachte. »So'n

Quatsch, Maggie! Fiona? Mit *Alan*? Das kannst du deiner Großmutter erzählen.«

Sie hätte es eigentlich besser wissen müssen. Von so einem ignoranten kleinen Flittchen konnte sie im Ernst keine anständige Reaktion erwarten. »Ich habe sie zusammen gesehen, mit eigenen Augen«, beharrte Maggie. »Er ist mit ihr aus dem Laden gekommen und hat wie ein Wasserfall geredet und versucht, sich mit ihr zu verabreden.«

An dieser Stelle mischte Ben sich ein. »Du warst nahe genug, um mitzubekommen, was sie geredet haben, und sie haben dich nicht bemerkt?«

Unterschwellige Schuldgefühle machten sie erst recht wütend. »Bei dir hört es sich an, als hätte ich ihnen nachspioniert! Aber ich bin nur zufällig vorbeigekommen, und sie waren so beschäftigt miteinander, dass sie mich, glaube ich, nicht mal bemerkt hätten, wenn ich auf sie zugegangen wäre und sie angesprochen hätte.«

»Vielleicht ist er auch nur zufällig vorbeigekommen«, wandte Ben ein.

»Vielleicht, aber warum ist er in den Laden gegangen und hat mit ihr gesprochen? Warum sind sie gemeinsam herausgekommen?« Das lag ja wohl auf der Hand.

»Er ist vielleicht reingegangen, um sie zu sehen, aber das heißt noch lange nicht, dass sie das auch wollte. Du weißt ja, wie er ist – gib ihm den kleinen Finger, und er grapscht gleich nach der ganzen Hand. Und dann klebt er so hartnäckig wie Ausschlag an dir, und du wirst ihn nicht wieder los«, sagte Shauna.

»Du bist ihn losgeworden«, betonte Maggie.

»Jaa, aber ich hab' auch 'ne große Klappe! Fiona ist viel zu sehr Dame dafür.«

»Dame! Ein Stelldichein mit dem Ehemann einer Freundin zu vereinbaren kann man wohl kaum als damenhaftes Verhalten bezeichnen.«

»Schon, aber sie hat kein Stelldich-was-auch-immer vereinbart, oder? Er hat sie vielleicht gefragt, aber ich gehe jede Wette ein, dass sie abgelehnt hat.«

»Ja, du dichtest viel zu viel hinein, Mum. Schließlich hätte dieser Alan genauso gut zuerst dich ansprechen können, und dann hätte Fiona gesehen, wie du dich mit ihm unterhältst«, meinte Ben.

»Seid ihr beiden die Fiona-ist-unschuldig-Bewegung, oder was? Findet ihr absolut nichts Verdächtiges an dieser Situation?«

»Nein«, sagte Shauna.

Maggie zündete sich eine neue Zigarette an. Es war sinnlos. Sie konnte ihnen keinerlei Reaktion entlocken. Sie saßen einfach nur da, die beiden, und weigerten sich zu glauben, was ganz offensichtlich war.

Das Telefon klingelte. »Maggie?« Judys Stimme. «Es tut mir ja so leid, aber ich fürchte, ich muss schon wieder absagen.«

»Schon wieder? Was ist es denn dieses Mal?« Das klang ziemlich unhöflich, aber es war ihr egal.

»Oh, na ja, eine Freundin hat mich gerade angerufen, und sie klang schrecklich aufgeregt, und ich glaube, ich muss vorbeigehen und mit ihr reden. Sie ein wenig beruhigen, verstehst du.«

Log sie? Maggie gab sich alle Mühe, es wie einen Witz klingen zu lassen, als sie entgegnete: »Ich glaube beinahe, dass du keine Lust hast, mit mir zum Fitnesstraining zu gehen, Judy.«

Judy lachte irgendwie nervös. »Oh, nein, nein, das ist es natürlich nicht – das sieht nur so aus. Nächste Woche definitiv, in Ordnung?«

»Ich nehme dich beim Wort«, sagte Maggie. Und meinte es auch so.

Sie sah Ben und Shauna an, die faul auf dem Sofa saßen. »Also, das war's dann mit dem Fitnesstraining«, sagte sie.

Die beiden brauchten einen Moment, um den Wink mit dem Zaunpfahl zu verstehen. Sie hingen noch eine Stunde oder so herum, dann holten sie sich beim Türken etwas zu essen, während Maggie sich ihr Abendbrot machte. Aber schließlich trollten sie sich, um in der Stadt noch einen trinken zu gehen.

Endlich Ruhe. Außer dass ihre Gedanken nicht zur Ruhe kamen. Fiona und Alan. Judy und irgendjemand – aber nein, das konnte nicht wahr sein. Nicht Judy. Ben und Shauna, die ständig zusammen rumhingen. Naz mit ihrem Brad trotz der Tatsache, dass sie ein Kind hatte. Wieso war es für jeden so leicht, jemanden zu finden? Genauso war es mit den alleinlebenden Freundinnen ihres Alters. Sie alle schienen irgendeinen Mann zu haben, mit dem sie ausgingen. Wenn sie ihren Frauenabend hatten, hatten sie nichts Besseres zu tun, als Restaurants und Sonderangebote für Wochenendtrips zu vergleichen, und sie saß daneben und fühlte sich ausgeschlossen.

Sie betrachtete den Stapel Korrekturen vor sich. Nein, sie war außerstande dazu. Sie würde allein ins Fitnessstudio gehen, und vielleicht würde sie sich nach dem Training besser fühlen. Sie ging nach oben, um ihre Sporttasche zu holen.

»Er sieht ziemlich gut aus, dein Ben, nicht wahr?«, sagte eine von Shaunas Cousinen.
Eine wogende Masse von Frauen besserte in der Damentoilette des Gemeindezentrums von Watfield ihr Make-up auf. Draußen wurden die Tische weggeräumt, und ein Discjockey installierte die Musikanlage. Mandys großer Tag war endlich gekommen.
»Ja, ganz gut«, sagte Shauna, die mit offenem Mund mit ihrem Mascara hantierte.
Um sie herum trugen alle Frauen ihre schicksten Klamotten. Shauna war dazu verurteilt, dieses schulterfreie Ungetüm mit Puffärmeln, schlecht sitzendem Mieder und Rüschenrock in einem ganz besonders hässlichen Grün zu tragen.
»Gehst du schon lange mit ihm?«
»Was? Oh, Ben. Nein, na ja, doch, schätze schon. Sechs Monate.« Mist, das war lange. Länger als sie je mit irgendjemandem zusammen gewesen war.
Shauna stopfte ihre Make-up-Utensilien in die Handtasche und zog sich zurück aus dem Gedränge vor den drei winzigen Spiegeln. Sechs Monate! Und anfangs war sie nur deshalb mit ihm ausgegangen, um diese Maggie sauer zu machen. Sie schob sich an schwitzenden Tanten und Cousinen und Freunden der Familie vorbei, die sich alle kreischend unterhielten, über die anderen Familien herzogen, über das Essen, das Aussehen von jedermann. Es war eine Erleichterung, wieder im Saal zu sein.
Ben kam wie eine ferngesteuerte Rakete auf sie zu. Er zog sie in die Arme und küsste sie.
»Mmm. Darauf warte ich schon lange! Gefangen an diesem Tisch zwischen all deinen Verwandten, während du

Brautjungfer spielen musstest. Mandy und Darren sehen glücklich aus, nicht wahr?«

Shauna blickte hinüber zu dem Tisch, an dessen Stirnseite immer noch die Braut und der Bräutigam saßen, billigen spanischen Sekt tranken und sich gegenseitig ansahen. Zum Kotzen. »Das wird nicht halten.«

Ben zog sie noch enger an sich. »Du Zynikerin, das meinst du doch nicht wirklich.« Und küsste sie wieder.

Der Nachmittag zog sich dahin, ging langsam in den Abend über. Der DJ spielte jede Menge Oldies für die Gruftis, drei ihrer Cousins versuchten, Nicole abzuschleppen, zwei Vierzehnjährige wurden dabei ertappt, wie sie hinter der Bühne bumsten, die Getränke gingen aus, und zwei Männer mussten für Nachschub sorgen, irgendein Verwandter von Darren geriet mit einem von Shaunas Cousins in Streit, und ein ganzer Haufen Männer fiel übereinander her. Alles ziemlich normal, wirklich.

Der Fußboden des Gemeindesaals war glitschig von verschüttetem Bier. Leute lagen bewusstlos unter den Tischen. Der DJ legte jetzt nur noch langsame Stücke auf. »*Lady in red …*«, brüllten betrunkene Stimmen durch den Saal.

Shauna und Ben tanzten eng umschlungen im Halbdunkel. Ihr wurde langsam ziemlich schlecht. Sie hatte schon vor dem Mittagessen angefangen zu trinken, und jetzt war es bereits nach elf Uhr abends.

»Mann, ich hasse Hochzeiten«, sagte Shauna.

»Nein, tust du nicht wirklich.«

»Doch. Das ist echter Müll.«

Der DJ stellte die Musik lauter.

Ben küsste ihren Hals und ihre Schultern. Sein Atem war heiß, und seine Lippen waren sanft. Shauna wünschte sich, hier abhauen zu können, aber sie mussten bis zum bitteren Ende durchhalten. Ben flüsterte ihr etwas ins Ohr.

»Weißt du, dass ich dich liebe, Darling?«

»Mmm ...«

»Ich habe noch nie jemanden so geliebt wie dich. Du bist extraklasse.«

»Red nicht solchen Schwachsinn.«

»Nein. Ich meine es ernst, Shauna. Wirklich. Hörst du mir zu, Shauna?«

»Ja, ja, tu ich.«

»Ich möchte, dass wir heiraten.«

Shauna lachte. »Ja, und so weiter und so fort.«

»Ich meine es ernst. Ich liebe dich, und ich möchte, dass du mich heiratest. Tust du das? Bitte?«

Scheiße. Er meinte es ernst. Sie blieb mitten unter den anderen schwankenden Paaren stehen. Ihr Kopf hämmerte, und ihr war übel. Sein erwartungsvolles Gesicht verschwamm ihr vor den Augen.

»Entschuldige ...«, sagte sie. »Muss mal aufs Klo ...« Sie floh auf die Toilette, ließ ihn stehen und ihr hinterherstarren.

16

»Essen ist fertig, Karis, komm bitte.«
»Bin nicht hungrig.«
Naz knurrte genervt. Seit sie Karis abgeholt hatte, war sie maulig. »Was soll das heißen, nicht hungrig? Es gibt Hühnchen mit Obst und Reis, dein Lieblingsessen.«
»Mag nicht.«
Naz warf ihre Topfhandschuhe auf den Tisch. Da machte man sich nun die Mühe, eine anständige Mahlzeit zuzubereiten und nicht tiefgefrorene Pizza oder Burger und Pommes auf den Tisch zu stellen, und dann das. Sie ging hinüber ins Wohnzimmer. Karis hockte auf dem Sofa und sah ganz schlapp aus. Sofort überkamen Naz Schuldgefühle. Was hatte sie nur? Sie hätte es schon viel früher bemerken müssen.
»Was ist los, Schnuckelchen?« Sie legte Karis die Hand auf die Stirn. Sie fühlte sich heiß an. Hatte sie vielleicht Fieber?
»Mir ist nicht gut.«
»Armes Mäuschen. Bleib schön hier liegen, ich hole schnell das Thermometer.«
37,6. Unwesentlich erhöhte Temperatur, aber dennoch erhöht. Sollte sie Karis ein Aspirin für Kinder geben? Sie wollte nicht bei jeder Kleinigkeit gleich zu Tabletten greifen, aber Karis sah so jammervoll aus. Das waren die

Momente, wo sie ihre Mum bräuchte. Wenn sie die verantwortliche Erwachsene sein und so wichtige Entscheidungen treffen musste, fehlte ihr jemand, an den sie sich wenden konnte.

Das Telefon klingelte. Es war Fiona. Karis begann zu husten. Sie hustete, bis ihr Tränen aus den Augen strömten.

»Oh, Naz, ich habe eine Generalkrise. Ich brauche deine Hilfe. Sie haben heute Morgen angerufen und wollen unbedingt eine Pferdekutsche, die ihre Eltern zur Feier fährt. Offenbar wollte die Mutter schon zur Hochzeit eine und konnte keine bekommen, und nun schleppt sie ihre Enttäuschung seit vierzig Jahren mit sich herum, so dass sie jetzt eine für den vierzigsten Hochzeitstag wollen. Also, warum sie das noch nicht wussten, als wir angefangen haben, die Feier zu planen, ist mir schleierhaft ...«

Naz gelang es endlich, sie zu unterbrechen. »Fiona, ich kann im Moment nicht reden. Karis geht es nicht gut.«

»Oh – du liebe Güte, was ist los?« Fiona klang nicht richtig interessiert, aber Naz zählte dennoch detailliert alle Symptome auf.

»Mm, ja, ja, klingt wie eine dieser Krankheiten, die gerade im Umlauf sind. Hast du es schon mit Paracetamol versucht? Bei meinen hilft es immer.«

»Möglicherweise ...«, begann Naz.

»Versuch es. Aber hör mal, Naz, ich hänge schon den ganzen Tag am Telefon, um diese verflixte Pferdekutsche aufzutreiben. Ich habe es bei allen Ställen versucht, bei den Organisatoren für Hochzeitsfeiern, allen Bekannten, die selber oder deren Freunde Pferde haben – nichts! Sie sind alle bereits Monate im Voraus gebucht. Naz, ich bin wirklich echt verzweifelt. Ich habe einfach das Gefühl, wenn wir keine auftreiben können, ist unsere Reputation im Eimer, bevor wir richtig angefangen haben. Wir müssen unbedingt eine finden.«

Da war es wieder, das altbekannte Gefühl, zwischen Baum und Borke zu stehen. Sie hatte versprochen, Fiona bei dieser Feier zu helfen, und Fiona teilte das Honorar mit ihr, was überaus großzügig war, weil sie mehr als die Hälfte der Arbeiten übernommen hatte. Aber so genau wollte Naz das im Moment gar nicht wissen. Karis schniefte und sah elend aus. Naz setzte sich neben sie aufs Sofa und strich ihr das feuchte Haar aus dem Gesicht. Wenn Fiona doch einfach nur den Mund halten würde.

»Ich glaube, Dad kennt jemanden, der eine besitzt. Es scheint ihr immer schlechter zu gehen …«

»Kannst du ihn fragen? Jetzt? Damit ich sie gleich anrufen kann? Es ist wirklich wichtig.«

»Ob ich jetzt gleich mit ihr zum Arzt gehe?«

»Naz! Fragst du bitte deinen Vater? Jetzt gleich?«

»Was? Oh. Also. Ja, mache ich. Ich rufe wieder an.«

Alles, nur damit sie endlich auflegt. Völlig aufgelöst flößte Naz ihrer Tochter Orangensaft und eine Tablette ein, legte ihr einen ausgewrungenen, kühlen Waschlappen auf die Stirn. Dann versuchte sie, ihren Vater zu erreichen. Er war nicht im Laden, und sein Handy war abgeschaltet. Sie hinterließ ihm Nachrichten und fluchte leise. Er war mit dieser Judy zusammen. Das musste es sein. Er schaltete normalerweise nie sein Handy aus. Sie rief Fiona an, um ihr die schlechten Nachrichten zu übermitteln.

»Gott, nein! Hör zu, ruf mich an, sobald du mit ihm gesprochen hast, ja? Ich habe noch nichts fertig fürs Abendbrot, und Richard wollte heute Abend früher nach Hause kommen. Er wird an die Decke gehen.«
Vielen Dank, dass du dich nach Karis erkundigt hast. Selbstsüchtige Kuh.
Karis wurde immer quengeliger, etwa eine Stunde später jammerte sie auch über Kopfschmerzen und brennende Augen. Naz maß erneut ihre Temperatur. *Oh mein Gott!* 37,9! Und dann bemerkte sie den Ausschlag.
Das gab ihr den Rest. Was, wenn es Meningitis wäre? Kinder starben daran. Vielleicht sollte sie Karis umgehend ins Krankenhaus bringen ...
Ein Schlüssel klackerte im Haustürschloss. Naz sprang auf und sauste in den Flur. »Dad! Oh, Dad, ich glaube, wir müssen Karis ins Krankenhaus bringen. Sie hat Fieber und Ausschlag und ...«
Sie hörte mitten im Satz auf, denn da bei ihrem Vater war Judy, die sie ziemlich zurückhaltend anlächelte. »Ich habe versucht, dich anzurufen«, sagte sie ihrem Vater. »Dein Handy war nicht angeschaltet.«
»Oh, tatsächlich?«
Aus dem Wohnzimmer rief Karis nach ihrem Großvater. Trevor eilte hinein, gefolgt von Naz. Karis, die jetzt ein neues Publikum hatte, trug ordentlich dick auf mit ihren Wehwehchen. Während ihr Dad sein Enkelkind gebührend bemitleidete, spürte Naz Judys Anwesenheit, obwohl sie sich im Hintergrund hielt.
»Also, sie sieht ganz gewiss nicht gut aus, aber ich weiß nicht so recht mit dem Krankenhaus«, sagte ihr Dad.
»Aber sie hat Ausschlag, was, wenn es Meningitis ist?«,

gab Naz zu bedenken. Sie hatte das Gefühl, dass ihr gleich der Kopf platzte vor lauter Sorge. Sie durfte auf keinen Fall einen Fehler machen.

Ihr Dad blickte an ihr vorbei zu Judy, die dort stand. »Was meinst du, Liebes?«

Naz drehte sich um zu Judy. Ein Teil von ihr wollte absolut nicht, dass diese Frau in die Nähe ihres Kindes kam, während ein anderer Teil sich verzweifelt nach irgendeiner weiteren verlässlichen Stimme sehnte.

»Es ist so beängstigend, wenn sie krank sind, nicht wahr?«, sagte Judy. »Schon leichtes Fieber kann sie aus der Bahn werfen. Aber Meningitis ...«, sie trat einen Schritt vor. »Darf ich?«

Naz nickte. Judy kniete sich neben dem Sofa nieder, so dass sie auf einer Höhe mit Karis war.

»Tut dir der Hals weh, meine Kleine?«

Karis schüttelte den Kopf. »Nein«, musste sie zugeben und klang irgendwie überfahren.

»Also, das ist ein gutes Zeichen. Kann ich bitte ein Glas haben?«

Trevor reichte ihr eins, und Judy presste es auf die Flecken auf Karis' Arm. »Na bitte«, lächelte sie. »Seht ihr? Der Ausschlag ist blasser geworden. Das wäre nicht passiert, wenn es Meningitis wäre. Also, das können wir, glaube ich, ausschließen.«

Naz fiel ein riesiger Stein vom Herzen. »Gott sei Dank! Aber was, glaubst du, ist es? Ich meine, dieser Ausschlag?«

»Ich bin keine Ärztin«, sagte Judy. »Aber in letzter Zeit hatten wir viele Kinder bei uns in der Praxis, die so etwas hatten, was nichts weiter ist als ein lästiger, aber harm-

loser Virusinfekt.« Sie zählte auf, was der Arzt empfahl. »Du kannst auch in der Praxis anrufen, wenn du möchtest, oder ich könnte es tun. Ich kann es sicher arrangieren, dass man euch heute Abend noch dazwischenquetscht.«
Das grauenhafte Gefühl, allein verantwortlich zu sein, hatte sich gelegt. Rundherum gab es Hilfe. Naz wurde geradezu schwach vor Erleichterung.
»Oh, ich weiß nicht. Vielleicht machen wir einfach das, was du vorgeschlagen hast, und sehen dann ...«
»Du hast sowieso das Richtige getan, indem du ihr einen kalten Umschlag gemacht, ihr etwas zu trinken und etwas zum Fiebersenken gegeben hast«, sagte Judy.
Alles war in Ordnung. Sie war eine gute Mutter. Sie wusste, was das Beste für ihr Kind war. »Ich hole ihr noch mehr Wasser. Und – was ist mit dir? Hättest du gern einen Tee, Judy?«
Judy lächelte sie an. »Das wäre sehr nett, Naz.«
Nicht sehr viel später erinnerte sie sich an Fiona und ihre Pferdekutschenkrise. Nachdem Karis jetzt ruhiger und das Fieber gesunken war und sie sie ins Bett gepackt hatte, fühlte sie sich wieder in der Lage, sich belangloseren Dingen zu widmen.
Sie mochte ihren Dad und Judy, die oben waren, nicht stören. Nun ja, sie verdienten schließlich ein bisschen Intimität, und wenn es etwas wirklich Wichtiges wäre, wie zum Beispiel, dass Karis plötzlich richtig krank wurde, wusste sie, dass sie umgehend nach unten kommen würden, wenn sie sie darum bäte. Aber nachdem sie ihr Gedächtnis ein bisschen durchforstet hatte, fiel ihr der Name der Freunde ihres Vaters ein, die Pferde besaßen,

und sie rief sie an. Zehn Minuten später rief sie Fiona an.

»Naz! Oh, warte einen Augenblick …« Fiona klang etwas aufgescheucht. »Okay. Bin nur schnell in die Küche gegangen. Richard hasst es, wenn ich abends noch geschäftlich telefoniere. Und da er heute mit einem fantastischen Blumenstrauß für mich nach Hause kam, muss ich meinen Teil dazu tun, den Frieden nicht zu stören. Also, Glück gehabt?«

»Alles erledigt«, sagte Naz.

»Wirklich. Oh, Naz, du bist ein Knüller! Ich kann dir gar nicht sagen, wie erleichtert ich bin. Du hast tatsächlich eine aufgetrieben?«

»Habe ich. Eine wunderschöne offene Kutsche mit Verdeck, falls es regnet, und zwei passenden grauen Pferden. Sie werden sie für uns mit rubinroten Schleifen schmücken und rechtzeitig das glückliche Paar zu Hause abholen und zur Feier kutschieren.«

Fiona gratulierte ihr noch einmal. »Oh, beinahe hätte ich es vergessen. Wie geht es Karis?«

»Viel besser«, sagte Naz. »Ich war völlig neben der Spur. Ich befürchtete schon, dass sie Meningitis hat, aber dann – äh – hat eine Freundin von Dad diesen Test gemacht, mit dem Glas auf dem Ausschlag, weißt du? Und es war nichts dergleichen. Und jetzt schläft sie.«

»Das freut mich aber. Und jetzt muss ich Schluss machen und die artige Ehefrau spielen. Tausend Dank, Naz. Tschüs.«

Mist! Beinahe hätte sie Judy verraten. Das ging nun wirklich nicht an.

Es war leicht, Mike eine Lüge aufzutischen. Er vertraute ihr vollkommen und käme nie auf die Idee nachzufragen, was natürlich nur Cathys Schuldgefühle verstärkte, als sie sich auf den Weg machte, um Richard zu treffen. Um Viertel nach sieben bog sie in den Parkplatz des Pubs ein und war das erste Mal in ihrem gesamten Leben zu früh dran. Ein einziger Blick sagte ihr, dass Richard noch nicht da war. Nach dem dritten Versuch schaffte sie es, rückwärts in eine Parklücke zu fahren, die dem Eingang gegenüberlag. Sie fühlte sich exponiert hier im Wagen. Sie rutschte weiter nach unten auf dem Sitz und spähte in den Rückspiegel, um Make-up aufzutragen. Jedes Mal, wenn ein Wagen kam, war sie davon überzeugt, dass die Insassen sich fragen würden, warum sie hier wartete.

Halb acht kam und ging vorüber.

Viertel vor acht. Vielleicht war er aufgehalten worden. Wenn sie ein Handy hätte, wie heutzutage einfach jeder, hätte er ihr Bescheid sagen können. Fünf Minuten vor acht. Wie viel länger sollte sie noch warten? Sie erinnerte sich noch an das, was Shauna im *Chequers* von sich gegeben hatte.

»Ich warte nie länger als eine halbe Stunde auf wen auch immer. Wenn sie ihren Arsch nicht rechtzeitig in Bewegung setzen können, sind sie es nicht wert.«

Acht Uhr. Ihr wurde langsam kalt. Sie hatte schon Kopfschmerzen vor Anspannung. Sie konnte nach Hause fahren, aber was sollte sie Mike dann erzählen? Sie hatte ihm gesagt, dass sie den ganzen Abend bei Naz bleiben würde. Außerdem konnte sie nicht gehen, noch nicht, nicht, wenn noch die Möglichkeit bestand, dass er kam.

Wenn sie jetzt ginge und er käme, würde er sie vielleicht nie wieder anrufen.
Drei Minuten nach acht fuhr ein vertraut aussehender Wagen durch die Einfahrt und bremste scharf direkt vor ihr. Endlich! Zitternd vor Erleichterung stieg sie aus. Richard sprang heraus, schlenderte zu ihr und zog sie in die Arme.
»Cathy, Schätzchen, es tut mir so leid. Ich dachte schon, du hättest mich aufgegeben.«
Niemals. Warm geborgen in seiner Umarmung hatte sie gerade noch genug Selbstvertrauen, um zu lügen. »Ich wollte gerade fahren.«
»Ich bin so froh, dass du es nicht getan hast. Diese verdammten Züge. Es gab eine Panne, jedenfalls sagten sie das, und wir saßen mitten im verdammten Nirgendwo eine geschlagene halbe Stunde fest. Hör zu, ich werde dir ein Handy besorgen. Es ist lächerlich, keins zu haben. Sogar meine Großmutter hat eins. Komm schon, gehen wir etwas essen. Ich bin am Verhungern. Hatte nur Zeit für ein schnelles Sandwich zu Mittag.«
Cathy hatte nicht erwartet, dass sie essen gehen würden. Die beiden letzten Male waren sie nur zu einem dunklen, abgeschiedenen Ort gefahren und hatten auf dem Rücksitz des Wagens sehr zielstrebig und sehr intensiv Sex gehabt. Also pickte sie jetzt an einem schlaffen Käsesalat, was alles war, was dieses Lokal an vegetarischem Essen anbot, während Richard sich über seine Scampis und Pommes hermachte.
»Jetzt weiß ich, warum ich normalerweise nicht hierherkomme«, sagte er. »Na ja, immerhin sättigt es.«
Richard war voll von einem neuen Arbeitsprojekt, mit

dem er sich beschäftigte. Cathy hörte hingerissen zu, als er ihr die verschiedenen Stadien von der Planung bis zur Präsentation einer Werbekampagne erläuterte.

»Es ist so erfrischend, sich mit jemandem zu unterhalten, der wirklich interessiert ist«, sagte Richard und schob seinen leeren Teller beiseite. »Fiona ist so vertieft in diese alberne Partyplanung, dass sie sich null um das kümmert, was ich mache. Es ist sogar bis in unsere Privatsphäre vorgedrungen. Gestern Abend hat sie ständig wegen einer verdammten Pferdekutsche herumtelefoniert.«

»Du liebe Güte. Das ist ja empörend.« Cathy konnte nur mit Mühe das triumphierende Grinsen unterdrücken. Genau hier war sie gegenüber Fiona im Vorteil. Sie beugte sich vor und fixierte sein nahes, kluges Gesicht. »Also, wie weit seid ihr inzwischen mit dieser Kampagne?«

»Wir haben gerade erst unsere Zielgruppen definiert ...« Er hätte ihr von verstopften Abflüssen oder Steuererstattungen erzählen können, und sie hätte es immer noch faszinierend gefunden. Einfach nur seine Stimme zu hören und seine Lippen sich bewegen sehen und zu beobachten, wie seine Miene sich wandelte, war mitreißend. Er benutzte seine Hände häufig, wenn er redete, wie ein Italiener. Langfingrige Hände mit borstigen schwarzen Haaren auf dem Handrücken. Bald würden sie sie berühren.

Sie gab auf bei ihrem Salat. Sie war nicht hungrig. Alles, was sie wollte, war er. Sie grinste in sich hinein, dachte an ihr kleines Geheimnis – sie trug keinen Slip. Es gab ihr ein Gefühl von Ruchlosigkeit und Freiheit. Verschiedene

Regeln galten für Frauen, die keine Slips trugen. Unter dem Tisch berührte Richards Fuß ihren. Glühendheiße Lust schoss ihr in den Unterleib. Er lächelte sie an.

»Kaffee?«

»Nein danke«, konnte sie gerade noch krächzen.

»Gut, ich auch nicht.«

Sie ließ sich ganz von dem Luxus seines Autos umhüllen. Komisch, wie sie immer Leute abgelehnt hatte, die solche Vorstandskutschen fuhren. »Nichts als unmoralische Geldverschwendung«, hatte sie immer gesagt. »Ein Auto braucht nicht mehr als vier Räder, einen Motor und einige Sitze.« Aber sie musste zugeben, dass dieses wirklich sehr schön war.

Sie bogen von der Straße ab auf einen Weg, der in den Wald führte. »Als wären wir wieder Teenager, nicht wahr? Etwas finden, wo die Eltern uns nicht sehen können«, sagte sie.

Richard stellte den Motor ab. »Du sorgst ganz bestimmt dafür, dass ich mich wieder jung fühle. Aber vielleicht buche ich nächstes Mal etwas, was ein wenig bequemer ist.«

Oh, wie himmlisch. »Das wäre schön.«

Sie krochen auf den Rücksitz. Nur kurze Zeit später zog Richard ein Päckchen Kondome aus der Tasche. Durch den Schleier von Verlangen dämmerte verzweifelte Hoffnung in ihr auf. Für Frauen, die keine Slips trugen, galten andere Regeln. Cathy legte die Hand über seine. »Das brauchst du nicht«, sagte sie.

Richard riss das Päckchen auf. »Ich glaube, es ist besser, wenn ich eins nehme.«

»Ich nehme die Pille«, log sie.

»Egal, so ist es am sichersten. Dann muss sich keiner von uns irgendwelche Sorgen machen.«
Seine Hand tastete sich vor und erforschte die Stelle, die eigentlich sittsam von einem Slip bedeckt sein müsste. »Du wirst es überhaupt nicht spüren, versprochen.«
Sie war nicht länger in der Lage, Einwände zu erheben.

Die einzige Art und Weise, es durchzustehen, entschied Fiona, war, Richard und die Kinder aus ihren Gedanken zu verbannen, zu vergessen, dass sie überhaupt existierten, und nur an den Job zu denken, der jetzt zu tun war. Sie und Naz trafen in der Abenddämmerung am Veranstaltungsort der Feier ein. Blumen waren angeliefert und rundherum in den Räumen verteilt, die Bilder waren aufgehängt, die Musikanlage war getestet worden, die Tische waren gedeckt, die Luftballons aufgeblasen ... Ständig hakte Fiona einzelne Punkte auf ihrem Klemmbrett ab.
Die Gastgeberin und ihre Familie trafen ein und äußerten nur mäßig Begeisterung über alles. Fiona lächelte und lächelte und hätte am liebsten laut losgeheult.
»Unverschämtes Miststück«, flüsterte Naz. »Ich hoffe, dass ihre Brustimplantate explodieren.«
Vor Fionas innerem Auge blitzte das Bild auf, wie die aufgepumpten Brüste der Frau platzten und sich über die Rezeption verteilten. Sie brach in hysterisches Lachen aus. »Oh, Naz«, keuchte sie, klammerte sich an ihre Freundin und schluchzte an ihrem Hals. »Ich bin ja so froh, dass du hier bist.«

Naz blickte sie erstaunt an. »Ich habe noch nie gesehen, dass du die Beherrschung verloren hast«, sagte sie.
»Ich bin wirklich am Ende meiner Nerven. Richard und ich haben uns vorgestern Abend heftig über diese Feier gestritten, und dann ist er gestern Abend schrecklich spät nach Hause gekommen – später als jemals zuvor – und ist einfach zu Bett gegangen und hat so getan, als ob er schliefe. Ich dachte schon – aber dann war er heute Morgen wieder so süß – ich weiß nicht, was ich denken soll. Und jetzt wird dies hier ein Flop …«
»Wird es nicht.«
Fiona konnte nur hoffen, dass Naz recht behielt.
Und dann passierte alles auf einmal. Gäste strömten herein, das glückliche Paar traf in der Pferdekutsche mit den grauen Pferden ein und hatte seinen Auftritt, der Champagner verschwand so schnell, als würde um Mitternacht die Prohibition ausgerufen. Fiona und Naz überprüften Details, hielten die Dinge am Laufen. Das zufriedene Summen einer erfolgreichen Feier nahm zu.
»Hörst du das«, fragte Fiona, als sie sich vor der Küche trafen.
Sie lauschten. Leute unterhielten sich, Leute lachten. Es würde alles klappen. Gegen zwei Uhr morgens wussten sie, dass alles geklappt hatte. Es hatte nicht nur alles geklappt, es war ein echter Hit. Dutzende hatten es ihnen bestätigt. Das Hochzeitstagspaar machte sich auf zu seiner Honeymoon-Suite, als eine dunkelhaarige Frau in einem goldenen Kleid, das aussah, als wäre es ihr auf den Körper gesprayt worden, Fiona am Arm festhielt.
»Ah, Sie sind diejenige, die das alles organisiert hat, nicht wahr? Gut. Sind Sie am neunten Juni noch frei?«

Im Hinterkopf hörte sie Richard warnend flüstern: »Es ist doch nur eine einmalige Angelegenheit, oder?«, und sie hatte nicht ausdrücklich widersprochen.

»Ähm …«

»Meine verdammte Stieftochter hat mir gerade eröffnet, dass sie an dem Tag heiratet. Hat das Standesamt bereits gebucht, man stelle sich das vor! Was soll ich bloß machen? Es sind nur noch drei Monate, und bestimmt ist inzwischen alles reserviert, aber es muss unbedingt das Ereignis des Jahres werden, um ein für alle Mal ihre widerliche Mutter auszustechen. Und ich spreche nicht von einer durchschnittlichen Fete mit Festzelt und Nullachtfünfzehn-Musik und Discjockey. Ich meine etwas wirklich Fantasievolles, wie *Ein Sommernachtstraum*, wie …«

»Heißluftballons?«, schlug Fiona vor. »Elefanten?« Also, woher kam das denn plötzlich?

»Ja! Genau. Ich wusste, dass Sie mich verstehen würden. Also, können Sie es übernehmen?«

Einen Moment zögerte sie noch. Richard würde in die Luft gehen. Und dennoch – und dennoch war dies einfach zu gut, um es sich durch die Lappen gehen zu lassen. »Es wird aber nicht billig«, sagte sie.

»Darling, machen Sie sich darüber keine Gedanken. Die Kosten sind mein geringstes Problem. Sagen Sie mir nur, ob es für Sie machbar ist.«

Fiona atmete durch. Ihre Hände zitterten, aber ihre Stimme war bemerkenswert ruhig. »Oh ja«, sagte sie. »Ich denke, es ist machbar.«

17

Naz war so wütend, dass sie kaum geradeaus gucken konnte. Sie stürmte an nervösen Eltern, die auf kleinen Stühlen im Flur vor den Klassenzimmern saßen, vorbei auf den Schulhof. Was die Lehrerin ihr gesagt hatte, verfolgte sie unentwegt, ein wüstes Gewirr von Worten hatte sich in ihrem Kopf verheddert. *Langsame Auffassungsgabe – Mangel an Konzentration* – Sie waren alle gleich, diese Lehrer. Dachten, sie wüssten einfach alles. Diese Maggie war kein bisschen anders.

Sie schaffte es, in die Kabine von Brads Truck zu klettern und die Zündung zu betätigen. Irgendwie brachte sie auch den Weg nach Hause hinter sich, murmelte ständig vor sich hin und schrie andere Fahrer an, die es wagten, ihr in die Quere zu kommen, und parkte das Auto schräg mit zwei Rädern auf dem Bürgersteig. Sie schaltete die Zündung aus und legte ihren Kopf auf die Arme auf dem Steuerrad. Ruhig. Ruhig. Schön tief durchatmen. Karis könnte aufwachen, wenn sie herumschrie. Sie wollte Karis nicht beunruhigen. Sie hatte schon genug Probleme mit dieser Frau als Lehrerin.

Als sie der Meinung war, ihre Wut einigermaßen im Griff zu haben, ging sie zur Haustür. Sie hatte das Gefühl, sich wie eine Marionette zu bewegen. Brad lag ausgestreckt auf dem Sofa und las den Sportteil. Er lächelte

sie träge an und streckte den Arm nach ihr aus, als sie hereinkam.
»Hallo, Schatz. Wie lief es? Alles …?« Er brach ab und stand auf, als er ihre Miene sah. »He, was ist los?«
»Und das, nachdem sie mit Maggie so hart gearbeitet hat!«
Brad nahm sie in die Arme und rieb ihr beruhigend den Rücken, wiegte sie hin und her. »Sagte Maggie nicht, dass sie gute Fortschritte gemacht hat?«
»Hat sie gesagt. Und hat sie auch gemacht. Ich habe gesehen, was sie gearbeitet hat, Brad. Alles, was diese Frau letztes Mal gesagt hat, was sie nicht kann, kann sie jetzt. Ich meine, Maggie ist eine gute Lehrerin. Sie ist zwar eine unglaubliche Nervensäge, aber eine gute Lehrerin …«
Aus Karis' Zimmer ertönte ein schläfriges »Mu-um«.
Naz erstarrte. Sie durfte es auf keinen Fall erfahren. Sie schlug einen fröhlichen und beruhigenden Tonfall an. »Schlaf weiter, Schätzchen.«
Brad schlich in die Küche und kam mit zwei Dosen Budweiser zurück, öffnete sie und reichte ihr eine. »Hier«, sagte er. »Setz dich, trink und erzähl mir alles der Reihe nach. Ist sie der Meinung, dass Karis keine Fortschritte gemacht hat? Was ist mit Rechnen? Ich fand, dass sie das wirklich gut kann. Vor ein paar Tagen wollte sie, dass ich Kopfrechnen mit ihr übe, als wir mit dem Truck unterwegs waren. Addieren und Subtrahieren. Es hat ihr richtig Spaß gemacht.«
Naz trank ein paar Schlucke Bier. Der Druck auf der Brust war so groß, dass sie kaum schlucken konnte. »Ich weiß. Das meine ich ja, Maggie ist richtig gut. Das wiegt

es wieder auf, dass sie hierherkommt und herumhängt und ständig versucht, Dad zu sehen zu kriegen. Aber diese Frau – sie ist nie zufrieden. Sie gibt zu, dass Karis Fortschritte gemacht hat, sagt aber nur, dass sie noch besser werden muss. Verstehst du nicht? Sie hat Karis abgestempelt. Ein gemischtrassiges Kind einer alleinerziehenden Mutter, das auch noch Schulessen umsonst bekommt, das kann ja nichts kapieren. Sie hat sie abgeschrieben! Mit sechs Jahren!«

»Hör zu«, sagte Brad, »das Schuljahr ist beinahe zu Ende, nicht wahr? In der nächsten Klasse hat sie eine andere Lehrerin.«

»Aber sie wird immer noch mit all den anderen Kindern verglichen. All diese Wunderkinder, die Shakespeare und Quantenphysik und was weiß ich noch alles kapieren.«

»Vielleicht ist sie nur ein Spätzünder. Das ist bei einigen Kindern so. Alle dachten, dass mein Bruder strohdoof ist, aber als er eingeschult wurde, nahm er plötzlich Fahrt auf, und jetzt ist er der Intelligenteste der Familie. Hat seinen Doktor gemacht und alles«, sagte Brad.

»Ja. Ja, das könnte sein. Eine Spätzünderin. Sie braucht nur ein bisschen mehr Hilfe von Maggie, und dann kommt sie prima klar.«

Sie nahm einen weiteren Schluck Bier und nickte. Der Druck ließ langsam nach. Alles war in Ordnung. Sie konnten es schaffen. »Wir werden es ihr zeigen, Karis und ich. Niemand wird sie einfach abschreiben.«

»Natürlich könnten wir auch etwas dazu beitragen«, sagte Brad.

Etwas in seinem Tonfall brachte sie dazu, ihn scharf anzusehen. Er wirkte nicht ganz so cool wie sonst. Seine Wangen waren leicht gerötet. »Zu was?«

»Was diese Alleinerziehungssache betrifft. Wenn du mich heiratest, wären wir eine Familie.«

Mehrere Sekunden lang sah sie ihn mit offenem Mund an. Es ging alles viel zu schnell. Sie spürte, wie Groll in ihr hochstieg. Musste er sie ausgerechnet jetzt darauf ansprechen und bedrängen, wo sie sowieso schon angeknackst war?

»Was?«, sagte sie, um Zeit zu gewinnen.

»Du hast mich schon verstanden.«

Sekundenlang war sie versucht, ja zu sagen. Es schien die leichteste Lösung zu sein – zu heiraten, eine perfekte Familie zu sein. Außer dass es so nicht lief. Langsam schüttelte sie den Kopf.

»Nein.« Sie würde nicht alles, wofür sie seit Karis' Geburt geschuftet hatte, aufs Spiel setzen. Es war eine viel zu große Plackerei gewesen.

Beim Tanzkurs am Dienstag ging Maggie als Erstes auf Naz zu. »Wie lief die Beratungsstunde? Ich habe versucht, dich zu erreichen.«

Naz' Miene versteinerte. »Sie war total negativ. Sagte, Karis könne sich immer noch nicht konzentrieren – oh, ich kann nicht darüber reden. Es macht mich einfach rasend!«

Maggie wurde von widersprüchlichen Gefühlen hin- und hergerissen. Die Lehrerin in ihr wollte, dass Karis aufgrund ihrer Hilfe Fortschritte gemacht hatte, die Frau in ihr wollte den Vorwand, weiterhin in die Wohnung der beiden kommen zu können.

»Konzentration kommt mit zunehmendem Alter, und sie ist besser geworden, ich habe es schon während unserer wenigen Übungsstunden bemerkt.« Sie fragte genauer nach, wollte ganz genau wissen, was die Kollegin gesagt hatte.

»Ja, ja. Also, genau genommen ist das ziemlich positiv, weißt du«, meinte sie daraufhin, »ich glaube, Karis' Lehrerin hat nur eine unglückliche Art, sich auszudrücken. Tatsächlich, finde ich, klingt es so, als ob sie ziemlich zufrieden mit ihr ist. Was wir jetzt tun müssen, ist, auf dem bisher Erreichten aufzubauen und nicht zuzulassen, dass Karis während der Sommerferien alles vergisst, was sie gelernt hat. Im nächsten Schuljahr wird sie einen Vorsprung haben.«

»Oh ...« Naz hatte diesen typischen starrköpfigen Ausdruck. »Ich kann wirklich nicht verlangen, dass du weiterhin kommst. Ich meine, ich kann es mir nicht leisten ...«

»Unsinn«, schnitt Maggie ihr das Wort ab. »Das Nähen gleicht die Stunden allemal aus. Darüber waren wir uns einig. Und außerdem ist es ein Vergnügen, einem aufgeweckten, bereitwilligen kleinen Ding wie Karis etwas beizubringen nach all den mürrischen Teenagern, mit denen ich mich täglich abplagen muss.«

Sie dachte nicht daran, sich jetzt abwimmeln zu lassen. Trevor war ziemlich gesprächig und freundlich gewesen, wenn sie sich begegnet waren. »Du musst dir keine Sorgen machen«, sagte sie und legte Naz die Hand auf den Arm. »Karis schafft das schon. Du musst an dein eigenes

Examen denken. Wenn ich dir dabei irgendwie helfen kann ...?«

»Nein, danke«, sagte Naz. »Ich glaube, Cheryl will jetzt anfangen.«

Der Kurs folgte dem vertrauten Schema – Aufwärmübungen, einige neue Techniken, und dann übten sie die Tänze, die sie aufführen sollten. Das Sommerfest rückte immer näher, das große Fest in Mellingford Park. Zu den Tänzen, die sie auf dem Wohltätigkeitskonzert aufgeführt hatten, kamen zwei neue Nummern hinzu, und Fiona und Shauna sollten ein Duo vorführen. Maggie spürte, wie die Anspannung des Tages sich löste, während sie sich auf die Schrittfolgen konzentrierte.

»Lächeln!«, rief Cheryl. »Alle lächeln! Naz! Versuche, so auszusehen, als würdest du es genießen, dann genießt es auch das Publikum.«

»Sieben, acht und Drehung nach *rechts*«, flüsterte Maggie Judy zu, die direkt vor ihr war. Judy lächelte sie etwas verzweifelt an, als sie sich drehte – richtig herum, wenigstens dieses Mal. Was sollte sie nur wegen Judy unternehmen? Sie musste wissen, was vor sich ging, und nicht ihre Augen davor verschließen.

»Noch einmal«, rief Cheryl. »Und denkt daran – zwei langsame Achter-Schritte und einen gaanz langsamen. Sehr beherrscht, mit einem ganz leichten Schwung – seht ihr, so.«

Sie demonstrierte es. Alle machten es ihr nach. Sie probten den Tanz ein letztes Mal.

»Wunderbar!«, rief Cheryl. »Das haben wir ganz bestimmt rechtzeitig drauf bis zum Fest.«

Sie machten noch ihre Lockerungsübungen, zogen sich

um und gingen hinaus in den warmen Sommerabend. Blumengondeln quollen über vor blühenden Blumen. Kinder sausten auf Fahrrädern und Skateboards herum.
»Es ist so schön. Wir müssen draußen sitzen«, sagte Judy.
»Oh ja, exzellente Idee. Hinter dem *Chequers* ist ein hübscher kleiner Innenhof«, sagte Maggie.
Shauna und Fiona platzten geradezu vor Neuigkeiten, Shauna mit ihren brüllend komischen Geschichten von ihrem Bauchtanzauftritt im *Marmaris Palace*, Fiona mit den neuesten haarsträubenden Ansprüchen an die Hochzeit, die sie organisierte.
»Gut, dass du nichts mehr damit zu tun hast«, flüsterte Maggie Naz zu. »Es klingt verrückt.«
»Ja, ich habe viel zu viel anderes um die Ohren«, stimmte Naz ihr zu.
Es schien sich gerade zu einer netten vertraulichen Unterhaltung zu entwickeln, als Shauna mit der Frage kam: »Wie läuft es denn mit deinem tollen Brad? Du hast ja seit Ewigkeiten nichts von ihm erzählt.«
Naz wurde knallrot. »Er möchte, dass wir heiraten. Aber das wird nicht ...«
Der Rest des Satzes ging in hörbarem Luftschnappen und Begeisterungsrufen am Tisch unter. Judy streckte den Arm aus und zog sie an sich, Cathy auf der anderen Seite tat das Gleiche.
»Das sind wundervolle Neuigkeiten, Naz. Ich freue mich ja so für dich ...«
»Er ist spitze, du Glückliche ...«
»Verdammt, das ist ja ein Ding ...«

»Ich wusste immer, dass ihr füreinander bestimmt seid …«
Naz hielt sich die Ohren zu und schrie: »Aufhören!«
Sie waren so überrascht, dass einen Moment lang Schweigen herrschte.
Naz holte Luft. »Ich habe nein gesagt.«
Weiteres Luftschnappen und Rufe, dieses Mal des Erstaunens.
»Naz, wie konntest du nur?«
»Du Idiotin!«
»Aber er ist spitze.«
»Warum, um alles in der Welt?«
Maggie kam Naz zu Hilfe. »Ich bin entsetzt«, sagte sie. »Dies ist das einundzwanzigste Jahrhundert, und immer noch scheint ihr alle zu denken, dass Heiraten der Inbegriff des Lebens ist. Ich denke, es ist sehr klug von Naz, es sich zweimal zu überlegen oder es sich zumindest gut zu überlegen, bevor sie sich bindet.«
»Richtig«, sagte Naz.
»Es ist mir egal, in welchem Jahrhundert wir leben, eine Ehe ist immer noch die beste Art zu leben. Menschen sind dazu bestimmt, in Paaren zu leben«, ließ Judy sich nicht beirren.
»Oh, um Himmels willen«, sagte Maggie spöttisch. »Wie kannst du hier sitzen und so etwas sagen, wenn deine Ehe …« Sie brach abrupt ab. Wie hatte sie nur so etwas sagen können? Aber die Worte waren ausgesprochen, und jetzt gab es keine Möglichkeit, sie zurückzunehmen.
»Meine Ehe ist was?«, fragte Judy leise.
Es war mucksmäuschenstill am Tisch. Die Gesichter

spiegelten entweder Entsetzen, Amüsiertheit oder Ängstlichkeit wider.
»Also«, sagte Maggie und versuchte, es so taktvoll wie möglich auszudrücken. »Ihr seid nicht gerade Derby und Joan, oder?«
»Wer verdammt noch mal …?«, fragte Shauna.
»Aber zumindest sind wir immer noch verheiratet, was mehr ist, als man von einigen anderen behaupten kann.« Das kam einer zickigen Bemerkung näher, als Maggie es bei Judy je erlebt hatte.
»Jawohl, Judy – nur weiter so!«, feuerte Shauna sie an.
Maggie fuhr sie an. »Ich dachte, du wärst gegen die Ehe? Gegen die Hochzeit deiner Schwester hast du jedenfalls genug gestänkert.«
»Bei einigen funktioniert es. Nimm zum Beispiel Fiona und Richard, und Cathy und Mike. Sie sind glücklich«, argumentierte Shauna.
Maggie sah kurz hinüber zu Cathy, die ihr gegenübersaß. Ihr Gesicht war wie versteinert.
»Ja, zufällig denke ich auch, dass die Ehe etwas Gutes ist«, sagte Fiona. »Vielleicht bin ich altmodisch, aber ich glaube, dass die meisten Menschen glücklicher leben, wenn sie verheiratet sind. Warum gibt es sonst so viele Vermittlungsagenturen und Single-Clubs? Weil Menschen nicht glücklich sind allein. Sie suchen verzweifelt einen Partner …«
»Du glaubst also an eheliche Treue, ja?«, fragte Maggie. Sie gab sich zwar Mühe, konnte aber die Schärfe in ihrer Stimme nicht unterdrücken.
Judy umklammerte die Tischkante. Ihre Fingerknöchel traten weiß hervor.

»Ja, das tue ich tatsächlich«, sagte Fiona. »Ich glaube nicht, dass es ohne gegenseitiges Vertrauen funktioniert.«

Maggie wollte ihren Ohren nicht trauen. Was für eine Heuchlerin.

»Du erstaunst mich, wirklich. Du sagst so etwas, wenn …«

»Naz ist nicht die Einzige hier, der man einen Heiratsantrag gemacht hat«, unterbrach Shauna laut.

»Wirklich, Shauna? Heißt das, dir auch? Das ist ja höchst aufregend«, reagierte Judy, ebenfalls laut.

»W-wer ist es, Shauna?«, fragte Cathy merkwürdig schrill.

Als Shaunas Worte ihr langsam ins Bewusstsein drangen, spürte Maggie, wie ihr kalt wurde. Das doch bestimmt nicht? Derartig dämlich konnte Ben doch wohl nicht sein, oder? Sie starrte Shauna an, die sich zurücklehnte und grinste.

»Ja, auf Mandys Hochzeit. Ihr wisst ja, dass man behauptet, eine Hochzeit zieht die nächste nach sich? Und ich hab' nicht mal den verdammten Blumenstrauß gefangen. Spitze, was?«

»Ben hat dir einen Antrag gemacht? Herzlichen Glückwunsch, Shauna. Wie außerordentlich romantisch«, rief Fiona aus.

»Das ist toll, Shauna«, sagte Naz.

»Er hat es *nicht* getan, oder?«, explodierte Maggie.

Shauna lachte ihr ins Gesicht. »Oh doch, er hat, Maggie. Dein kostbarer Sohn will meine Wenigkeit heiraten.«

»Und was … was …?« Obgleich sie es versuchte, brachte Maggie die Wörter nicht heraus. Ihre Kehle war wie zugeschnürt.

»Was ich gesagt habe?«, kam Shauna ihr entgegen.

»Ja, was hast du gesagt? Das möchten wir alle wissen«, sagte Judy.

Shauna unterdrückte ein Lächeln. Sie sah sich langsam in der Runde um. »Ah, das möchtet ihr wohl gern wissen, aber ich sage es euch nicht.« Und keiner konnte ihr mehr entlocken.

Maggie verließ den Pub früh. Naz, Trevor, Judy und ihre Probleme, Fiona und Alan – alles war vertrieben worden durch die unerträgliche Aussicht, Shauna als Schwiegertochter zu bekommen. Wo würden sie leben? In ihrem Haus? Und dann wurde ihr klar, dass von den beiden Shauna diejenige war, die noch ihre fünf Sinne beisammenhatte. Ben war nur völlig vernarrt. Er würde alles tun, was Shauna verlangte. Sie musste in diesem Fall darauf zählen, dass Shauna Ben nicht wollte, dass er ihr nicht gut genug war.

Oh Gott. Hilfe. Warum habe ich mich nur darauf eingelassen?

Judys Beine fühlten sich an, als fielen sie gleich ab. Ihre Lungen protestierten wie verrückt. Schweiß strömte ihr von der Stirn und sammelte sich in den vielen Speckrollen ihres Körpers. Neben ihr auf dem Übungsrad strampelte Maggie doppelt so schnell wie sie und sah nicht einmal leicht erhitzt aus.

»Gib nicht auf, du hast es gleich geschafft!«, trillerte sie, genau wie die Turnlehrerin in Judys alter Schule.

Miss Valentine. Also, wenn es je einen unzutreffenden

Namen gegeben hat, dann diesen. Diese alte Schreckschraube hatte bestimmt nie eine Valentinskarte erhalten in ihrem Leben. Vielleicht hatte sie ein paar verschickt. An junge Mädchen.
»Du machst das wirklich gut«, spornte Maggie sie an.
Ich könnte sie glatt erwürgen. Wirklich.
Endlich war die Tortur zu Ende. Oh, die schiere Wonne einer Dusche! Judy ließ sich endlos das heiße Wasser über den Kopf und die Schultern und ihren zitternden, schmerzenden Körper laufen. Es war gar kein so übler alter Körper.
Sie seifte sich träumerisch ein. Sie hatte hübsche Brüste. Trevor mochte sie. Und sie hatte ganz ordentlich abgenommen in den letzten Monaten, hatte wieder eine Taille, konnte beinahe schon wieder Größe vierzig tragen. Trevor liebte sie aber auch so, wie sie war. Er mochte keine Spindeldürren, sagte er immer. Er mochte richtige Frauen. Trevor Trevor Trevor. Nur noch zwei Tage, dann würde sie ihn wiedersehen. Nur noch zwei Tage, und sie würden ...
»Judy! Bist du bald fertig? Ich gehe schon mal und bestelle uns zwei Fruchtsäfte an der Bar.«
Ich will keinen Fruchtsaft, ich will einen Gin Tonic. Einen großen.
»In Ordnung.« Waschlappen. Aber was konnte man schon gegen Maggie ausrichten? Die Frau war nicht zu bremsen.
Judy trocknete sich ab, zog ihren Trainingsanzug an und ging hinüber zu Maggie in die Bar.
»Na also, geht es dir jetzt nicht viel besser nach so einer ordentlichen Anstrengung?«, fragte sie und schob ihr ein

großes Glas Wasser und ein kleines Glas Tomatensaft hin. »Zuerst das Wasser, du musst das ersetzen, was du verloren hast.«
»Nein. Ich meine, ich fühle mich nicht besser«, wagte Judy zu sagen und stürzte das Wasser hinunter.
»Das wirst du aber, wenn du ein paar Mal gekommen bist. Deine Muskeln entwickeln sich, und deine Kondition wird besser«, versicherte Maggie ihr.
Judy bezweifelte es. Außerdem hatte sie nicht vor, noch ein paar Mal zu kommen, wenn es sich irgendwie vermeiden ließ. »Mir haben Naz' und Fionas Kostümideen für das Fest gut gefallen, dir auch?«, sagte sie, um das Thema zu wechseln.
»Ja, sie scheinen sehr wirkungsvoll zu sein. Design ist nicht wirklich mein Ding«, sagte Maggie in einem Ton, als wäre Design nicht der Rede wert. Sie senkte ihre Stimme ein wenig und beugte sich vor zu Judy. »Ich muss sagen, ich fand es ziemlich dumm von Naz, nicht einmal in Betracht zu ziehen, diesen Brad zu heiraten.«
Judy war bass erstaunt. »Hast du nicht gesagt, dass Naz es sich zweimal überlegen sollte und dass Heiraten nicht der Inbegriff des Lebens wäre?«
Sie hatte noch sehr viel mehr gesagt an dem Abend, Dinge, die Judy lieber nicht wieder aufgreifen wollte.
»Im Prinzip ist es das auch nicht, aber in Naz' Fall hielte ich es für eine gute Sache. Im selben Haus zu leben wie ihr Vater, so wie sie, ist für keinen gut.«
»Oh, ich weiß nicht«, sagte Judy. »Es scheint beiden doch sehr gut zu gefallen.«
»Aber sie sind viel zu abhängig voneinander. Trevor wird nie in der Lage sein, eine neue Beziehung einzugehen,

wenn er dabei auf Naz und Karis Rücksicht nehmen muss.«
Da wäre ich mir nicht so sicher.
»Und außerdem scheint dieser Brad sehr geeignet zu sein nach dem, was ich so höre.«
»Ja, er ist ein netter junger Mann«, gab Judy ihr recht, ohne groß darüber nachzudenken.
Maggie sah sie scharf an. »Oh, du hast ihn kennengelernt?«
Gott, was sage ich jetzt bloß? »Ja, ich – habe ihn bei unserer Aufführung kennengelernt, weißt du nicht mehr, und dann – habe ich sie zufällig auf der High Street getroffen. Er war sehr freundlich, und offenbar ganz verrückt nach Naz. Konnte seine Augen nicht abwenden von ihr. Und laut Fiona ist er sehr gut in seinem Job. Er hat wundervolle Dinge mit ihrem Garten angestellt.«
Es schien funktioniert zu haben. »Ja, und Karis scheint ihn auch zu mögen. Sie spricht oft von ihm, wenn ich mit ihr arbeite.«
Ah ja, die Nachhilfestunden. Das würde ganz bestimmt überleiten zu Trevor, und Maggie war die Letzte, von der Judy etwas über ihn hören wollte.
»Hast du Ben gefragt, ob er Shauna einen Heiratsantrag gemacht hat?«, fragte sie.
Maggie sah plötzlich viel älter und hilfloser aus. Judy kam sich gemein vor.
»Ja«, sagte Maggie. »Habe ich. Es ist alles nur zu wahr. Er hat sie gebeten, ihn zu heiraten. Die gute Nachricht ist, dass sie abgelehnt hat. Die schlechte Nachricht, dass er noch nicht aufgegeben hat. Er ist völlig vernarrt in … das Mädchen.«

Arme Maggie. Sie mochte ja eine Nervensäge sein, aber manchmal musste man einfach Mitleid mit ihr haben. »Vielleicht kriegt sie ja diesen Job auf dem Kreuzfahrtschiff, den sie sich so sehnlichst wünscht«, bot sie als Trost an.

»Dafür tanzt sie nicht gut genug. Wenn sie das täte, hätte sie ihn schon längst. Nein, ich muss einfach darauf hoffen, dass sie jemand anders findet. Ich habe versucht, Ben selber einen Auslandsaufenthalt schmackhaft zu machen. Irgendeine ehrenamtliche Tätigkeit. Im Moment verschwendet er hier nur seine Zeit. Er scheint einfach nicht zu wissen, welchen Beruf er ergreifen soll. Ich habe ihm vorgeschlagen, zum Beispiel nach Afrika oder Südamerika zu gehen und irgendetwas Nützliches zu tun, dann bekäme er möglicherweise einen klaren Kopf und würde Pläne machen ...«

Judy merkte, wie sie abschaltete. Es war so viel angenehmer, an Trevor zu denken. Als Nächstes wurde sie gewahr, dass Maggie sich vorbeugte und ihr die Hand auf den Arm legte. Ihre Miene drückte ehrliche Besorgnis aus.

»Judy, es gibt da etwas, was ich dir seit einiger Zeit vorenthalte. Ich war mir nicht sicher, ob es richtig ist, es dir zu erzählen, aber jetzt habe ich mich dazu durchgerungen. Du hast ein Recht, es zu erfahren. Dann kannst du entscheiden, wie du dich am besten verhältst.«

So hatten in der Vergangenheit schon einige mit ihr geredet.

»Ich möchte es nicht wissen«, sagte sie automatisch.

»Es ist besser, wenn du es weißt«, insistierte Maggie. »Glaub mir, ich verstehe es. Ich habe es durchgemacht.

Wenn du deinen Feind kennst, kannst du ihn bekämpfen.«

Nur dass sie nie eine Kämpfernatur gewesen war. Eher jemand, der verbissen durchhielt. Sie schüttelte den Kopf, aber noch während sie das tat, stellte sie fest, dass das Gefühl von Angst fehlte.

»Es geht um Alan, nicht wahr?«, sagte sie.

Sie stellte es ziemlich nüchtern fest. Sie hätte genauso gut über eine Fehlfunktion ihrer Waschmaschine reden können.

»Ja«, bestätigte Maggie sanft. »Judy, es gibt keine angenehme Art und Weise, es zu sagen. Ich habe ihn gesehen – mit jemandem. Sie haben eine Verabredung geplant.«

»Das glaube ich nicht«, sagte sie.

»Judy, du kannst deinen Kopf nicht so in den Sand stecken. Er war es.«

»Dann musst du missverstanden haben, was vor sich ging. Es hat keinerlei Anzeichen gegeben.«

»Anzeichen?«

»Oh, du weißt schon, das Übliche – Überstunden, neue Klamotten, geheimnisvolle Anrufe, Geschenke wegen schlechten Gewissens.«

Und sogar wenn es das gegeben hätte – ihr stockte beinahe der Atem, als die Erkenntnis sie traf. Sogar wenn es das gegeben hätte, hätte es kaum eine Rolle gespielt, weil es ihr inzwischen egal war. Es würde immer noch wehtun. Keiner wird gern als unzulänglich abgelehnt. Er war immer noch ihr Ehemann, sollte ihr und nur ihr allein gehören. Sie könnte nicht gut mit anhören, dass er sich nach jemand anders sehnte, und nicht leiden. Aber es würde nicht mehr der herzzerreißende Schmerz sein, diese zwanghafte Eifersucht, die sie normalerweise ergriff, nicht dieser Hexenkessel von Gefühlen, der früher in ihr gebrodelt hatte, auch wenn sie nach außen hin ruhig blieb. Nicht, dass sie das Maggie erklären konnte.

»Ich weiß, worauf ich achten muss. Ich bin daran gewöhnt«, sagte sie lahm. »Du lernst, mit diesen Dingen fertig zu werden.«

»Aber du musst nicht einfach nur mit ihnen *fertig werden*«, belehrte Maggie sie. »Dies ist das einundzwanzigste Jahrhundert, um Himmel willen. Frauen sind keine Fußabstreifer, sie sind keine Möbelstücke. Ich würde mir das nicht gefallen lassen. Als ich herausfand, was mein Ex im Sinn hatte, habe ich ihn rausgeworfen.«

Wirklich? Hattest du nicht gesagt, dass *er dich* verlassen hat? »Und bist du glücklich?«

Maggie errötete. »Es geht mir besser ohne den Mistkerl, das kann ich dir sagen. Ich bin unabhängig. Ich bin für mich selbst verantwortlich. Hör zu, Judy, du musst ihn zur Rede stellen. Ihm ein Ultimatum stellen.«

»Und wenn es ist, wie du sagst, soll ich dann riskieren, alles zu verlieren? Meine Ehe, mein Heim?«

»Das wirst du nicht, das versichere ich dir.«

Judy riss der Geduldsfaden. »Wie kannst du das behaupten?«, wollte sie wissen. »Was macht dich zu einer solchen Expertin?«

Maggie konnte einer derartigen Herausforderung nicht widerstehen. »Weil die andere Frau viel zu viel zu verlieren hat, deshalb. Sie will sich nur amüsieren.«

Es dauerte ein, zwei Sekunden, bis die Botschaft ankam. Judy starrte sie an. »Du kennst sie also? Wer ist es?«

Maggie plusterte sich auf. »Oh, niemand, den du kennst ...«
»Du lügst. Ich sehe es dir an. Wer ist sie? Du kannst mir nicht sagen, dass ich den Dingen ins Auge sehen muss, und mir dann nur die Hälfte erzählen.«
»Wirklich, Judy, es ist besser so. Ich hätte es überhaupt nicht erwähnen sollen ...«
»Ich möchte es wissen.«
»Na gut, aber auf deine Verantwortung. Es ist – Fiona.«
»Fiona?«
Nein, das konnte nicht stimmen. Alan hatte eine Schwäche für Fiona, ja. Er hatte sie dazu gebracht, Fiona und Richard zu diesem schrecklichen Dinner einzuladen. War es *möglich*, dass zwischen den beiden etwas war? Da war es jetzt, das Dröhnen in den Ohren, die Atemlosigkeit, der heftige Schmerz.
»Aber – ich habe sie für meine Freundin gehalten«, jammerte sie.
Maggie presste die Lippen zusammen. »Freundin? Diese Frau hat keine Ahnung, was schwesterliche Solidarität bedeutet. Sie ist nichts weiter als eine verwöhnte reiche Zicke, die nicht genug zu tun hat. Sie langweilt sich, und dein Alan kommt ihr da gerade recht.«
Moment mal. Lass uns das ganz klarstellen. »Hast du sie gesehen?«
Maggie erzählte ihr die Geschichte mit dem Blumenladen. Judy sortierte das alles im Geiste. »Du sagst, er hat sie im Laden getroffen, und sie sind gemeinsam herausgekommen. Haben sie sich verabredet?«
»Ja. Sie hatten offensichtlich verabredet, sich im Laden zu treffen.«

War das offensichtlich? Dass sie sich verabredet hatten, sich im Laden zu treffen, um zu verabreden, sich woanders zu treffen? Oder hatte sie da irgendetwas durcheinander gebracht? Sie wusste nicht, was sie davon halten sollte. »Ich gehe nach Hause.«

Maggie tätschelte ihre Hand. »Ruf mich an, wenn du darüber reden möchtest«, bot sie an.

Nein danke. »In Ordnung.«

Je länger sie im Verlauf der nächsten beiden Tage darüber nachdachte, desto mehr verzettelte sie sich. Manchmal war sie davon überzeugt, dass Maggie recht hatte, häufiger, dass sie das alles missverstanden hatte. Manchmal war sie verletzt, wütend und fühlte sich betrogen, dann wurde ihr schlagartig bewusst, dass sie Alan das Gleiche antat. Manchmal war sie äußerst betroffen, manchmal war sie beinahe froh, weil es ihr eigenes Tun rechtfertigte. Und dann, Freitagmorgen ganz früh, haute sie die erstaunliche, die offensichtlichste Erkenntnis schier um. Sie konnte wählen!

Wenn so etwas in der Vergangenheit passiert war, hatte sie immer das Gefühl gehabt, nichts tun zu können, außer durchzuhalten und darauf zu warten, dass Alans Verliebtheit sich legte. Was immer der Fall gewesen war. Denn hier waren sie, immer noch verheiratet, nach beinahe fünfundzwanzig Jahren. Aber jetzt – jetzt hatte sie Trevor. Was sowohl wundervoll als auch weitaus schwieriger war. Sie konnte es kaum erwarten, ihn wiederzusehen.

Die Freitagabende folgten inzwischen einer gewissen Routine. Karis würde in ihrem Pyjama darauf warten, dass Brad ihr gute Nacht sagte, bevor er und Naz ausgingen, Judy würde ihr eine Geschichte vorlesen, und dann würde Trevor sie schließlich zu Bett bringen. Diesen Freitag las Judy ganz mechanisch, in Gedanken war sie woanders.

»Also, was *ist* das?«, wollte Karis wissen und zupfte sie am Ärmel.

»Was?« Sie hatte die Eingangsfrage verpasst.

»Kommels.«

»Kommels?« In der Geschichte kam nichts vor, was auch nur annähernd so hieß.

»Meine Lehrerin sagt, wir müssen sie finden. In den Sätzen.«

Es dämmerte ihr. »Oh, *Kommas.* Diese kleinen Zeichen wie ein Punkt mit einem Schwänzchen.« Sie zeigte auf eins. »Siehst du noch mehr?«

Sie suchten Kommas. Judy erklärte, so gut sie konnte, wofür sie da waren. Sie las das Märchen zu Ende. Trevor kam und erlöste sie. Dann konnten sie endlich nach oben gehen und aufs Sofa sinken.

Die restliche Routine war gewöhnlich, etwas zu trinken, zu essen und sich dann zu lieben. Sie war sich immer noch nicht sicher, ob sie Trevor etwas von Maggies Verdacht erzählen sollte. Sie nippte an ihrem Gin Tonic, aß Trevors jüngste Kreation (Peperonihuhn und Croûtons auf jungem Spinat, gefolgt von Himbeerparfait) und versuchte, zu einem Entschluss zu kommen.

»Du bist sehr still heute Abend«, sagte Trevor.

»Bin ich das?«

»Ja. Irgendwie mit den Gedanken woanders.«

»Oh – entschuldige. Mir geht einiges durch den Kopf.«

Sag es ihm. Nein. Es sähe so aus, als wolltest du ihm einen Wink geben. Ihn drängen wollen.

»Mir geht in letzter Zeit ebenfalls einiges durch den Kopf.«
Irrationale Panik überfiel sie. Sie schnappte nach Luft. Er dachte doch nicht daran, Schluss zu machen, oder?
»T-tut es das?«
Trevor griff über den Tisch nach ihrer Hand. »Ich möchte, dass du mir eine Frage ganz ehrlich beantwortest.«
»In Ordnung.« Sie war gut, was Ehrlichkeit betraf. Was ihr schwerfiel, war zu lügen. Außer in letzter Zeit natürlich. Alan gegenüber.
»Wie viel ist noch von deiner Ehe übrig?«
Sie musste lachen. »Oh Gott, wie soll ich das beantworten?«
Er sah sie unverwandt an. »Versuch es.«
»Aber es ist so kompliziert. Ich weiß es nicht. Ich weiß es wirklich nicht.«
»Liebst du ihn noch?«
»Nein.« Nein, das tat sie nicht. So viel hatte das Gespräch mit Maggie vor ein paar Tagen ergeben. Dass es sich um Fiona handeln sollte, hatte sie wütender gemacht, als dass Alan sie möglicherweise betrog.
Trevor lächelte gepresst. »Gut. Das ist ein großer Schritt. Liebt er dich noch?«
Tat er das? Hatte er das je getan? Er hatte es immer gesagt, wenn eine Affäre beendet war. Aber Worte waren schließlich billig. Sie hatte sie begierig aufgesaugt, sie in ihrem Herzen bewahrt und hervorgeholt und betrachtet, wenn die Dinge wirklich schlecht standen. *Er liebt mich. Er tut es wirklich. Er braucht nur die Aufregung, die andere Frauen bieten.*

»Er liebt – nein – braucht die Sicherheit, die ich und unser Heim und unsere Kinder ihm bieten – und den damit verbundenen Status.« Ja. Das war es, was Alan brauchte. Das war es, was ihn jedes Mal hatte zurückkehren lassen.

»Und du? Brauchst du das alles? Ist es genug?«

»Das habe ich mich oft selbst gefragt. Oft«, gab sie zu. Zögernd.

»Und zu welchem Schluss bist du gekommen?«

»Es musste mir genügen – bis vor kurzem.«

»Vor kurzem?«

»Bis ich dich kennengelernt habe.«

»Ja!«, sagte Trevor. »Genau das ist es. So war es auch für mich. Nachdem Sadie gestorben war, dachte ich, ich würde nie wieder eine so wundervolle Frau wie sie finden. Und als ich das Schlimmste hinter mir hatte, beschloss ich, mich einfach mit dem, was ich hatte, zufriedenzugeben. Ich hatte Natalie und Karis, und ich hatte das Geschäft und den Garten und meine Freunde. Es war genug. Ich redete mir ein, dass es genug war. Bis ich dich kennengelernt habe.«

Judy konnte sehen, wohin das führen würde. Sie wusste nicht, ob sie Angst haben oder überglücklich sein sollte. Ihr Herz pochte in ihren Ohren, sprengte ihr fast die Brust. »Aber leider bin ich zufällig verheiratet.«

»Ich verdiene dich nicht, Liebling«, fuhr Trevor fort. »Ich habe dieses Thema bisher nicht angeschnitten, weil ich ungern ein Heim zerstöre, aber je mehr ich über deinen Alan erfahre, desto klarer wird es, dass er einfach nicht zu schätzen weiß, was er hat. Warum willst du weiterhin dein Leben mit ihm verschwenden, wenn wir glücklich sein könnten?«

Das war es. Zeit der Entscheidung. Judy blickte in sein erwartungsvolles Gesicht, seine freundlichen Augen. Er hatte recht, sie könnten sehr glücklich sein. Aber – sie waren keine Teenager. Es gab andere, die man berücksichtigen musste. »Also – was genau willst du mir damit sagen?«, fragte sie, um Zeit zu gewinnen.
»Ich möchte, dass du zu mir ziehst.«
Es klang so einfach, wenn man es so ausdrückte. Und es war das, was sie sich wünschte, mehr als alles andere auf der Welt. Wenn es nur um sie ginge ...
»Ich kann eine solche Entscheidung nicht treffen, nicht sofort.«
»Denk darüber nach«, drängte Trevor sie. »Denk darüber nach und dann sag ja.«

18

Etwas derartig Abgeschmacktes würde Richard doch bestimmt nicht tun?

Fiona stand mitten im Ankleideraum, in der einen Hand sein Jackett, in der anderen ein kreisrundes Stück Pappe. Sie starrte es an, als könne sie es verwandeln, wenn sie es nur intensiv genug anstarrte. Aber es blieb dasselbe. Es war ein Bierdeckel, weiß mit grünem Rand, dem grünen Aufdruck *Oasis Motel* und einer Palme. Es gab bestimmt eine Erklärung dafür.

Sie musste nur Richard fragen, und er würde lachen und ihr sagen – was? Dass es ein Scherz war, den ihm die Jungs im Büro gespielt haben? Eine Werbekampagne? Ein – an diesem Punkt verließ sie die Vorstellungskraft. Sie kannte das *Oasis*, flüchtig. Es lag an der Schnellstraße ungefähr zehn Meilen von Mellingford entfernt. Es war nicht die Art Motel, in die Richard und sie oder irgendeiner aus ihrem Freundeskreis gingen. Man konnte dort essen, aber es war ganz gewiss nicht die Sorte von Restaurant, die sie aufsuchten.

Richard kannte sich sehr gut aus mit Essen und Weinen. Er bevorzugte erstklassige Lokale. Und das *Oasis* war nicht erstklassig. Genau genommen war es eher schäbig. Es wurde benutzt als billige Absteige oder – Fiona wurde schlecht.

Es wurde benutzt als Ort für eine schnelle Nummer.
Also – in Ordnung – das hieß nicht, dass Richard eine Frau mit dorthin genommen hatte. Natürlich hatte er das nicht. Zunächst einmal wäre er nicht so dumm gewesen, ein so belastendes Beweisstück wie dieses in seiner Tasche zu lassen und sie zu bitten, das Jackett in die Reinigung zu bringen.
Und schließlich war es keine Rechnung. Nur ein Bierdeckel. Aber wie eigentümlich, so etwas in die Tasche zu stecken!
Es musste eine plausible Erklärung geben. Es ließ sie den ganzen Tag nicht los. Mehrmals beschloss sie, Richard einfach zu fragen, wie er da hingekommen war. Viel später, als sie langsam mit seinem Kommen rechnete, rief er an.
»Hallo«, sagte sie zurückhaltend.
»Hallo, Darling.« Er schien ihre alles andere als ekstatische Begrüßung nicht zu bemerken.
Es gab zwar Geräusche im Hintergrund, aber sie konnte nicht richtig ausmachen, was es war oder wo er sich aufhielt. »Wo bist du?«
»In irgendeiner Bar – hör zu, Darling, es gibt da ein kleines Problem, ich komme unter Umständen etwas später, als ich dachte.«
»Ich verstehe.« Sie versuchte, ganz gelassen zu klingen, aber das Eis in ihrer Stimme hätte ihre Hände blau gefrieren lassen können.
»Es tut mir leid, Darling. Ich komme, so schnell ich kann.«
War es eine Bar, oder war er im Zug? Sie konnte keine Stimmen hören, aber möglicherweise hatte er sich das

Handy ganz dicht ans Ohr geklemmt. Oder er war vielleicht nach draußen gegangen.

»Solange du dich nur gut amüsierst.«

»He, was soll das denn?« Richard klang verärgert. »Es ist etwas Geschäftliches, Darling. Du weißt schon – was dafür sorgt, dass wir unsere Rechnungen bezahlen können.«

»Natürlich.«

»Hör zu, ich habe jetzt keine Zeit, mich mit dir darüber zu streiten. Wir sehen uns später. Ciao.«

Mistkerl! Fiona schmiss das Telefon hin. Sie holte mehrmals tief Luft und versuchte, das Zittern ihrer Hände zu kontrollieren. Er musste manchmal lange arbeiten. Sie wusste das. Schließlich hatte sie früher mit ihm zusammengearbeitet. Wenn ein Auftrag erledigt werden musste, musste er erledigt werden, besonders, wenn es in letzter Minute Änderungen gab. Und er hatte auch sehr viele gesellschaftliche Verpflichtungen – Geschäftsessen, sich mit Klienten und potenziellen Klienten auf einen Drink in Bars treffen, derlei Dinge. Sie begriff durchaus, wie der Hase lief. Aber es war alles so einseitig. Sie war diejenige, die Konzessionen machen musste. Sie hatte erst kürzlich die Gelegenheit ausgeschlagen, eine weitere Party auszurichten, weil sie wusste, wie sehr es ihm gegen den Strich ging.

»Wann kommt Daddy nach Hause?« Freyas kleine Gestalt tauchte in der Küchentür auf. Sie und Harry hatten eifrig auf dem Spielplatz im Garten gespielt, den Brad für sie gebaut hatte.

»Er kommt etwas später, Liebling.«

Freyas Gesicht verzog sich enttäuscht. »Ooh – wir wollten ihm das Camp zeigen, das wir gebaut haben.«

»Ihr könnt es mir zeigen. Ich würde es gern sehen.«
Die ganze Zeit über, während sie das Meisterwerk ihrer Kinder bewunderte, kochte sie. Wie konnte ihr Vater etwas tun, was ihr Glück, ihre Sicherheit gefährdete? Er, der immer darauf bestand, dass sie eine perfekte Kindheit haben mussten?
Ihr ständiges Auf und Ab an Gefühlen wich endlich kalter Wut. Es würde nicht alles nach seiner Nase gehen. Sie würde sich von ihm nicht ihr ganzes Leben diktieren lassen. Sie musste etwas tun, was ausschließlich ihres war. Entschlossen ging sie zurück ins Haus, zog ihr Notizbuch zu Rate und griff zum Telefon.
»Hallo, Jennifer? Fiona Meredith. Ja, sehr gut, vielen Dank. Hör zu, Jennifer, ich glaube, ich kann dir doch helfen. Ja, die Party. Also, ich hasse es, eine Freundin im Stich zu lassen, deshalb habe ich einiges umorganisiert und glaube, ich kann es doch noch übernehmen. Natürlich nur, wenn du noch niemand anders gefragt hast.«
Sie hielt den Atem an. »Hast du nicht? Oh, hervorragend. Ja, ich bin sicher, dass mir etwas wirklich Spektakuläres für dich einfällt. Wenn du mir nur ungefähr sagst, wie viele Gäste und die Summe, die du ausgeben möchtest ... ja, ja, in Ordnung ... Oh ja, das reicht allemal ... Können wir einen Termin vereinbaren, an dem ich vorbeikomme und einige Ideen mit dir durchgehe? Donnerstag ... ah, ja, prima. Nein, das ist nicht zu früh. Ich habe mir schon das eine oder andere überlegt. Das ist also verabredet. Ich freue mich auf dich ... danke, ciao.«
Fiona legte das Telefon nieder, machte sich eine Notiz in ihrem Terminkalender, lehnte sich zurück im Sessel. »In

Ordnung«, sagte sie laut. »Pass auf, Richard Meredith. Du bist nicht der Einzige in dieser Familie, der ein erfolgreiches Geschäft betreiben kann.«
Das schreckliche Gefühl, dass die Ereignisse ihrer Kontrolle entglitten, legte sich. Sie nahm ihr Leben selbst in die Hand, und wenn Richard das nicht gefiel, dann war das sein Pech.

Es war ein schöner Sommerabend in dem ungepflegten kleinen Garten hinter Cathys Haus. Sie fühlte sich am glücklichsten, wenn sie draußen im Gemüsebeet herumstochern konnte. Im Haus fühlte sie sich dieser Tage in ihrer Bewegungsfreiheit eingeschränkt. Die Räume, voll mit ihren und Mikes gemeinsamen Sachen, engten sie ein. Die verstreuten CDs, die Bilder, die Erinnerungen an vergangene Urlaube, alles vibrierte geradezu vor Bedeutung. Symbole der Zusammengehörigkeit. Hier draußen war ihr Platz. Mike war kein großer Gärtner, er zog es vor, in seinem Schuppen vor sich hin zu werkeln, Dinge zu reparieren.
Sie zupfte etwas Unkraut und schmiss es in den Eimer. Sie verfehlte ihn, es landete stattdessen auf Goldie, dem Spaniel, der mitten im Kopfsalat schlief. Goldie rührte sich nicht, und Cathy ließ das Unkraut auf seinem altersfleckigen Bauch vor sich hin welken. Die Sonne verstärkte den angenehmen Geruch von warmer Erde und Gemüse, zusammen mit dem nach altem Hund. Cathy betrachtete ihre ungepflegten Hände.
Sie hatte gestern keine Zeit gehabt, ihre Nägel zu feilen

und zu lackieren, bevor sie sich weggeschlichen hatte, um Richard zu treffen. Sie hatte sich deswegen geschämt, sie unter dem Tisch versteckt und sich im Wagen auf die Hände gesetzt. Fiona war immer so perfekt manikürt. Aber er hatte sie sich gegriffen und sie in seinen Händen umgedreht.

»Nette kleine Tatzen«, hatte er gesagt, »so natürlich wie bei einer Klosterschülerin. Wer käme auf den Gedanken, dass die Eigentümerin solcher Hände ein so wildes kleines Tier sein kann?«

Wild war genau das Wort dafür. Cathy erschauerte genüsslich bei der Erinnerung an ihren stürmischen Sex. Das *Oasis*. Wie sie diesen Ort liebte. Allein das Wort sorgte dafür, dass sie im Innersten aufgewühlt war vor Lust, vor Erregung. Was war mit diesem Bierdeckel passiert? Hatte Richard ihn gefunden und versteckt oder, oh bitte nicht, weggeschmissen? Hatte Fiona ihn gefunden und gefragt, wie er dahin kam? Kein Wort war darüber gefallen gestern, und sie hatte sich nicht getraut zu fragen. Eigentlich tat sie so etwas nicht, jemandem ein Beweisstück unterzuschieben, vorsätzlich etwas in Gang zu setzen, aber sie verzweifelte zunehmend. Etwas musste geschehen, etwas Drastisches, um Richard zum Handeln zu zwingen. Weil sie so nicht weitermachen konnte, ihn nur gelegentlich abends zu sehen. Sie wollte ihn ganz und gar, für immer.

»Da bist du. Wächst alles schön? Es sieht gut aus.«

Cathy fuhr zusammen. Einen Moment lang war sie verwirrt, dass sie hier zwischen dem Salat hockte und statt ihr Liebhaber ihr Mann mit ihr redete. »Oh, hallo. Ich habe dich nicht gehört.«

Sie stand auf und klopfte sich den Schmutz von den Knien.
»Nein, du warst meilenweit entfernt.« Mike trat über die unregelmäßigen Reihen Gemüse, um ihr einen Kuss zu geben. Cathy versteifte sich. Früher hatten sie sich herzhaft umarmt, froh, beieinander zu sein nach getaner Arbeit, glücklich und zufrieden in gegenseitiger Umarmung. Jetzt legte Mike ihr nervös die Hand auf die Schulter, als könnte sie ihn beißen, und gab ihr nur einen flüchtigen Kuss auf die Wange.
»Guter Tag?«, fragte er viel zu fröhlich.
»Ganz okay.«
Sein Blick glitt forschend über ihr Gesicht, um ihre Stimmung zu ergründen. »Tiere in Ordnung?«
»Ja, prima.« Sie hatte nun wirklich keinen Bock, ihm jede Kleinigkeit, die sie angestellt hatten, zu erzählen. Sie wollte es nicht länger mit ihm teilen.
»Gut, also – möchtest du einen Tee?«
»Ja, okay.«
Er stapfte zurück ins Haus. Cathy sah ihm hinterher, die Schultern nach vorn gesackt unter dem Gewicht ihrer Ablehnung. Ein Teil von ihr fühlte sich schuldig, da er es gut meinte, er war nett, es war nicht seine Schuld. Aber ein anderer Teil von ihr wollte schreien vor Gereiztheit. Geh weg. Lass mich in Ruhe.
Wenige Minuten später kam er mit zwei Bechern zurück. Sorgfältig wischte er die Vogelkacke von der Bank unter dem Apfelbaum, die er gebaut hatte, und setzte sich. »Er ist fertig.«
Cathy seufzte. Sie wollte eigentlich gar keinen Tee. Sie setzte sich ans äußerste Ende der Bank.

»Im Esszimmer hängt ein Kostüm von dir«, sagte Mike. Sie hatte es herausgesucht. Nach langer Diskussion hatten sie sich darauf geeinigt, dass diejenigen, die für den letzten Tanz ihrer Vorführung auf dem Sommerfest ein zweiteiliges Kostüm tragen wollten, es ruhig tun sollten. Cathy hatte ihr glitzerndes BH-Top und den dazu passenden Gürtel mit dem flammend roten Rock ausgesucht.
Das Kostüm, das sie auf der Weihnachtsfeier getragen hatte, als sie und Richard sich zum ersten Mal begegnet waren.
»Es ist das, was ich auf dem Sommerfest tragen werde.«
»Du willst dieses rote Ding anziehen?« Er klang nicht glücklich.
»Richtig.« Sie trank einen Schluck Tee und starrte auf die Kätzchen. Ein einziger kleiner Fellhaufen, der zu ihren Füßen spielte und sich überkugelte.
»In aller Öffentlichkeit?«
»Ja. Hast du ein Problem damit?«, fragte sie, aggressiv, genau wie Shauna.
»Ja, habe ich in der Tat.«
Sie kannte diesen Ton. Das war Mike auf einem moralischen Kreuzzug. Sie warf ihm einen verstohlenen Seitenblick zu. Der knuddelige Teddybär war empört.
»Cathy, ich halte es wirklich nicht für richtig, wenn sich meine Frau mitten am Tag in so einem Outfit in einem öffentlichen Park zeigt.«
Er klang wirklich dumm, wenn er so geschraubt daherredete. »Oh, um Himmels willen! In welchem Jahrhundert lebst du eigentlich?«
Mike wurde rot. »Zu dem Fest kommen Leute, die ich

kenne. Ich möchte nicht, dass sie meine Frau so sehen, aufgetakelt wie eine – Nachtclubtänzerin!«

Cathy stand auf und stemmte die Hände in die Hüften. »Wirklich? Und was willst du dagegen unternehmen?«

Mike holte tief Luft. Es war deutlich zu sehen, dass er sich zu beherrschen versuchte. »Was du in einem Gemeindesaal machst mit einem Haufen anderer Frauen, ist eine Sache, aber in der Öffentlichkeit aufzutreten und einen Narren aus dir zu machen, eine völlig andere. Also, ich bitte dich, Catherine, hör wenigstens einmal auf mich und tu das, worum ich dich bitte.«

Er bittet. Er bittet. Aber was ist mit mir? »Warum sollte ich, wenn du nicht tust, worum ich dich bitte?«

»Ich tue alles Mögliche für dich. Sieh nur diese Kätzchen. Du wolltest sie behalten, und ich hatte nichts dagegen.«

Er stellte sich absichtlich dumm, weigerte sich, auch nur in Erwägung zu ziehen, worum es wirklich ging. »Das habe ich nicht gemeint!«, schrie sie.

Mike schloss kurz die Augen. »Oh«, sagte er. Er klang trostlos. »Also darum geht es die ganze Zeit, ist es so?«

Ja. Nein. Nicht ganz. Sie wollte immer noch unbedingt ein Baby, aber jetzt ging es um mehr.

Das Problem war, dass er, wenn er so dasaß und so unglücklich und frustriert aussah, ihr beinahe leidtat. »Ja«, sagte sie leise.

»Aber Liebling, können wir nicht einfach ...« Hilflos hob er die Arme und ließ sie wieder fallen. »Können wir nicht einfach glücklich sein mit dem, was wir haben? Da sind die Tiere, und – und unsere Freunde. Ich meine, wir haben es doch gut, oder? Und wir haben einander. Wir lieben uns immer noch, nicht wahr?«

Taten sie das? Cathy wusste überhaupt nichts mehr, mit einer Ausnahme. »Das reicht nicht.«
»Reicht nicht! Aber das muss es. Was denn noch?«
Das gab den Ausschlag. »Du *weißt* was noch!«, schrie sie ihn an. »Darum geht es doch bei diesem blöden besitzergreifenden Ehemannscheiß wegen des Tanzkostüms, nicht wahr? Du musst dich wie ein Macho aufführen, weil du mir kein Baby machen kannst, und das ist die einzige Möglichkeit zu beweisen, dass du ein Mann bist!«
»Das ist nicht fair!« Mike sprang auf. Die Augen hinter seinen dicken Brillengläsern blitzten vor Verletztheit und Wut. »Das ist nicht fair, und es ist nicht wahr!«
»Es ist wahr, und außerdem mache ich es nicht länger mit!«
Erstaunt lauschte Cathy den Worten, die aus ihrem Munde kamen. »Ich verlasse dich, Mike. Ich verlasse dich, und ich komme nicht zurück.«
Getragen von einem Aufruhr von Gefühlen marschierte sie ins Haus und schnappte sich ihre Tasche von der Arbeitstheke in der Küche.
»Cathy!«, brüllte Mike. »Cathy, warte! Du kannst nicht ...«
»Du siehst doch, dass ich es kann.«
Sie segelte durch den Flur und riss die Haustür auf. »Und vergiss nicht, die Tiere zu füttern«, rief sie und schlug die Tür hinter sich zu.
Mike kam hinter ihr her gerannt, als sie gerade am Wagentürschloss herumfummelte. »Cathy, Liebling, geh nicht ...«
Verdammtes Auto. Willst du wohl aufgehen! Der Schlüssel drehte sich, sie sprang hinein. Mike hielt den Türgriff fest.

»Cathy, bitte …«
Ihre Hände zitterten so stark, dass sie nur mit Schwierigkeiten den Schlüssel in die Zündung kriegte. Sie drehte ihn um, stotternd sprang der Motor an. Sie ließ ihn aufheulen, um Mikes Stimme zu übertönen, und legte den ersten Gang ein. Das Auto machte einen ruckartigen Satz nach vorn und fuhr mit einem Höllenlärm die Straße hinunter, verpasste wie durch ein Wunder die jeweils seitlich parkenden Wagen.
Erst als sie Mellingford hinter sich gelassen hatte, wurde Cathy bewusst, dass sie keinen Schimmer hatte, wohin sie fahren sollte. Dennoch fuhr sie weiter, weil sie dann wenigstens etwas hatte, womit sich ihre Hände, ihre Füße und ein Teil ihres Verstands beschäftigen konnten. Fahren gab ihr die Illusion, etwas Sinnvolles zu tun. Nach und nach legte sich die Wut, die sie aus dem Haus getrieben hatte. Sie sah die ersten Hinweisschilder für die M 25. Zeit der Entscheidung. Sie nahm entweder diese Straße und fuhr nach London, wo sie sich regelmäßig verfuhr, oder – oder wohin? Sie fuhr mehrfach durch den Kreisverkehr und fragte sich, ob sie nach Norden, Süden, Osten oder Westen fahren sollte.
Sie kam in eine größere Ortschaft. Menschen waren draußen in ihren Gärten, Kinder sausten auf Fahrrädern und Skateboards herum, Barbecueschwaden waberten durch die Luft. Ganz gewöhnliches Leben fand hier statt.
Cathy fühlte sich sehr allein. Richard, sie wollte Richard. Sie hielt an und durchwühlte ihre Handtasche nach ihrem neuen Handy. Die Warnung, dass es aufgeladen werden musste, leuchte auf, und dann war es tot. Cathy

schlug ihren Kopf gegen das Steuerrad. Dann fuhr sie weiter, mit einem Ziel jetzt, bis endlich, so willkommen wie ein Pub in der Wüste, eine Telefonzelle an der Straßenseite auftauchte. Ein Wunder! Sie war nicht zerstört. Das musste ein gutes Omen sein. Ihr Herz klopfte, sie hörte das Klingeln, zählte automatisch mit. Drei, vier, fünf ...

»Richard Meredith.« Oh, seine betörende Stimme. Sie bekam kein Wort heraus. »Hallo? Wer ist da?«

»R-Richard?«, piepste sie.

»Ca... ? Was zum ... ?« Aus den Schokoladentönen wurde aufgebrachtes Flüstern. »Warte!«

Einige Sekunden Pause, dann sprach er wieder. Leise. Gehetzt. Nicht glücklich. »Wieso zum Teufel rufst du mich um diese Zeit an? Ich bin zu Hause.«

Cathy fühlte sich, als hätte ihr jemand eine Ohrfeige versetzt. »Es tut mir leid, ich habe nicht daran gedacht – es ist nur ... Oh Richard, ich habe es getan! Ich bin gegangen. Ich habe Mike verlassen.«

Jetzt. Jetzt musste er etwas tun. »Du hast *was* getan? Bist du *verrückt?*«

Das konnte er doch nicht sagen. Das konnte er nicht. Er musste sich doch freuen. »Ich dachte, du würdest dich freuen«, sagte sie kläglich.

»Warum verdammt noch mal sollte ich mich freuen?«

Eine schrille Stimme ertönte im Hintergrund. »Daddy! Sieh mal, was ich hier mache!«

Richards Stimme, etwas gedämpft: »Eine Sekunde noch, Schätzchen. Daddy telefoniert.«

Dann sprach er wieder mit ihr. »Hör zu, ich weiß nicht, was dein Problem ist, aber geh einfach zurück und regele das, okay? Und ruf mich unter keinen Umständen wieder an. Ist das klar?«

»Aber …«

»Ist das klar?«

»Ja, ich denke …«

»Gut.« Und die Leitung war tot.

»Richard? Darling?« Cathy umklammerte immer noch den stinkenden Hörer.

Langsam hängte sie ihn ein. Ihre Glieder fühlten sich bleischwer an. Es gelang ihr gerade noch, die Tür der Telefonzelle zu öffnen. Wie ein Zombie wankte sie zum Auto und ließ sich auf den Sitz fallen. Um sie herum mähten die Leute erstaunlicherweise immer noch ihre Rasen, radelten und skateten die Kinder. Die Welt war untergegangen, und sie wussten es nicht einmal. Cathy legte den Kopf auf die Arme auf dem Steuerrad und weinte und weinte.

Einige Zeit später, völlig erschöpft vom vielen Weinen, versuchte sie, eine Entscheidung zu treffen, wohin sie gehen sollte. Nach Hause? Unmöglich. Zu ihren Eltern? Auf keinen Fall. Sie würden ihr nur sagen, dass sie zurück zu Mike gehen sollte. Zu einem ihrer Freunde? Aber all ihre langjährigen Freunde waren gemeinsame Freunde. Sie ergriffen möglicherweise für Mike Partei.

Die Tanztruppe. Judy würde sie aufnehmen. Judy war nett und freundlich und mütterlich. Aber Judy hatte diesen grauenvollen Alan und die beiden Teenagerjungs. Das konnte sie nicht ertragen.

Shauna? Deren laute Familie konnte sie genauso wenig ertragen.

Maggie? Sie hatte Platz bei sich und war gegen Männer

und hätte ihr in null Komma nichts einen Termin bei einer Scheidungsanwältin besorgt, aber nein. Auf keinen Fall.

Naz. Ja. Naz war nett, und sie war nicht neugierig. Sie würde nicht versuchen, sie zu irgendetwas zu überreden.

Mit mehr Glück als Verstand fand Cathy ihren Weg zurück nach Mellingford und zu Naz' Haus. Sie stolperte völlig geschafft über den Gartenweg zur Haustür und klingelte.

Naz sah sie geschockt an. »Cathy! Was ist los? Was ist passiert?«

Beinahe wären erneut Tränen geflossen. »Oh, Naz, es tut mir leid, aber – kann ich heute Nacht bleiben?«

Es gab nicht das leiseste Zögern. Naz nahm ihren Arm und half ihr in den Flur. »Natürlich. Du kannst so lange bleiben, wie du möchtest.«

18

Maggie versuchte, diesen Tag einfach zu streichen, nicht länger darüber nachzudenken. Die Schulinspektion war in knapp zwei Wochen, eine weitere Kollegin hatte sich wegen Stress krankschreiben lassen, und irgendwelche Aushilfslehrer, ganz zu schweigen von kompetenten Aushilfen, waren absolut nicht aufzutreiben. Nicht, dass sie ihnen das vorwerfen konnte. Wer, der noch bei klarem Verstand war, würde den Versuch unternehmen, abgestumpften, uninteressierten Vierzehnjährigen, deren Namen sie nicht einmal kannten, vor den kritischen Augen der Schulbehörde Physik beizubringen? Zu allem Übel hatten auch noch John Lang, das ehemalige Objekt ihrer Aufmerksamkeit, und seine verdammte Emma verkündet, dass sie Eltern würden. In seinem Alter! Er war zweiundfünfzig, mindestens. Und er grinste übers ganze Gesicht, als hätte er gerade den Sex entdeckt, während sie ganz rosig und rundherum befriedigt aussah, sich in der Aufmerksamkeit suhlte und ostentativ mit der Hand wedelte, wenn irgendjemand es wagte, sich eine Zigarette anzuzünden. Also, die Freude würde ihm schon noch vergehen, wenn das Balg erst einmal da war und beide die ganze Nacht vom Schlafen abhielt, das war mal sicher.

Vergiss es, vergiss es. Sie waren den Energieaufwand nicht

wert. Es gab erfreulichere Dinge, auf die sie sich konzentrieren sollte, wie zum Beispiel ihren Besuch bei Naz.
Sie raste nach Hause, ließ ihre Ordner und Mappen fallen, begrüßte Ben und Shauna im Vorbeigehen, die auf dem Sofa herumlümmelten und sich irgendeine grässliche australische Soap ansahen, und eilte nach oben. Schnell umziehen, Zähne putzen und Make-up erneuern. Fertig. Nicht schlecht. Absolut nicht schlecht.
»Ich schaue mal kurz bei der kleinen Karis vorbei und helfe ihr bei den Hausaufgaben«, sagte sie munter.
Ihr entging der Blick, den Ben und Shauna austauschten.
Rein ins Auto und ab zu Naz. Sie fühlte sich wie neugeboren, energiegeladen und optimistisch. Es ging doch nichts darüber, sich Menschen über ihre Kinder zu nähern. Trevor war dankbar gewesen sowohl im Namen von Karis als auch von Naz, als sie die Haltung von Karis' Lehrerin erklärt hatte und anbot, die Nachhilfestunden fortzuführen. Die Frage war, würde er sich diese Woche blicken lassen? Sie könnte ihn wegen einer Autowerkstatt um Rat fragen. Ihr Auto gab merkwürdige Geräusche von sich, und sie war sicher, dass die Werkstatt, zu der sie ging, nicht gut war. Vielleicht würde er ihr gern eine empfehlen.
Das Parken in Naz' Straße war wie immer grauenvoll. Vor dem Haus stand ein ziemlich alter Metro. Er kam ihr irgendwie bekannt vor, aber Maggie konnte ihn nicht unterbringen. Sie parkte ihr Auto ein paar Häuser weiter unten.
Karis kam an die Tür gerannt, was ein gutes Zeichen war. »Wir haben Besuch!«

Maggies Herz klopfte aufgeregt. Trevor? Sie hatte seinen Wagen draußen nicht gesehen. »Ach ja? Wer ist es denn?«
»Komm mit!«
Karis griff nach ihrer Hand und zog sie durch den kleinen Flur. Sie war wirklich ein sehr attraktives Kind. Ein Stiefenkelkind. Es war ein bisschen gewöhnungsbedürftig, sich als ehrenamtliche Großmutter zu sehen, aber es könnte auch ganz nett sein. Etwas, was sie mit einem kleinen Lachen abtun konnte, so dass die Leute sagen könnten, dass sie wirklich nicht alt genug aussah, um Oma zu sein.
Karis riss die Tür zum Wohnzimmer auf. »Da, sieh!«
Maggie sah, und zwar sah sie enttäuscht Cathy mit der Katze Jasmine auf dem Schoß auf dem Sofa sitzen.
»Hallo, Maggie.« Cathy klang teils entschuldigend, teils trotzig.
»Sie wohnt bei uns. Sie schläft auf der Luftmatratze. Sie passt auf mich auf heute Abend, solange Mummy im College ist«, erzählte Karis ihr. »Sie ist nett, sie heißt Cathy, und sie hat Jasmine gesund gemacht, als sie operiert werden musste, damit sie keine Kinder bekommen kann.«
»Ja«, sagte Maggie, die diese Informationen erst einmal verdauen musste und sich dann zusammenriss. »Ja, Cathy und ich kennen uns, Karis. Wir tanzen zusammen.«
»Du tanzt?« Karis starrte sie an, ihre Augen blitzten vor Lachen. »Lehrerinnen tanzen doch nicht!«
»Diese schon.« Karis wollte sich schier ausschütten vor Lachen.
»Ich bleibe nur so lange hier, bis ich mich wieder gefangen habe.«

Also. Nie und nimmer hätte sie geglaubt, dass Cathy und Mike sich trennen würden, hatte sie immer für viel zu beschränkt und langweilig gehalten. »Soll ich gratulieren oder kondolieren?«
»Oh – es war meine Entscheidung. Ich wollte ihn verlassen.«
Jetzt war sie definitiv trotzig. Schlug Mike sie etwa, und war sein gemütliches Äußeres nur Fassade?
»In dem Fall, gut gemacht. Wir Frauen sind viel besser dran, wenn wir allein leben«, sagte sie.
Würde Trevor sich blicken lassen, wenn Naz nicht da war?
»Ah, also ...«
Karis zupfte wieder an ihrer Hand. »Ich habe meine Hausaufgaben gemacht.«
»Oh, großartig.« Wenn sie um die Zeit fertig sein wollte, zu der Trevor möglicherweise nach Hause kam, sollte sie sich besser ranhalten und gleich anfangen. Cathy verscheuchte die Katze von ihrem Schoß und stand auf.
»Ich gehe jetzt und bereite das Essen vor, während ihr fleißig seid. Das habe ich Naz versprochen«, sagte sie und verschwand in der Küche.
Maggie und Karis setzten sich an den Esstisch. Maggie sah die Hausaufgaben durch und war freudig überrascht. Das Kind schien wirklich eine schnelle Auffassungsgabe zu haben. Sie übten ein bisschen Rechnen, dann Rechtschreibung.
»Also, Zeichensetzung müssen wir noch ein bisschen üben«, sagte Maggie. »Weißt du, was ein Punkt ist?«
»Das ist leicht«, sagte Karis und erklärte es.
Maggie nickte. »Ja, gut. Aber du musst ihn auch tatsäch-

lich einsetzen, Karis. Am Ende jedes Satzes. Wie ist es mit Kommas? Kennst du Kommas?«

»Ja. Klar. Das sind Punkte mit Schwänzchen, und sie gehören dahin, wo du eine kleine Pause machen willst im Satz, so als ob du Luft holen musst. *Das* weiß ich. Meine Großtante Judy hat es mir gesagt.«

»Du hast eine Großtante?«

»Ja. Ich wollte, dass sie meine Grandma ist, aber sie hat gesagt, das geht nicht, weil sie nicht die Mummy meiner Mummy ist, aber sie kann meine Großtante sein. Eine besondere Großtante.«

Alarmglocken begannen zu klingeln. Ist schon in Ordnung. Sie hat es wahrscheinlich nur durcheinandergebracht. Kindern in diesem Alter passierte das häufig.

»Siehst du diese besondere Großtante oft?«

»Oh ja, sie liest mir jeden Freitag ein Märchen vor, wenn sie kommt und mit meinem Granddad auf mich aufpasst, und manchmal kommt sie auch mittwochs. Sie ist nett.«

Mein Gott. Eine Freundin. Trevor hatte eine Freundin.

»Oh, gut«, sagte sie automatisch.

Wie lange ging das schon? Warum hatte Naz nichts gesagt? Großtante Judy. Oh mein Gott. *Judy?*

Karis schnatterte weiter. Und plötzlich fiel es ihr wie Schuppen von den Augen. Shaunas Verdacht – Judys besseres Aussehen und Selbstvertrauen – ihre Absagen des Fitnesstrainings mittwochs – Trevors Zurückhaltung. Glasklar, wie ein Video, das in ihrem Kopf abspulte, sah sie ihn vor sich im Umkleideraum nach dem Wohltätigkeitskonzert. Er stand neben Judy. Stand ganz nah bei Judy. Sie standen die ganze Zeit dort, während sie mit ihm sprach. Wie ein – wie ein Paar.

Warum hatte sie es damals nicht wahrgenommen? Weil sie nicht richtig hingesehen hatte. Sie hatte ihn als ungebundenen Mann betrachtet.
Wut und Beschämung erfüllten sie. Wie konnte er nur? Wie konnte er das nur tun? So hinterhältig sein? Er hatte sie glauben gemacht, ein einsamer Witwer zu sein, wo er doch die ganze Zeit – es war genau wie bei John Lang. Sie hätte Trevor das nie zugetraut – aber wieso eigentlich? Er war ein Mann.
Männer würden alles tun, um ihre Interessen durchzusetzen. Sie waren selbstsüchtig, total selbstsüchtig und bis ins Mark verschlagen.
Aber *Judy!* Sie nahm sich ein anderes Ziel vor, und es wurde eher noch schlimmer, noch viel schlimmer. Von Männern war man ja Kummer gewöhnt, aber Judy war eine Frau. Judy war ihre Freundin, jedenfalls hatte sie das angenommen. Sie hatte versucht, ihr zu helfen. Sie hatte ihr vertraut. Oh Gott, was hatte sie über Trevor gesagt? Hatte sie ihr etwa sonst was über ihn erzählt, während Judy nur genickt und zugestimmt hatte?
Ihr wurde ganz heiß vor Entsetzen. Wie Judy über sie gelacht haben musste!
Und die anderen – wussten sie es? Naz bestimmt. Naz ließ sie hierherkommen und ihrer Tochter Gratisnachhilfe geben, wo sie genau wusste, dass ihr Vater etwas mit einer anderen hatte. Dieses Miststück! Wem hatte Judy es gesagt? Wer machte sich hinter ihrem Rücken über sie lustig? Wer …?
»Mrs. Stafford. Mrs. Stafford!«
»Uh? Was ist?« Karis schüttelte ihren Arm.
»Hör auf!« Sie riss ihren Arm weg. Eins war mal sicher,

hier würde sie keinen Moment länger bleiben. Sie stand auf.
»Wohin gehst du?« Karis sah verwirrt aus. Das war Maggie egal.
»Nach Hause.« Sie sammelte ihre Sachen ein und ging Richtung Flur.
»Gehst du schon?«
Cathy. Die hatte sie ganz vergessen. Drohend machte sie einen Schritt auf sie zu.
»Wusstest du Bescheid über Judy und – und Naz' Vater?«, fragte sie.
Ein Teil von ihr, der kleine Teil, der noch über gesunden Menschenverstand verfügte, wusste, dass sie eine totale Närrin aus sich machte. Aber sie konnte sich nicht zurückhalten.
»Äh, also, ja. Naz hat es ...«
Naz hat es ihr gesagt! Wem hatte Naz es noch gesagt?
»Ich verstehe. Ich bin also die Letzte aus unserer Runde, die es erfährt, nicht wahr? Also, vielen Dank auch.«
Sie schlug die Tür hinter sich zu. Den ganzen Weg nach Hause regte sie sich über die Ungerechtigkeit des Lebens auf. Fiona hatte alles und einen Liebhaber, Cathy – ausgerechnet Cathy! – konnte ihre Ehe aufgeben und darauf hoffen, dass ein Mann auf sie wartete, und Judy, die dicke, dumme, rückgratlose Judy hatte ihr einen tatsächlich alleinstehenden Mann vor der Nase weggeschnappt. Es war einfach zum Kotzen. Sie fuhr in die Auffahrt und bremste ruckartig.
»Hallo, Mum. Schon zurück?« Ben und Shauna hockten immer noch auf dem Sofa.
»Müsstet ihr beiden nicht zur Arbeit?«, fragte sie.

»Ja, ja. Gleich.«

Maggie zündete sich wieder eine Zigarette am Stummel der letzten an. Das viele Rauchen bekam ihr überhaupt nicht. Sie ging zum Getränkeschrank und schenkte sich einen Whisky pur ein. Ben und Shauna sahen sie währenddessen neugierig an.

»Also?«, sagte sie. »Ist was?« Sie baute sich vor ihnen auf, wollte, dass sie sich trollten. Sie verstanden den Wink nicht.

»Nö«, sagte Ben.

»Was ist los?«, fragte Shauna.

Sie konnte es nicht länger für sich behalten. »Ich nehme an, ihr wisst Bescheid über Judy und Trevor?«

»Oh, Trevor ist es also! Ich dachte mir schon, dass sie was am Laufen hat. Also, Trevor ist in Ordnung. Ein netter alter Knabe. Knuddelig. Bei dem liegt sie goldrichtig.«

Entweder war sie eine gute Schauspielerin, oder sie hatte es wirklich nicht gewusst. »Warst du nicht dagegen, dass Leute Affären haben?«

Shauna zuckte die Achseln. »Schon, aber – na ja – bei Judy ist es echt witzig, findest du nicht? Ich meine, wenn dieses Arschloch Alan es herausfindet, ist er bestimmt am Boden zerstört. Geschieht ihm verdammt recht, würde ich sagen. Prima, Judy!«

In jedem anderen Fall hätte Maggie möglicherweise zugestimmt. Aber nicht in diesem. »Ich bin schockiert«, sagte sie. »Ich bin schockiert von Judy, und ich bin schockiert von deiner Haltung, Shauna. Ich hätte wirklich gedacht …«

Ben rappelte sich hoch vom Sofa. »Hör auf, Ma«, sagte er. Er hielt Shauna die Hand hin und fuhr fort: »Komm,

Kleines. Wir müssen uns langsam in Trab setzen zur Ranch.«

Daraufhin erhob sich Shauna. Sie trug an diesem Tag hautenge schwarze Jeans, hochhackige Riemchensandalen und ein kurzes knallrosa Top. Ihr langes Haar war zu einem Pferdeschwanz gebunden und floss ihr in ungebärdigen roten Locken über die Schultern. Sie blickte hinunter zu Maggie.

»Bis dann, Maggie«, grinste sie.

Das Paar schlenderte aus dem Haus. Es dauerte zehn Minuten, bis Maggie sich auch nur hinsetzen konnte.

Also, das hatte ihr den Tag doch etwas verschönt. Und Shauna brauchte das dringend. Glücklicherweise war heute Abend sehr viel zu tun. Sie eilte von Tisch zu Tisch, nahm Bestellungen entgegen, servierte und räumte ab, aber nicht einmal das Flirten mit den Kunden und das Kassieren lenkte sie vom ständigen Nachdenken über ihr fortgesetztes berufliches Scheitern ab.

Sie überprüfte die Nachrichten auf ihrem Handy. Eine SMS war von Fiona – Ruf mich schnellstmöglich an. Sie sollten zwar nicht während der Arbeitsstunden telefonieren, aber was soll's, sie hatte doppelt so viele Kunden abgefertigt wie die anderen Mädels. Das Management schuldete ihr was. Sie tippte Fionas Nummer ein.

»Oh, Shauna, wie gut, dass du dich meldest. Ich musste dich sofort anrufen, ich habe wirklich aufregende Neuigkeiten für dich.«

»Ach ja?«

»Ich habe mich heute mit einigen neuen Klienten getroffen, und ihr Nachbar war ebenfalls dabei, weil – höre und staune, Shauna – er Theateragent ist und ich hinsichtlich der Bands mit ihm zusammenarbeiten soll.«

Shauna spürte einen Anflug von Erregung.

»Also, wie dem auch sei, wir haben uns gut verstanden, und ich werde auf ihn zugehen, wenn ich eine Band buchen möchte, und dann habe ich ihn gefragt, ob er auch Tänzer vertritt, und er bestätigte das! Und jetzt kommt das Beste, Shauna. Ich wusste inzwischen, dass er eine junge Familie hat, also habe ich ihn gefragt, ob er mit ihnen aufs Sommerfest geht, und er sagte ja, solange es nicht regnet! Ist das nicht fantastisch? Und natürlich habe ich ihm gesagt, dass er sich die Königinnen des Nils ansehen muss, weil eine der Tänzerinnen absolut fantastisch ist und er sie ganz bestimmt gern vertreten würde ...«

Shauna stockte der Atem. »Ein Agent kommt und will uns tanzen sehen?«

»Solange es nicht regnet, ja. Also, und da habe ich mir gedacht, dass wir das streichen mit unserem Duo. Es ist mir egal, was Cheryl davon hält, es ist für einen guten Zweck. Es ist nicht gut, wenn ich dir im Weg stehe, wenn du einen guten Eindruck machen sollst. Du machst das allein, dann kannst du ihn echt umhauen.«

Tränen brannten Shauna in den Augen. Sie blinzelte sie weg. »Das würdest du tun? Das Duo aufgeben?«

»Natürlich! Ich bin nicht diejenige, die Tänzerin werden möchte. Dies könnte dein großer Durchbruch sein.«

»Oh, Fiona, du bist ein Superstar, echt. Ich weiß nicht, was ich sagen soll.«

Klingendes Lachen ertönte. »Das ist eine echte Premiere! Ich freue mich einfach, dass ich dir ein ganz klein wenig helfen kann. Also, du gehst da raus und gibst alles, was du hast, verstanden?«

»Und ob!«, stimmte Shauna zu. »Und tausend Dank, Fiona.«

Die Chance, von einem Agenten unter Vertrag genommen zu werden! Dies könnte es sein, der Beginn ihrer Karriere. Sie wusste nicht, wie sie den Rest des Abends hinter sich gebracht hatte.

20

Wir können genauso gut früh fahren und noch eine Runde drehen. Die Kinder wären begeistert«, sagte Richard.

»Ja«, sagte Fiona zerstreut.

Sie standen im Schlafzimmer, während sie ihre Kostüme für das Sommerfest sortierte.

»Dies hier, Mummy. Es klimpert so schön«, rief Freya und hielt ein Halsband hoch. Die Münzen zitterten und klirrten.

Das Telefon klingelte. Fiona ignorierte es und suchte weiter in dem Haufen Modeschmuck, den sie zu ihren Tanzkostümen trug. Protzig, klimpernd und riesig, das totale Gegenteil von dem Schmuck, den sie normalerweise trug. Sie liebte ihn ebenso wie Freya. Sie probierten verschiedene Stücke und bewunderten sich gegenseitig.

»Ist Ihnen klar, dass heute Sonnabend ist und keine offizielle Bürozeit?«, sagte Richard.

Für ihn also. Obgleich er gewöhnlich nicht so kurz angebunden mit Klienten war. »Ist für dich«, sagte er und wedelte mit dem Hörer. Er sah nicht glücklich aus.

Überraschung wurde schnell abgelöst von Ärger. Wie konnte er es wagen, so mit ihren Anrufern zu sprechen? Sie nahm den Hörer. Es ging um eine Nebensächlichkeit bei einer der Partys. Fiona machte sich eine Notiz, versicherte, sich darum zu kümmern, und ging nach unten, um ihre Listen auf den neuesten Stand zu bringen.

Richard folgte ihr nach unten ins Arbeitszimmer und schloss die Tür hinter sich. »Das ist nicht mehr komisch.«

»Was denn?«, fragte Fiona, um Zeit zu gewinnen. Sie stand mit dem Rücken zu ihm, den geöffneten Ordner in den Händen. Die Wörter auf der Seite hüpften hin und her und verschwammen ihr vor den Augen.

»Dieses lächerliche Partyzeugs. Jetzt ruiniert es sogar schon unsere Wochenenden.«

»Es ist nicht lächerlich, und unsere Wochenenden sind nicht ruiniert durch einen kurzen Anruf. Du erhältst oft geschäftliche Anrufe am Wochenende«, sagte sie in vernünftigem, sachlichem Tonfall.

»Die Agentur sorgt für unser Brot und unsere Butter.«

»Das Partygeschäft wird die Marmelade«, überging sie praktischerweise die Tatsache, dass die Agentur auch für eine reichliche Portion Marmelade sorgte.

»Das sogenannte Partygeschäft hat auf unser Privatleben übergegriffen.«

»Oh, was für ein ungeheurer Quatsch!« Fiona klappte den Ordner zu und stellte ihn weg zum Beweis, dass sie jetzt den Rest des Tages nichts mehr damit zu tun hatte.

Richards Handy klingelte. Er prüfte die Nummer, runzelte die Stirn, drückte das Gespräch weg und stopfte es wieder in die Tasche.

»Siehst du – du bekommst auch geschäftliche Anrufe am Wochenende.«

»Es war nichts Geschäftliches, es war – nichts Wichtiges.«

Das Telefon auf dem Schreibtisch klingelte. »Oh, Herrgottverdammt!«, knurrte Richard.

»Hör auf zu fluchen«, warnte Fiona und nahm den Hörer ab.

»Hi, Fiona. Wie geht's?« Shauna. Gott sei Dank.

»Oh – gut, gut.«

»Hör mal, Fiona, glaubst du, dass er kommt? Es ist nicht sehr schön draußen. Ich habe mir den Wetterbericht im Fernsehen angeguckt und den Teletext geprüft, und beide sagen, Sonnenschein mit gelegentlichen Schauern. Glaubst du, dass ihn das abschreckt?«

Abschreckt, wen? Oh ja, der Agent. Fiona blickte aus dem Fenster des Arbeitszimmers. Brads junger Garten begann zu erblühen. Sonnenschein tanzte auf den Rosen und Clematis. Darüber segelten weiße Wolken im blauen Himmel. Vielleicht zog Watfield ja Regenwolken an.

»Sieht meiner Meinung nach gut aus draußen«, sagte sie. »Mach dir keine Sorgen, Shauna, er kommt bestimmt. Alles, was du tun musst, ist, selbst da zu sein. Er wird noch über seine eigenen Füße stolpern, weil er dich gar nicht schnell genug unter Vertrag nehmen kann.«

»Du liebe Güte, das hoffe ich. Das hoffe ich wirklich. Ich kann dir sagen, ich mache mir fast in die Hosen vor Nervosität.«

»Du wirst wundervoll sein«, beruhigte Fiona sie. Im Gegensatz zum Wetter sah Richard aus, als braute sich ein Gewitter zusammen. »Hör zu, ich muss los, Shauna. Bis nachher!«

»Was wollte dieses Flittchen?«, fragte er.

»Sie ist nervös wegen der Vorführung. Ich habe einen Theateragenten gebeten, zu kommen und sie sich anzusehen«, sagte Fiona. »Und sie ist kein Flittchen.«
»Nun tu nicht so!«, spottete Richard. »Sie ist eine wandelnde Sexbombe.«
Ein Verdacht kam in ihr auf. Shauna? Bestimmt nicht. Shauna war ihre Freundin. Aber es hatte schon Ehemänner gegeben, die mit Freundinnen durchbrannten. »So denkst du also über sie?«
»Es ist offensichtlich.«
»Und ich bin es nicht? Eine wandelnde Sexbombe?«
»Du bist meine Frau, um Himmels willen, obgleich es dieser Tage Zeiten gibt, wo ich es bezweifle. Du denkst nur noch daran, welches Zubehör du für die nächste Party kaufen musst. Es ist ein Wunder, dass die Kinder noch etwas zu essen kriegen.«
»Das ist einfach lächerlich! Die Kinder haben kein bisschen unter den Partys gelitten. Genau genommen haben sie wahrscheinlich davon profitiert, eine Mutter zu haben, die beschäftigt ist und eine Aufgabe hat.«
Wo waren sie jetzt? Das Haus war sehr ruhig. Freya spielte wohl immer noch mit ihrem Tanzschmuck. Ihre mütterliche Antenne schnappte ein entferntes Bimmeln auf. Harry war an seinem Computer. Schon wieder. Aber im Moment erfüllte es einen Zweck. Sie wurden wahrscheinlich nicht unterbrochen.
»Und das ist nichts als Psychogeschwätz«, warf Richard ihr vor. »Was sie brauchen, ist jemand, die sich länger als zwei Sekunden am Stück auf sie konzentrieren kann.«
Das war einfach unfair. »Sie kommen immer an erster Stelle, und das weißt du auch.«

»Das ist im Moment nicht mein Eindruck. Die Kinder und ich stehen ganz unten auf deiner Prioritätenliste.«
Das war es also. »Oh – *du* fühlst dich vernachlässigt, ist es das? Nur weil ich mich auch noch für Dinge außerhalb meiner Familie interessiere?«
»Ich glaube, ich habe ein wenig Beachtung verdient, ja. Ich bin dein Mann, falls du es vergessen haben solltest.«
Und rechtfertigte ihr Interesse außerhalb der Familie gleichzeitig auch seins? Plötzlich schien es der richtige Augenblick zu sein. Sie musste es herausfinden. Jetzt. Sie öffnete den viktorianischen Sekretär, in dem sie ihre Ordner aufbewahrte, und fischte den Bierdeckel unter dem Stapel heraus.
»Kommt dir das bekannt vor?«
Er runzelte die Stirn, überrascht von dem Themenwechsel. »Sollte es das?«, sagte er und warf einen flüchtigen Blick darauf.
»Nimm.« Sie warf ihn ihm zu, um das schreckliche Ding los zu sein und damit er es genauer ansehen konnte. Sie beobachtete seine Reaktion so gespannt wie ein lauernder Panther. War das ein Aufflackern der Unsicherheit in seinen Augen, als er den aufgedruckten Namen las?
»Das ist ein Bierdeckel.«
»Ja«, pflichtete sie ihm bei, mit der gleichen übertriebenen Geduld, die er manchmal ihr gegenüber an den Tag legte. »Richtig. Gut beobachtet. Und weißt du, wie er in deine Jacketttasche kam?«
»In meine Jacketttasche?« Er klang ungläubig. »Ich habe absolut keine Ahnung.«
»Tatsächlich?« Sie rührte sich nicht, sah ihn nur an und ließ das eine skeptische Wort einsinken.

»Ja, tatsächlich. Was hätte ich denn an einem Ort wie dem *Oasis* zu suchen?«
»Genau. Was hättest du da zu suchen?«
»Du glaubst doch nicht …?« Richard lachte ungläubig. »Du willst mich doch nicht ernsthaft beschuldigen, mit jemandem dort gewesen zu sein?«
Fiona kam es weniger witzig vor. »Wie sollte es sonst in deine Tasche gekommen sein?«
»Ich sage dir doch, ich weiß es nicht. Vielleicht hat sich jemand einen ziemlich üblen Scherz erlaubt. Falls ja, ist er bestimmt entzückt, wie gut es geklappt hat.«
Ihr Verstand stürzte sich auf diese Erklärung, wollte sie nur zu gern glauben und lehnte sie gleichzeitig ab. »Was?«
Freyas Gejammer war zu hören. »Mummy! Mummy!«
Automatisch rannte Fiona zur Tür. »Schon gut, Liebling.«
Das Arbeitszimmer vibrierte vor offenen Fragen.
»Mum*my!*«
»Ich komme, meine Süße.«
Fiona nahm zwei Stufen auf einmal nach oben und kümmerte sich um den Finger, in den Freya sich mit einer Broschennadel gestochen hatte. »Na bitte, schon besser. Das ist wie bei Dornröschen. Glaubst du, dass du jetzt hundert Jahre schläfst?«
Hatte sie da Besorgnis in Richards Miene gesehen? War er in dem Motel *Oasis* gewesen? War ihre Ehe in echter Gefahr? Irgendwie musste sie das noch vor Ende des Tages herausfinden.

Zumindest war diese Woche vorüber. Das war der einzige positive Gedanke, der Maggie kam, als sie langsam erwachte. Die Sonne schien durch die Vorhänge. Sie blickte auf den Wecker auf dem Nachttisch. Fünf vor zwölf! Du liebe Güte, sie musste ja völlig hinüber gewesen sein gestern Nacht. Das gesamte Kollegium hatte kräftig gefeiert nach der abgeschlossenen Inspektion. Nach der Spannung im Vorfeld und dem Stress der Woche selbst hatten alle das Bedürfnis gehabt, sich mal so richtig auszutoben. Soweit Maggie sich erinnerte, hatte das zu allgemeiner Auflösung geführt, es hatte Tränen und auch Wutausbrüche gegeben, da die Inspektoren von Anfang an sehr viel Kritik geübt hatten. Sie selbst hatte einfach genießen können, dass es vorüber war, denn ihr Fachbereich hatte ziemlich gut abgeschnitten. Besser als praktisch jeder andere, genau genommen. Und sie war ausdrücklich gelobt worden sowohl für ihr effizientes Finanzmanagement als auch für ihre gute Stoffvermittlung.

»Das kannst du dir getrost hinter die Ohren schreiben, John Lang«, sagte sie laut. Aber irgendwie verschönerte das den heutigen Tag auch nicht gerade.

Sollte sie überhaupt zu dieser Aufführung gehen? Würde Trevor da sein? Früher hätte sie darauf gehofft, jetzt konnte sie den Gedanken kaum ertragen, ihm zu begegnen, höflich sein zu müssen. Es war Sonnabend, der Tag, an dem am meisten los war im Laden. Vielleicht würde ihn das vom Kommen abhalten. Andererseits war er ein hingebungsvoller Vater. Er könnte sich durchaus die Zeit nehmen, um Naz zu bewundern. Und auch wenn er nicht da wäre, wie viele der anderen wussten

von ihm und Judy? Hatte Naz es allen außer ihr erzählt? Hatten sie alle seit Wochen über sie gekichert?
Judy. Die Verräterin. Allein der Gedanke an sie machte Maggie rasend vor Wut. Vielleicht sollte sie …
Ein Klopfen an ihrer Schlafzimmertür. »Mum?«
»Ja?«, sagte sie. Sie klang ziemlich heiser. Aber sie hatte schließlich auch schrecklich viel getrunken gestern Abend.
»Eine Tasse Tee?«
Freudige Überraschung durchflutete sie. »Ja. Danke, mein Lieber. Komm rein, komm rein.«
Ben tapste herein und stellte ihren Lieblingsbecher auf den Nachttisch. Er ragte vor ihrem Bett auf, das Haar fiel ihm ins Gesicht über die freundlichen blauen Augen. Ihr Sohn.
»Bitte sehr. Lange Nacht gewesen gestern? Brauchst du Paracetamol?«
Zum ersten Mal seit Monaten wusste Maggie, wie es war, wenn sich jemand um einen kümmerte. Es trieb ihr die Tränen in die Augen. Wie nett. Wie süß. Er war viel zu gut für dieses Flittchen Shauna. Sie kam vorsichtig hoch. Zu ihrer Überraschung fühlte sie sich ganz gut, körperlich. Gefühlsmäßig war ein anderes Kapitel.
»Nein danke, mein Lieber. Mir geht es gut. Tee ist wunderbar.«
»Ich fahre mal kurz weg, um Shauna abzuholen. Sie ist ein reines Nervenbündel. Wenn sie einen guten Eindruck auf diesen Agenten macht, könnte es ihr Durchbruch sein.«
Hoffen wir das Beste. Alles, um ihn aus Bens Nähe zu schaffen. »Ja.«

Kurzes Schweigen setzte ein, und sie wusste, dass er von ihr erwartete, etwas Nettes über Shauna zu sagen.
»Also, dann gehe ich mal«, sagte Ben schließlich, als ihm klar wurde, dass von ihr in der Richtung nichts zu erwarten war. »Bis später.«
»In Ordnung. Und danke für den Tee. Es war genau das, was ich gebraucht habe.«
»Keine Ursache.«
Er rannte die Treppe hinunter und aus der Haustür. Kurze Zeit später hörte Maggie sein neu erworbenes Auto widerstrebend und stotternd anspringen. Dann war er weg, und das Haus war still.
Ihre Gedanken kreisten wieder um das schmerzhafteste Thema. Judy. Judy und Trevor. Ein Liebespaar. Das Wissen tat so weh wie ein pochender, entzündeter Zahn. Die ganze Zeit schon, und sie hatte sich Judy anvertraut, hatte versucht, ihr zu helfen, und dann hatte ihr diese fette, dämliche Judy den Mann, den sie haben wollte, vor der Nase weggeschnappt, und sie war eine verheiratete Frau. Groß und schwarz und bedrohlich wie ein Gewitter stieg Wut in ihr auf. Jemand musste es Alan sagen. Dicht gefolgt von einem zweiten Gedanken. Jemand musste Richard über Fiona aufklären. Maggie stand auf und ging unter die Dusche. Vielleicht sollte sie doch zu dieser Veranstaltung gehen. Schließlich wollte sie die anderen nicht hängenlassen.

»Wo habe ich nur meinen Schal hingelegt? Ich bin sicher, dass ich ihn mitgebracht habe. Karis, Schätzchen, hast du einen gelben Schal mit Perlen gesehen? Oh, hier ist er ja, ich dumme Gans. Und wo ist jetzt meine Tasche?«

Wie schaffte Cathy es nur, als Tierpflegerin zu arbeiten? Wo sie nicht einmal fähig war, aus dem Koffer zu leben und die alltäglichsten Dinge zu organisieren.

»Sie steht unter dem Tisch.« Naz hob sie hoch und gab sie ihr. Sie und Karis waren seit einer halben Stunde fertig. Außerdem hatte sie die Waschmaschine gefüllt und Staub gesaugt. Was sie allerdings nicht geschafft hatte, war, ein Buch zu öffnen, und sie musste unbedingt noch einiges wiederholen.

»Oh, danke, Naz. Und jetzt Make-up – habe ich das eingepackt? Ich glaube ja.«

»Du kannst meins benutzen«, bot Naz an, obgleich ihre Farben nicht hundertprozentig zu Cathy passten.

»Danke, aber ich bin sicher, dass ich es eingepackt habe.«

Cathy war nach Haus gefahren, als sie ganz sicher sein konnte, dass Mike in der Arbeit war, und mit einer Ladung Plastiktüten mit ihren persönlichen Sachen zurückgekehrt. Jetzt waren sie in dem Schrank unter der Treppe verstaut oder lagen im Wohnzimmer verstreut. Die Wohnung war wirklich nicht groß genug für drei Personen.

Plötzlich gab Cathy ihre Suche auf, ließ sich auf die Knie fallen und starrte Naz an, biss sich auf die Lippen. »Oh, Naz, ich bin so nervös wegen heute.«

»Dass du Mike wiedersiehst, meinst du das?«

»Nun ja, ja.«

Er hatte mehrmals bei ihnen angerufen und Cathy gebeten, mit ihm zu reden. Er schien sie unbedingt zurückhaben zu wollen.

»Du musst irgendwann mit ihm reden, Cathy«, sagte Naz. »Und vielleicht ist es am besten da, wo viele Menschen sind. Das entschärft es irgendwie. Ich meine, er ist nicht der Typ, der es auf einen heftigen Streit in der Öffentlichkeit ankommen lässt, oder?«

»Nein, ist er nicht. Also, das war es ja, worum es die ganze Zeit ging, weißt du? Dass ich mich so bloßstelle in der Öffentlichkeit und vor all seinen Freunden. So was Blödes. Dein Brad sieht dich gern auftreten, nicht wahr?«

»Ja.« Naz blickte auf ihre Armbanduhr. Brad würde in wenigen Minuten hier sein. Sie wollten noch einen Rundgang machen, sich vor ihrem Auftritt mit Karis die Buden und die Karussells ansehen.

»Das meine ich ja. Aber es ist nicht nur Mike.« Abwesend fummelte sie an einem Stirnband, wickelte es sich immer wieder um die Hand.

»Was ist es dann?«

»Es ist – er. Er wird auch da sein.«

Der geheimnisvolle Freund. Er existierte also wirklich.

»Oh – werde ich ihn kennenlernen?«

Cathy wirkte wie in die Enge getrieben. »Ich, also, ganz so einfach ist das nicht. Er wird mit seiner Familie da sein.«

»*Cathy!*«

»Ich weiß, ich weiß – wir sind beide verheiratet. Aber er ist nicht glücklicher, als ich es mit Mike bin. Wenn er doch nur verstehen würde, wie wundervoll es wäre, wenn wir zusammen sein könnten ...«

»Sie mögen zwar sagen, dass sie ihre Frau verlassen, aber

sie tun es selten«, sagte Naz. »Glaube mir, ich weiß das. Ich habe das hinter mir. Deshalb habe ich Männer auch aufgegeben. Du kannst keinem von ihnen trauen.«
Bis auf Brad, flüsterte eine leise Stimme in ihrem Hinterkopf. Er ist absolut verlässlich. Sie schob diesen Gedanken beiseite. Er war ein Mann. Mehr gab es dazu nicht zu sagen.
»Bei uns ist es anders«, sagte Cathy. »Wenn ich mit ihm zusammen bin, ist es, als ob ich – ein anderer Mensch wäre.«
Oh ja, das hatte sie auch schon erlebt. Aber es blieb nicht so. Dann traf es Naz plötzlich wie ein Schlag, dass es bei Brad nicht so war. Cathy faselte weiter irgendwelchen Unsinn, aber Naz hörte ihr nur mit halbem Ohr zu. Bei Brad kam sie sich nicht wie ein anderer Mensch vor, sie war sie selbst, aber nicht nur das. Sie war zuversichtlicher, vollständiger – glücklicher. Er brachte das Beste in ihr hervor.
»Muss unbedingt mit ihm reden«, sagte Cathy gerade.
»Der entscheidende Moment, was?«, meinte Naz.
»Ja«, sagte Cathy, der man die Angst ansehen konnte. »Ja, das stimmt. Ach, du liebe Zeit!«
»Dann sieh mal lieber zu, dass du fertig wirst.«
Sie fühlte sich häufig älter als Cathy. Es kam ihr vor, als rede sie mit ihr wie eine Mutter.
»Er ist da! Er ist da!«, schrie Karis und führte einen Freudentanz auf dem Tisch vor dem Fenster auf.
»Wer?«, schnappte Cathy nach Luft. Sie wurde schneeweiß, dann rot, als ihr klar wurde, dass es nicht das war, was sie geglaubt hatte.
»Mein Brad! Mein netter Brad! Ich mache ihm auf!«

Karis sprang hinunter, eilte zur Tür und rannte barfuß über den Gartenweg, um an der Pforte zu warten. Naz überprüfte derweil, ob sie auch alles eingepackt hatte.
»Hallo, meine Schöne.«
Brad kam in den Flur mit einer entzückten Karis auf dem Arm. Seine große Gestalt füllte den kleinen Raum. Naz schmolz dahin. Ihre Coolness war wie weggewischt. Sie umarmte die Teile von ihm, die ihre Tochter nicht mit Beschlag belegt hatte, und hob ihm ihren Kopf zu einem Kuss entgegen. Welche Wonne. Seine Lippen verzehrten ihre geradezu. Sie hätte ihn hier und jetzt zu Boden zerren können.
»Ich auch! Ich will auch einen Kuss!«, forderte Karis.
Brad ließ nur ungern von Naz ab und gab Karis einen schnellen Schmatzer auf den Kopf, als er sie absetzte. »Fertig für den großen Auftritt?«
»Ja, so gut wie.« Naz wies mit einer Kopfbewegung nach hinten ins Wohnzimmer. »Sie ist noch nicht ganz zu Potte gekommen.«
Brad hob fragend die Augenbrauen. »Immer noch hier?«, fragte er lautlos.
Naz nickte und blickte an die Decke. Sie drehte ihren Kopf herum zur Wohnzimmertür.
»Wir machen uns schon mal auf den Weg, Cathy. Wir treffen uns dann dort, in Ordnung?«
Naz nahm ihre Sachen und folgte Brad und Karis nach draußen zum Truck, wo Karis und Lady sich begeistert begrüßten.
»Sie ist ein hoffnungsloser Fall, was?«, sagte Brad, während er das Auto langsam die Straße hinunterlenkte.
»Wer, Cathy? Sie ist ganz okay, und sie macht eine schwe-

re Zeit durch«, sagte Naz loyal. Sie hatte weiß Gott einige schwere Zeiten hinter sich und die Unterstützung von Freunden gebraucht. »Es ist nur so beengt in der Wohnung mit ihr. Wenn ich ein Gästezimmer hätte, wäre alles kein Problem.«

Brad umkurvte gekonnt einen kriminell geparkten Van und wich zwei Kindern auf Fahrrädern aus.

»Da ist ein Cottage in Eastlea, das billig zu haben ist. Ich habe es mir heute Morgen angesehen«, sagte er so beiläufig wie möglich.

Hin- und hergerissen zwischen Angst und Aufregung schnappte Naz nach Luft. »Ach ja?«, sagte sie, gleichermaßen lässig.

»Man müsste viel daran tun, aber es ist sehr schön. Hat viel Charakter und ein großes Grundstück drum herum und noch zwei Nebengebäude. Ideal für das Geschäft.«

»Ja.«

Beide blickten unverwandt auf den entgegenkommenden Verkehr. Zwischen ihnen streichelte Karis Ladys Kopf und murmelte ihr Kosenamen zu, während Lady verzückt zu ihr hochblickte.

»Drinnen ist es auch ziemlich geräumig, obgleich die Küche nur ein Anbau an der Rückseite ist, und ein Badezimmer gibt es überhaupt nicht, nur ein Außenklo, aber das kann man alles hinkriegen. Jemand mit Geschmack könnte daraus etwas wirklich Schönes machen.«

Jemand wie ich? »Mm«, meinte Naz unverbindlich.

Aber die Saat ging bereits auf. Schon sah sie vor ihrem geistigen Auge ein schäbiges Cottage, zugewachsen mit Dornengestrüpp und dunkel und schmutzig drinnen, das förmlich danach schrie, renoviert und geliebt zu werden. Und Eastlea war ein nettes Städtchen, ziemlich groß, mit eigenen Läden und einer Schule ...

»Hättest du Lust, es dir mal anzusehen? Weißt du, die Sache ist die, es ist ein echtes Schnäppchen, und wenn ich nicht schnell zugreife, wird jemand anders es sich schnappen.«

»Dann solltest du lieber zugreifen, wenn es dir so gut gefällt«, sagte Naz, die sich absichtlich dumm stellte.

Brad trommelte mit den Fingern aufs Steuerrad. »Du weißt, was ich meine«, sagte er. »Hör zu, wenn es dir lieber ist, können wir einfach so einziehen. Wir müssen nicht heiraten, wenn du solche Angst davor hast.«

»Heiraten?«

Karis' Radar hatte ein Wort aufgeschnappt, von dem sie nachgerade besessen war. Noch lieber als Prinzessin wollte sie Braut sein. Oder, etwas praktischer gedacht, Brautjungfer. »Wer heiratet? Kann ich Brautjungfer sein?«, fragte sie.

»Niemand«, sagte Naz.

»Das ist nicht fair! *Jeder* war schon Brautjungfer, nur ich nicht!«

»Ich bleibe am Ball, Karis«, versprach Brad.

»Rechne weder heute noch morgen damit«, knurrte Naz.

»Denk wenigstens darüber nach!«

Das Haus war still, seit die Jungs zu ihren üblichen samstäglichen Beschäftigungen weg waren. Alan war draußen und polierte den Wagen. Niemand, nicht einmal der teure Autoverleih, den ein Kumpel von ihm betrieb, konnte das seiner Meinung nach so gut wie er selbst.

Judy streifte durchs Haus, putzte halbherzig dies und das als Vorwand, ihr Territorium zu inspizieren. In diesem Haus steckte viel von ihr. Sie waren eingezogen, als die Jungs acht waren. Die ganzen Jahre des Kochens, Putzens, Pflegens. Auf ihre Küken aufzupassen, sie zu lieben, Schaden von ihnen fernzuhalten, ihre Träume zu überwachen, zu sehen, wie sie flügge wurden und das Nest verließen. Bald würden auch die Jungs das Haus verlassen. Die Abiturprüfungen waren beinahe vorüber. Es blieb nur noch das Zeugnistrauma, und dann würden sie zur Universität gehen. Toby nach Brighton und Ollie nach Southampton, wenn alles gutging und sie die richtigen Noten bekämen.

Und was bliebe ihr dann noch? Dieses Haus. Sie fuhr mit dem Staubtuch über eine Reihe wackeliger Objekte. Da war das Tonpferd, das Claire gemacht hatte in der Phase, in der sie absolut pferdeverrückt war. Da waren Matts Fußballabzeichen. Da waren das Nadelkissen, das Toby mühsam in der Grundschule gestickt hatte, und der Tontopf, den Ollie im Kunstunterricht gefertigt hatte. Sie hatten eine Bedeutung, diese Dinge. Aber der Rest – die großen Räume, die Möbel, die Bilder, was bedeuteten sie ihr? Sehr wenig, wenn die Menschen, die dort wohnten, sich gegenseitig mal gerade eben tolerierten. Sie war es gewesen, die ihre Ehe zusammengehalten hatte in all den Jahren. Wenn sie jetzt damit aufhörte, würde alles in die Brüche gehen.

Das Telefon klingelte. »Mum? Ich bin's.«

»Claire! Wie geht es dir, Liebling?«

»Fein, danke, Mum.«
Ihre Tochter erzählte ihr, wo sie mit ihrem neuesten Freund gewesen war, was sie in der Arbeit gerade beschäftigte. Vieles von dem, was sie sagte, blieb Judy völlig unverständlich. Claire war Computerexpertin. Eine Logistikfirma hatte sie gerade über einen Headhunter abgeworben. Was wohl gut war, wenn man hörte, wie enthusiastisch Claire darüber sprach.
»Das klingt alles sehr aufregend«, sagte sie. Wie merkwürdig, dass das kleine Mädchen, das dieses Tonpferd gebastelt hatte, jetzt erwachsen war und so selbstbewusst mit der neuen Technologie umging.
»Das ist es auch. Aber, Mum, deshalb habe ich dich eigentlich nicht angerufen. Ich dachte nur plötzlich – im August habt ihr silberne Hochzeit, nicht wahr? Was planen Dad und du denn?«
Oh Gott. Alan hatte es nicht erwähnt. Es war sehr gut möglich, dass es ihm nicht einmal bewusst war. Entweder das, oder er wollte davon genauso wenig wissen wie sie.
»Also, wir haben noch nicht darüber gesprochen ...«
»Mum! Du musst im Voraus planen, wenn ihr eine große Fete wollt. Ich meine, möchtest du zu Hause feiern mit der ganzen Familie und euren Freunden oder nur mit uns essen gehen oder in einem Hotel feiern, oder was? Oder möchtest du, dass Matt und ich und die Zwillinge etwas für euch arrangieren?«
Sie war so effizient, ihre Claire. Judy wusste wirklich nicht, von wem sie das hatte. »Also, wie ich schon sagte, Liebling, ich weiß es noch nicht. Lass mich ein wenig darüber nachdenken, und ich rufe dich an, in Ordnung?«

»Okay, aber schieb es nicht zu lange hinaus, Mum.«
Sie klönten noch ungefähr eine Viertelstunde, dann legte Claire auf. Sie und ihr Freund wollten im Park Softball spielen.
Judy ging jetzt durch das Haus, ohne vorzugeben, etwas zu putzen. Silberhochzeit. Silberhochzeit. Die Kinder erwarteten eine große Feier. Wie würden sie es aufnehmen, wenn sie auszog und mit Trevor lebte? Sie mochten inzwischen zwar erwachsen sein, oder beinahe jedenfalls, aber sie brauchten sie immer noch als emotionalen Rückhalt. Sie wären in ihren Grundfesten erschüttert, wenn sie ihren Vater verließe.
Sie ging nach draußen und schritt durch den Garten, schnitt hier und da eine Blüte ab und zupfte Unkraut auf ihrem Weg. Schnips! Eine verwelkte Blume hier. Rupf! Eine Vogelmiere da. Die Sonne wärmte ihr den Rücken. Die Rosen, der Lavendel, die Wicken, alles duftete wundervoll. Aber sie übten nicht ihre übliche beruhigende Wirkung auf sie aus. Was sollte sie tun?
»Bist du schon fertig?« Alan erschien auf dem Rasen.
»Kommst du mit?«
Er sah sie an, als wäre sie nicht ganz bei Trost. »Ja natürlich. Habe ich etwa das Gegenteil behauptet?«
Er hatte überhaupt nichts gesagt. Judy sammelte ihre Sachen zusammen und ging zu ihm zum Wagen. Der glänzte in der Einfahrt, die gewachste Oberfläche reflektierte die Sonnenstrahlen. Dem Wagen wurde weitaus mehr Aufmerksamkeit gewidmet als ihr. Alan saß bereits hinter dem Steuer.
»Nun komm schon«, sagte er ungeduldig. Er war frisch geduscht und hatte sich umgezogen, trug eine weiße

Hose mit feinem, grauem Nadelstreifen und ein einfarbiges T-Shirt mit Armani-Emblem. Er setzte seine Sonnenbrille auf.
»Du siehst sehr schick aus«, sagte sie.
»Es gibt keinen Grund, wie ein Grufti herumzulaufen«, erwiderte Alan und hupte laut, als ein Skateboarder vor ihnen in eine Einfahrt zischte.
»Und wen willst du damit beeindrucken? Fiona?« Nicht, dass sie noch glaubte, dass zwischen den beiden irgendetwas lief. Sie war nur überrascht, dass er immer noch interessiert war nach so verhältnismäßig langer Zeit.
Die Worte waren heraus, bevor sie es verhindern konnte. Sie klangen aber nicht bitter. Nur neugierig.
»Sei nicht albern.«
Judy zuckte die Achseln. »Mir ist das wirklich herzlich egal.« Herzlich egal, fiel ihr auf, war Trevors Lieblingsausdruck.

21

Wo waren denn alle? Cathy kletterte aus dem Auto mit ihren vor Tanzkostümen überquellenden Plastiktüten. Was hatte Maggie gesagt? Es war bestimmt Maggie gewesen. Cheryl hatte nicht daran gedacht, einen Treffpunkt zu vereinbaren. Beim Blumenzelt. Sie schlängelte sich an Karussells und Buden vorbei in Richtung der Festzelte, die sie am anderen Ende des Platzes erspähte. Die morgendlichen Wolken waren verschwunden. Es war ein perfekter englischer Sommertag, und die Menschen strömten in Scharen auf den Festplatz. Es roch nach zertretenem Gras und Zuckerwatte und gebratenen Zwiebeln.

Cathy blieb abrupt stehen. Direkt vor ihr befanden sich zwei Frauen aus der Moriskentanzgruppe. Sie schlich sich davon und näherte sich den Festzelten aus der anderen Richtung. Das erste war, wie sie am Geruch bemerkte, das Bierzelt. Das dahinter war für Erfrischungen und Snacks, und noch weiter, etwas separiert, lag das für die Blumen. Sie ging einer Gruppe Männer aus dem Weg, die über ihren Bierbechern aus Plastik schallend lachten.

»Cathy!« Ihr Arm wurde von hinten festgehalten. Sie wirbelte herum. Mike starrte sie flehentlich an. Ihr Mann, rundlich, knuddelig, verlässlich. Die letzte Person, mit der sie reden wollte.

»Mike. Lass mich los!«
»Ich muss mit dir reden, Cathy. Bitte. Nur eine Minute.«
Hinter ihm sah sie, dass zwei der Morisken-Männer sich taktvoll abwendeten.
»Es gibt nichts zu bereden«, sagte sie. »Lass mich los!«
»Erst wenn du versprichst, mir zuzuhören. Bitte. Goldie und Sprog vermissen dich schrecklich. Und die Katzen.«
Seine Augen waren so groß und gefühlvoll wie die eines jungen Hundes, der sich verlaufen hatte. Und sie hatte sich Sorgen um die Tiere gemacht. Sie seufzte. »In Ordnung. Aber nur eine Minute. Ich muss mich noch umziehen.«
Er fing an zu reden, sehr schnell, falls ihr einfallen sollte wegzulaufen, bevor er fertig war. Menschen gingen um sie herum, einige sahen peinlich berührt aus, andere belauschten ganz ungeniert die offenkundig verzweifelte und private Unterhaltung.
»Und nicht nur die Tiere vermissen dich, Cathy. Auch ich kann es ohne dich nicht aushalten. Es ist schrecklich, es ist ... es ist leer. Es gibt keinen Grund, nach Hause zu kommen, ich lebe einfach irgendwie vor mich hin. Und ich kann nicht schlafen. Cathy, du musst zurückkommen. Hör zu, ich weiß, warum du mich verlassen hast ...«
Cathy starrte ihn an. Wusste er das? Sie hatte keine Spuren hinterlassen, wenn sie sich richtig erinnerte. »Und es ist alles meine Schuld«, fuhr Mike fort. »Mir war einfach nicht bewusst, wie viel es dir bedeutete. Ich dachte, die Tiere wären genug, du würdest übertreiben, aber jetzt

habe ich begriffen, dass es um mehr geht als das. Viel mehr. Es ist für dich so etwas wie eine Überlebensfrage, nicht wahr? Und ich dachte, nun ja, vielleicht lag ich falsch, dass ich nein gesagt habe. Und ich habe darüber nachgedacht und ... Die Sache ist die, wenn es darauf ankommt, dass wir ein Baby haben, dann machen wir eben diese Samenspendernummer.«

Er atmete schwer, sah sie an, wartete auf eine Antwort.

Cathy wurde von Trauer überwältigt. Warum musste er das jetzt sagen? Warum nicht einige Monate vorher, vor Weihnachten, wo es damals alles in Ordnung gebracht hätte zwischen ihnen? Sie hätte inzwischen sogar schwanger sein können. »Es ist zu spät«, antwortete sie.

Sie waren alle beim Blumenzelt, wie sie vorgeschlagen hatte.

»Oh, Maggie, da bist du ja!«, begrüßte Cheryl sie viel zu fröhlich.

Die blöde Nuss konnte sie nicht leiden, das wusste Maggie. Na und? Auf die Zustimmung von Leuten ihres Schlags konnte sie locker verzichten.

Die Frauen waren aufgeregt wie eine Schar gackernder Hühner. Einige zogen sich hinter dem Blumenzelt um, einige schminkten sich, halfen sich gegenseitig beim Befestigen ihres Kopfschmucks, übten bestimmte Tanzschritte. Überall waren schrilles Gelächter und Geplapper zu hören, über das Maggie gestöhnt hätte, wären es Teenager unter ihrer Aufsicht gewesen. Die Emotionen waren viel zu aufgeputscht. Sie trug ihr sorgfältig gebü-

geltes Kostüm in den Plastikhüllen dorthin, wo die anderen sich umzogen.
Von ihrer eigenen Gruppe waren alle da bis auf Cathy. Sie begrüßten sie, lächelten, waren gut gelaunt. Da war Judy, die ihr den Mann geklaut hatte, und Naz, die es wusste und sich mit all den anderen darüber lustig machte. Fiona, die alles hatte und den Hals nicht vollkriegen konnte. Und Shauna, die ihren Sohn davon abhielt, so erfolgreich zu sein, wie er sein könnte.
Sie zog sich um und hängte ihre normalen Kleidungsstücke, die jetzt in der Plastikhülle waren, an eine Zeltschnur, dann holte sie ihre Schminkutensilien und einen Spiegel aus der Handtasche.
»Soll ich den für dich halten?«, bot Judy an und deutete auf den Spiegel.
Maggie zögerte. Sie konnte es kaum ertragen, auch nur ein Wort mit dieser Frau zu wechseln, aber ihr fiel keine triftige Ausrede ein. »Danke«, sagte sie barsch.
Ihre Hände zitterten, als sie Lidschatten auftrug. Es war schwierig, sich auf das eigene Gesicht zu konzentrieren, wenn Judy hinter dem Spiegel stand, lächelnd und arglos plaudernd, als wäre absolut nichts weiter los. Wie konnte er eine dicke, hirnlose Frau wie Judy wählen statt sie? Was fand er nur so wundervoll an ihr? Sie sah wie eine Großmutter aus, um Himmels willen, und sie hatte nie etwas Interessantes zu erzählen, ließ sich immer nur stundenlang über ihre Kinder oder ihren Garten aus. Und was Sex betraf – sie war ziemlich offensichtlich eine dieser Frauen, die das Interesse daran schon vor Jahren verloren hatten.
Sie spürte, wie der Druck in ihr zunahm wie bei einem

dieser alten Pfeifkessel, wenn sie kurz vorm Kochen sind.
Shauna trat zu ihnen in einem Wirbel von farbigen Röcken und klimpernden, baumelnden Ohrringen, unter ihrer transparenten Tunika trug sie nicht mehr als einen knappen mit Pailletten bestickten BH als Oberteil.
»Soll ich helfen? Oh nein – stimmt ja. Du machst es lieber selber.«
Shaunas Augen waren schwarz umrandet, und sie hatte blauen und goldenen Lidschatten aufgetragen. Ihr üppiger Mund schimmerte scharlachrot.
»Sieht sie nicht unglaublich aus?«, sagte Judy. »Wie ein Kopf aus einer Grabmalerei, wie Tutenchamun oder so.«
»Das war ein König, keine Königin«, schnauzte Maggie sie an.
»Ich weiß, aber die Augen waren sehr ähnlich, findest du nicht?«
Gott, war diese Frau ignorant.
»Sie wird wunderschön aussehen in diesem Zweiteiler, wenn sie die Tunika ablegt«, sagte Judy. »Es muss wunderbar sein, wenn man noch jung und schlank genug ist, um seine Taille zu entblößen.«
»Wenn du weiter entschlossen Fitness betrieben hättest, wärst du auch besser in Form«, sagte Maggie.
Judy wirkte etwas verlegen. »Ja, nun ja, das war irgendwie nicht mein Ding.«
Der Druck wurde schlimmer und schlimmer. Gleich würde ihr der Schädel platzen.
»Oh, da ist Cathy endlich!«, rief jemand.
»Cathy, wir hätten dich fast schon aufgegeben.«

»Alles in Ordnung mit dir?«
Das war Naz' Stimme. Maggie blickte sich um. Cathy war total aufgelöst und atemlos, hatte Tränen in den Augen.
»Ja, ja, so einigermaßen, wirklich, es ist nur ... Du liebe Güte, bin ich so spät dran? Ihr seid alle schon umgezogen.«
»Ich zeige dir, wo wir uns umgezogen haben«, bot Fiona an.
»Nein! Ich meine, ist gut ... Ich finde es schon selbst.« Cathy eilte hinter das Zelt.
»Armes Mädchen, sie ist ja in einem schrecklichen Zustand. Was mag nur mit ihr sein?«, überlegte Judy.
»Sie ist krankhaft ineffizient. Es wird langsam Zeit, dass sie sich zusammenreißt«, sagte Maggie und fluchte, als sie sich mit dem Mascara ins Auge pikste.
Judy lachte. »Du klingst schon fast so wie Shauna.«
Der Kessel begann überzukochen. »Kommt Trevor, um dich tanzen zu sehen?«
Dieses Mal sah Judy wirklich verlegen aus. Das gab Maggie ein starkes Gefühl von Befriedigung.
»Ah – nun ja, ich glaube er – das heißt, Naz sagte, er würde sich wohl die Vorführung ansehen.«
Triefend vor Hohn sagte Maggie: »Naz! Nun mach aber mal einen Punkt, Judy, er kommt doch deinetwegen! Du hast schon seit Ewigkeiten eine Affäre mit ihm, ist es nicht so? Ausgerechnet du, eine ehrbar verheiratete Frau.«
Sie konnte die Worte nicht zurückhalten. Judy starrte sie mit offenem Mund und ganz weiß im Gesicht an. Dennoch fuhr sie fort, all die Dinge zu sagen, die sie so lange

in sich verschlossen hatte. Sie flossen einfach aus ihr heraus, beißend und scharf. Jemand trat zu ihr, rüttelte sie am Arm.

»Ich glaube, das reicht.« Es war Naz, die wütend aussah.

»Das geht dich nichts an«, wies Maggie sie zurecht. »Halte dich da heraus.«

Naz' dunkle Augen blitzten. »Entschuldige bitte, aber es geht mich durchaus etwas an. Wenn Judy meinen Dad glücklich macht, dann hat sie alles Recht der Welt, auch glücklich zu sein. Es hat nichts mit dir zu tun, du verbitterte alte Schachtel. Du bist diejenige, die sich da raushalten sollte.«

Judy legte Naz die Hand auf den Arm. »Ist schon gut, du musst mich nicht …«

»Doch, muss ich! Du bist viel zu weich, um dich gegen sie zu wehren. Welches Recht hat sie, dir zu sagen, was du tun sollst?«

Um sie herum war zustimmendes Gemurmel zu hören. Fiona kam zu ihnen und legte Judy den Arm um die Schultern. »Komm, Judy. Du musst dir das nicht anhören.«

Wie konnte sie es wagen, sich einzumischen, die Hure? Der letzte Rest von Beherrschung ging flöten.

»Und du bist auch nicht besser!«, schrie Maggie und zeigte mit dem Finger auf Fiona. »Man kommt sich ja vor wie in einem schlechten Musical. Judy bumst mit Naz' Vater, während du mit Judys Ehemann bumst. Ihr beiden habt die Moral von Straßenkatzen!«

»Wie bitte?«, sagte Fiona mit eisiger Stimme. »Ich glaube, du solltest etwas vorsichtiger sein, bevor du derartige Anschuldigungen von dir gibst.«

»Ich habe euch gesehen«, sagte Maggie. »Ich habe euch zusammen gesehen, vertraut wie sonst was, wie ihr Blumen gekauft habt ...«
»Blumen gekauft ...?«, begann Fiona ungläubig.
Maggie schnitt ihr das Wort ab. »Ich frage mich, was eure Ehemänner wohl sagen würden, wenn sie wüssten, was ihr beiden so treibt?«
Cheryl flatterte aufgeregt um sie herum. »Mädels, Mädels, bitte! In fünf Minuten sind wir dran.«
Maggie ignorierte sie. Sie funkelte Judy an. »Was würde Alan wohl sagen, hä, wenn ich ihm erzähle, dass du mit einem anderen Mann schläfst? Hä? Was glaubst du, was er täte?«
Judy starrte zurück. Sie war sehr blass, und ihre Hände zitterten, aber sie sprach mit fester Stimme. »Weißt du was, Maggie, es ist mir wirklich egal. Sag ihm, was du willst.«
Hochrufe wurden laut. Shauna umarmte Judy. »Jaaa! Gib's ihr, Judy! Prima!«
»Genau, Judy. Wir sind auf deiner Seite!«
»Ja, voll und ganz auf deiner Seite!«
Cheryl wurde ganz zappelig und rief schrill vor Besorgnis: »Mädels, bitte! Wir müssen gehen und neben der Bühne warten.«
Maggie drehte sich um und marschierte davon, voll kostümiert.

Der Streit hatte Shauna so richtig in Fahrt gebracht. »Du warst einfach fantastisch, Judy!«, sagte sie, als sie aufgeregt schnatternd zur Bühne gingen. »Du hast es der blöden Ziege so richtig gezeigt!«

Judy sah ziemlich aufgewühlt aus. »Also wirklich, sie hatte kein Recht, sich derartig einzumischen«, sagte sie.

Sie gingen zu dem mit Seilen abgeteilten Bereich neben der Bühne. Shauna betrachtete die Menschen, die sich um die Abzäunung versammelt hatten, um sie tanzen zu sehen, und ihr Magen verkrampfte sich. Du lieber Himmel. Oh Mist. Bei all der Dramatik hätte sie beinahe die Hauptsache des Tages vergessen. Jetzt fiel ihr alles wieder ein. Ihr war übel. Sie packte Fionas Handgelenk.

»Ist er hier? Hast du ihn gesehen?«

»Ich weiß nicht. Ich konnte meine Klienten in dieser Menschenmenge nicht entdecken.«

»Verdammt, Fiona, du hast doch ein Handy? Warum hast du sie nicht angerufen?«

»Habe ich ja, aber es kam nur die Ansage, dass der Teilnehmer nicht erreichbar sei.«

Mist. »Okay. Tut mir leid. Es ist nur so unglaublich wichtig für mich.«

»Ich weiß.« Fiona umarmte sie kurz. »Du gehst einfach hinaus auf die Bühne und haust sie vom Hocker. Wenn er da ist, ist er todsicher schwer beeindruckt. Du bist eine brillante Tänzerin.«

»Ja, das bist du«, fiel Judy mit ein. »Du hast deinen Durchbruch verdient.«

»Danke. Ihr seid prima Kumpels, ihr beiden«, sagte Shauna. Aber das milderte nicht das zunehmende Gefühl von Niedergeschlagenheit. Was, wenn dieser Agent nicht hier war? Was, wenn er hier war, sie aber scheiße fand? Was dann? Ben heiraten? Diese grauenhafte Hexe

als Schwiegermutter haben? Lieber würde sie sich aufhängen.
Die erste Vorführung, eine Blaskapelle, marschierte unter mäßigem Applaus von der Bühne. Die Lautsprecher erwachten knisternd zum Leben. »Das war die Mellingford Boys Band, meine Damen und Herren, die großen Beifall verdient hat. Eine sehr schöne Vorführung. Und jetzt etwas völlig anderes. Unsere nächste Gruppe ist unter enormem Kostenaufwand von Ägypten zu uns gekommen – nein, das war nur ein Scherz. Sie mögen zwar exotisch aussehen, aber es sind alles hier aufgewachsene Schönheiten …«
»Wichser«, knurrte Shauna.
»Die hier sind, um uns mit ihrem Bauchtanz zu erfreuen. Meine Damen und Herren, die Königinnen des Nils!«
Es gab Pfiffe und Hochrufe. Ihre Musik ertönte in voller Lautstärke. Fiona gab Shauna einen Schubs in den Rücken. »Los«, sagte sie. »Du zuerst. Gleich nach Cheryl.«
Shauna holte tief Luft, dann bewegte sie sich vorwärts. Beifall brach aus, und weitere Pfiffe ertönten, als sie zur Bühnenmitte marschierten und jede ihre Anfangspose einnahm. Die Aufmerksamkeit des Publikums war wie eine Droge. Das Lampenfieber verschwand, wurde abgelöst vom Bedürfnis aufzutreten. Shauna drehte sich und nahm eine dramatische Haltung an. Ja. Das war es.
Die Musik ging über zum Intro der ersten Nummer. Shauna spürte, wie sie ihr in die Muskeln, in die Sehnen, direkt ins Mark ging. Sie wurde die Musik. Sie wogte und schwebte. Es war nicht einfach, auf Gras zu tanzen. Aus den Augenwinkeln sah sie eine stolpern,

eine andere sich auf den Saum treten, Judy sich in die falsche Richtung bewegen. Himmel, wenn der Agent zusah, würde er sie für die Amateure halten, die sie waren.
Die Musik endete. Das Publikum klatschte. Sie waren leicht zufriedenzustellen.
Die Tänzerinnen lösten die Schleier, die sie sich um die Hüften gewickelt und an ihren Gürteln befestigt hatten. Begeisterte Pfiffe. Sie hielten sie mit beiden Händen über den Köpfen, so dass der zarte Stoff von der Brise ergriffen wurde, ein Regenbogen von Bonbonfarben, besetzt mit Silber und Gold. Die langsamen, gewundenen Töne der Musik des Schleiertanzes erklangen. Shauna wiegte sich hin und her. Sie war der Inbegriff anmutiger Sinnlichkeit. Sie wusste, sie bewegte sich so gut wie nie zuvor. Sie hatte sich unter Kontrolle.
Weiterer donnernder Applaus.
Dann liefen die anderen Tänzerinnen nach hinten, um ihre Tuniken abzulegen, und Shauna blieb allein mitten auf der Bühne aus Gras stehen. Sie warf ihre Tunika mit einer einzigen anmutigen Bewegung beiseite und stand da in ihrem knappen Zweiteiler, ein Arm erhoben und ein Bein vorgestreckt und leicht gebeugt im Knie. Hochrufe und Pfiffe und begeisterte Schreie waren zu hören. Die Pailletten an ihrem BH-Top und Gürtel glitzerten in der Sonne, und die verschiedenen Lagen ihres Rocks bewegten sich sanft in der Brise. Sie sah toll aus, und sie wusste es. Die Musik für ihr Solo setzte ein.
Shauna tanzte wie entfesselt. Sie nutzte den ganzen Raum, sie spielte mit dem Publikum. Irgendwo, irgendwo da draußen sah möglicherweise der Mann zu, der ihr

Leben verändern konnte. Sie lächelte und wirbelte und schimmerte. Sie projizierte ihre Liebe zu diesem Tanz auf die Zuschauer. Und sie liebten sie dafür. Sie klatschten im Takt zur Musik, und als sie fertig war, verlangten sie eine Zugabe. Shauna verbeugte sich in alle Richtungen, bedankte sich für den Beifall.

Die anderen kamen zurück. Der letzte Tanz war im Nu vorbei. Und dann war alles zu Ende, und sie standen wieder auf dem Sammelplatz neben der Bühne, lachten atemlos und gratulierten sich gegenseitig.

Fiona umarmte sie. »Du warst großartig, Shauna, einfach großartig.«

»Atemberaubend«, sagte Judy.

»Sie haben dir aus der Hand gefressen«, sagte Naz. »Und waren ganz wild darauf, mehr geboten zu bekommen.«

»Man muss sie immer an der kurzen Leine halten«, witzelte Shauna. Sie war total aufgekratzt, einerseits in Hochstimmung und andererseits war ihr ganz schlecht vor Nervosität. »Angenommen, er war nicht da? Angenommen, es war alles für die Katz?«, wiederholte sie gebetsmühlenhaft.

Die anderen versicherten ihr, dass der Agent sie ganz bestimmt gesehen habe. Aber sie war sich da nicht so sicher. Die nächste Vorführung begann, und danach sollten sich alle zum Abschluss noch einmal auf der Bühne versammeln. Die Tänzerinnen mussten sich umziehen gehen. Shauna wurde im Sog der anderen mitgezogen. Auf dem Weg zum Umkleideplatz sagten Vorübergehende ihnen, wie gut sie waren, wie originell. Wo hatten sie nur so tanzen gelernt? Woher hatten sie diese schönen Kostüme?

Shauna lächelte und dankte und beantwortete die Fragen genau wie alle anderen. Wo war er? Wo war dieser Agent? Existierte er wirklich, oder war er nur ein dämlicher Traum?
Sie kamen zurück zum Blumenzelt, wo einige Groupies bereits warteten, um ihnen zu gratulieren. Ben zog sie in die Arme und küsste sie. »He, Kleines! Du warst überirdisch!«
»Ja, danke.«
Sie schob ihn weg. Er war nicht Teil ihres Plans. Du liebe Güte, was, wenn der Agent sie nicht unter Vertrag nehmen wollte? Sie würde an Ben klebenbleiben. Nein, das musste nicht sein. Sie konnte sich immer noch von ihm trennen. Aber was bliebe ihr dann?
»Ich gehe mich umziehen«, sagte sie.
Sie wischte sich die Bühnenschminke ab, zog ihr Kostüm aus und wieder ihr kurzes rotes Top und die schwarzen Capris an. So. Und jetzt? Sie erspähte Ben. Er wartete auf sie. Er fing ihren Blick auf, lächelte und winkte. Er wollte mit ihr eine Runde über den Jahrmarkt drehen, von Bude zu Bude gehen, ihr einen Hotdog kaufen, eine Runde Dart spielen, Lose kaufen und eine Rose schießen. Er war leicht zufriedenzustellen. Er verlangte nicht viel. Er wäre sauglücklich, mit ihr in einer kleinen Wohnung zu leben. Aber sie wollte mehr vom Leben.
Am Rand ihrer ausgedehnten Gruppe entstand Unruhe. Erst rief eine, dann riefen mehrere ihren Namen. »Shauna, wo ist Shauna?«
»Vor einer Minute war sie noch hier.«
»Sie ist dahinten.« Das war Ben. »Ich hole sie für Sie.«

Shauna bekam keine Luft, konnte sich nicht rühren. Ihr Körper war bleischwer.
Ben kam angeschlendert, strahlte übers ganze Gesicht. »He, setz deinen Hintern in Bewegung, Kleines, hier ist der große Zampano, der dich sehen will.«
Shauna reckte beide Fäuste in die Luft. »Ja!«, rief sie. »Ja, ja, ja!«

22

Das war der richtige Moment. Das war der Moment, auf den Cathy gewartet hatte, als sie Richard und Fiona und ihren Kindern über den Jahrmarkt folgte. Sie war ihnen mit verbissener Entschlossenheit auf den Fersen geblieben, hatte jede ihrer Bewegungen beobachtet. Wie er sich vorbeugte, um ihr etwas zu sagen. Wie seine Hand ihre Schulter berührte, als er ihr etwas zeigte. Das Lachen. Die entspannte Vertrautheit. Ihr war ganz schlecht geworden vor Eifersucht. Natürlich war das alles nur Schauspielerei. Sie waren nicht wirklich das perfekte Paar. Nicht, dass er es ihr so gesagt hätte, nicht ausdrücklich jedenfalls, doch sie wusste es, spürte es. Frauen spürten solche Dinge.

Aber jetzt trennten sie sich. Richard hatte Freya auf dem Arm, Fiona Harry an die Hand genommen. Richard blickte auf seine Armbanduhr. Sie wollten mit den Kindern zu verschiedenen Ständen gehen. Das war ihre Gelegenheit.

Cathy wartete, bis Fiona außer Sicht war, dann stürzte sie vor. »Richard!« Sie packte seinen Arm.

»Was zum …?«

Das war nicht in Ordnung. Er sah sie wütend an. »Richard, ich muss mit dir reden.«

Er ließ Freya vom Arm. »Nicht hier«, fauchte er Cathy

an. »Nicht jetzt. Um Gottes willen, bist du verrückt? Jeder könnte uns sehen. Halb Mellingford ist hier.«

»Aber ich muss. Ich kann dich nicht im Büro anrufen, ich kann dich nicht zu Hause anrufen, und du gehst nicht an dein Handy. Ich muss mit dir reden«, ließ sie sich nicht abschütteln.

»Aber ich muss nicht zuhören«, sagte Richard und drehte sich um, zog Freya hinter sich her.

»Bitte, Richard. Ich bin verzweifelt.« Sie hielt ihn am Ärmel fest. Er blieb abrupt stehen, so dass einige Leute beinahe mit ihm zusammengeprallt wären.

»Lass los!«

»Wie kannst du mir das antun, wo ich doch Mike deinetwegen verlassen habe?«, weinte sie.

»Halt den Mund!«

Er blickte sich schnell um, sah offenbar keinen, den er kannte, und trat zwischen den Stand des Tierheims und den der St. John's Ambulanz. Cathy folgte ihm. Seine Miene war finster und eiskalt vor Wut. Ihr Herz erschauerte furchtsam.

»Und jetzt hör gut zu!«, sagte er, und das war ein Befehl. Cathy hörte zu. »Ich lasse nicht zu, dass meine Ehe und das Glück meiner Familie durch dich gefährdet werden. Was du mit deinem Leben anstellst, hat nichts mit mir zu tun. Du kannst deinen Mann verlassen, wenn du willst, das ist deine Entscheidung, nicht meine. Ist das klar?«

Er stieß mit dem Finger nach ihr, während er redete, unterstrich das, was er sagte. Früher hatte sie seine Art des Gestikulierens für sehr italienisch und romantisch gehalten. Jetzt erschien sie ihr bedrohlich.

»Aber ich habe es für dich getan. Ich habe Mike verlassen, damit wir zusammen sein können«, jammerte sie.
»Es gibt kein ›wir‹. Es war nichts weiter als eine Affäre, okay? Es war ohne jede Bedeutung.«
Cathy hatte das Gefühl, als hätte ihr jemand einen Schlag in den Magen versetzt. Sie bekam keine Luft, so weh tat es. »Für mich schon. Ich liebe dich!«, weinte sie.
Richards Miene war steinern. Seine Stimme war kalt und beherrscht und ausgesprochen abschreckend. »Wenn du solche Szenen machst, ist es das Beste, wenn wir uns nicht wiedersehen«, sagte er und drehte sich um.
»Nein!« Cathy stürzte sich auf ihn. »Nein, geh nicht! Das kannst du nicht tun. Ich ... ich bin schwanger!«
Sie wusste nicht, woher diese Lüge kam. Es überraschte sie selbst. Aber sobald sie ihr über die Lippen gekommen war, stand sie dazu. Denn jetzt hatte sie seine volle Aufmerksamkeit.
»Du bist *was?*«
»Ich bin schwanger, und es muss von dir sein, weil Mikes Spermienzahl gleich null ist. Es muss passiert sein, als wir im *Oasis* waren, weißt du, wo wir ...«
»Halt den Mund!« Richard war blass. Er sah sie mit Abscheu an. »Glaub ja nicht, dass du mir das anhängen kannst, hast du verstanden? Das ist dein Problem. Ich werde nicht zulassen, dass es meine Fam ...«
Er brach ab und blickte sich um. »Meine Familie«, wiederholte er. »Wo ist Freya? Sie war hier. Wo ist sie? Hast du sie weggehen sehen?«
Cathy schüttelte den Kopf. Sie hatte nichts wahrgenommen außer ihnen beiden. Sie hätten gut und gern die einzigen Menschen auf der ganzen Welt sein können.

»Meine Güte, du bist aber auch wirklich zu nichts nütze«, sagte Richard. »Wie lange sind wir schon hier? Wie lange ist sie schon weg? Freya? Freya!«

Sein Rufen war über dem allgemeinen Lärm zu hören. Leute drehten sich um. Er funkelte sie wütend an. »Das ist alles deine Schuld. Steh nicht hier herum, fang an zu suchen.«

Er eilte an ihr vorbei und begann, die Erste-Hilfe-Leute von St. John's und die Leute am Stand des Tierheims zu befragen. Niemandem war ein sechsjähriges Mädchen ohne Begleitung aufgefallen. Richard überlegte. »Wir wollten zu den Karussells«, sagte er. »Schnell, vielleicht hat sie von allein hingefunden.«

Wieder folgte Cathy ihm, dieses Mal rennend, sie stieß die Menschen beiseite, stolperte auf ihren hohen Hacken hinter ihm her. Freya war weder an einem der Karussells, noch hatte jemand sie gesehen.

»Oh Gott, oh Gott, wo kann sie nur sein? Warum habe ich nicht besser auf sie aufgepasst?«

Er hatte sie verlassen, wurde Cathy bewusst. Sie spielte überhaupt keine Rolle. Für ihn könnte sie ebenso gut eine Fremde sein. Er wollte nichts anderes als seine Tochter finden. Er sah sie kurz an.

»Du fängst an zu suchen. Ich suche jetzt Fio … oh, mein Gott, Fiona – was soll ich bloß Fiona sagen? Sie wird außer sich sein.« Er tippte wie wild in sein Handy. »Mist! Abgeschaltet. Warum hat sie es abgeschaltet?« Er marschierte los und rief nach Freya, während er sie stehen ließ.

Aufgelöst und elend sah Cathy ihm hinterher.

Fiona und Harry waren zusammen mit Naz, Brad, Karis und der Labradorhündin Lady bei der Raubvogelschau.

»Seht ihr das Ding am Ende des Bands?«, fragte Brad die Kinder. »Das nennt man Köder. Das braucht man, um den Vogel wieder auf die Hand zu locken.«

Die Kinder nickten ernst. Harry stellte viele Fragen.

»Er ist sehr sachkundig, dein Brad, nicht wahr?«, flüsterte Fiona Naz zu.

»Mm.«

Naz beobachtete nicht die Vögel, sondern Brad, wie er mit den Kindern redete. »Er hat mich gefragt, ob ich mir mit ihm ein Cottage ansehe. In Eastlea.«

Es wäre einfach rundherum richtig. Fiona überlegte, wie sie am besten darauf reagieren konnte. Naz war ja so empfindlich in Bezug auf Männer. Sich zu begeistert zu zeigen wäre bestimmt völlig falsch.

»Was ist es denn für eins? Hat er das gesagt?«

Interessiert, aber nicht überschwenglich.

»Es klingt gut, soll aber sehr heruntergekommen sein. Kein Badezimmer, keine richtige Küche.«

»Also offen für jede Art von Verbesserung?«

»Ja, so könnte man es ausdrücken.«

Fiona atmete durch. »Und, fährst du mit ihm hin und siehst es dir an?«

»Ich weiß nicht.«

Meine Güte, Frau, du wärst verrückt, wenn du es nicht tätest. Siehst du denn nicht, dass er absolut der Richtige für dich ist?

Vorsichtig sagte sie: »Du wärst genau die Richtige, um ein altes Haus zu renovieren. Du bist sehr praktisch veranlagt und hast einen guten Geschmack.«

»Ja, wahrscheinlich.«
Fiona hätte sie am liebsten durchgeschüttelt. »Natürlich ist es ein großer Schritt.«
Naz biss sich auf die Unterlippe. Ihr Gesicht spiegelte ihre Unentschlossenheit wider. »Das ist genau …«
»Ist sie hier? Ist sie bei euch?«
Richard sprengte ihre friedliche kleine Gruppe. Angst ergriff Fiona. Das war nicht der übliche Richard, der alles unter Kontrolle hatte. Er war außer Atem und sah völlig aufgelöst aus, und Freya …
»Wo ist Freya?«, fragte sie.
Er hob die Hände, presste die Handflächen an den Schädel.
»Ich weiß es nicht.«
Nackte, eiskalte Angst erfasste sie. »Du weißt es nicht?«
»Ich hatte gehofft, dass sie zurück zu dir gerannt ist. Sie wusste, wo du hinwolltest. Ich habe mich nur mit jemandem unterhalten, und als ich mich umdrehte, war sie weg.«
»Oh mein Gott!« Dutzende von Möglichkeiten, alle gleichermaßen entsetzlich, rasten ihr durch den Kopf. Ihr Magen revoltierte.
»Was ist los?«
Es war Brad. Naz klärte ihn auf.
»Waren Sie schon bei der Kommentatorenkabine? Sie werden sie über den Lautsprecher ausrufen«, sagte er.
»Nein. Richtig. Das wollte ich als Nächstes tun.«
Richard war wütend, dass er sich etwas derartig Naheliegendes sagen lassen musste. Als ob das männliche Ego wichtig wäre in einem solchen Moment, wo ihr Kind in Gefahr war.

»Wir müssen sofort nach ihr suchen!«, rief Fiona. »Harry, du bleibst bei ...«
»Nein, wir brauchen einen zentralen Punkt. Es ist nicht gut, wenn jemand sie findet und Sie nicht da sind, um sie in Empfang zu nehmen. Sonst endet es noch damit, dass wir uns im Kreis bewegen und ständig hintereinander her laufen«, widersprach Brad. »Warum gehen Sie nicht zurück zum Treffpunkt beim Blumenzelt mit Harry und Karis und bitten alle, die noch da sind, sich an der Suche zu beteiligen? Sie koordinieren sie von da aus, und alle haben eine Anlaufstelle.«
Es klang vernünftig, auch wenn es gegen ihr instinktives Bedürfnis ging, sofort loszustürzen und Freyas Namen zu rufen.
»Ja. In Ordnung«, stimmte sie zu.
»Ich gehe zur Kommentatorenkabine, dann suche ich den Parkplatz ab. Vielleicht ist sie zum Wagen gegangen«, sagte Richard. »Die Karussells habe ich schon abgesucht.«
»Wir übernehmen die Seite des Jahrmarkts, die direkt an der Straße liegt«, sagte Brad.
»In Ordnung, in Ordnung«, wiederholte Fiona. »Parkplatz, die Seite direkt neben der Straße. Und bei den Karussells ist sie nicht.«
Sie musste sich das merken. Es war von entscheidender Bedeutung. Oh Gott. Freya. Freya. Wo bist du? Panik stieg in ihr auf. »Worauf wartest du noch?«, schrie sie. »Finde sie! Finde sie!«
Richards Arme umschlossen sie, hielten sie fest, hielten sie zusammen. »Das werde ich, ich werde sie finden, das schwöre ich«, sagte er. »Sie wird wahrscheinlich genau in

diesem Moment von jemandem zur Kommentatorenkabine gebracht. Bleib ganz ruhig und warte am Blumenzelt, und verlass dich darauf, ich bringe sie dir wieder.«
Sie nickte, traute sich nicht, etwas zu sagen. Reiß dich zusammen. Es war das Einzige, was sie für Freya tun konnte. Richard ging in die eine Richtung, Naz und Brad gingen in die andere. Fiona streckte Harry und Karis ihre zitternden Hände hin. »Kommt«, sagte sie. »Bleibt dicht bei mir. Wir möchten euch nicht auch noch verlieren.«
Ungewöhnlich still umklammerten die beiden ihre Hände und trabten neben ihr her, als sie eilig zum Blumenzelt strebte. Einige Frauen der Gruppe und ihre Familien waren immer noch da. Fiona gab sich Mühe, ruhig zu klingen, und erklärte ihnen, was passiert war. Sie verteilten sich, um sich an der Suche zu beteiligen und jedem anderen aus der Gruppe Bescheid zu sagen, ebenfalls Ausschau zu halten.
»Setzt euch. Hierhin«, sagte sie fest zu den Kindern.
Sie setzten sich, schweigend. Und was jetzt? Sie selbst schaffte es nicht, sich zu setzen. Sie lief auf und ab. Sie war vernünftig, Freya war vernünftig. Sie wusste, dass sie nicht mit Fremden reden durfte, sich von niemandem mitnehmen lassen durfte. Aber warum war sie überhaupt weggelaufen? Es passte so gar nicht zu ihr. So etwas machte sie nicht. Bilder von Kidnappings gingen ihr durch den Kopf. Jemand, der sich Freya ausgeguckt hatte, ihr und Richard gefolgt war, auf den einen Moment der Unaufmerksamkeit gewartet hatte ...
»So ganz allein? Das können wir doch nicht zulassen.«
Fiona schnappte nach Luft. Alan. Die Person, die sie am

allerwenigsten sehen wollte. Er lächelte, rückte ihr viel zu dicht auf die Pelle.

»Du warst wundervoll bei der Vorführung. Der Star der Show. Du hast die anderen total in den Schatten gestellt. Und dieses grüne Kleid steht dir wirklich gut. Du solltest viel öfter Grün tragen, das bringt deine wunderbare Haarfarbe so richtig zur Geltung ...«

Halt den Mund. halt den Mund! »Halt den Mund! Hau ab!«

Alan hob die Hände in gespielter Bestürzung. »Du liebe Güte, was ist denn los?«

Er legte ihr die Hand auf die Schulter. Sie schreckte angeekelt zurück und schlug sie weg. »Verpiss dich! Es ist jedes Mal dasselbe bei solchen Gelegenheiten. Immer sitzt du mir im Nacken. Lass mich endlich in Ruhe und verpiss dich, du erbärmlicher Verlierer!«

»Schon gut, schon gut!« Schockiert trat Alan einen Schritt zurück.

Hinter ihr kreischten die Kinder vor Lachen und wiederholten entzückt: »Verpiss dich! Verpiss dich!«

»Geh zurück zu deiner armen Frau, obgleich, wenn sie noch alle Sinne beisammenhat, wird sich dich verlassen, um mit ... oh!«

Da, vor ihr, standen Judy und Trevor, Hand in Hand. »Judy!«, keuchte sie, »Ich ...«

»Granddad!«, rief Karis.

»Schon gut«, sagte Judy und nahm sie mütterlich in die Arme. »Wir haben gehört, was passiert ist, und wollten sehen, ob wir irgendwie helfen können. Trevor, kannst du uns wohl etwas Tee aus dem Erfrischungszelt besorgen? Und nimm die Kinder mit und kauf ihnen auch etwas.«

»Du hast recht. Kommt, Kinder.«
Trevor streckte die Hände aus. Karis sprang auf und rannte zu ihm. Harry zögerte.
»Ist schon gut, Harry. Du kannst ruhig mit Karis' Großvater gehen«, sagte Fiona.
Die beiden Kinder trollten sich mit Trevor in Richtung Erfrischungszelt. Aus dem Augenwinkel nahm Judy Alan wahr, der ihnen verblüfft nachblickte. Sie sprach ihn an.
»Worauf wartest du noch? Sie hat gesagt, du sollst gehen, oder? Und zwar absolut klar und deutlich.«
»Was? Aber – in Ordnung, ja, also, in Ordnung.« Und er schlurfte davon.
»Gott sei Dank«, sagte Judy. Sie war rot im Gesicht, und ihre Augen glänzten. »Was ist passiert? Habt ihr sie im Gedränge verloren? Es ist so schwer, sie die ganze Zeit im Auge zu behalten.«
Gott sei Dank. Sie fragte nicht nach wegen Alan. »Sie war bei Richard«, erklärte Fiona. »Er hat sich mit jemandem unterhalten, und als er sich umblickte, war sie …«
Unterhalten, mit wem? Sie hatte schon vorher darüber nachgedacht. Wer hatte ihn derartig abgelenkt, dass er nicht mehr wusste, was mit seiner eigenen Tochter passierte? Die ältere Sorge meldete sich wieder und verstärkte die neue.
»Weggelaufen?«, half Judy ihr auf die Sprünge.
»Was? Ja.«
Hatte er mit ihr gesprochen, mit der Frau, die ihm den Bierdeckel in die Jacketttasche gesteckt hatte, die Frau, die er mit ins *Oasis* genommen hatte?
Die Lautsprecher knisterten. »Ein kleines Mädchen wird vermisst. Sie heißt Freya, und sie trägt …«

Fiona wurde eiskalt. Es war Wirklichkeit, ihr Kind wurde vermisst. Sie lauschte der detaillierten Beschreibung, jedes einzelne Wort beschwerte ihr das Herz.

»Oh mein Gott«, flüsterte sie. »Oh mein Gott!«

Judy legte den Arm um sie. »Mach dir keine Sorgen, jetzt findet sie bestimmt jemand. Der arme Richard. Er macht sich bestimmt große Vorwürfe. Aber sie ist sicher nicht weit gegangen. Es ist so leicht, sich an einem solchen Ort zu verlaufen. Und sie ist ein vernünftiges kleines Mädchen, nicht wahr? Heutzutage wissen alle, dass sie nicht mit Fremden reden dürfen.«

»Ja, ja, ich weiß.«

Aber angenommen, sie ist entführt worden? Solche Dinge passierten. Sie sah Polizisten im Haus kampieren, Freiwillige die Felder absuchen, Taucher in den Flüssen, Freyas Foto im Fernsehen, glücklich, lächelnd, sich und Richard, die sich mit einem Appell an die Presse wenden. Bitte, wer Sie auch sind, geben Sie uns unser Kind zurück. »Geben Sie uns unser Kind zurück«, flüsterte sie. Nichts war wichtiger als das. Bestimmt nicht das Partygeschäft, nicht einmal die *Oasis*-Frau, wenn sie überhaupt existierte. Absolut nichts war wichtiger, als dass es Freya gutging.

Maggie hörte den Appell durch die Lautsprecher. Freya? War das Fionas Freya? Ohne dass es ihr bewusst wurde, verlangsamte sie ihre Schritte. Trotz ihres Gefühlsaufruhrs fühlte die Mutter in ihr sich doch betroffen. Ein vermisstes Kind. Was für ein Alptraum ...

»... Waren wirklich gut. Wo haben Sie das gelernt?« Sie bemerkte, dass eine Frau mit ihr sprach. »So schön, dass eine Frau in – Sie wissen schon – in unserem Alter so etwas macht. Ich würde es zu gern ausprobieren.«

»Oh ja.« Überrascht blickte sie an sich herunter. Sie trug immer noch ihr Tanzkostüm. Sie versuchte, sich zusammenzureißen, ganz normal zu klingen. »Ich habe hier in Mellingford einen Kurs besucht.«

Nicht, dass sie noch länger hinginge. Sie wollte diese Truppe nie wiedersehen.

»Hübsche Kostüme«, plapperte die Frau weiter. »Haben Sie das selbst gemacht?«

Die Kostüme – Naz – Trevor. Gott, was für eine Närrin hatte sie aus sich gemacht! »Ja«, log sie, dann schnappte sie nach Luft, als eine kleine Gestalt mit ihr zusammenprallte und ihre Hüften umklammerte.

»Ich kann meinen Daddy nicht finden!«

Sie blickte hinunter in ein rosiges, weinendes Gesicht. Dünne Arme klammerten sich an ihrem bunten Tanzrock fest. »Freya! Was tust du ...?«

»Ich will zu meiner Mummy!«

Maggie war klar, was sie tun musste. Freya musste zurückgebracht werden zu dem Treffpunkt der Bauchtanztruppe.

»Schon gut«, sagte sie. »Ist schon gut, mach dir keine Sorgen. Du bist jetzt in Sicherheit. Ich zeige dir, wo deine Mummy ist.«

Sie nahm Freya bei der Hand und ging mit ihr durch die wogende Menschenmenge zurück zu dem Ort, zu dem sie am allerwenigsten gehen wollte. Als sie sich dem Blumenzelt näherte, überlegte sie kurz, ob sie Freya einfach die richtige Richtung zeigen und so lange warten sollte, bis sie da war, aber ihr war klar, dass das feige war. Sie würde ihnen gegenübertreten.

Sie sah eine kleine Gruppe dort stehen, Trevor, der die Hände voll mit Pappbechern und Schokoriegeln hatte, Judy, die den Arm um Fiona gelegt hatte, Harry und Karis, die Cola aus ihren Dosen tranken. Sie winkte und rief nach Fiona, die hochblickte, erst sie, dann Freya sah. Im selben Moment sah Freya ihre Mutter. Sie rannten aufeinander zu, fielen sich in die Arme.

»Oh, mein Liebling!« Fiona lachte und weinte gleichzeitig, bedeckte Freyas Kopf, Hals und Schultern mit Küssen, bis das kleine Mädchen kreischte, dass sie ihr wehtue. Maggie spürte, wie ihr Tränen in die Augen traten.

»Es tut mir leid, Schätzchen. Ich hatte solche Angst«, sagte Fiona.

»Nicht weinen, Mummy.«

»Sie hat sehr vernünftig gehandelt. Sie hat mich in meinem Tanzkostüm gesehen und wusste, dass ich jemand war, dem sie vertrauen kann«, erklärte Maggie.

Fiona blickte sie über die Schulter ihrer Tochter, die sie immer noch in ihren Armen wiegte, hinweg an. »Oh Maggie, ich kann dir gar nicht genug danken«, sagte sie.

Harry hängte sich ebenfalls an ihren Rockzipfel, er sah verärgert aus. »Du kriegst noch Ärger. Du weißt, dass wir nicht weglaufen dürfen«, sagte er wichtigtuerisch zu seiner Schwester.

»Aber da war eine gemeine Dame, und sie …«

»Willst du nicht Richard anrufen?«, sagte Judy.

»Oh, ja.« Fiona fummelte nach ihrem Handy.

Maggie sah Judy an. Sie holte tief Luft. »Ich hätte nicht

sagen sollen, was ich gesagt habe. Es stand mir nicht zu«, entschuldigte sie sich.

Judy lächelte knapp. »Schon gut. Das ist Schnee von gestern.«

Betretenes Schweigen setzte ein. »Also, dann gehe ich mich jetzt umziehen«, sagte Maggie.

»In Ordnung.«

Als sie wieder ihre normale Kleidung trug, war auch Richard zurückgekehrt. Er hob Freya hoch und legte den anderen Arm um Fiona. Harry umarmte alle beide.

»Gott sei Dank«, sagte Richard. »Jetzt sind wir wieder zusammen. Unsere Familie.«

Als er hörte, dass Maggie Freya gefunden hatte, dankte er ihr herzlich und küsste sie auf beide Wangen.

Maggie sagte verlegen: »Keine Ursache.«

Sie blickte sie an, Fiona mit Richard, Judy mit Trevor, die Kinder um sie herum. Wollte sie all das wirklich? Die ganze Häuslichkeit? Die Familienbande? Eigentlich war das nie ihre größte Stärke gewesen. Irgendwann hatte sie geglaubt, dass sie das wollte, weil es das war, was alle Welt wollte, und weil sie es nicht hatte. Aber wenn sie es recht bedachte, lebte sie gern allein und tat, wozu sie Lust hatte, wenn sie Lust dazu hatte, ohne dass sie auf irgendjemanden Rücksicht nehmen musste. Es war dumm zu versuchen, etwas zu sein, was sie nicht war.

»Ich komme nicht mehr zum Tanzkurs«, verkündete sie. »Ben ist mehr als groß genug, um auf sich selbst aufzupassen. Also bin ich mein eigener Herr.« Ihr eigener Herr. Sie konnte gehen, wohin auch immer sie wollte. »Vielleicht unterrichte ich demnächst im Ausland. Höchstwahrscheinlich in Afrika.«

Sie hörte nur mit halbem Ohr zu, wie man ihr Glück wünschte für die Zukunft. Die Gruppe gehörte bereits der Vergangenheit an. Sie ließ ihr Tanzkostüm in der Plastikhülle auf dem Gras liegen und marschierte zu ihrem Auto, entwarf in Gedanken bereits Listen von Dingen, die zu erledigen waren.

23

Judy beobachtete die Wiedervereinigung der Meredith-Familie. Sie sahen so rührend aus zusammen, die beiden attraktiven Kinder, und Richard und Fiona, ein sich so aufrichtig liebendes Paar. Tränen traten ihr in die Augen.

»Sie ist also wieder da.« Es war Shauna.

Judy lächelte sie mit feuchten Augen an. »Ja. Gott sei Dank. Maggie hat sie gefunden.«

»Judy …?« Shauna klang unsicher, nicht so selbstbewusst wie gewöhnlich.

»Ja?«

»Du weißt schon – also – was diese Oberzicke gesagt hat?«

Judy musste ein Lächeln unterdrücken. Shauna versuchte, taktvoll zu sein. Das war mal etwas ganz Neues.

»Du meinst Maggie?«

»Ja, wen sonst? Ich meine, was sie gesagt hat, also …«

»Über Alan und Fiona? Ich habe es keine Sekunde geglaubt, jedenfalls nicht, was Fiona angeht.«

Shauna grinste erleichtert. »Diese alte Schreckschraube. Totaler Schwachsinn! Ich meine, Fiona und Alan …«

Sie biss sich auf die Zunge. Judy lachte herzlich. Das Taktgefühl hatte nicht lange vorgehalten. »Genau. Das kann man sich wirklich kaum vorstellen, nicht wahr?«

Etwas, vielleicht nahezu fünfundzwanzig Jahre eheliche Intuition, brachte sie dazu, über die bewegende Szene zwischen Fiona und Richard hinweg geradeaus zu blicken. Dort stand Alan, allein. Beobachtete ebenfalls die Wiedervereinigung. Kühl, wie eine unbeteiligte Beobachterin, nahm Judy wahr, wie ihm dämmerte, dass er hier eine starke Ehe vor sich hatte und Fiona wirklich nicht im Geringsten an ihm interessiert war. Sie sah, wie seine Schultern nach vorn sackten. Ein neues Gefühl stieg in ihr auf, etwas zwischen Mitleid und Verachtung. Armer alter Alan, der alternde Romeo, wollte etwas, das er nicht haben konnte, und verlor etwas, das er für immer hätte haben können, worauf er aber keinen Wert legte.

Shaunas Stimme durchschnitt ihre Gedanken. »Du warst verdammt brillant bei dieser alten Hexe. Ich hätte nie gedacht, dass du das in dir hast.«

»Oh, manchmal bin ich selbst überrascht von mir«, sagte Judy.

Und ihr wurde klar, dass das stimmte. Während der letzten Monate hatte sie ziemlich viel getan, was sie in Erstaunen versetzt hatte. Sie hatte ihr Aussehen verändert, war öffentlich aufgetreten, hatte einen Liebhaber gefunden. Einen Liebhaber. Es war merkwürdig, Trevor als solchen zu betrachten. Sie blickte zu ihm. Er spielte mit Karis »Hoppe hoppe Reiter«. Er war ein Schatz.

Shauna folgte ihrem Blick. »Er ist schwer in Ordnung, der alte Trevor.«

Schwer in Ordnung? Ja. Alt? Nein.

Ohne ihn aus den Augen zu lassen, lächelte Judy immer noch. »Bei ihm habe ich mich wieder wie eine richtige Frau gefühlt.«

Einen Moment lang sah Shauna peinlich berührt aus. Judy war diese Reaktion durchaus vertraut. Die Erkenntnis, dass alte Leute ES immer noch tun. Echt krass. Aber, Wunder über Wunder, Shauna kommentierte es nicht weiter. Stattdessen umarmte sie sie herzlich.
»He, du ziehst das durch, kapiert?«
»Kapiert«, sagte Judy und erwiderte die Umarmung.
Beide betrachteten Richard und Fiona, die aufgeregt um ihre Kinder herumwuselten.
»Ich nehme an, so geht's einem, wenn man Kinder hat. Also, Fiona war echt neben der Spur, was?«
»Deine Mum wird hocherfreut sein, wenn sie von deinem neuen Agenten hört«, sagte sie.
»Ja. Sie hat sich immer gewünscht, dass wenigstens eine von uns es schafft, aus Watfield rauszukommen.«
Wenn jemand das schaffte, dann war das Shauna. Sie war jung, unverfroren, schön und begabt. »Du wirst es schaffen, Shauna. Du wirst Watfield weit, weit hinter dir lassen. Da bin ich mir ziemlich sicher.«
»Ja.« Shauna grinste sie an. »Also, ich mach' mich jetzt vom Acker, okay?«
»Okay«, sagte Judy.
Shauna schlang sich die Tasche mit ihrem Tanzkostüm über die Schulter und schlenderte davon, wobei sie die Blicke aller Männer auf sich zog. Gleich danach machten sich auch Fiona und Richard auf den Weg, jeder jeweils ein Kind an seiner Seite.
Karis fing an, sich zu langweilen. »Wann kommt Mummy zurück?«
»Sie ist auf dem Weg hierher, meine Süße. Ich habe ihr gesagt, dass Freya wieder da ist.«

»*Ich* würde nicht weglaufen. Das ist sehr unartig.«
»Ich weiß, dass du das nicht tun würdest, Schätzchen.«
Cathy tauchte auf. Sie sah aufgewühlt und angespannt aus. Rund um die Augen war ihr Gesicht geschwollen, und es war mit Wimperntusche verschmiert.
»Cathy.« Judy ging zu ihr, wollte den Arm um sie legen. Sie schien heute die ganze Gruppe bemuttern zu müssen. »Was ist? Was ist los?«
»Nichts«, sagte Cathy und brach in Tränen aus.
Judy fing Trevors Blick auf. »Mehr Tee«, bedeutete sie ihm lautlos.
Trevor verdrehte die Augen und verschwand mit Karis wieder in Richtung Erfrischungszelt.
»Es ist alles meine Schuld«, schluchzte Cathy. »Ich war so dumm.«
»Na, na«, beruhigte Judy sie. »Wir machen alle mal etwas Dummes. Aber es ist nicht zu spät, weißt du.«
»Doch, ist es. Ich weiß es. Er hat gesagt ...«
»Aber dein Mike ist so ein netter Mann. Ich bin sicher, dass er dich wirklich liebt. Es ist nur eine Frage des Stolzes. Ich weiß, es ist schwer, aber es ist die Sache wert.«
Mein Gott, wer bin ich, so mit ihr zu reden?
»Aber er hat gesagt, dass er sie nicht verlässt.«
Judy hatte den Anschluss verpasst. Hatte Mike eine Freundin? »Verlassen, wen, Cathy?«
»Fiona. Er will Fiona und seine Familie nicht verlassen.« Sie fing aufs Neue an zu schluchzen.
Richard?
Etwas Merkwürdiges, was Freya gesagt hatte, tauchte blitzartig vor ihr auf. »Da war eine gemeine Dame.«
Cathy? War sie diejenige gewesen, mit der Richard sich

unterhalten hatte, die Person, die ihn so abgelenkt hatte, dass ihm entging, dass Freya weglief? Bestimmt nicht. Und dennoch hatte irgendetwas sie total umgeworfen. Verdammte Männer. Wenn das stimmte, verdiente Richard, dass man ihm den Schwanz abschnitt. Du liebe Güte, sie klang schon wie Shauna. Nur dass Shauna Eier gesagt hätte.

»Scheiße«, sagte sie laut.

»Was?«

Cathy starrte sie an, schockiert hörte sie auf zu weinen.

»Ich meine …« Also, sie durfte jetzt nichts Falsches sagen. Es hatte keinen Sinn, Cathy zu ermutigen, schlecht über Richard zu denken. »Ja, sie scheinen gut zueinander zu passen, nicht wahr? Eine hübsche kleine Familie. Die arme Fiona war ganz außer sich vor Sorge um Freya, aber jetzt sind sie wieder zusammen, also Ende gut, alles gut.«

»Nicht für mich«, heulte Cathy. Sie riss sich von Judy los und fing an, die Haufen von Taschen nach ihren Sachen zu durchwühlen.

»Cathy«, sagte Judy, die keine Ahnung hatte, was sie als Nächstes sagen sollte. »Cathy, weißt du …«

Cathy fand ihre Tasche und richtete sich auf. »Lass mich in Ruhe!«, schrie sie. »Du würdest es sowieso nicht verstehen!« Und sie stolperte davon, schwankend auf ihren hohen Hacken.

Judy seufzte, als sie ihr hinterherblickte. »Oh, ich glaube, ich verstehe sehr wohl«, murmelte sie.

Trevor tauchte wieder auf mit mehreren Plastikbechern Tee. »Ist sie weg?«, fragte er. »Auch gut. Umso mehr für uns.«

Er hatte gerade den Deckel von einem Becher abgenommen, als Karis aufsprang, ihn anstieß und der Tee in alle Himmelsrichtungen spritzte.
»Mummy!« Sie stürzte los und sprang Naz in die Arme. »Mum! Freya ist wieder da. Mrs. Stafford hat sie gebracht. Und ich hatte ganz viele Kekse und Cola.«
»Na, dann können wir ja jetzt, wo die Aufregung sich gelegt hat, abhauen. Gesehen haben wir auch alles«, sagte Brad.
»Danke, dass du auf sie aufgepasst hast, Dad«, sagte Naz. »Wir dachten, wir schauen uns mal dieses Cottage an, das Brad aufgetan hat. Es klingt wundervoll. Ich meine, man muss es von Grund auf renovieren, aber es hat drei kleine Zimmer unterm Dach mit diesen Mansardenfenstern, wisst ihr? Und diese Treppen, wo man vermeintlich einen Schrank öffnet, und dann sind dahinter richtige Treppen, und einen riesigen Garten, so dass jede Menge Platz ist für eine Schaukel und eine Sandkiste und alles Mögliche.«
»Klingt absolut wundervoll«, sagte Judy.
»Ja, genau richtig«, fand Trevor auch.
»Ja, nicht wahr?«
Naz' Gesicht glühte vor Begeisterung. Sie drehte sich um zu Karis. »Du wirst es auch lieben, nicht wahr?«
»Kommt Lady mit?«, wollte Karis wissen.
»Natürlich tut sie das. Lady nehme ich überall mit hin«, sagte Brad.
Sie gingen weg, Brad und Naz, eng umschlungen, Naz, mit Karis an der Hand, Karis, mit Lady an der Leine.
»Das klingt vielversprechend«, sagte Judy.
»Ja. Gott sei Dank ist sie noch zur Vernunft gekommen.

Ich dachte schon, das dumme Mädchen würde ihn vergraulen, wo er doch das Beste ist, was ihr je passiert ist. Er ist so ein anständiger Kerl, dieser Brad. Ich weiß gar nicht, wie er mit ihren Flausen klarkommt.«

»Das ist Liebe. Und du hast recht, er ist genau der Richtige für sie. Und sieht auch noch gut aus. Ich könnte mich glatt in ihn verlieben, wenn ich zwanzig Jahre jünger wäre.«

»Pass bloß auf. Noch mehr so lose Reden, und ich muss dir einen Keuschheitsgürtel anlegen.«

»Das würde ich gern erleben.«

Der Nachmittag ging langsam zu Ende. Auf der Bühne war jetzt eine Steelband zu hören. Die letzten Tänzerinnen kamen zurück, um ihre Taschen zu holen, und gingen dann zusammen mit ihren Familien.

»Es bringt nichts, noch länger zu bleiben«, sagte Trevor. »Ich gehe jetzt auch lieber nach Hause. Wie sieht es mit dir aus?«

Judy holte tief Luft. Sie hakte sich bei ihm ein. »Ich habe mich entschieden«, sagte sie. »Ich komme mit dir. Um zu bleiben.«

DANK

Ich danke Dorothy Lumley für die viele Arbeit, die sie meinetwegen hatte.

Und den Damen der Tanzgruppe *Spirit of the Nile* für all den Spaß, die Freundschaft und die orientalischen Verheißungen.

Zum Weinen und zum Lachen schön!

Jill Smolinski

Die Wunschliste

Roman

Küsse einen wildfremden Mann, sieh dir einen Sonnenaufgang an, verändere das Leben eines anderen Menschen – drei von zwanzig Aufgaben, die Marissa bis zu ihrem fünfundzwanzigsten Geburtstag erfüllen wollte. Doch sie wird diesen Geburtstag nicht mehr erleben … Als Marissa bei einem Autounfall ums Leben kommt, ist June, die Fahrerin des Wagens, voller Schuldgefühle. Erst als ihr Marissas Liste unerfüllter Herzenswünsche in die Hände fällt und sie diese zu ihren eigenen macht, sieht sie wieder Licht am Horizont. Ein fremder Mann zum Küssen ist auch schnell gefunden, und die Sonne geht schließlich jeden Tag auf – doch wie verändert man das Leben eines anderen? Während June noch grübelt und mit den ihr gestellten Aufgaben kämpft, verändert sich, zuerst kaum merklich, das ihre.

Preethi Nair

Der Duft der Farben

Roman

Blau ist die Wahrheit, Grün die Hoffnung und Rot die Liebe – Ninas Leidenschaft sind die Farben und die Malerei, doch ihr Leben in London spielt sich in Schwarzweiß ab. Um den Ansprüchen ihrer indischen Familie gerecht zu werden, musste sie schon immer auf ihre Träume verzichten. Bis ein ungewöhnlicher Entschluss ihr einen Weg in die Freiheit eröffnet ...
Ein bewegender und lebensweiser Roman über eine Frau zwischen zwei Welten und die Treue zu sich selbst.

»Der herzerwärmende Roman der indisch-englischen Autorin Preethi Nair erzählt eine heitere Geschichte über eine schwere Frage:
Welches Leben passt zu mir?«

Freundin

Droemer